韓國 古典批評과 古典詩歌의 산책

韓國 古典批評과 古典詩歌의 산책

•••

尹 寅 鉉 著

도서출판 **역락**

序

韓國 古典批評과 古典詩歌의 산책

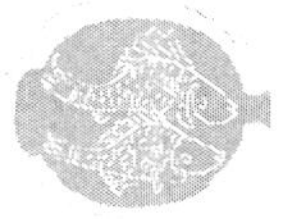

　'修己治人'이라는 말이 있다. 자기몸을 닦아 잘 다스린 연후에 남을 다스릴 수 있다는 말이다. 학업에 충실하여 자기 공부가 정성스러운 연후에야 다른 사람을 설득시킬 수 있을 것이다. 그런데 과연 내 공부가 다른 사람을 설득하고 이해시킬 수 있을 만큼 충실하고 정성스러운가? 부족한 공부로 어쭙지 않은 또 하나의 책을 내게 되었으니, 부끄럽기 짝이 없다. 그럼에도 알찬 공부가 앞서야 할 것을 늘 강조하신 선생님께서 어쩔 수 없이 이 책의 간행을 허락하신 심정은 오죽하셨으랴.

　이 책에 실린 논문들은 그 동안 관심을 가지고 써 온 것과 항상 관심에 남아 있던 것을 최근에 서툴게 쓴 것이다. 실상 짧은 시간을 핑계로 삼지만, 공부의 수준이 미치지 못하여, 글마다 거칠기 짝이 없다. 그래도 하나의 작은 성취를 목표로 무지함을 무릅쓰고 감히 한데 모았다. 이 책의 제목을 『韓國 古典批評과 古典詩歌의 산책』이라고 한 것은, 고전비평의 전체적인 윤곽을 보여 주지도 못했을 뿐만 아니라 고전시가 분야도 필자가 평소 생각해 오던 것의 일부를 거칠게 쓴 것이기 때문이다.

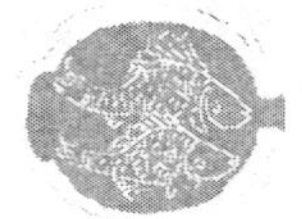

이 책의 第一部는, 「『보한집』과 『동인시화』의 이인로·이규보평과 그 시평기준」을 제외하면 최근에 이르기까지 학술지에 발표한 논문들이다. 그리고 第二部는 「松江의 〈星山別曲〉과 〈關東別曲〉에 나타난 換骨奪胎」를 제외하면 이 책의 편찬에 앞서 새롭게 쓴 논문들이다.

이 책이 간행될 수 있도록 지도해 주신 서강대학교 국어국문학과 정요일 선생님께 깊이 感謝 드리며, 책의 출판을 맡아 애쓰신 도서출판 〈亦樂〉의 편집부 여러분께도 고마움의 뜻을 표한다. 그리고 또한 같은 분야의 선배 학자님들께서도 많은 叱正을 아끼시지 말 것을 간곡히 부탁 드린다.

2004년 6월 22일

著者 尹 寅 鉉

목 차

|제2부 古典詩歌를 찾아서|

제1장 高麗時代의 鄕歌 硏究　　　　　　241

제2장 高麗 宮中 俗樂歌詞 중 鄕歌系 詩歌에 대한 硏究　259

제1부

古典批評을 찾아서

제1장

高麗 後期의 用事論 및 用事評 考察

1. 서 론

　　우리의 漢詩 理論은 본래 중국으로부터 수용되었으나, 단지 중국의 그것을 그대로 모방한 것이 아니라 모방의 과정에서 한국 나름의 독자적인 논리로 발전시킨 경우가 적지 않다. 그러기에 고려 후기 李仁老의 『破閑集』·李奎報의 『白雲小說』과 『東國李相國集』·崔滋의 『補閑集』 등의 詩話集 또는 文集에는 用事에 관한 중국의 이론을 발전시키고 혹은 다양하게 변화시키거나 하여 독자적 논리로써 시를 논하고 작품을 평한 用事論과 用事評이 많다.

　　用事는 "故事를 引用한다."는 뜻의 作法類 用語에 해당된다. 말을 하거나 詩文 등의 글을 지을 때 人名 또는 官名·古人語 등을 쓰고 六經〔『詩經』·『書經』·『易經』·『春秋』·『禮記』·『周禮』〕과 三史〔『史記』·『漢書』·『東觀漢記』〕 등의 文句를, 그리고 詩文集 『李白集』·『杜甫集』·『韓愈集』·『柳宗元集』 등의 語句를 인용하는 것이 그것이다.

　　『論語』, 「爲政」 篇에 "子曰, 詩三百, 一言以蔽之, 曰思無邪."(孔子께서 말씀하시기를, 『詩經』 3백 篇에 대해서 한마디 말로 가려 말하자니, 〈작시자

의 생각이 공명정대하기 때문에〉'생각함에 간사함이 없다'고 할 것이니라 라고
하셨다.)라는 구절이 있다. 이처럼 聖人의 말씀 중에도 '思無邪'라는
『詩經』〈魯頌「駉」篇〉의 말을 인용하고 있다. 이는 斷章取義로, 詩經詩
같은 데서 중요한 말을 끌어다가 씀으로써 짧은 구절 속에서 압축하
여 표현하는 用事의 한 방법이다. 이와 같이 用事는 글을 짓거나 말을
할 때 이해에 한층 도움될 만한 근거를 제시함으로써 설득력을 얻기
위해서 필요한 작법으로, 聖賢의 말씀이나 역사적 사실 또는 前人의
詩文에 나타난 말과 뜻을 쓰는 등 故事를 이끌어다 씀으로써 자신의
논리적 근거를 보완하여 이치를 알차고도 견고하게 하는 것이다.

　　따라서 본고는, 고려 후기의 비평문들을 검토함으로써 고려시대의
用事論 및 用事評의 성격과 특징을 규명하여 고려시대 비평의 용사
비평적 의의를 밝히고, 그 용사 비평이 조선시대에 어떻게 변모·발
전하여 계승될 수 있었는가를 고찰하기 위한 기초를 마련하고자 하는
것이다. 따라서 필자는 본고에서 李仁老·李奎報·崔滋의 비평에 나
타난 用事論·用事評을 차례대로 검토하여, 그 각각의 특징과 상관
관계 그리고 고려시대 用事論 및 用事評의 전체적인 의의를 규명하는
순서로 논의를 진행하고자 한다.

2. 高麗 後期의 用事論 및 用事評

2.1 李仁老 -『破閑集』의 경우

1) 用事論

〔資料〕

詩家作詩多使事, 謂之點鬼薄, 李商隱用事險僻, 號西崑體, 此皆文章一

病. 近者蘇黃堀起, 雖追尙其法, 而造語益工, <u>了無斧鑿之痕</u>, 可謂靑於藍
矣,….

▪ ▪ ▪ ▪ ▪〈李仁老,『破閑集』卷下〉

（詩家들이 <u>시를 지을 때 고사를 많이 사용하는 것을 '點鬼薄'라 하는
데 李商隱</u>은 <u>고사를 인용하는 것이 험벽하다 하여 '西崑體'라 하나, 이것
은 다 문장의 한 병폐이다</u>. 근래에 와서 소동파와 황산곡〔황정견〕이 혜
성처럼 등장하여 비록 그 법을 따르고 숭상하면서도 조어가 더욱 공교롭
고 <u>전혀 도끼로 찍고 끌로 찍은 흔적이 없으니</u> 과히 청출어람이라 할 만
하다.）

위의 〈자료〉에는 '點鬼薄(점귀부)'·'西崑體(서곤체)'·'無斧鑿痕(무부
착흔)'라는 용어가 나타난다. '점귀부'는 '귀신을 點呼하는 帳簿(장부)'
라고 풀이할 수 있듯이, 작품 가운데 고인의 이름을 지나치게 많이 사
용하는 것을 말한다. 그것은, 왕발·양형·낙빈왕 등이 詩名이 있었
는데, 사람들이 그들의 병폐를 지적하여 특히 양형이 고인의 이름을
잘 인용하기를 좋아했으므로, 사람들이 그 병폐를 지적하여 일컫게
된 데서 유래한 말이다. '서곤체'는, 이상은 시의 특색이 험벽한 典故
를 많이 인용하는 것이었는데, 宋의 양억·유균 등이 그의 시를 모의
하여 『西崑唱酬集』을 지었으므로 그와 같이 일컬어지게 되었고, 이상
은과 그 뒷시대 사람들의 시적 특징을 가리켜 일컬어지게 된 말이다.
다시 말하면, '서곤체'는 用事를 서툴게 한 경우를 일컫는 말이다. '무
부착흔'은, '도끼로 찍고 끌로 찍은 흔적이 없다'는 말로, 용사한 것이
자연스럽다거나 點化를 잘하여 도습한 흔적이 없이 아주 자연스럽다
는 뜻의 작법 평어류 용어이다. 결국 위의 자료는, 용사 방법이 서툰
것을 문장의 병폐라고 지적하고 논한 것이 그 하나의 특징이며, 소동
파와 황산곡의 용사 방법이 精切하여 '무부착흔'이라고 評한 것이 또
한 하나의 특징이다.

2) 用事評

〔資料〕

① 時康先生日用, 詩名動天下, 上心佇觀其作, 燭垂盡纔得一聯, 袖其
紙伏御溝中, 上命小黃門遽取之, 題云,「頭白<u>醉翁</u>看殿後, 眼明<u>儒老</u>
<u>倚欄邊」, 其用事精妙如此</u>, 上歎賞不已曰此古人所謂, 白頭花鈿滿
面, 不若西施半粧, 慰諭遣之, 今擬補亡,

■ ■ ■ ■ ■ 〈李仁老,『破閑集』卷上〉

(그 때 강일용 선생은 詩名이 세상에 떨쳐지던 터라 임금님께서 속으
로 그가 짓는 것을 기다려 보려 했다. 촛불이 다 타서야 겨우 한 연을
지어 그 시 쓴 종이를 소매에 넣고 御溝에 엎드렸다. 임금님께서 소황
문〔갓들어온 내시〕에게 명하여 급히 가져오게 하여 보니, 그 시에 이
르기를, "머리 흰 醉翁〔宋 구양수의 號〕은 殿後〔맨나중, 뒤늦게〕에서
보고 눈 밝은 <u>儒老〔唐 한퇴지를 가리킨 말이나, 여기서는 안보린 등</u>
<u>시문을 먼저 제출한 사람을 가리킴〕</u>는 난간 가에 기댔도다.1)" 하였
다. <u>그의 고사를 사용하는 정묘한 재치가 이와 같은지라</u> 임금님께서
탄복하여 칭찬하시기를 그치지 않으시며 "이는 옛 사람이 이른 것처럼
흰 머리에 꽃비녀 꽂은 얼굴이 西施의 半粧만도 못하다는 격이로다."
하시고, 위로하며 타일러 보냈다. 이를 보충, 작시했다.)

② 琢句之法, 唯少陵獨盡其妙, 如日月籠中鳥, 乾坤水上萍, 十暑岷山
葛, 三霜楚戶砧之類是已, 且人之才如器皿方圓, 不可以該備, 而天
下奇觀異賞, 可以悅心目者甚夥, 苟能才不逮意, 則譬如駑蹄臨燕越
千里之途, 鞭策雖勤, 不可以致遠, 是以古之人, 雖有逸材, 不敢妄下
手, 必加鍊琢之工, 然後足以垂光虹蜺輝映千古, 至若句鍛季鍊朝昑

---

1) 韓愈〈戲題牡丹〉시의 마지막 구절에 기대어 썼음.
幸自洞開俱隱約, 何須相倚鬪輕盈.
陵晨倂作新粧面, 對客偏含不語情.
雙燕無機還拂掠, 遊蜂多思正經營.
長年是事皆抛盡, 今日欄邊暫眼明.

夜諷, 撚鬚難安於一字, 彌年只賦於三篇, 手作敲堆, 直犯京尹, 吟成
大瘦, 行過飯山, 意盡西峰, 鍾撞半夜, 如此不可縷擧, 及至蘇黃, 則
使事益精, 逸氣橫出, 琢句之妙, 可以與少陵幷駕.
▪ ▪ ▪ ▪ ▪ 〈李仁老, 『破閑集』卷上〉

(시구를 다듬는 법은 오직 두소릉이 그 묘를 다했으니, "일월은 새장
속의 새요, 건곤은 물 위에 뜬 부평초로다. 열 번 더위에 민산에서 갈
포를 입었고, 세 번 서리 옴에 초호에서 다듬이 소리 들리도다."와 같
은 것들이 이런 것이다. 사람의 재주란 그릇의 모나고 둥근 것과 같아
함께 겸비할 수 없어서 천하에 기이한 경치나 이상한 구경거리가 마음
과 눈을 즐겁게 할 수 있는 것은 대단히 많지만 실로 재주가 뜻을 따
르지 못하니, 마치 노마의 발굽이 연 나라 월 나라 간의 천리 길에 나
선 것처럼 채찍질을 아무리 해도 멀리 갈 수는 없는 것이다. 그러므로
옛날 사람들은 비록 뛰어난 재주가 있어도 감히 경거망동하게 손을 놀
리지 않고 반드시 갈고 닦는 공을 더한 후에라야 빛을 내려 무지개처
럼 천고에 빛낼 수 있었던 것이다. 旬季마다 단련하고 아침 저녁으로
음풍하여 수염을 비벼 가며 고심해 써도 한 자를 제대로 안배하기 어
렵다. 일 년 동안에 단지 세 편을 써서 손수 퇴고하다가 바로 京尹의
행차를 범하기도 하고, 시를 짓다가 너무 말라서 반과산을 지나간 일
도 있으며 意思가 西峰에서 다해 버려 밤중까지 종을 치는 등, 이 같
은 일들은 이루 다 거론할 수 없다. 소황[宋 소식과 황정견]에 이르러
서는 고사를 인용하는 것이 더욱 알차고 빼어난 기상이 횡출하여 시구
를 다듬는 절묘한 재주는 소릉과 더불어 견줄 만하다.)

③ 士子朴元凱, …及長赴司馬試, 放題, 國者至公之器詩, 乃曰, 「高舜
　難傳子, 商周得以功.」
　使事精妙如此, 果擢第, 爲一時聞人.
▪ ▪ ▪ ▪ ▪ 〈李仁老, 『破閑集』卷下〉

(선비 박원개는 장성하여 사마시에 응시하니 그 시제는 〈국자지공지
기〉란 시였다. 이에 이르기를, "고[堯, 고려 정종의 휘가 요이므로 꺼
려하여 '고'로 대신 쓴 것임]와 순은 자식에게 전하기 어려웠고, 상과

주〔탕왕과 무왕의 정벌을 말함〕는 功으로 얻었도다." 하였으니, 용사
를 사용하는 정묘한 솜씨가 이와 같으므로, 과연 급제하여 한때 알려
진 인물이 되었다.)

④ 如東坡見說騎鯨遊汗漫, 憶會捫虱話悲辛, 永夜思家在何處, 殘年知
　爾遠來情, 句法如造化生成, 讀之者莫知用何事, 山谷云, 語言少味
　無阿堵, 氷雪相看只此君, 眼看人情如格五, 心知世事等朝三, 類多
　如此, 吾友耆之亦得其妙, 如歲月屢驚羊胛熟, 風騷重會鶴天寒, 腹
　中早識精神滿, 胸次都無鄙吝生, 皆播在人口, 眞不愧於古人.
■ ■ ■ ■ ■ ■〈李仁老,『破閑集』卷下〉

（東坡의 "고래를 타고 한만한 데〔넘실거리는 큰 물〕서 논다는 말을 듣
고, 일찍이 이를 잡으며 비애와 신고를 이야기하던 것을 기억하도다."
"긴 밤에 집 생각하노니 어느 곳에 있는고, 잔년에 너를 알겠나니, 멀
리서 온 정이로다."와 같은 것은 구법이 조화를 부린 것 같아서 이것
을 읽는 사람들이 무슨 고사를 사용했는지 알지 못한다. 山谷이 쓴
"語言이 홍미가 적은 것은 阿堵가 없기 때문이요, 氷雪에도 서로 보는
것은 다만 此君〔대나무〕뿐이로다." "눈으로는 인정이 格五 같음을 보
고, 마음으로는 세상일이 朝三 같음을 알리로다."라 한 것들도 다 이
와 같은 것이 많다. 나의 벗 기지〔임춘의 號〕가 그 묘법을 체득했으
니, "세월이 여러 번 양갑이 익은 것〔시간이 빠름을 뜻함〕에 놀랐고,
시문을 짓는 것은 거듭 鶴天이 찰 때 모였도다. 뱃속에는 일찍이 정신
이 가득찬 것을 알겠고, 가슴 속에는 모두 마음이 고상하지 못하고 더
러움이 생기는 게 없도다."라고 한 것 같은 것은, 모두 인구에 膾炙하
는 것이니, 진실로 고인에 부끄럽지 않은 것이다.)

⑤ 西河耆之倦遊, 僑泊星山郡, 郡倅飽聞其名, 送一妓薦枕, 及晚逃歸,
　耆之悵然作詩曰, 登樓未作吹簫佯, 奔月空爲竊藥仙, 不怕長官嚴號
　令, 謾嗔行客惡因緣. 其用事益精, 此古人所謂鑱金結繡, 而無痕迹.
■ ■ ■ ■ ■ ■〈李仁老,『破閑集』卷下〉

（西河 기지〔임춘〕가 벼슬에 싫증이 나서 성산군에 가서 묵을 때 군수

가 그의 이름을 익히 들어오던 터라, 기생 하나를 보내어 침실에서 모
시게 하였으나 밤에 도망쳐 버렸다. 기지가 원망스러워 시를 지어 이
르기를 "누대에 올랐을 때는 퉁소를 부는 짝이 되지 못했고, 달도 도
망가니 속절없이 약을 훔친 선녀가 되었도다. 장관의 엄한 호령도 겁
내지 않고, 부질없이 나쁜 인연이라 행객에게 성내도다." 하였다. 그
[임춘]는 고사를 사용하는 솜씨가 더욱 정교하여 古人[두보의 시, 〈麗
人行〉에 "繡羅衣裳照暮春, 蹙金孔雀銀麒麟"이라는 구절이 있음]이 말
한 '금실로써 수를 놓았다'(蹙金結繡)고 할 만한 것으로, 조금도 흔적
(고사를 사용한 흔적)이 없다.)

⑥ 毅王初, 靑郊驛吏, 養一靑牛, 狀貌特異, 獻諸朝, 上命近署詞臣, 賦
　　詩占韻而韻險峭, 莫不有難色, 東館金孝純爲第一, 玉堂愼應龍次之,
　　金云, "鳳慚覽德來巢閣, 馬愧儲精上應房." 愼云, "叩角昔嗟逢甯子,
　　釁鍾今免過齊堂." 上讀之數四曰, "使事雖工, 而語頗涉不恭." 故以爲
　　亞, 因賜上尊酒, 疋帛各有差.

ﾛ ﾛ ﾛ ﾛ ﾛ 〈李仁老, 『破閑集』卷上〉

　　(의왕 초년에 청교역리가 푸른 소 한 마리를 길렀는데, 그 모양이 특이
하게 생겼기 때문에 이것을 조정에 바치니, 왕은 詞臣들에게 명하여
운자를 내놓고 시를 지으라고 했는데, 그 운자가 매우 까다로와 난색
을 표하지 않는 사람이 없었다. 그 때 동궁 관속으로 있던 김효순이
으뜸이었고, 옥당에 있는 신응룡이 그 다음이었다. 김공은 "소도 덕을
찾아 궁중에 드는데, 봉이여, 너는 그것이 부끄럽지 않는가. 정기 모
아 방성에 응할 말 너도 그러하지."라 했고, 신공은 "소여, 너는 옛적
고각장탄하던 영자를 만난 것이 한스러웠으나, 이젠 흔종 때문에 제당
에 지날 것을 면했구나."라 했다. 왕은 이걸 서너 번 읽어 보더니, "故
事를 교묘히 구사했으나 말이 좀 불공스럽구나." 하고 신공의 시를 다
음으로 정하고, 상준주와 필백을 차등 있게 내리었다.)

　　위의 〈자료〉①에서 "頭白醉翁看殿後, 眼明儒老倚欄邊."(머리 흰 醉
翁[宋 구양수의 號]은 殿後[맨나중, 뒤늦게]에서 보고, 눈 밝은 儒老[唐 한퇴지
를 가리킨 말이나, 여기서는 안보린 등 시문을 먼저 제출한 사람을 가리킴]는 난

간 가에 기댔도다.)이라는 두 구절은 강일용이 刻燭의 자리에서 예종에게 지어 바친 시이다. '眼明儒老'라는 詩語는 唐의 韓退之가 지은 牧丹詩의 '今日欄邊眼明'이라는 시구에서 인용한 것이다. 이를 두고 이인로가 '其用事精妙如此'라고 평하고 있다. 이는, 用事를 하더라도 精妙하게 잘하여 뜻을 알차게 함은 물론 新意를 나타낼 수 있는 경우의 하나인 것이다. 〈자료〉③도 高舜·商周와 같이 帝王의 이름 등의 古人名을 사용한 용사에 관한 시평으로, '精妙'라는 評語類 用語를 사용하고 있다.

〈자료〉②는 "使事益精, 逸氣橫出, 琢句之妙, <u>可以與少陵幷駕.</u>" 곧 고사를 부리어 쓴 것이 더욱 알차고 빼어난 기상이 횡출하며 연탁의 작법이 杜甫 같은 大家에 나란할 만하다는 등의 시평을 곁들인 것으로, 대개 황정견·두보와 같은 중국의 빼어난 시인을 비교의 대상으로 삼았음을 알게 한다.

〈자료〉④는, 소동파의 시구 중 '騎鯨(기경)' 곧 이백의 海上騎鯨客'이라는 말에서 인용한 것과 '捫虱(문슬)' 곧 〈晋의 桓溫이 대궐에 들어가니 王猛이 칡옷을 입고 이〔虱〕를 잡으면서 旁若無人하였다〉는 고사를 인용한 것을 평한 것이다. 그리고 황산곡의 시2)에서의 '阿堵(아도)'라는 시어는, 晋의 왕연이 돈이 더러운 것으로 알고 '돈'이란 말을 입 밖에 내지 않자 그의 아내가 일부러 돈을 상(床) 위에 놓았을 때 왕연이 阿堵〔이 물건〕을 가져가라고 했다는 데서 온 고사를 말한 것이다. '此君'은, 대나무의 딴 이름으로, 晋 나라 왕휘지가 대를 가리켜 "어찌 하룬들 대가 없을 수가 있느냐."라고 한 고사에서 나온 말이다.3) '格

---

2) 『黃山谷詩集』, 〈次韻外舅謝師厚喜王正仲三丈奉詔禱南獄回至襄陽捨驛馬就舟見過三首〉(中一首)
　　語言少味無阿堵, 氷雪相看有此君. 燈火詩書如夢寢, 麒麟圖畫屬浮雲.
　　平章息女能爲婦, 歡喜兒曹解綴文. 憂樂同科唯石友, 別離空復數朝朣.
　　『黃山谷詩集』, 〈漫書呈仲謀〉
　　漫來從宦著靑衫, 秣馬何嘗解轡銜. 眼見人情如格五, 心知外物等朝三.
　　經時道上衝風雨 幾日樽前得笑談. 賴有同僚慰羈旅, 不然吾已過江南.

吾'는, 한시『吾邱壽王傳』에 '年少以善格吾, 召待詔'란 구절에서 온 말로, 놀음의 이름이며, '朝三'은, 朝三暮四라는 고사의 준말이다. 이처럼 동파와 산곡도 고사를 이용하여 시를 지었다.

임춘의 시에서도 고사의 인용이 있다. '羊胛熟'은,『唐書』「회율전」에 나오는 말인데, 골리간은 한해에 있는데 또 북쪽으로 바다를 건너면 낮은 길고 밤은 짧아 해가 질 때 甲胛을 구워 익히니 동방이 이미 밝았다는 고사로, 시간의 짧음을 비유한 말로 쓰이고 있다. '風騷'는『詩經』의 '國風'과 楚辭의「離騷」이다. 이와 같이 李仁老는, '句法如造化生成, 讀之者莫知用何事'라고 평한 것처럼, 읽는 사람이 무슨 고사를 사용했는지 모를 정도로 잘한 用事를 善評하고 있다.

〈자료〉⑤는, 임춘이 벼슬에 싫증이 나서 성산군에 묵을 때 郡守가 그의 이름을 익히 들어오던 터라, 기생 하나를 보내어 침실에서 모시게 하였는데, 그 기생이 밤에 몰래 도망쳐 버렸기에, 임춘이 그 기생이 원망스러워 윗 글의 시를 지었다는 것을 논한 것이다. '吹簫伴'은,『列仙傳』에 있는 고사로 蕭史가 퉁소를 잘 불어 봉황새 우는 소리를 내므로 여기에 감복하여 진 목공의 딸 농옥을 아내로 주니 농옥에게 퉁소 부는 것을 가르쳐 훗날 농옥은 봉황새를 타고 소사는 용을 타고 飛昇하였다는 고사이다. '竊藥仙'은,『淮南子』에 있는 고사로, 예(羿)가 불사약을 서왕모에게서 얻어 두었는데, 그의 아내 항아가 훔쳐 가지고 月宮으로 달아났다는 고사이다. "用事盆精, 此古人所謂蹙金結繡, 而無痕迹."(용사를 사용하는 솜씨가 더욱 정교하여 古人이 말한 바 금실로써 수를 놓았다고 할 만한 것으로, 조금도 흔적이 없다.)라는 시평은, 임춘이 用事하는 솜씨가 더욱 정교하여 古人이 말한 바 '蹙金結繡'(금실로써 수를 놓았다)라는 평을 들을 만하다는 용사평을 한 것이다.

〈자료〉⑥은, 用事가 잘된 경우를 평한 예라 할 수 있다. 毅王(의

---

3) 晋書,『王徽之傳』
　　嘗寄居空宅中, 便令種竹, 惑問其故, 但嘯詠指竹曰, 何可一日無此君.

왕) 초에 청교〔개성 부근에 있는 역 이름〕의 한 역리가 모양이 특이한 靑
牛를 왕에게 바치니, 왕은 가까운 관서의 글 잘하는 신하들에게 命하
여 韻을 달아 시를 짓게 하였다. 그러나 그 운이 너무 僻字였기 때문
에 시를 쉽게 지을 수가 없었다. 시를 지어 바친 신하들의 詩 중 14인
을 선발했는데, 그 중 金孝純의 시가 으뜸이었고 愼應龍이 그 다음이
었다. 의종이 이 두 사람의 詩 중 用事가 잘된 김효순의 시를 으뜸으
로 삼았고, 故事의 사용이 공교롭지 못하여 말씨가 거칠고 불경스러
운 신응룡의 시를 둘째로 하였다. 김효순의 시에서 "소도 덕을 찾아
궁중에 드는데, 봉황이여, 너는 그것이 부끄럽지 않는가"4)라고 하여,
봉황 고사를 활용하여 의종의 善政을 칭송하고 있다. 봉황은 덕이 있
는 성인이 나오지 않으면 나타나지 않는 새이다. 따라서 여기서는 今
上〔의종〕께서 덕이 있기 때문에 소도 閣에 와서 살게 된 것을 봉황새
네가 보면 먼저 閣에 깃들지 못한 것을 부끄러워해야 할 것이라는 뜻
을 쓰게 되었다. 그리하여 봉황 고사의 사용으로 今上의 善政이 돋보
이게 표현되어 用事의 묘미를 잘 살린 것을 볼 수 있다. 그러나 신응
룡의 시에 대해서는, 故事 인용은 하였지만 그 말이 거칠고 불경함을
의종이 지적했음을 평하였다. 신응룡의 시에 대해서는, 古人名과 故
事를 인용한 用事 방법이 서툴러 둘째로 뽑게 된 이유를 의종이 밝히
고 있다. 고려시대 의종의 이런 평을 했다는 것은, 精切한 用事는 권
장되고 故事의 인용이 험벽한 경우는 배척되었음을 알 수 있게 한다.

  신응룡의 시에서 '甯子'(영자)라는 古人名은, 춘추시대 衛 나라 사
람의 이름이다. 그는 집안의 살림살이가 어려워서 수레를 끌었다. 齊
나라에 이르러 수레 밑에서 소에게 먹이를 주고 소뿔을 두드리며 노
래를 했다. 齊 나라 桓公이 이 노래를 듣고 기이하게 여겨 管仲에게

---

4) 『詩經』 卷十七, 卷下.
　鳳凰于飛, 翽翽其羽, 亦集爰止.
　藹藹王多吉士, 維君子使, 媚于天子.
　成百曉 譯註, 『詩經集傳』(下), p.273.

명하여 그를 맞아들여 上卿을 삼았다. '甯子'(영자)의 인용은, 청교 역
리가 靑牛를 바친 일과 긴밀한 관련이 있는 것도 아니고, 그렇다고 왕
의 善政을 칭송하기 위한 것도 아니다. 또 '釁鍾'(흔종) 故事도, 用事를
신중하게 하지 않고 경솔하게 한 경우이다.5) '흔종'은, 새로 종을 주
조하여 완성되면, 짐승을 잡아 피를 내어서 그 틈에 바르는 것이다.
『孟子』, 「梁惠王」 章句(上)6)에 흔종 고사가 있다. 齊 나라 宣王이 堂
上에 앉아 있을 때 소를 끌고 堂下로 지나가는 자가 있었다. 제 선왕
이 이 장면을 보고 "소가 어디로 가는가?" 하고 묻자 대답하기를, "장
차 鐘의 틈을 바르는 데 쓰려고 해서입니다."하였다. 그러니 왕이 그
소를 불쌍히 여겨 양으로 바꾸어서 흔종에 쓰게 하였다. 이 故事의 인
용도 역시 시의 표현을 돋보이게 하지 못하였다. 古人名과 故事를 인
용하여 시를 창작하였지만 精切한 用事가 되지 못하였음을 알 수 있
다. 따라서 의종이 신응룡의 시를 말이 거칠다고 평했다는 것이다.
　　고려 후기의 비평가 중에서도 李仁老는, 이와 같이 用事의 시평에
능했음을 위의 자료들로써 알 수 있다.

2.2 李奎報 -『白雲小說』과『東國李相國集』의 경우

1) 用事論

〔資料〕

---

5) 魏慶之,『詩人玉屑』,「用事」, p.131.
　　凡用故事, 多以事淺語熟, 更不思究, 率爾用之, 往往有誤.
6) 『孟子』,「梁惠王章句」(上) 第七.
　　曰 若寡人者, 可以保民乎哉. 曰 可. 曰 何由, 知吾可也. 曰 臣聞之胡齕. 曰 王坐於
　　堂上, 有牽牛而過堂 下者, 王見之, 曰 牛何之. 對曰 將以釁鍾. 王曰 舍之. 吾不忍
　　其穀觫若無罪而就死地. 對曰 然則廢釁鍾與. 曰 何可廢也. 以羊易之, 不識. 有諸.
　　成百曉 譯註,『孟子集註』, p.32.

詩有九不宜體, 是余之所深思而自得之也, <u>一篇內多用古人之名, 是載鬼</u>
<u>盈車體也</u>, 攘取古人之意, 善盜猶不可, 盜亦不善, 是拙盜易擒體也, 押强
韻無根據, 是挽弓不勝體也, 不揆其才, 狃韻過差, 是飮酒過量體也, 好用
險字, 使人易惑, 是設坑導盲體也, <u>語未順而勉引用之, 是强人從己體也</u>,
多用常語, 是村父會談體也, 好犯丘軻, 是凌犯尊貴體也, 詞荒不刪, 是莨
莠滿田體也, 能免此不宜體格而後, 可與言詩矣.

■ ▪ ▪ ▪ ■ 〈李奎報『白雲小說』〉

(시에는 아홉 가지의 마땅하지 않은 體가 있으니, 이는 내가 깊이 생
각하여 스스로 터득한 것이다. <u>한 篇 안에 옛 사람의 이름을 많이 쓰니,</u>
<u>이는 귀신을 실어다가 수레에 가득 채우는 體요(載鬼盈車體)</u>, 옛 사람의
뜻을 훔쳐 쓰는 것은 도둑질을 잘한다고 해도 오히려 안되겠거든, 도둑
질 또한 잘하지 못하니, 이는 서툰 도둑이 쉽게 사로잡히는 體요(拙盜易
擒體), 어려운 운〔强韻〕을 다는데〔押韻〕 근거삼을 데가 없으니, 이는 쇠
뇌를 당기는 데 힘에 부치는 體요(挽弓不勝體), 제 재주를 헤아리지 못
하여 압운하는 것이 지나치게 어긋나니, 이는 술을 마시되 量이 지나친
體요(飮酒過量體), 험한 글자 쓰기를 좋아하여 남으로 하여금 쉽게 현혹
되게 하니, 이는 坑〔굴〕을 파 놓고 소경을 이끄는 體요(設坑導盲體), <u>말</u>
<u>이 순탄하지 못한 데도 억지로 인용하니, 이는 남으로 하여금 억지로 자</u>
<u>기를 따르게 하는 體요(强人從己體)</u> 상스러운 말을 많이 쓰니, 이는 촌
노인들이 모여서 지껄이는 體요(村父會談體) 구자(공자의 이름) 가자
(맹자의 이름)를 함부로 쓰기를 좋아하는 것은, 이는 존귀한 분을 능멸
하고 犯하는 體요(凌犯尊貴體), 말이 거친데도 잘라내지 않으니, 이는
둑피와 가라지〔잡초〕가 밭에 무성한 體라(莨莠滿田體) 하겠으니, 이 마
땅하지 않은 體格을 능히 면한 뒤에라야 가히 더불어 시를 얘기 할 수
있을 것이다.)

위의 〈자료〉는 이규보가 시를 짓는 데 반드시 경계해야 할 마땅하
지 않은 아홉 가지 체를 논한 것이다. "一篇內多用古人之名, 是載鬼盈
車體也"라고 하였는데, 이는 곧 시 한 편 안에 옛 사람의 이름을 많이
쓴 것을 평한 것으로, 用事한 것이 지나친 경우를 말한 것이며, 作法

評語類 용어의 '點鬼簿'라는 말과 같은 평을 들을 수 있는 체이다.7) "語未順而勉引用之, 是强人從已體也."라고 하였는데, 이는 곧 시에 쓴 말이 순탄하지 못한 데도 억지로 인용한 것을 논한 것으로, 이는 남으로 하여금 억지로 자기를 따르게 하는 체를 논한 것이며, 故事 또는 古人의 말을 用事하되 자기 詩句에 用事하기에는 불필요하거나 부적절한 것을 억지로 인용함으로써 用事가 精切하지 못하여 그 시구나 시어를 이해하는 데 순탄하게 받아들일 수 없도록 하는 경우를 말한 것이다.

2) 用事評

〔資料〕

足下以爲世之紛紛效東坡而未至者, 已不足道也, 雖詩鳴如某某輩數四君者, 皆未免效東坡, 非特盜其語, 兼攘取其意, 以自爲工, 獨吾子不襲蹈古人, 其造語皆出新意, 足以驚人耳目, 非今世人比, 以此見褒抗僕於九霄之上, 玆非過當之譽耶. 獨其中所謂之創造語意者, 信然矣. 然此非欲自異於古人而爲之者也, 勢有不得已而然耳. 何則, 凡效古人之體者, 必先習讀其詩, 然後效而能至也, 否則剽掠猶難, 譬之盜者, 先窺諜當人之家, 習熟其門戶墻籬, 然後善入其室, 奪人所有, 爲己之有, 而使人不知也, 不爾, 未及探襲肰篋, 必見捕捉矣, 財可奪乎. 僕自少放浪無檢, 讀書不甚精, 雖六經子史之文, 涉獵而已, 不至窮源, 況諸家章句之文哉. 旣不熱其文, 其可效其體盜其語乎. 是新語所不得已而作也.
　　■ ■ ■〈李奎報, 『東國李相國集』, 卷第二十六, 「答全履之論文書」〉

(足下께서 생각하기를, "세상에서 紛紛하게도 東坡를 본받는다고 하면서 이르러가지 못하는 자들은 이미 족히 말할 것도 없고, 비록 시로써 이름을 떨치는 이를 테면 某某輩 같은 몇몇 사람들이 모두 東坡를 본받기는 하되 다만 그 말을 도둑질할 뿐만 아니라 아울러 그 뜻을 훔쳐다

---

7) 鄭堯一, 「李奎報의 文學思想」, 『漢文學의 硏究와 解釋』, 一潮閣, 2000, p.164.

쓰면서 스스로를 공교롭게 여기는[잘한다고 생각하는] 것을 면하지 못하는데, 유독 당신은 古人을 蹈襲(도습)하지 않고 그 말을 지어냄에 모두 새로운 뜻[新意]을 지어내서 족히 남의 이목을 놀라게 하니, 요즘 세상의 사람들과 견줄 바가 아니다." 하시어, 이로써 칭찬하여 나를 九天[九霄]의 위로 치켜올리시니, 이는 지나친 예찬이 아니겠습니까? 유독 그 가운데 이르신 바 말뜻[語意]을 창조해낸다는 것은 진실로 그렇습니다. 그러나 이는 스스로 옛사람과 다르고자 해서 한 것이 아니라, 事情[形勢]이 어쩔 수 없어서 그런 것일 따름입니다. 왜냐하면, 무릇 古人의 體를 본받는 자는 반드시 먼저 그 시를 익숙하게 읽은 뒤에라야 본받아서 능히 이르러갈 수 있으니, 그렇지 않으면 표절 약탈하기도 오히려 어려워질 것이니, 도둑질하는 자에 비유하자면, 먼저 부잣집을 엿보고 염탐하여 그 문과 문지게[門戶]와 담장과 울타리에 익숙해진 뒤에라야 그 집에 잘 들어가서 남이 가진 것을 빼앗아 자기 소유로 만들면서도 남이 알지 못하게 할 것이요, 그렇지 않으면 미처 자루를 더듬어 보고 상자를 열어 보기도 전에 반드시 붙잡히고 말 것이니, 재물을 빼앗을 수나 있겠습니까? 나는 여려서부터 방탕 허랑하고 검속됨이 없어서 글을 읽는 데에도 심히 정밀하지는 못했으니, 비록 六經과 諸子書와 역사서의 글이라도 섭렵했을 따름이요 근원을 끝까지 캐는 데에는 이르지 못했거늘, 하물며 諸家의 章句에 관한 글이겠습니까? 이미 그 글에 익숙하지 못하니, 그 體를 본받을 수 있겠으며 그 말을 도둑질할 수나 있겠습니까? 이것이 새로운 말[新意]을 부득이 짓지 않을 수 없는 까닭입니다.)

위의 〈자료〉에서 李奎報의 작시론적 견해는 古人의 體를 잘 본받는 것이 古人의 경지에 가까운 탁월한 시적 경지에 도달하기 위해서도 갖추어야 할 기본적인 시적 자세라는 것을 천명한 것이다. 李奎報는, 古人의 體를 제대로 본받는다는 것이 쉽지 않는 일이기 때문에 어설프게 古人을 본받으려다가 蹈襲이나 剽竊(표절)을 면할 수 없는 지경이 되지나 않을까 우려하여 자기나름의 새로운 말[新語]을 창출해내지 않을 수 없게 되었다는 속사정을 토로하고 있다.[8] 李奎報는 여

---

8) 鄭堯一, 앞의 책, pp.160~162.

기서, 도둑질 곧 표절이나 교묘한 도습을 권장하기 위해서 위와 같은 말을 한 것이 아니다. 古人의 體를 제대로 본받고 古人의 경지에 이르러가기 위해서는 古人의 시를 익숙하게 읽은 뒤에라야 가능하니, 익숙하게 읽지 않고서는 도둑질하기조차 어렵다는 뜻에서 위와 같은 말을 하게 된 것이다. 이는 李奎報가, 古人의 體를 제대로 본받지도 못하고 또 그 좋지 못한 도둑질도 제대로 못하여 서툰 도둑이 되느니 차라리 자기나름의 '새로운 말'〔新語〕을 지을 수밖에 없다는 것을 말한 것이다. 이는 李奎報 자신이, 서툰 點化를 하여 도습하는 꼴을 면하지 못하는 일이 없도록 하고자 하였다는 것을 논한 것이기는 하나, 崔滋의 詩評에서 이규보가 좀처럼 불필요한 用事를 하지 않으려 했다는 評과 관련지어 생각할 때, 이규보의 用事觀을 반영해 주는 스스로에 대한 시평이라 하겠다.

2.3 崔滋 -『補閑集』의 경우

1) 用事論

〔資料〕

① 詩僧元湛謂予云, 今之士大夫作詩, 遠託異域人物地名, 以爲本朝事實, 可笑, 如文順公南遊曰, 秋霜染盤吳中樹, 暮雨昏來楚外山, 雖造語淸遠, 吳楚非我地也, 未若前輩松京早發云, 初行馬坂人烟動, 及過駝橋野意生, 非特辭新趣勝, 言辭甚的, 予答曰, <u>凡詩人用事不必泥其本, 但愚意而已 況復天下一家, 翰墨同文, 胡彼此之有間</u>, 僧服之.

∙∙∙∙∙〈崔滋,『補閑集』卷中〉

(시승 원담이 나에게 말하였다. 요즈음 사대부들은 시를 짓는데 멀리 다른 나라의 인물과 지명에 의탁하여서 우리 나라의 사실로 삼아 버리

는 게 우습다. 예를 들면 문순공의 〈南遊〉에서 "가을 서리에 吳 나라
나무 물들고, 저문 비에 楚 나라 산 어둡네."라고 하여 비록 말 만든
것이 맑고 고원하지마는 吳와 楚는 우리 나라의 땅이 아니다. 어떤 선
배의 〈松京早發〉에서 "마판에 가니 사람들은 연기처럼 술렁이고, 타교
[낙타교]를 지나자 들 생각 생기네."라고 한 시만 못하다. 이 시는 말
이 참신하고 취지가 좋으며 말씨가 매우 적실하다고 했다. 나는 대답
하기를 "대개 시인이 말을 인용함에 반드시 그 근본에만 집착할 필요
는 없다. 자기의 생각을 다른 사물에 비유해서 은근히 나타내면 그뿐
인 것이다. 더구나 천하가 한 집안이며 붓과 먹은 글을 같이하는데 어
찌 피차에 간격이 있으랴."하였더니 그 중은 옳다고 했다.)

② 近世尙東坡, 蓋愛其氣韻豪邁, 意深言富, 用事恢博, 庶幾効得其體
也. 今之後進讀東坡集, 非欲倣效以得其風骨, 但欲證據以爲用事之
具. 剽竊不足導也. 況敢學杜甫得其波耶 文安公常言, 凡爲國朝制作
引用古事, 於文則六經三史, 詩則文選李杜韓柳, 此外諸家文集不宜,
據引爲用.

■ ᵐ ᵐ ᵐ ᵐ ᵐ 〈崔滋, 『補閑集』卷中〉

(근세에 東坡를 숭상하는 것은 대개 그 氣와 韻이 豪邁하고 뜻이 깊고
말이 깊으며, 고사를 인용함이 회박하여 그 문체를 거의 본받을 수 있
음을 사랑할 것이다. 그런데 지금 후진들은 東坡集을 읽으면서 본받아
서 그 風骨을 얻으려는 것이 아니라 다만 증거를 삼아 이것으로 용사
의 도구로 삼으려 할 뿐이다. 표절도 인도할 수 없는데, 하물며 두보
를 배워 그의 파란을 얻을 수 있겠는가. 문안공은 항상 말하기를 '무릇
국조의 제작에서 고사를 인용하려면 문장에는 六經과 三史이며, 시에
는 『文選』·『李白集』·『杜甫集』·『韓愈集』·『柳宗元集』이요, 이 외의
제가의 문집은 증거로 인용해서는 안 된다.'라고 하였다.)

③ 凡用故事不同, 或名號或言行, 大抵用事之聯, 罕有新意, 唯假借爲
用, 如有新意然失實, 眉叟云, 老去陶潛方止酒, 慵多杜叟不梳頭, 此
用古人名, 又云 附熱背追氷氏子, 絶交偏恨, 孔方兄此假用名, 又云,
要作洞中秦博士, 何須墓上漢征西, 用古人官, 皇祖云, 氷廳掛鏡容

寒土, 霜署提網激暖卿, 假用官名, 文順公云, 墮車醉者只全酒, 把甕
丈人寧有機, <u>用古人語</u>, 皇祖云, 薄宦一生誰得鹿, 故人千里子知魚,
<u>借用古人語</u>, 得鹿之語非指薄宦知魚之說不關故人此皆借用文順公
云, 世味淺深曾染指, 人生得失已忘蹄, 染指借用古人事, 與上知魚
借用語同忘蹄借用古人語, <u>詩家貴借用, 然用之不工, 則意反而語生</u>,
〈崔滋, 『補閑集』 卷下〉

(무릇 고사를 사용하는 것은 한결 같지 않으니, 혹은 이름이나 호칭을
쓰기도 하고 언행을 쓰기도 한다. <u>대개 用事한 聯은 新意가 드무니,
오직 빌려서 쓰는지라, 마치 新意가 있는 것 같으나 실상은 잃게 된
다.</u> 眉叟[이인로의 字]의 시에 이르기를, "늙어가매 도잠은 바야흐로
술을 끊었고, 게으름이 많아져 두보는 머리를 빗지 않았다네."라고 하
였으니 이는 <u>옛 사람의 이름을 사용한 것이며</u> 또 "열에 붙어 즐겨 우박
을 좇겠는가. 절교를 하고는 한갓 엽전만을 미워한다."라고 하였는데
<u>이것은 명칭을 빌어 사용한 것이다.</u> 또 "동굴 속의 秦 나라 박사가 되
고자 한다면, 어째서 무덤 위의 漢 나라 征西[서방을 정벌하는 대장
군]가 되려 하는가." 한 것은 <u>옛 사람의 벼슬을 사용한 것이다.</u> 또 皇
祖[祖父]의 "빙청에 거울을 걸어 놓으니, 가난한 선비를 용납하고, 상
서에 강기를 제시하니 사치한 고관들에게 충격을 주네." 한 것은 <u>벼슬
이름을 빌어서 사용한 것이다.</u> 또 문순공의 "수레에서 떨어진 취한 사
람은 다만 술 때문에 온전하며 물독을 잡은 어른이 어찌 기심이 있겠
는가."라고 한 것은 <u>옛 사람의 말을 사용한 것이다.</u> 황조[최자의 조부]
의 "하찮은 벼슬살이 한평생에 누가 천하를 얻었겠나. 천리 타향에 있
는 그대가 내 마음을 알리라."라고 한 것은 옛 사람의 말을 빌어서 사
용한 것이다. 천하를 얻는다고 한 말은 하찮은 벼슬을 가리킨 것이 아
니며, 고기의 마음을 안다고 한 말은 그대와는 관계가 없는 것으로 이
는 모두 빌어 사용한 것이다. 문순공 "세상 맛 얕고 깊음은 일찍이 손
가락을 솥 속에 넣어 국물의 맛을 보는 것 같고, 인생의 얻고 잃음은
이미 토끼올무를 잊어버림과 같네."라고 한 염지는 옛 사람의 일을 빌
어 사용한 것이고 윗시의 고기의 마음을 안다는 것과 빌어 사용한 말
이 똑같다. 망제는 옛 사람의 말을 빌어 사용한 것이다. <u>시인들은 빌
려서 쓰는 것을 귀하게 여긴다. 그러나 쓰는 것이 공교롭지 못하면,</u>

<u>뜻이 뒤집히고 말이 생소해진다.</u>)

최자는 위의 〈자료〉 ①에서, 대개 시인이 말을 인용함에 반드시 그 근본에만 집착할 필요는 없다고 하면서 자기의 생각을 다른 사물에 비유해서 은근히 나타내면 그뿐인 것이다라고 했다. 그러면서 天下가 한 집안이므로 중국 지명을 인용하거나 우리 나라〔고려〕 지명을 인용하거나 큰 차이가 없다고 하였다. 이는 최자가 이규보를 긍정적으로 은근히 감싸는 듯한 호평한 것이다. 詩僧 元湛이 문순공의 시〈南遊〉를 평한 것처럼 "시를 짓는데 다른 나라의 인물과 지명에 의탁하여 우리 나라의 사실로 삼아 버린 것은 마땅히 비판받을 일이다." 라고 하였다. 그리고 어떤 선배의 시 〈松京早發〉에서는 우리의 지명인 '마판'과 '타교'를 인용하여 오히려 말이 참신하고 말씨가 매우 적절하다고 하였다. 원담은 이처럼 用事의 자료〔대상〕로 다른 나라의 지명이나 인명을 인용하기보다는 우리 나라의 지명이나 인명을 인용해야 함을 주장하고 있다. 이는 조선시대 정약용이 『與猶堂全書』에서 다음과 같이 주장한 바 우리 나라 史蹟을 용사의 자료로 삼아야 한다는 견해와 궤를 같이 하고 있다.

此後로 詩를 지을 때에는 반드시 用事를 위주로 해야 한다. 비록 그러나 우리 나라 사람들은 툭하면 중국의 故事만을 사용하는데, 이 또한 비루한 성품 때문이다. 마땅히 『三國史記』·『高麗史』·『國朝寶鑑』·『東國輿地勝覽』·『懲毖錄』·『燃藜室記述』 및 그 밖의 우리 나라 문헌들에서 그 사실을 취하고 그 지방을 살핀 다음 詩에 쓴 연후라야 바야흐로 세상에 이름을 남기며 후세에 전할 수 있을 것이다.

(此後所作, 須以用事爲主, 雖然, 我邦之人, 動用中國之事, 亦是陋品, 須取三國史·高麗史·國朝寶鑑·輿地勝覽·懲毖錄·燃藜述·及他東方文字, 採其事實, 考其地方, 入於詩用, 然後方可以名世而傳後.)
■ ■ ■ ■ ■ 〈丁若鏞, 『與猶堂全書』第一集, 第二十一卷, 「寄淵兒」〉

그리고 〈자료〉 ②에서는 흔히 용사의 바탕을 삼게 되는 고전에는 어떤 것이 있는가를 논하고 있다. 여기서 文安公 兪升旦이 밝힌 用事의 범위가 중국 서적이나 시집들이다. 그리고 최자도, 위의 〈자료〉에서 밝힌 바와 같이, 당시의 후진들이 동파집을 읽는 이유가 風과 格을 익히기 위한 것이 아니라 다만 用事의 도구로 사용하기 위해서라 했다. 최자의 이런 지적에는 단순한 인용에 대한 비판도 아울러 포함되어 있음을 미루어 짐작할 수 있다. 다시 말하면, 동파의 풍골까지 익혀야 하는데 다만 용사의 근거로만 사용한다고 후진들을 질책한 것은, 精切하지 못한 用事를 지적한 경우라 하겠다.

〈자료〉 ③에서는 用事를 쓸데없이 한다거나 중첩되게 많이 하면 군더더기가 될 뿐 新意를 잃게 된다고 했다. 그리고 '詩家貴借用'(시인들은 빌려서 쓰는 것을 귀하게 여긴다.)이라고 하여, 시인들은 필요한 경우 故事를 적재적소에 솜씨 좋게 잘 인용하는 것을 귀한 일로 여겼다. 그러나 用事하는 솜씨가 공교롭지 못하면 뜻은 뒤집히고 말이 생소해진다고 하였다. 그것은 역대의 시인들이나 비평가들이 精切하지 못한 用事를 흔히 경계해 왔음을 알 수 있게 한다. 그런데 역대의 詩文에서 用事의 대상이 되어 온 것을 들자면, 聖經 구절이나 聖賢의 말씀에 담긴 뜻과 역사적 사실 등을 들 수 있고, 그 외에도 地名·古人의 名號나 官名·古人의 언행 또는 시구·문구 등을 들 수 있다. 그와 같이 위의 〈자료〉 ③에서는 用事의 대상이 주로 무엇이었는가를 확인할 수 있었다.

2) 用事評

〔資料〕

① 今之詩人評曰兪文安公升旦, 語勁意淳用事精簡, 金貞肅公仁鏡, 凡使字必欲淨新, 故每出一篇, 動驚時俗, 李文順公奎報, 氣壯辭雄, 創

意新奇, 李學士仁老, 言皆格勝, 使事如神, 雖有躡古人畦畛處, 琢鍊
之巧靑於藍也, 李承制公老, 辭語遒麗, 尤長於演誥對偶之文,
　　　　　　　　　　　　　　　　■ ■ ■ ■ ■ ■ 〈崔 滋『補閑集』卷中〉

(지금의 詩人이 평하기를 '文安公 兪升旦은 시어가 굳세고, 뜻이 순박
하며, 용사에서는 알차고 간결하다. 貞肅公 金仁鏡은 글자를 쓰는데
꼭 청신함을 기한다. 때문에 한편을 쓸 때마다 時俗 사람을 놀라게 한
다. 文順公 李奎報는 氣가 장하고 辭語가 雄渾하며 뜻을 지어낸 것이
新奇하고, 學士 李仁老는 말이 모두 格이 높고 故事를 부리어 쓴 것이
神과 같아서 비록 옛 사람의 밭두둑을 밟는 점이 있으나, 鍊琢의 공교
로움이 靑出於藍의 재주가 있다. 承制 李公老는 辭語가 굳세고도 고우
며 더구나 誥文을 짓는 對偶의 글에 능하다.'라고 하였다.)

② 文烈公和慧素師描兒云, 螻虫義道存狼虎仁, 不順遣妄始求眞, 吾師
慧眼無分別, 物物皆呈淸淨身, 文順公蟾云, 非磊形可憎, 爬 行亦澁,
群虫且莫輕, 解向月中入, 眉叟蟻云, 身動牛應鬪, 穴深山恐頹, 功名
珠幾曲, 富貴夢初回, 文順公形容甚工, 李學士句句皆用事, 文烈公
寄意浮屠言理最深, 大抵體物之作, 用事不如言理, 理言不如形容,
然其工拙, 在乎構意造辭耳,
　　　　　　　　　　　　　　　　■ ■ ■ ■ ■ ■ 〈崔滋,『補閑集』卷中〉

(文烈公〔김부식〕이 혜소 선사(고려 승려)의 화답한 〈묘아〉 시에서 "개
미는 道가 있고 이리와 호랑이는 어짐이 있으니, 망령된 것 보내야 비
로소 참을 구하는 것만은 아니네. 선사의 혜안은 분별이 없으니, 물건
마다 모두 청정한 몸 드러내네." 하였다. 文順公(이규보)은 〈두꺼비〉
를 읊은 시에서 "오톨도톨한 꼴 밉상스럽고, 엉금엉금 기는 걸음 또한
느리네. 뭇 벌레들은 그렇다고 경멸하지 말아라, 허물 벗고 달 속으로
들어갈 수 있다네." 하였다. 眉叟는 〈개미〉를 읊은 시에서 "몸을 움직
이면 소가 응당 다투고, 굴이 깊으니 산이 허물어질까 두렵네. 공명의
구슬은 몇 구비러냐, 부귀는 꿈의 처음 시작이네." 라고 하였다. 문순
공은 형용이 매우 섬세하다. 이학사는 구절마다 모두 용사한 것이다.
문열공은 뜻을 불교에 두었는데 말의 의미가 매우 깊다. 일반적으로

사물을 바탕으로 하여 글을 지을 때 용사한다는 것은 사물의 이치를
말하는 것만 못하고 사물의 이치를 말하는 것은 사물을 올바로 형용하
는 것만 못하다고 하겠다. 그러나 그 글의 공존은 다만 구상하는 뜻과
만들어 내는 말의 여하에 달려 있을 따름이다.)

③ 文烈公菊花云, 一夜秋風萬樹空, 菊花纔發兩三叢, 樊素無情逐春去,
　朝雲獨自伴蘇云, 文順公云, 靑帝司花剪刻多, 何如白帝又司花, 金
　風日月吹蕭瑟, 把底陽和放艶葩, 金翰林云, 芬敷恨不及春風, 露冷
　霜凄慘玉容, 歲晩芳心誰獨識, 殘叢尙有愛花蜂, 李學士重九後云,
　莫將殘艶怨居諸, 一掬秋香久尙餘, 人意不墮時自變, 龍陽何苦泣前
　魚, 古今多以美女比花, 文烈用美人事, 意雖精當, 事則芻拘, 眉叟用
　龍陽事, 此詩家意外之喩最警, 又賦鸚鵡云, 語言愈巧身愈困, 須信
　韓非死說難, 皆類此,

■ ※ ■ ※ ■　〈崔滋, 『補閑集』 卷中〉

　(문열공은 〈국화〉시에서 이르기를 "하룻밤 가을 바람에 일만 나무들
앙상한데, 국화는 겨우 두세 떨기 피어 있네. 樊素〔唐 나라 백거이의
애첩〕는 무정하게 봄을 따라갔는데 朝雲〔宋 나라 소식의 애첩〕은 쓸
쓸히 蘇公과 짝하였네."하였고, 문순공은 이르기를 "봄〔靑帝 : 五天帝
의 하나로 동방을 지키는 봄의 神〕은 꽃 피우는 조화 맡아 많이도 자
르고 새겼는데. 어찌자고 가을〔白帝 : 서방을 지키는 가을의 神〕은 또
꽃을 피우려 하는가. 가을 바람 날마다 쓸쓸히 부는데, 봄기운 가져다
아름다운 꽃 피우네."하였다. 김한림은 이르기를 "꽃향기 피워 내며 봄
바람에 닿지 못함을 한스러워하고, 찬 이슬 된서리에 고운 얼굴 처참
하네. 기우는 나이에 아직 꽃다운 마음 그 누가 알아 주리, 자다 남은
꽃떨기에 벌이 찾아 속삭이네."하였다. 이학사는 〈重九後〉에서 이르기
를 "고움이 시든다고 세월을 원망 말게, 한 웅큼의 가을 향기 오래오
래 남느니, 사람의 마음은 따르지 않고 시절이 스스로 변하는데, 龍陽
〔위왕의 첩 남자〕은 어찌 前魚를 울었던가."하였다. 예나 지금이나 흔
히 미녀를 꽃에 견준다. 문열공은 미인의 고사를 인용하였는데, 뜻은
비록 정밀하고 당연하지만 용사한 내용은 가치가 없다. 미수는 용양의
고사를 인용했는데, 이것은 시인들이 최고로 여기는 뜻밖의 비유를 나

타낸 것으로 警策이라 하겠다. 또 그의 〈부앵무〉에서 화운하기를 "말씨가 교묘하면 몸은 더욱 고단하니, 모름지기 한비자가 설란〔자신의 의견을 다른 사람이 올바르게 받아들이게 설득하는 것이 어렵다는 뜻〕에 죽은 것을 믿어야 하네.")

④ 李學士梅花云, 靑帝舍情玉作花, 素衣眞箇在施家, 幾敎醉尉昏混眼, 錯認林中縞袂斜, 皇祖和金樞密玉梅云, 姑射氷膚雪作依, 香唇曉露吸珠璣, 應嫌俗藥春紅染, 欲向瑤臺駕鶴飛, 文順公梨花云, 初疑枝上雪黏華, 爲有淸香認是花, 飛來易見穿靑樹, 落去難知混白沙, 金翰林李花云, 悽風冷雨濕枯根, 一樹狂花獨放春, 無奈異香來聚窟, 漢宮重見李夫人, 李學士眉叟李花云, 曾將玉麕駕雲車, 入處瓊宮十八餘, 樹下初生因作姓, 從玆仙李便扶踈, 梅花二首用事雖異, 皆取色言, 李花兩首, 用事有深淺, 優劣自分, 眉叟但言李不言花, 雖用事深何工, 文順公率不用事, 蓋尙新意耳,

■ ■ ■ ■ ■ 〈崔滋,『補閑集』卷中〉

(李學士는 〈매화〉시에서 이르기를 "봄이 정을 베풀어 옥으로 꽃 빚어 내니, 흰 옷은 참으로 시가에 있다네. 그 몇 번이나 醉尉〔漢 나라 사람인 패릉위가 술취한 것을 이름〕의 침침한 눈으로 하여금 숲속에 걸려 있는 흰 옷인가 잘못 보게 하네." 하였다. 돌아가신 조부께서 김추밀의 〈옥매〉시에 화운하기를 "막고야의 흰 살결에 눈 같은 흰 옷, 향기로운 입술로 구슬 같은 새벽 이슬을 마시네. 응당 속된 꽃술 붉은 빛깔 싫어하여, 요대를 향해서 학 타고 날아가리." 하였다. 문순공은 〈이화〉시에서 "처음엔 가지에 붙은 눈송인가 의심했더니, 맑는 향기 풍기자 꽃인 줄 알았네. 나는 꽃잎은 푸른 나무 사이로 선명히 보이더니, 떨어진 꽃잎은 흰모래와 구별 못하겠네." 하였고, 김한림의 〈이화〉시에 이르기를 "쓸쓸한 바람 찬 비에 마른 뿌리 적시고, 한 나무의 미친 꽃이 홀로 봄을 피우네. 기이한 향기 취굴〔신선이 사는 10주의 하나로 거기에서 返에 魂香이 나오는데, 그 향내가 미치는 곳에는 죽은 사람이 소생한다고 함〕에서 나옴을 어쩔 수 없으니, 漢 나라 궁실은 李夫人〔漢 무제의 비빈으로 이연년의 누이. 무제가 좋아하던 이부인을 잃고 몹시 상심하엿는데, 李少君이 방술로 이부인의 혼을 불러와 얼굴

을 잠깐 다기 보게 하였다고 함 여기서는 가을에 다시 핀 오얏꽃을 이 부인에 비유했음.〕다시 보리." 하였다. 학사 이미수도 〈이화〉를 읊기를 "일찍이 흰 사슴에 구름 멍에 메워서, 경궁에 들어간 지 열 여덟 해가 되었네. 나무 밑에 처음 났기에 나무로 성을 삼으니, 이로부터 이씨〔仙人과 같은 老子를 가르킴. 노자의 성이 李氏이기 때문에 나온 말임.〕는 사방으로 번창했네." 하였다. 〈매화〉 두 수의 용사는 비록 다르지만 다 같이 매화의 빛깔을 택해서 말했고, 〈李花〉 두 수는 인용함이 심천이 있으므로 그 낫고 못함은 저절로 구분된다. 眉叟는(「李花」라는 시에서) 다만 오얏나무〔李〕를 말하고 꽃을 말하지 않았으니, 비록 用事가 깊으나 어찌 공교로우리오? 文順公〔李奎報의 諡號〕은(「梨花」라는 시에서) 거의 用事를 하지 않았으니 그것은 대개 新意를 숭상한 까닭이다.)

⑤ 李學士眉叟使大金, 次韻漁陽懷古云, 槿花低映碧山峰, 卯酒初酣白玉容, 舞罷霓裳歡未足, 一朝雷雨送猪龍, 後李司成百全, 爲書狀官入大金, 抵此和之云, 一上我鵝毛寺後峰, 祿山曾此鍊軍容, 只因欲奪雞頭肉, 豈是爭爲月化龍, 又宴會驪山玉蕊峰, 芙蓉那似酒酣龍, 不知今有明駝使, 千里殷勤寄瑞龍, 眉叟用事, 必以辭語清新, 然槿花事語新而意不切, 其次韻峰龍兩字甚佳,

■ ※ ■ ※ ■ 〈崔滋, 『補閑集』 卷中〉

(學士 李眉叟가 大金에 사신으로 가서 〈漁陽9)懷古〉시에 차운하기를 "무궁화꽃은 푸른 산봉우리에 나직이 비치고, 아침 술은 흰 얼굴에 처음 취하는구나. 예상곡〔양귀비의 춤곡〕에 맞춰 춤 끝나도 즐거움 만족하지 못하니, 하루 아침 천둥 비에 猪龍〔안녹산〕을 보내도다." 하였다. 후에 사성 이백전〔고려 문신〕은 서장관이 되어 大金에 들어가서 여기에 화운하기를, "아모사 뒷 봉우리에 한번 오르니, 안녹산이 일찍이 여기서 군사 훈련 하였어라. 다만 계두육〔양귀비〕만 빼앗으려 했을 뿐인데, 어찌 돼지〔月〕가 용이 되자고 다툰 것이겠는가." 하고 또 "여산의 옥예궁에 모여 잔치자리 베푸니, 부용〔양귀비〕은 술에 취한 얼굴 같구나. 아지 못하노라, 지금도 명타사〔심부름꾼〕 있어, 천리에서 은

---

9) 中國 河北省 密雲縣 서남쪽에 위치했던 지명, 안녹산의 鍊兵地였음.

근히 서룡〔향료〕을 보여 주려나." 하였다. <u>미수는 용사함에 반드시 말</u>
<u>을 맑고 새롭게 하였으나</u> 무궁화를 용사한 것은 말은 새로워도 뜻은
절실하지 않고 그의 차운시 가운데 '峰'과 '龍' 두 운자는 아주 훌륭하
다.)

위의 〈자료〉 ①을 살펴보면, 최자 시대의 시인이 이인로의 시적
경지를 "李學士仁老, 言皆格勝, 使事如神, 雖有躡古人畦畛處, 琢鍊之
巧靑於藍也"(학사 이인로는 말이 모두 격이 높고 고사를 부리어 쓴 것이 신과
같아서 비록 옛 사람의 밭두둑을 밟은 점이 있으나, 鍊琢의 공교로움이 靑出於藍
의 재주가 있다.)라고 평하면서 용사의 솜씨가 神妙한 것을 극찬하고 있
다는 것을 알 수 있다. 그리고 문안공 유승단도 용사의 솜씨가 정밀하
고 간결하다고 하였다 한다. 최자가 『보한집』에서 이와 같은 내용을
밝힌 것으로 보아 고려 후기에는 용사의 방법이 매우 보편화되고 세
련되어 精切한 용사가 행해지고 있었음을 알 수 있다.
　〈자료〉 ②에서 볼 수 있듯이 이인로의 詩〈蟻〉〔개미〕에서는 구절마
다 故事를 인용하고 있다. 제1句의 '몸을 움직이면 소가 응당 다투고'
는, 晉의 殷仲堪의 아버지가 귓병이 생겨, 평상 밑에서 개미가 움직이
는 소리를 소가 싸우는 소리로 들었다는 고사를 인용한 것이다. 제2
句의 '굴이 깊으니 산이 허물어질까 두렵네'는, 개미 구멍으로 둑이 무
너지고 집이 불탄다는 『韓非子』에 기록된 故事고, 제3句 '공명의 구슬
은 몇 구비러냐'는, 孔子의 故事로, 孔子가 陳 나라 匡땅 사람에게 陽
虎로 의심받아 붙잡혔는데, 그 때 그 액을 벗어나기 위해 九曲珠에 실
을 꿰도록 시험을 받았으며, 그 때 한 村婦로부터 개미 허리에 실을
매어 九曲珠를 꿰는 비결을 배웠다는 고사이다. 제4句 '부귀는 꿈의
처음 시작이라네'는, 南柯一夢의 고사로, 唐의 淳于棼이 槐樹의 남쪽
가지 밑 개미 굴 위에서 잠을 자다가 꿈 속에서 槐安國의 부마가 되고
南柯郡의 太守가 되어 온갖 부귀 영화를 누리다가 꿈을 깬다는 고사
이다. 이는 이인로가 用事를 매우 잘 한 예라 할 것이다. 그리고 문순

공의 시 〈蟾〔두꺼비〕〉에서의 '허물 벗고 달 속으로 들어갈 수 있다네.'
도 '姮娥' 故事를 인용한 것이다. 달 속에 있는 두꺼비는, 羿(예)가 西
王母에게서 얻은 仙藥을 그의 처 항아가 훔쳐 먹고 달 속으로 달아나
두꺼비로 변화된 것이다. 이처럼 위의 자료로써 이인로·이규보 모두
用事에 능통했음을 확인할 수 있다.

　〈자료〉③에서는 문열공 김부식이 〈국화〉시에서 唐 나라 때 시인
백거이의 애첩인 '樊素(번소)'와 소식의 애첩인 '朝雲'을 用事하였는데,
최자가 인용한 말이 가치가 없다고 평하고 있다. 왜냐하면 용사한 대
상이 비유된 것이 아니라 단순히 인용의 대상으로만 사용되었기 때문
이다. 백거이에게는 樊素와 小蠻 두 애첩이었는데, 번소는 노래를 잘
하였고 소만은 춤을 잘 추었다고 한다. 백거이가 68세 때 병고에 시
달리자 두 애첩이 백거이를 떠나갔다고 한다. '조운'은 소식의 애첩으
로 소식이 죽을 때까지 변함없이 내조했다고 한다. 따라서 문열공의
〈菊花〉 시는, 단순히 이름만 인용한 것이기 때문에 시적 의미가 한층
더 돋보이게 하지 못한 라고 하겠다. 그래서 최자가 혹평을 한 것이
다.

　그리고 최자는, 이인로가 〈重九後〉에서 '龍陽' '前魚'의 고사를 인
용하고 있음을 높이 평가하고 있다. 그 이유는 비유가 매우 잘 되었기
때문이다. 중국 위왕의 애첩인 南子가 위왕과 낚시를 할 때 먼저 낚은
고기가 뒤에 낚은 고기보다 작아서 이것을 버리려고 했다는 고사로,
장차 버림을 받을 경우의 사람에 비유해 쓴 것이다.

　〈자료〉④는, 이인로가 〈李花〉라는 시에서 오얏나무〔李〕만을 말하
고 꽃을 말하지 않았기 때문에 우연히도 공교롭지 못한 시를 짓게 되
었던 것을, 오직 用事를 하였기 때문에 그의 시가 공교롭지 못하게 되
었다는 것처럼 오해되는 부분이다. 또 이규보가 新意를 숭상하였던
까닭에 좀처럼 불필요한 用事는 하지 않았던 것은, 新意를 나타내자
면 절대로 用事를 해서는 안되는 것으로 오해되는 부분이기도 하다.

그러나 用事는 문장을 지을 때 필요한 작법이지 부정적으로 인식될 작법은 아니다. 우리가 무슨 말을 하거나 글을 지을 때 전혀 用事를 하지 않고 자기의 말만 하다 보면, 그 말이나 글의 이치가 대개는 뜻이 깊지 못하고 범상한 데 그치고 만다. 그러나 孔子·孟子 등 聖賢의 말씀에서도 볼 수 있듯이, 여러 經書에서 역대 帝王의 治績과 관련된 사건 또는 先代賢人들의 언행을 用事한다면, 자기의 말이나 글이 더욱 알차고도 새로운 뜻을 나타낼 수 있다. ⑤의 〈자료〉에서는, 이인로가 고사를 인용함에 반드시 말을 맑고 새롭게 하였다고 평하고 있다. 그런데 〈漁陽懷古〉 시에 대한 평에서, 최자는 用事한 것이 말은 새로우나 뜻이 절실하지 못하다고 지적하고 있다. 이는 精切한 用事가 되지 못한 경우를 평한 것이다. 이처럼 위의 자료에서 최자는, 이인로가 用事에 능했음을 지적했으면서도 精절하지 못한 用事에 대해서는 비판했음을 단적으로 보여 주고 있다.

2.4 高麗 後期 用事論과 用事評의 특징 및 의의

高麗時代에 시론이 전개되는 詩話가 등장하게 된 요인으로는, 宋代 文風의 영향이 지대하다. 宋代의 詩話 발생 요인으로는, 前代 詩批評의 계승 外에도, 당쟁으로 말미암은 이론 확립의 풍조와 성리학의 발달로 인한 이론 체제 확립이라는 사회적 요인, 唐詩를 배우기 위한 시론의 체계적 전개 확립, 그리고 작품의 우열을 가리기 위한 시비평의 장르적 발전이라는 문학 내적 요인 등을 들 수 있다. 그러나 고려시대에 시화의 등장에는 宋代의 영향만이 존재하는 것은 아니다. 고려시대 시화의 발생은, 과거제도의 실시로 인한 문예 중흥과 오로지 과거에 등제하기 위한 詞章學派의 詩文 전념, 패관 문학의 발달로 인한 산문 의식의 발생, 무신난 후의 정치와 사회의 불안으로 빚어진 문학 옹호의 학풍에 기인하였다. 따라서 고려시대 시화의 발생은 배경부터 宋代의 경우와는 차이를 보인다.

또한 고려 후기에는 이인로의 『파한집』, 이규보의 『백운소설』·『동국이상국집』, 최자의 『보한집』, 이제현의 『역옹패설』 등에서 시론의 전개가 활발하게 행해졌는데, 이들을 살펴보면 중국 梁代 鍾嶸의 『詩品』, 唐代 司空圖의 『二十四詩品』, 釋皎然의 『詩式』, 宋代 歐陽脩의 『六一詩話』, 胡仔의 『茗溪魚隱叢話』, 魏慶之의 『詩人玉屑』 등의 詩論書에서 많은 이론적 영향을 받았음을 알 수 있을 뿐만 아니라, 唐代 이전의 시대로부터 唐·宋 시대에 이르는 중국 漢詩의 수용 과정도 짐작할 수 있다. 그러나 고려의 시론들은, 중국 시론을 그저 단순히 모방하는 데 그친 것이 아니라, 종종 발전적이면서도 새로운 이론을 제기함으로써 중국 시론을 창조적으로 수용하였음을 보여준다. 李奎報가 『東國李相國集』의 「論詩中微旨略言」에서 '詩九不宜體'를 제시하고, 崔滋가 『補閑集』에서 唐代의 司空圖가 『二十四詩品』에서 제시한 24詩品과 달리 上·次·病의 3등급으로 나누면서 그것을 각각 10品·16品·8品의 34詩品으로 나누어 제시하기도 하는 등, 중국의 시론을 수용하되 경우에 따라서는 독창적인 면모를 보여 주기도 한 것이 그 예이다. 그와 같은 창조적이고도 주체적으로 시론을 수용한 것이, 詩의 本質論에서는 意論·氣論으로, 作詩論에서는 用事論·點化論으로 나타나며, 聲律論에서는 平仄論·押韻論으로, 그리고 作家·作品論에서는 詩評으로 나타나고 있다.

본고에서는 고려 시대 시화집 및 패관문학서인 이인로의 『파한집』, 이규보의 『백운소설』·『동국이상국집』과 최자의 『보한집』에 나타난 用事論과 用事評에 대해서 살펴보았다. 고려시대 시화집 및 패관문학서에 보이는 용사론과 용사평에 대한 특징과 의의를 요약해 보면 다음과 같다.

用事는 人名·古人語·故事 등을 인용하여 문장에서 자기 주장의 논리적 근거를 획득하거나 또는 알차고도 새로운 뜻을 나타내는 작법

이다. 용사의 자료가 될 수 있는 典籍은 六經과 三史 등이며, 시로는
『文選』·『李白集』·『杜甫集』등 前代 문장가의 시문집이나 옛날에 지
은 자기의 시구 또는 우리 나라 史蹟이나 지명·인명 등을 들 수 있
다. 이인로의 『파한집』에는 용사의 자료에 대한 구체적인 언급은 없
다. 다만 李商隱이 故事를 인용하는 것이 험벽하기 때문에 '서곤체'라
하였다는 구절만 보인다. 그리고 이규보의 『백운소설』에는 용사의 자
료에 대한 서술은 없으나, 『동국이상국집』과 최자의 『보한집』에는 用
事의 자료에 대한 서술이 있다.

> 僕自九齡, 始知讀書, 至今手不釋卷, 自詩書六經諸子百家史筆之文, 至
> 於幽經僻典梵書道家之說,　雖不得窮源探奧鉤索深隱,　亦莫不涉獵游泳探
> 菁撷華,　以爲騁詞摛藻之具,　又自伏羲已來,　三代兩漢秦晉隋唐五代之間,
> 君臣之得失, 邦國之理亂, 忠臣義士奸雄大盜, 成敗善惡之迹, 雖不得拜包
> 竝括擧無遺漏, 亦莫不截煩撮要鑒觀記誦, 以爲適時應用之備.
> ■·■·■·■·■·■〈李奎報, 『東國李相國集』, 「上趙太尉書」 卷第二六〉

(제가 아홉 살 때부터 비로소 글 읽을 줄 알아, 지금까지 손에 책을
놓지 않고, 詩·書 같은 六經과 諸子百家·史筆의 글로부터 幽經·僻
典·梵書·道家의 說에 이르기까지, 비록 근원을 캐고 묘리를 찾아 깊고
은미한 것을 찾아내지는 못하였지만, 섭렵하여 정화를 채집하고 문사를
구사하여 藻飾〔문장의 꾸임새〕을 펴는 도구로 삼지 않는 것이 없습니다.
또 복희 이래 三代·兩漢·秦·晉·隋·唐·五代 사이의 君臣들의 得失
과 나라의 治亂 및 忠臣·義士·奸雄·大盜의 成敗와 善惡의 자취를, 비
록 모두 포괄하여 하나도 빠짐 없이는 하지 못하였으나, 또한 번다한 것
은 자르고 중요한 것을 모아 거울삼아 보며 기억하고 외되, 때에 따라
응용하는 재료로 하지 않은 것이 없습니다.)

위의 자료에서는, 李奎報가 스스로의 체험을 통해서 用事의 자료
를 논한 것이다. 위의 글에서 李奎報는, 아홉 살 때 글을 안 후로 六
經과 諸子百家·史筆·梵書·道家의 說과 그리고 복희·황제 이래로

부터 兩漢·秦·晋·隋·唐·五代 사이의 君臣들의 得失과 나라의 治亂 및 忠臣·義士·奸雄·大盜의 成敗와 善惡까지도 모두 用事의 재료로 삼았다는 것을 보여 주고 있다.

다음은 崔滋가 『補閑集』에서 用事의 자료〔대상〕를 논한 것들이다.

> 文安公常言, 凡爲國朝制作引用古事, 於文則六經三史, 詩則文選李杜韓柳, 此外諸家文集不宜, 據引爲用.
>
> ■ ·■·■·■·■·■·〈崔滋, 『補閑集』 卷中〉

(문안공은 항상 말하기를 무릇 국조의 제작에서 고사를 인용하려면 문장에는 六經과 三史이며, 시에는 『文選』·『李白集』·『杜甫集』·『韓愈集』·『柳宗元集』이요, 이외의 諸家의 문집은 증거로 인용해서는 안 된다.)

위의 인용문에서는, 최자가 문안공의 말을 빌려 밝힌 것으로, 用事의 바탕을 삼게 되는 古典에 어떤 것이 있는가를 논하고 있다. 곧 用事의 典故가 되는 책의 범주로 六經과 三史 그리고 『문선』·『이백집』·『두보집』·『한유집』·『유종원집』 등을 제시하고 있는 것이다. 위에서 살펴본 바와 같이 用事에는 반드시 그 자료〔대상〕가 있다. 그런데 문안공이 밝힌 용사의 자료는 한결같이 중국의 문장이나 시집이다. 그리고 최자의 『보한집』에는 원담이 밝힌 용사의 자료 곧 대상이 소개된 부분도 있다.

> 今之士大夫作詩, 遠託異域人物地名, 以爲本朝事實, 可笑, 如文順公南遊曰, 秋霜染盤吳中樹, 暮雨昏來楚外山, 雖造語淸遠, 吳楚非我地也, 未若前輩松京早發云, 初行馬坂人烟動, 及過駞橋野意生, 非特辭新趣勝, 言辭甚的,
>
> ■ ·■·■·■·■·■·〈崔滋, 『補閑集』 卷中〉

(요즈음 사대부들은 시를 짓는데 멀리 다른 나라의 인물과 지명에 의

탁하여서 우리 나라의 사실로 삼아 버리는 게 우습다. 예를 들면 문순공
의 〈南遊〉에서 "가을 서리에 吳 나라 나무 물들고, 저문 비에 楚 나라 산
어둡네."라고 하여 비록 말 만든 것이 맑고 고원하지마는 吳와 楚는 우
리 나라의 땅이 아니다. 어떤 선배의 〈松京早發〉에서 "마판에 가니 사람
들은 연기처럼 술렁이고, 타교〔낙타교〕를 지나자 들 생각 생기네."라고
한 시만 못하다. 이 시는 말이 참신하고 취지가 좋으며 말씨가 매우 적
실하다고 했다.)

위에서는 원담이 주장한 내용과 같이 다른 나라의 인물과 지명을
인용하여 시를 짓기보다는 우리 나라 지명을 인용한 어떤 선배의 〈松
京早發〉 시가 말이 참신하고 취지가 좋으며 말씨가 매우 절실하다고
하였다. 원담의 위와 같은 주장은 마땅히 설득력이 있는 주장이다. 문
순공의 〈南遊〉에서 인용한 吳 나라와 楚 나라는 모두 중국 옛 지명들
이다. 문순공 자신도 吳 나라와 楚 나라에 가보지 못했을 뿐만 아니라
동시에 독자인들 이런 異國에 가 보았을 리가 만무하다. 그런데 왜 吳
나라 楚 나라 지명을 인용해야만 하는가. 오히려 어떤 선배의 시 〈松
京早發〉의 '馬坂'과 '駝橋'가 시에서 훨씬 더 의미를 살려내고 있다. '馬
坂'은 바깥에 마소를 매어 두는 곳으로, 송도 교외의 어느 장소를 지
칭하는 말임을 알 수 있다. '駝橋'는 낙타교로 송도 개성에 있던 다리
이름이다. 〈송경조발〉 시에서 송도 교외의 '마판'에서 사람들이 많이
모여 있음을 분명히 보여주고 있으며, 또 그곳을 지나 낙타교 부근을
가니 오히려 그 넓은 '마판'이 생각난다는 것이다. 이처럼 우리 나라
지명을 인용함으로써 독자들에게 의미 전달이 분명해짐을 알 수 있
다. 우리는 여기서 문순공 시대 지식인의 한 모습을 볼 수 있다. 모든
것을 자기 정서에 내 맡기지 못하는 불안감, 뭔가 남모를 유식한 끼가
있어야 차원이 높아 보이는 현학적 태도, 이국적인 냄새도 약간 풍겨
야 촌스러움을 벗어날 것 같은 사대주의적 문학관 등, 자신감 상실증
이 보여지고 있다.

用事의 대상으로는 古人名·官名·古人語·古人事 등을 들 수 있다. 宋 나라 胡仔의 『苕溪漁隱叢話』에는 "前輩들이 시를 짓는 데 있어 옛 사람들의 姓名을 많이 인용한 것을 기롱하여 '점귀부'라고 하는데, 그 말이 비록 이와 같이 그럴듯 하나 또한 어떻게 인용했느냐에 달려 있기 때문에 고집하여 定論으로 삼을 수는 없다."(前輩譏作詩多用古人名姓, 謂之點鬼簿, 其語雖然如此, 亦在用之如何耳, 不可執以爲定論也.)10)라는 구절이 있다. 우리는 이 구절에서 用事를 할 때에 人名이 용사의 대상이 되기도 한다는 것을 알 수 있다. 그리고 宋代 吳曾의 『漫齋語錄』에는 "대개 詩語는 經史를 출입하게 되는 데에서 자연히 힘을 갖게 된다. 그러나 모름지기 이것을 많이 보고 많이 지어 보아서 하여금 스스로 글 짓는 솜씨와 風骨을 먼저 세워 家를 이루게 한 뒤에라야 하여금 經史 가운데의 완전한 말을 얻어서 일체가 되게 해야 한다."(大率詩語出入經史, 自然有力, 然須是看多做多, 使自家機杼風骨先立, 然後使得經史中全語作一體也.)11)라는 구절이 있다. 이 자료를 통해서는 經史의 구절도 또한 흔히 用事의 대상이 된다는 것을 알 수 있다.

고려 시대 시화집 및 패관문학서인 이인로의 『파한집』에는, 用事의 대상에 대한 언급으로서 前人의 시를 평하는 가운데서 古人名과 古人語를 인용하여 시가 창작된 것으로, 소동파와 황산곡 시를 소개한 곳이 있다.12) 이규보의 『동국이상국집』, 「답전이지논문서」에서 전이지가 이규보에게 보낸 편지글에 "세상에서 시로써 이름을 떨치는 某某輩 같은 몇몇 사람들이 모두 동파를 본받기는 하여도 그 말을 도둑질할 뿐만 아니라 아울러 그 뜻을 훔쳐다 쓴다."라고 서술된 부분이 있다. 이런 내용으로 미루어 보아 용사의 대상 중 하나가 古人語임을 알게 한다.

---

10) 朱任生 編著,『詩論分類纂要』,「用事」, P.341.
　　魏慶之,『詩人玉屑』,「用事」, P.127.
11) 魏慶之, 前揭書.
12) Ⅱ-1. 李仁老-『破閑集』의 경우, 2) 用事評 〈資料〉 ① ③ ④ ⑤ ⑥ 참조.

최자의 『보한집』에는 古人名·古人官·官名·名號·古人語·古人事 등 용사의 대상〔자료〕을 구체적으로 제시한 부분이 있다.13) 이는 이규보가 『동국이상국집』, 「상조태위서」에서 용사의 대상으로 소개한 내용과 다소 차이가 있다. 이규보는 忠臣뿐만 아니라 大盜의 成敗까지도 용사의 대상으로 삼을 수 있다14)고 했던 것이다.

용사의 방법에는 故事를 그대로 쓰는 直用法과 그 뜻을 뒤집어서 인용하는 翻案法·反用法·反案法 등이 있다. 다음의 자료는 用事의 방법 중 故事를 바로 인용하는 '直用法'에 관한 이론과 말을 쓰되 그 뜻을 뒤집어 쓴 '翻案法'에 관한 이론을 소개한 것이다.

> 文人用故事, 有直用其事者, 有反其意而用之者.)
> ▪▪▪▪▪ 〈朱任生 編著, 『詩論分類纂要』, 「用事」, P.341.〉

> (文人들이 故事를 인용하는 데는 바로 그 故事를 인용하는 경우도 있고 그 뜻을 뒤집어서 인용하는 경우도 있다.)

위의 인용문은 宋代 嚴有翼의 『藝苑雌黃』에 소개한 用事 방법인 직용법과 번안법에 관한 이론이다. 그러나 고려 후기의 용사론 중에는 용사 방법으로 직용법과 번안법에 관한 언급은 없다. 직용법과 번안법의 용사 방법은 조선 전기 徐居正의 『東人詩話』에서 처음으로 소개되고 있다.

> 古人用事, 有直用其事, 有反其意而用之者. 直用其事, 人皆能之, 反其意而用之, 非材料卓越者, 自不能到.
> ▪▪▪▪▪ 〈徐居正, 『東人詩話』 卷下〉

> (古人이 用事를 함에는 故事를 그대로 쓰는 것이 있으며, 그 뜻을 뒤

---

13) II-3. 崔滋-『補閑集』의 경우, 1) 用事論 〈資料〉 참조.
14) 李奎報, 『東國李相國集』, 「上趙太尉書」 卷第二六.

집어서 쓰는 것이 있다. 故事를 그대로 쓰는 것은 사람마다 잘 할 수 있지만, 그 뜻을 뒤집어 쓰는 것은 재주가 탁월한 자가 아니면 스스로 능히 그 경지에 이를 수 없다.)

위의 인용문은 조선 전기의 徐居正이 『東人詩話』에서 소개한 直用法과 翻案法에 관한 내용이다. 여기서 서거정은 故事를 그대로 쓰는 直用法보다 그 뜻을 뒤집어 쓰는 翻案法을 높이 여기면서 재주가 탁월한 자가 아니면 그 경지에 이를 수 없다고 평하고 있다. 서거정의 이런 평과 같이, 嚴有翼의 『藝苑雌黃』에 나오는 구절로, "그 故事를 바로 인용하는 것은 사람들이 모두 능히 할 수 있는 것이지만 그 뜻을 뒤집어서 인용하는 것은 학업이 높은 사람이 아니면 일상에 구속되어 있는 식견을 초월하여 찾아내야 하니, 前人의 묵은 자취를 법도에 맞게 蹈襲하지 않고서야 어찌 이 경지에 이를 수 있으리오."(直用其事, 人皆能之, 反其意而用之者, 非學業高人, 超越尋常拘攣之見, 不規然蹈襲前人陳迹者, 何以臻此.)라는 것이 있다. 엄유익 역시 번안법이 행하기 어려운 용사 방법임을 밝히고 있다. 이와 같이 엄유익의 주장과 서거정의 주장은 일치한다. 그리고 또한 서거정은 『동인시화』에서 用事의 방법인 번안법의 실례까지 들어 주고 있다.

> 趙先生嘗詠秋穫詩, 有磨鎌似新月之句, 語予曰, 韓退之詩云, 新月似磨鎌, 吾用此語而反其意., 此謂翻案法, 學詩者不可不知已.
> ■ ■ ■ ■ ■ 〈徐居正,『東人詩話』卷下〉

(趙 先生이 일찍이 '秋穫詩'를 읊어 "간 낫이 초생달 같다"는 구절이 있다. 그런데 내게 말하기를, "韓退之의 시에 '초생달이 간 낫 같다'고 하였는데, 나는 이 말을 쓰되 그 뜻을 뒤집어 쓴 것으로 이것을 翻案法이라고 하니, 시를 배우는 자로서는 알지 않으면 안될 것이다." 하였다.)

위의 예시와 같이 趙 先生이 韓退之의 시 '초생달이 간 낫 같다'를

'간 낫이 초생달 같다'로 그 뜻을 뒤집어 쓴 것이 번안법에 실례라 할 수 있다.

이인로의 『파한집』에서는 用事의 방법이 서툴러 고인의 이름을 너무 많이 사용한 것을 '점귀부'15)라 하고, 이규보의 『백운소설』16)에서도 역시 古人名을 用事한 것이 너무 지나친 경우를 '載鬼盈車體(재귀영거체)'라 하고, 또 불필요하거나 부적절한 것을 억지로 인용한 경우를 '强人從己體(강인종기체)'라 하여, 정절한 용사를 하지 못하는 것을 비판하였다. 이처럼 고려 후기에는, 용사 방법에 대한 명확한 이론 제시는 없고, 다만 용사 방법과 종류에 대해 논한 이론이 있을 뿐이다.

고려 후기 用事評에 해당되는 批評論에서는 用事가 매우 잘 된 것을 '靑出於藍' 또는 '蹙金結繡(축금결수)'라는 평어로 긍정적으로 평한 것이 있다.

이인로의 『파한집』에서 임춘의 시를 평하는 가운데 용사를 사용한 솜씨를 '蹙金結繡'17)라 평하였다. 그리고 이규보는 『동국이상국집』에서 점화나 용사를 할 수 없는 이유를 밝히고 있다. 지금의 시인들이 古人의 體를 제대로 본받지 못하고 있기 때문에 차라리 자기 나름의 '新語'를 지을 수밖에 없음을 토로한 부분이 있다.

최자의 『보한집』에는 용사가 매우 잘 된 것을 '靑出於藍'과 '警策'이라 평한 부분이 있다. 최자의 용사에 대한 이런 평이 있었다는 것은, 고려 후기에 용사가 매우 긍정적으로 인식되고 있었음을 뒷받침해 주는 것이다.

그리고 고려 후기에 用事가 잘못된 것을 評한 경우로는, 이인로가 『파한집』에서 故事를 많이 사용하는 것을 '점귀부'라 한 것과, 이상은의 故事 인용이 험벽하여 '서곤체'로 평한 것, 그리고 이규보가 『동국이상국집』에서, 옛 사람의 이름을 많이 인용하여 귀신을 실어다가 수

---

15) Ⅱ-1. 李仁老-『破閑集』의 경우, 1) 用事論 〈資料〉 참조

16) Ⅱ-2 李奎報-『白雲小說』・『東國李相國集』의 경우 1) 用事論 〈資料〉 참조.

17) Ⅱ-1. 李仁老-『破閑集』의 경우, 2) 用事評 〈資料〉-⑤ 참조

레에 가득 채우는 體라고 한 '재귀영거체'와, 말이 순탄하지 못한데도 억지로 인용하여 남으로 하여금 억지로 자기를 따르게 하는 體라고 한 '강인종기체' 등의 논평이 있다. 이 용어들 外에는 고려 후기에 用事가 잘못된 것을 평한 용어가 아직까지 확인되지 않고 있다.

그러나 이와 같이 부정적인 평과는 반대로 용사가 정절하게 잘되었음을 평하는 자료들은 상대적으로 많다. 이규보도 新語에 의한 新意를 강조하였지만, 실제 그의 시를 보면 用事한 경우의 漢詩가 매우 많다. 이규보는, 옛 사람의 글이나 말을 이끌어다가 자기 시에 인용하여 새로운 의미를 더하기가 몹시 어려운 것이므로, 차라리 精切한 用事를 하지 못할 바에는 자기 나름의 생각과 자기의 언어로 시를 짓는 편이 더 낫다고 하였다. 그리고 이규보는 잘못된 용사를 그대로 이어받는 태도를 경계하고 있다. 이규보는 「承誤事議」에서 "옛 사람이 빌려 쓴 故事를 뒷 사람이 이어받고 있다. 또 뒷 사람은 이에 잘못을 이어받으면서도 매우 허물되게 여기지 않나니 (중략) 잘못을 이어받는 說은 비록 옛 사람 중에도 혹 수긍한 이가 있으나, 나는 취하지 않는다."(古人錯用故事, 而後人承之, 又後人以此爲承誤, 而不之甚咎者, (중략) 承誤之說, 雖古人有或肯焉, 吾不取已.)[18] 라고 하였는데, 여기서는 이규보가 잘못된 용사를 취하는 당시의 병폐를 지적하면서 자신은 그런 잘못된 용사 방법을 취하지 않겠다고 하여, 자신의 견해를 제시하고 있다.[19] 이런 점으로 미루어 보아, 이규보 자신도 험벽한 用事를 염려한 것이지 用事 그 자체를 배척하지는 않았다는 것을 알 수 있다. 이규보만이 아니라 최자 또한, 위에서 용사의 자료와 대상에 대하여 자세하게 언급한 것으로 보아, 용사를 배격하지 않은 것을 알 수 있다. 따라서 고려 후기의 시화집 및 패관문학서에 서술된 내용으로 보아, 그 당시의 문인들이 용사에 대해서 매우 긍정적인 작시법으로 인식하고 있었음

---

18) 李奎報, 『東國李相國後集』 卷第十一, 「承誤事議」.
19) 尹寅鉉, 『한국 한시비평론』, 아세아문화사, 2001, pp.119~120. 참조.

을 알 수 있다.

3. 결 어

李仁老는 『破閑集』에서 用事를 논하여, '점귀부'는 작품 가운데 고인의 이름을 지나치게 많이 사용하는 것으로 문장의 병폐라 했고, 시에 험벽한 典故를 많이 인용하는 병폐로 '서곤체'라는 評語를 쓰고 있다. 그리고 용사 방법이 精切하여 용사한 흔적이 없어 아주 자연스럽다는 作法 評語類 용어로 '무부착흔'을 소개하고 있다.

李奎報는 『白雲小說』에서 '점귀부'와 같은 評을 들을 수 있는 體로 '재귀영거체'를 들고 있고, 용사의 방법이 精切하지 못하여 그 시구나 시어를 이해하는 데 순탄하게 받아들일 수 없다는 뜻으로 '강인종기체'를 들고 있다.

崔滋는 『補閑集』에서 용사 이론으로, 시인이 말을 인용함에 반드시 그 근본에만 집착할 필요가 없다 했으며, 용사 자료〔범위〕로 문장에는 六經과 三史 그리고 시집에는 『문선』·『이백집』·『두보집』·『한유집』·『유종원집』 등을 들고 있고, 용사의 대상으로는 古人官·古人語·官名·古人名 등을 들고 있다.

用事評으로는, 이인로가 『파한집』에서, 康日用이 刻燭의 자리에서 예종에게 지어 바친 시를 평하면서 "其用事精妙如此"(그 고사를 사용하는 정묘한 재치가 이와 같은지라)라 했고, "及至蘇黃, 則使事益精, 逸氣橫出, 琢句之妙, 可以與少陵幷駕."(蘇黃〔宋 나라, 소식과 황정견〕에 이르러서는 고사를 인용하는 것이 더욱 알차고 빼어난 기상이 횡출하며 시구를 다듬는 절묘한 재주는 소릉과 더불어 견줄 만하다.)라는 말에서와 같이 '精妙'와 '益精'이라는 用事評을 하고 있다. 그리고 임춘의 시를 평하면서 '蹙金結繡'라는 평어를 쓰고 있다.

李奎報는『東國李相國集』에서 자기 자신에 대한 용사평으로, 古人의 말을 제대로 인용하지 못하므로 새로운 意境을 개척하기 위해서 新語를 사용한다고 했다.

최자의『보한집』에서의 用事評은, 최자가 유승단의 시를 평하면서 精簡하다고한 것, 그리고 문열공과 이학사의 시를 평하면서 문열공은 미인의 고사를 인용했는데 인용한 말이 가치가 없고, 이학사는 용양의 고사를 인용했는데 시인의 뜻밖의 비유로 좋은 깨우침이다라고 평한 것 등이 있다. 그리고 이학사는 〈李花〉라는 시에서 비록 용사는 깊으나 공교로움이 없고 이규보의 〈梨花〉라는 시에서는 거의 용사를 하지 않고 新意를 숭상했다고 하였다. 이처럼 고려 후기의 문인들은 용사에 대해서 각자의 이론을 나름대로 인식하고 있었던 것이다. 특히 최자의『보한집』에 소개된 원담의 주장은, 요즘 우리들이 주목할 필요가 있는 견해인 것이다. 이는, 외래 문화의 단순한 모방에 그치는 일부 지식인과는 달리 무조건 외래 문화를 수용하는 태도를 비난한 것으로, 우리 것에 대한 주체적 견해라고 할 수 있다. 원담이 용사의 대상이 중국의 문장이나 시집 또는 지명 인용이 아니라 우리 나라(고려) 지명을 인용해야 함을 주장한 것은, 매우 합당한 견해라 할 수 있다. 이같은 원담의 견해는, 중국 것을 본받아야 현학적이라 생각하는 당시 일부 지식인에 대한 냉소라 할 수 있다.

지금도 서구의 문학 이론만을 인용해야만 知的인 것으로 생각하는 일부 지식층이 있다. 이런 사람들은 원담이 비판한 내용을 한 번쯤 되새겨 보아야 할 것이다. 그리고 지금의 우리들은 과연 어떠한가를 반성하면서, 문순공·문열공의 외세 의존적 태도를 他山之石으로 삼아야 할 것이다. 또 지금 우리들의 글 속에는 그런 事大主義 정서가 없는지 스스로 자신에게 되물어 볼 필요가 있을 것이다.

‖ 참고문헌 ‖

1. 基本 資料

『破閑集·補閑集』, 亞細亞文化社, 1992.
『國譯 東國李相國集』, 民族文化推進會, 1980.
李奎報, 『白雲小說』·『東國李相國集』
柳在泳, 『白雲小說研究』, 圓光大學校 出版局, 1978.
李相寶 譯, 『破閑集』·『補閑集』·『櫟翁稗說』,『韓國名著大全集』, 大洋書籍, 1973.
洪贊裕 譯, 『詩話叢林』, 通文館, 1993.
『論語』·『孟子』·『大學·中庸』, 京城書籍業組合, 1917.
魏慶之,『詩人玉屑』, 臺灣商務印書館, 民國 61.
朱任生 編著,『詩論分類纂要』, 臺灣商務印書館, 中華民國 60.
臺靜農 編,『百種詩話類編』(上·中·下), 藝文印書館, 中華民國 63.

2. 論 著

金周漢,『韓國文學批評史論』, 學士院, 1993.
朴性奎,『李奎報研究』, 啓明大出版部, 1982.
劉若愚,『中國詩學』(李章佑, 譯), 明文堂, 1994.
柳在泳,『白雲小說研究』, 圓光大學校 出版局, 1978.
尹寅鉉, 「用事와 點化의 差異」,『韓國古典研究』第4輯, 韓國古典研究會, 보고사, 1998.
〃 ,「麗末·鮮初 點化의 理論 및 詩評 樣相」,『西江語文』, 第15輯, 1999.
〃 ,「韓國 漢詩 理論으로서의 用事論과 點化論 研究」, 西江大學校 大學院, 博士論文, 2001.
尹寅鉉,『한국 한시 비평론』, 아세아문화사, 2001.
〃 ,「答全履之論文書에 나타난 李奎報의 문학관」,『韓國古典研究』第8輯, 韓國古典研究會, 보고사, 2002.

〃 , 「松江의 〈星山別曲〉과 〈關東別曲〉에 나타난 換骨奪胎」, 『語文硏究』113號 제
    30권, 韓國語文敎育硏究會, 相鎭文化, 2002.
全鎣大 外, 『韓國古典詩學史』, 弘盛社, 1979.
정대림, 『한국 고전문학 비평의 이해』, 태학사, 1991.
鄭堯一, 『漢文學批評論』, 仁荷大 出版部, 1990.
    〃 , 『漢文學의 硏究와 解釋』, 一潮閣, 2000.
崔信浩, 「初期 詩話에 나타난 用事理論의 樣相」, 『古典文學硏究』 제1집, 韓國古典文
    學硏究會, 1971. 및 『漢文學硏究』, 정음문화사, 1990. 重版.

제2장

用事와 點化의 差異

·
·
·
·
·

1. 서 론

先代의 문학비평인 고전비평을 이해하기 위해서는 고전비평 용어에 대한 이해가 필수적이다. 고전비평에는 한시비평이 주류를 이루고 있고 그 비평 용어도 한시비평 용어가 대다수를 차지한다. 그런데 지금의 우리 세대는 先人들의 문학적 전통을 제대로 계승하지 못하여 마침내 先人들이 사용하던 그 비평 용어를 제대로 이해하지 못하고 있다.

본고는 한시비평 용어 중 작법류 용어1)에 해당하는 용어로서 특히 그 개념이 혼동되기 쉬운 '用事'와 '點化'의 개념을 논의하고, 그 개념 차이를 명확하게 파악함으로써, 한시비평 연구의 기초를 바로잡기 위한 것이다. 우리의 古典『破閑集』·『白雲小說』·『補閑集』·『櫟翁稗

---

1) 鄭堯一 교수는 저서 『漢文學批評論』에 수록된 「漢詩批評 用語의 分類」에서 批評 用語를 ① 詩論類 用語 ② 體製類 用語 ③ 作法類 用語 ④ 評語類 用語 등으로 분류하면서 用事와 點化를 작법류 용어로 규정하고 있다. 鄭堯一, 『漢文學批評論』(集文堂, 1994), pp.197~200 참조.

說』·『東人詩話』 등의 詩話集에는 대개 用事와 點化에 관한 이론과 시평이 많다. 그러므로 그와 같은 시화집 또는 그 시화집에 수록된 비평문의 내용을 이해하고 연구하기 위해서는 用事와 點化에 대한 정확한 개념 이해가 先決되지 않으면 안 된다.

따라서 필자는 본고를 통하여 기존 연구 논저들에서 흔히 그 개념이 혼동되어 온 用事와 點化의 개념을 논의하여 개념 차이를 명확하게 파악하고자 한다. 개념 파악의 방법으로 필자는 중국 시화집 등의 비평 자료와 고려 시대의 시화집『파한집』·『백운소설』·『보한집』·『역옹패설』, 그리고 조선 시대의 시화집인『동인시화』 등의 고전을 통해서 用事와 點化의 개념을 이해하고 그 實例를 살펴보는 데 도움되는 자료들을 검토함으로써, 用事와 點化의 개념 및 그 차이를 파악하는 데 도달하고자 한다.

2. 用事와 點化의 概念 論議

2.1 用事의 概念

用事는, 글자 그대로 풀이하자면 "일을 쓴다.", 그리고 다시 알기 쉬운 말로 풀이하자면 "故事를 引用한다."는 뜻을 지닌 말이며, 詩·文에 관한 作法類 用語에 해당되는 말로서, 詩文을 지을 때 역사적인 사실과 같은 前代에 있었던 일이나 前人의 말 또는 글을 이끌어다 씀으로써 자신의 논리를 보완하는 작법이다. 用事는 글을 짓거나 말을 할 때 한층 이해에 도움될 만한 근거를 제시함으로써 설득력을 얻기 위해서 필요한 作法으로, 聖賢의 말씀이나 역사적 사실 또는 前人의 詩文에 나타난 말과 뜻을 쓰는 등 故事를 이끌어다 씀으로써 자신의 논리적 근거를 보완하여 이치를 알차고도 견고하게 하기 위한 것이

다. 그런데도 일부 연구자들은 그 用事를 불필요한 것으로 여겨 부정
적으로 논의하거나 '換骨奪胎'와 '剽竊'·'模倣' 등과 혼동2)하는 경향이
있었다.

따라서 필자는 이제 用事를 論한 先代의 漢詩批評文들을 먼저 예
로 들고 난 뒤에 그 개념을 논의하여 아직까지의 연구에서 생긴 문제
점을 바로잡고자 한다.

〔資料〕 〈飜譯〉

① "文安公常言, 凡爲國朝制作引用古事, 於文則六經三史, 詩則文選李
　　杜韓柳, 此外諸家文集不宜據引爲用", …

　　　　　　　　　　　　　　　　　　　　　■·※·■·※·■·※〈崔滋, 『補閑集』卷中.〉

　　(문안공은 항상 말하기를 무릇 국조의 제작에서 고사를 인용하려면
　　문장에는 六經〔『詩經』·『書經』·『易經』·『春秋』·『禮記』·『周禮』〕

---

2) 趙種業〈「高麗詩論硏究」, 『忠南大 語文硏究』 1호 忠南大, 1963〉과 崔信浩〈「初
　　期詩話에 나타난 用事理論의 樣相」, 『古典文學硏究』 第1輯, 韓國古典文學硏究會,
　　1971〉 교수가 대체로 그와 같이 논의하였다. 그리고 崔雄 교수는 조선시대의
　　시풍을 언급하면서 "성리학〔주자학〕의 발달과 함께 시의 기법으로는 用事가 대두
　　되어 모방까지도 기법상의 하나로 등장케 됨이 드러나고 있다고 하면서 주자학
　　적 문인들의 詩作의 기본 자세에 대한 견해는 宗經精神→ 用事의 존중→ 과도한
　　用事→ 모방의 인정으로의 과정이 성립됨을 알 수 있으며, 그들의 載道的 문학
　　관에 기인하는 어쩔 수 없는 순차적 발전이었다."고 하였다.〈崔雄, 「朝鮮中期의
　　詩學」, 『한국고전시학사』(弘盛社, 1979), pp.276~278.〉 참조. 鄭大林 교수는
　　「朝鮮後期의 詩學」에서 "用事란 詩作에서 典故나 사실의 인용을 뜻한다."라고 하
　　였다.〈鄭大林, 「朝鮮後期의 詩學」, 『한국고전시학사』(弘盛社, 1979), p.393.〉
　　참조. 全鍌大 교수는 用事가 5·7자의 짧은 시구 속에 서사성이라든가 또는 미
　　묘한 감정을 표현하기 위한 수사법의 하나이고, 用事를 하지 않은 시가 用事를
　　한 詩보다 우위에 있다고 했다. 그리고 麗朝 詩學에서 用事가 대두된 것은 중국
　　시를 숭상하는 것이 모방에 그치고 그것은 또 剽竊로 끝나게 된 데에 있다고 말
　　하면서, 用事→ 換骨奪胎→ 剽竊의 단계를 거친 것이라고 하고, 用事와 換骨奪胎
　　는 본질적으로 다른 것이라고 하였다. 즉 用事는 옛 典故를 원용하여 사용하는
　　것이고, 換骨奪胎는 모방 또는 剽竊이라 할 수 있다고 하였다.〈全鍌大, 「高麗의
　　詩學」, 『한국고전시학사』(弘盛社, 1979), p.78.〉 참조

과 三史〔『史記』·『漢書』·『東觀漢記』〕이며, 시에는 『文選』·『李白集』·『杜甫集』·『韓愈集』·『柳宗元集』이요, 이 밖에 제가의 문집을 증거로 마땅히 인용해야 할 것은 아니다.)

■ 〈用事의 자료 또는 用事의 대상이 될 수 있는 典籍에 관한 이론〉

② 凡用故事不同, 或名號或言行, 大抵用事之聯, 罕有新意, 唯假借爲用, 如有新意然失實. 眉叟 云, 老去陶潛方止酒, 慵多杜叟不梳頭, 此用古人名, 又云, 附熱背追氷氏子, 絶交偏恨孔方兄, 此假用名, 又云, 要作洞中秦博士, 何須墓上漢征西, 用古人官. 皇祖云, 氷廳掛鏡容寒士, 霜署提綱激暖卿, 假用官名. 文順公云, 墮車醉者只全酒, 把甕丈人寧有機, 用古人語. 皇祖云, 薄宦一生誰得鹿, 故人千里子知魚, 借用古人語,…

■ ■ ■ ■ ■ 〈崔滋,『補閑集』卷下.〉

(무릇 故事를 사용함에는 동일하지 않아서 부르는 이름을 사용하기도 하고 언어와 행실을 사용하기도 한다. 대체로 故事를 사용한 聯은 새로운 뜻이 있기가 드물고, 빌려 썼을 뿐이어서 새로운 뜻이 있을 것 같으면서도 그 실상을 잃어 버린 것과 같이 된다. 眉叟(李仁老)의 "늙어가자 도잠은 바야흐로 술을 끊었고, 게으름이 많아져 두보는 머리를 빗지 않았네."라고 한 것은 옛 사람 이름을 사용한 것이며, 또 "열에 붙어 즐겨 우박〔氷氏子〕을 좇겠는가. 절교를 하고는 한갓 엽전〔孔方兄〕만을 미워한다."라고 하였는데, 이것은 명칭〔사물의 이름〕을 빌려 쓴 것이다. 또 "동굴 속의 진 나라 박사가 되고자 한다면, 어째서 무덤위의 한 나라 征西〔漢 나라 때의 벼슬 이름. 곧 서방을 정벌하는 大將軍〕가 되려 하는가."라고 한 것은 옛 사람의 벼슬을 사용한 것이다. 또 皇祖〔최자의 조부〕의 시에 이르기를 "빙청에 거울을 걸어 놓으니 가난한 선비를 용납하고, 霜署〔어사대의 별칭〕에 紀綱를 제시하니 사치한 고관들에게 충격을 주네."라고 한 것은 벼슬 이름을 빌려 쓴 것이다. 또 文順公의 시에 이르기를 "수레에서 떨어진 취한 사람은 다만 술 때문에 온전하며, 물독을 잡은 어른이 어찌 機心이 있겠는가."라고 한 것은 옛 사람의 말을 사용한 것이다. 皇祖〔최자의 조부〕의 "하찮은 벼슬살이 한평생에 누가 천하를 얻었겠나. 천리 타

향에 있는 그대가 내 마음을 알리라."라고 한 것은 옛 사람의 말을 빌려 쓴 것이다.)

  ■〈用事의 대상 또는 내용에 관한 이론.〉

③ 詩家作詩多使事, 謂之點鬼簿, 李商隱用事險僻, 號西崑體, 此皆文章一病, 近者蘇黃崛起, 雖追尙其法, 而造語益工, 了無斧鑿之痕, 可謂靑於藍矣, …

  ■ ■ ■ ■ ■〈李仁老, 『破閑集』 卷下.〉

(시단에서 시를 지을 때 고사를 많이 사용하는 것을 '點鬼簿'라 하는데, 李商隱은 고사를 인용하는 것이 험벽하다 하여 '西崑體'라 하나, 이것은 다 문장의 한 병폐이다. 근래에 와서 蘇東坡와 黃山谷〔黃庭堅〕이 우뚝 솟아서 비록 그 법을 따르고 숭상하면서도 造語한 것이 더욱 공교로워 도끼로 찍고 끌로 찍은 흔적이 없으니〔無斧鑿之痕〕정말 靑出於藍이라할 만하다.)

  ■〈古人名을 지나치게 用事한 것에 관한 이론.〉

④ 李文順公奎報, 氣壯辭雄, 創意新奇, 李學士仁老, 言皆格勝, 使事如神, 雖有攝古人畦畛處, 琢鍊之巧, 靑於藍也, …

  ■ ■ ■ ■ ■〈崔滋, 『補閑集』 卷中.〉

(文順公 李奎報는 기상이 壯하고 말이 웅대하며 創意가 新奇롭다. 學士 李仁老는 말마다 格이 높고 故事를 인용한 솜씨가 神과 같아서 옛 사람의 밭두둑을 밟기는 했지만, 鍊琢의 공교로움은 옛 사람보다도 낫다.)

  ■〈用事를 잘 함으로써 갈고 닦는 연탁의 공교로움을 보여 준 경우를 평한 것.〉

⑤ 古人用事, 有直用其事, 有反其意而用之者. 直用其事, 人皆能之, 反其意而用之, 非材料卓越者, 自不能到. …

  ■ ■ ■ ■ ■〈徐居正, 『東人詩話』 卷下.〉

(古人이 용사를 함에는 故事를 그대로 쓰는 것이 있으며, 그 뜻을

뒤집어서 쓰는 것이 있다. 故事를 그대로 쓰는 것은 사람마다 잘 할
수 있지만, 그 뜻을 뒤집어 쓰는 것은 재주가 탁월한 자가 아니면
스스로 능히 〈그 경지에〉 이를 수 없다.)
　　　　　　　　■〈直用法과 翻案法 등 用事의 방법에 관한 이론.〉

⑥ 文人用故事, <u>有直用其事者, 有反其意而用之者</u>.
　　　　　　　■ ‥‥‥‥〈朱任生 編著, 『詩論分類纂要』「用事」篇.〉

(문인들이 故事를 인용하는 데에는 <u>그 故事를 바로 인용하는 경우
가 있고, 그 뜻을 뒤집어서 인용하는 경우가 있다.</u>)
　　　　　　　■〈直用法과 翻案法 등 用事의 방법에 관한 이론.〉

⑦ 趙先生嘗詠秋穫詩, <u>有磨鎌似新月之句</u>, 語予曰, 韓退之詩云, <u>新月
似磨鎌, 吾用此語而反其意, 此謂翻案法</u>, 學詩者不可不知已…
　　　　　　　■ ‥‥‥‥〈徐居正, 『東人詩話』卷下.〉

(趙 先生이 일찍이 〈秋穫詩〉를 읊어 "<u>간 낫이 초생달 같다</u>"는 구절이
있다. 그런데 내게 말하기를, "韓退之의 시에 '<u>초생달이 간 낫 같다</u>'고
하였는데, <u>나는 이 말을 쓰되 그 뜻을 뒤집어 쓴 것으로 이것을 翻案
法이라고 하니</u>, 시를 배우는 자로서는 알지 않으면 안 될 것이다." 하
였다.)
　　　　　　　■〈用事의 방법 翻案法에 관한 實例.〉

⑧ 此後所作, 須以用事爲主, 雖然, 我邦之人, 動用中國之事, 亦是陋
品, <u>須取三國史・高麗史・國朝寶鑑・輿地勝覽・懲毖錄・燃藜述・
及他東方文字</u>, 採其事實, 考其地方, 入於詩用, 然後 方可以名世而
傳後.
　　　　　　　■ ‥‥‥‥〈丁若鏞, 『與猶堂全書』卷二十一, 「寄淵兒」〉

(此後로 詩를 지을 때에는 반드시 用事를 위주로 해야 한다. 비록 그
러나 우리 나라 사람들은 툭하면 중국의 故事만을 사용하는데, 이 또
한 비루한 성품 때문이다. 마땅히 『三國史記』・『高麗史』・『國朝寶
鑑』・『東國輿地勝覽』・『懲毖錄』・『燃藜室記述』 및 기타의 우리 나라

<u>문헌들에서 그 사실을 취하고</u> 그 지방을 살핀 다음 詩에 쓴 연후라야
바야흐로 세상에 이름을 남기며 후세에 전할 수 있을 것이다.)
　■〈用事의 대상으로 우리 나라의 史蹟을 인용하라는 내용의 이론.〉

　위의 資料 ①은 문안공 유승단이 언급한 用事의 대상이 될 수 있
는 典籍에 관한 이론인데, 文은 六經과 三史이며 詩는『문선』·『이백
집』·『두보집』·『한유집』·『유종원집』 등이 그 자료 또는 대상이 될
수 있음을 밝힌 것이다. 그리고 資料 ②는 用事의 대상 또는 내용에
관한 이론으로, 古人名·官名·古人語·古人事 등 다양한 것을 제시
하고 있다. ③은 古人名을 지나치게 用事한 것에 관한 이론으로, 이를
'점귀부'라고 한다고 했다. 그 이론에서는 소동파와 황산곡처럼 古人
名을 인용하는 데 도끼로 찍고 끌로 찍은 흔적이 없음을 들어 '무부착
지흔'이라는 評語를 쓰고 있다. ④는 用事를 잘하여 鍊琢의 공교로움
을 보여준 것으로, 用事에 관한 詩評에 해당된다. ⑤ ⑥은 用事의 방
법인 故事를 바로 인용하는 직용법에 관한 이론이며, 또 ⑤ ⑥ ⑦은
用事의 방법인 번안법에 관한 이론으로, 말을 쓰되 그 뜻을 뒤집어 쓴
경우를 제시하였다. ⑧에서는 用事의 대상으로 중국의 故事만 인용하
지 말고 우리 나라의 역사적 사실이나 故事를 인용하라고 하고 있다.
　이와 같이 用事는 人名·故事 등을 인용하여 자기 주장의 논리적
근거를 획득하거나 또는 문장에서 새로운 뜻을 얻을 수도 있음을 이
른다고 할 수 있다. 다시 말해서, 用事의 자료가 될 수 있는 典籍에
文으로는 六經과 三史 등을 들 수 있으며, 詩로는『문선』·『이백집』·
『두보집』 등을 들 수 있다. 그리고 用事의 대상 또는 내용이 될 수 있
는 것으로는 古人名·官名·古人語·古人事 등을 들 수 있다. 곧 用
事는 문장에서 前代에 있었던 일 또는 前人의 말이나 글을 이끌어다
가 자신의 논리적 근거를 보완하는 作法이다. 그 用事에 의하여 문장
의 논리성 충실성은 물론 문장 내용의 참신성이 드러날 수도 있는 것
이다.

2.2 用事의 實例

그러면 이제 여기서 用事의 實例를 보여 주는 詩篇들을 例擧하기
로 한다.

> ① 見說騎鯨遊汗漫, (고래를 타고 질펀히 넓은 물에서 논다는 말을
> 　　　　　　　　　　듣고,
> 　憶會捫虱話悲辛. 일찍이 이를 잡으며 비애와 辛苦를 이야기하던
> 　　　　　　　　　　것을 기억하도다.)
> 　　　　　　　　　　　　　　　　　· · · · · 〈李仁老,『破閑集』卷下.〉

위에 예를 든 것은 蘇東坡의 시구로서, '騎鯨'이라는 詩語는 李白
이 스스로를 '海上騎鯨客'이라고 한 말에서 인용한 것이요, '捫虱'이라
는 시어는 晉·桓溫이 대궐에 들어 갔을 때 王猛이 칡옷을 입고 이
〔虱〕를 잡으면서 旁若無人하였다는 故事를 인용한 것이다.

> ② 語言少味無阿堵, (語言이 홍미가 적은 것은 阿堵가 없기 때문이요,
> 　氷雪相看只此君. 氷雪에도 서로 보는 것은 다만 此君〔대나무〕뿐이
> 　　　　　　　　　　로다.
> 　眼看人情如格五, 눈으로는 인정이 格五 같음을 보고,
> 　心知世事等朝三. 마음으로는 세상 일이 朝三 같음을 알리로다.)
> 　　　　　　　　　　　　　　　　　· · · · · 〈李仁老,『破閑集』卷下.〉

위에 예를 든 것은 黃山谷〔黃庭堅〕의 시구로서, 무슨 故事를 사용
했는지 알지 못할 정도로 句法이 뛰어난 詩이다. '阿堵'는 晉의 王衍이
돈이 더러운 것을 알고 '돈'이란 말을 입 밖에 내지 않자 그의 아내가
일부러 돈을 상(床) 위에 놓았을 때 王衍이 阿堵〔이 물건〕를 가져가라
고 했다는 데서 온 故事를 인용한 것이다. '格五'는 한서『吾邱壽王傳』
에 '年少以善格五, 召待詔'라는 말에서 온 말이요, '朝三'은 '朝三暮四'

故事의 준말로, 얕은 꾀로 남을 속인다는 말이다. 이 역시 고사를 인용한 용사이다.

③ 歲月屢驚羊胛熟, (세월이 여러 번 <u>양갑이 익은 것</u>[시간이 빠름을 뜻함]에 놀랐고,
　風騷重會鶴天寒. <u>시문을 짓는 것</u>은 거듭 鶴天이 찰 때 모였도다.
　腹中早識精神滿, 뱃속에는 일찍이 정신이 가득찬 것을 알겠고,
　胸次都無鄙吝生. 가슴 속에는 도무지 마음이 고상하지 못하고 더러움이 생기는 게 없도다.
　　　　　　　　　　　　　　· · · · · 〈李仁老, 『破閑集』 卷下.〉

위의 작품은 林椿의 시로, 故事를 인용했는지 알지 못할 정도로 用事를 잘한 詩이다. '羊胛熟'은 『唐書』 「回紇傳」에 나오는 말로, 골리간은 한해(瀚海)에 있는데 또 북쪽으로 바다를 건너면 낮은 길고 밤은 짧아, 해가 질 때 羊胛[양의 어깨 뼈]을 구워 익히니 동방이 이미 밝았다[시간이 빠름을 뜻함]는 故事이며, '風騷'[시문을 짓는 일]는 『詩經』의 國風과 楚辭의 離騷가 합쳐진 말이다.

④ 登樓未作吹簫伴, (누대에 올랐을 때는 <u>퉁소를 부는</u> 짝이 되지 못했고,
　奔月空爲竊藥仙. 달도 도망가니 속절없이 <u>약을 훔친 선녀가 되었</u>도다.
　不怕長官嚴號令, 장관의 엄한 호령도 겁내지 않고,
　謾嗔行客惡因緣. 부질없이 나쁜 인연이라 행객에게 성내도다.)
　　　　　　　　　　　　　　· · · · · 〈李仁老, 『破閑集』 卷下.〉

④는 林椿이 벼슬에 싫증이 나서 星山郡에 가서 묵을 때 군수가 그의 이름을 익히 들어 오던 터라, 기생 하나를 보내어 침실에서 모시게 하였으나 밤에 도망쳐 버렸는데, 林椿이 그 기생이 원망스러워 위와 같은 시를 지었다고 소개한 것이다. '吹簫伴'은 『列仙傳』에 蕭史가

퉁소를 잘 불어 봉황새 우는 소리를 내므로 여기에 감복하여 秦·穆公이 딸 弄玉을 아내로 주니, 弄玉에게 퉁소 부는 것을 가르친 뒤에 弄玉은 봉황새를 타고 蕭史는 용을 타고 飛昇하였다는 故事이며, '竊藥仙'은 『淮南子』에 羿가 불사약을 西王母에게서 얻어 두었는데, 그의 아내 姮娥가 훔쳐 가지고 月宮으로 달아났다는 故事이다. 이는 모두 用事의 實例에 해당된다.

> ⑤ 莫將殘艶怨居諸, (고움이 시든다고 세월을 원망 말게,
> 一掬秋香久尙餘, 한 번 움킨 가을 향기 오래 오래 남느니.
> 人意不隨時自變, 사람의 마음은 따르지 않고 시절이 절로 변하는
> 　　　　　　　　　데,
> <u>龍陽何苦泣前魚</u>. <u>龍陽</u>은 어찌 <u>前魚</u>를 울었던가.)
> 　　　　　　　　　　 ▪ ▪ ▪ ▪ ▪ 〈崔滋, 『補閑集』卷中.〉

　위의 작품은 李仁老의 시로, '龍陽'과 '前魚'의 故事를 인용하고 있다. '龍陽'은 중국 衛靈公의 妾 南子를 가리키며, '前魚'는 먼저 얻은 물고기라는 뜻으로, 龍陽君[南子]이 衛靈公과 낚시를 할 때 먼저 낚은 고기가 뒤에 낚은 고기보다 작아서 이것을 버리려고 했다는 故事에서 온 말로, 장차 버림을 받을 경우의 사람에 비유해 쓴 것이다.

> ⑥ <u>得頭白醉翁看殿後</u>, (머리 하얀 취한 노인 궁전 뒤를 보고 있고,
> <u>眼明儒老倚闌邊</u>. 　눈 밝은 늙은 선비 난간 가를 의지했네.)
> 　　　　　　　　　　 ▪ ▪ ▪ ▪ ▪ 〈徐居正, 『東人詩話』上.〉

　위에 예를 든 것은 康日用의 시구로, 1句는 歐陽脩의 〈모란〉시3)를 點化하면서 동시에 用事한 것이요, 2句는 韓退之의 〈목작약〉시4)를 點化하면서 동시에 用事한 것이다. 이는 康日用이 歐陽脩의 詩〈모

---

3) 歐陽修, 「牧丹」, "自笑今爲白髮翁"〔스스로 나는 웃네, 지금 이미 백발옹인 것을.〕
4) 韓退之, 「木芍藥」, "今日欄邊覺眼明"〔오늘 나는 난간 가에서 눈이 문득 밝아졌네.〕

란〉 중 '白髮翁'의 시어를 '白醉翁'으로 인용했고, 또 '眼明儒老'는 韓退
之의 〈목작약〉詩 중 '眼明'을 인용한 것이다. 따라서 康日用의 시는 古
人語를 인용한 用事의 예가 된다.

> ⑦ <u>當日江神知我否, (當時의 江神이여 그대 나를 알았는가,</u>
> <u>何時更借半帆風. 그 어느 때 나에게도 그 바람을 빌려 주려나.)</u>
> ■ ※ ■ ※ ■ ※ 〈徐居正, 『東人詩話』上.〉

위에 예를 든 것은 牧隱 李穡의 시구로서, 廣平 李仁任이 尹泙의
그림인 열두 폭 병풍을 얻어 李穡이 시를 짓고 幻庵이 글씨를 쓰게 되
었는데, 병풍의 그림인 滕王閣 그림을 보고 읊은 시의 끝 句이다. 王
勃이 배를 타고 南昌을 들르게 되었는데, 때마침 좋은 바람이 불어 순
식간에 滕王閣에 이르렀다. 이 때 滕王閣에는 都督의 초청으로 많은
명사들이 놀고 있었으니, 뜻하지 않은 기회였다. 그 때 王勃은 그 유
명한「滕王閣序」를 지었는데, 그의 이름이 이로써 천하에 떨쳐지게 되
었다고 한다. 그러므로 위의 시는 牧隱 李穡이 그림 속에 滕王閣이 있
음을 보고 이 故事를 인용하여 나도 滕王閣에 가고 싶으니 왕발 당시
의 그 순풍을 내게도 빌려 달라는 풍류스러운 뜻을 부친 것이라고 하
겠다.

2.3 點化의 概念

'點化'는, 先人의 시에 나타난 뜻을 쓰되 그 뜻의 어느 지점으로부
터 변화를 加하여 자기의 시 작품에 쓰는 것을 말한다. 점화는 원래
蹈襲에서 출발하는 것으로, 뜻을 발전적으로 변화시키지 못하면 도습
〔前人의 시구에 나타난 뜻을 그대로 되밟아 쓰고 따르는 것〕에 그치게 되고,
발전적으로 변화시키면 점화가 된다. '환골탈태'는 점화의 작법을 구
체적인 문자로 표현한 作法類 用語로서, 점화라는 말과 크게 다를 것

이 없다. 그리고 그 점화가 잘된 것을 평하는 '點鐵成金(점철성금)'은 '철을 점찍어서 금을 이루었다'는 뜻의 작법평어류 용어이다. 그에 반 '點金成鐵(점금성철)'은 點化를 잘못하여 前人의 시구보다도 퇴보한 것을 일컫는 작법평어류 용어이며, '屋上架屋', '屋下架屋' 또한 前人의 뜻을 변화시키기는커녕 거의 비슷한 뜻을 되풀이하여 덧붙여서 표현한 것으로, '점금성철'과 마찬가지로 점화가 잘못된 것을 일컫는 작법평어류 용어이다.

그러면 이제 點化에 관한 先代의 漢詩批評文을 먼저 例로 들고 난 뒤에 기존 논의의 문제점을 지적하고자 한다.

〔資料〕〈飜譯〉

① 月庵長老山立爲詩, 多點化古人語.

         ■ ＊ ■ ＊ ■ 〈李齊賢, 『櫟翁稗說』後集二.〉

(月庵寺 주지〔長老〕山立은 詩를 짓는데, 옛날 사람의 말을 많이 點化했다.)

  ■〈前人들이 시에서 옛 사람의 시구에 나타난 뜻을 點化한 것을 보여 준 경우.〉

② 昔山谷論詩, 以謂不易古人之意而造其語, 謂之換骨, 規模古人之意而形容之, 謂之奪胎, 此 雖與夫活剝生呑者, 相去如天淵, 然未免剽掠潛竊以爲之工, 豈所謂出新意於古人所不到者之爲 妙哉.

         ■ ＊ ■ ＊ ■ 〈李仁老, 『破閑集』卷下.〉

(옛날에 黃山谷이 시를 논하여 이르기를, 古人의 뜻을 바꾸지 않고 그 말을 지어내는 것을 換骨이라 하고 古人의 뜻을 본받아서 형용하는 것을 奪胎라 한다 하였으니, 이는 비록 그 활박생탄〔남의 시가·문장 등의 글구를 그대로 모방하고 조금도 독창적인 것이 없이 산 채로 박제를 하듯 두들겨서 털도 안 뽑고 산 채로 삼킨다는 뜻〕하는 것

과는 차이가 마치 하늘과 땅〔깊은 못〕의 차이라 하겠으나, <u>표절 약
탈하고 몰래 훔쳐다가 자기의 공교로움을 삼는 것을 면할 수 없으니,</u>
어찌 古人이 이르지 못한 경지에서 새로운 뜻을 지어내는 것으로서
의 妙함이 되겠는가?)
　　■〈古人의 뜻을 踏襲한 換骨奪胎가 剽竊를 면할 수 없는 것이라고 부
　　　정적으로 논한 경우.〉

③ <u>句句皆有來處, 粧點自妙, 格律自然森嚴.</u>
　　　　　　　　　　　　■ ▪ ▪ ▪ ▪ ▪〈徐居正, 『東人詩話』卷上.〉

　<u>(句마다 모두 由來處가 있으되 粧點〔어느 지점을 치장하듯 곱게 꾸
며 點化함〕한 것이 절로 妙하고, 格律이 자연스럽고도 삼엄하다.)</u>
■〈前人의 시구에 나타난 뜻을 點化하되 格律이 삼엄한 것을 평한 것.〉

④ <u>鄭詩雖源於金, 煅鍊尤妙, 可謂出於藍者矣.</u>
　　　　　　　　　　　　■ ▪ ▪ ▪ ▪ ▪〈徐居正, 『東人詩話』卷上.〉

　<u>(鄭允宜의 시는 비록 金若水의 시에 근원하였으나, 다듬기를 더욱
묘하게 하였으니, 가히 靑出於藍의 재주를 보인 것이라 할 만하다.)</u>
　　　　　　　　　　　　　■〈點化가 잘된 것을 평한 경우.〉

⑤ <u>詩忌踏襲.</u> 古人曰, 文章, 當出機杼, 成一家風骨, 何能共人生活耶.
　唐宋人, 多有此病.
　　　　　　　　　　　　■ ▪ ▪ ▪ ▪ ▪〈徐居正, 『東人詩話』卷上.〉

　(시에서는 <u>踏襲</u>을 꺼린다. 古人이 이르기를, 문장에서는 마땅히 자
기 나름의 틀과 북에서 지어내어 一家의 風骨을 이룬다고 하였으니,
어찌 능히 〈문장 속에서〉 남과 더불어 생활할 수 있겠는가? 唐·宋
人 중에 이와 같은 병통이 많았다.)
　　■〈역대 시인 누구나 발전적인 點化에 이르지 못하는 踏襲을 꺼려한
　　　것을 논한 경우.〉

⑥　予嘗愛鄭圓齋公權讀中宗紀詩, 由來哲婦敗嘉謨, 詁讇無言賤丈夫,

地下若逢韋處士, 帝心還愧點籌無, 語雖用唐人地下若逢陳後主, 不
宜重問後庭花之句, <u>點化自妙, 眞得換骨法</u>.

■ ▪ ▪ ▪ ▪ ◧ 〈徐居正, 『東人詩話』 卷下〉

(내가 일찍이 圓齋 鄭公權의 〈讀中宗紀〉 詩를 사랑하였는데, "영리한
여자 있은 이래로 아름다운 정치 무너졌으니, 속삭이며 소근대는 말
은 賤丈夫의 짓이라네. 地下에서 만약 韋處士〔韋后〕를 만난다면,
황제의 마음은 노름이나 지켜보던 것이 도리어 부끄럽지 않을는지."
라고 하였으니, 말은 비록 唐 나라 시인의 "地下에서 만약 陳後主를
만난다면, 〈後庭花〉나 노래하던 것을 다시는 묻지 않으리."라는 구절
을 踏襲해 썼으나〔단순히 踏襲에 그친 것이 아니라는 뜻에서 쓴 말
임 : 필자 註〕, <u>點化한 것이 절로 妙하니, 참으로 換骨法을 터득했다
고 하겠다.</u>)
 ■〈역대에 긍정적으로 논의되어 온 作法類 용어로서의 點化가 잘된
   것을 善評한 경우.〉

　　위의 자료 ①은 先人들이 흔히 점화를 하였음을 보여 주는 것이
다. 그리고 자료 ②에서 볼 수 있듯이 黃庭堅〔山谷〕은 시를 논하여 이
르기를 "古人의 뜻을 바꾸지 않고 그 말을 지어내는 것을 '換骨'이라
하고 古人의 뜻을 본받아서 형용해내는 것을 '奪胎'라고 한다."라고 하
였다. 그러므로 환골과 탈태 모두가 前人의 시구에 나타난 뜻을 점화
하여 자기 나름의 발전적인 뜻으로 변화시켜 자기의 시구에 나타내는
것을 의미하는 용어라고 하겠다. 점화도 원래 도습에서 출발하는 것
이기 때문에 새로운 뜻을 드러내지 못하면 결국 역대의 시인들이 꺼
려해 온 도습의 단계에 머물게 된다. 그러나 이인로는, 위의 자료 ②
에서 볼 수 있는 바와 같이, 도습은커녕 그 점화마저도 표절과 다를
바 없는 것이라고 혹평하여 부정적으로 논했던 것으로 볼 때, 결코 도
습하지 않으려 했던 매우 수준 높은 경지의 시인이었음을 짐작하게
한다.
　　③ ④ 의 자료는 점화가 잘된 것을 평한 예이다. 자료 ⑤에서는 前

人의 시구에 나타난 뜻을 발전적으로 변화시키는 점화에 이르지 못하고 그저 되밟아 따르는 수준에 머물게 되는 도습에 대하여 부정적으로 논하였다. 자료 ⑥은 唐人의 시구를 점화하면서 동시에 용사한 것으로, 점화가 환골탈태와 함께 대체로 역대에 긍정적으로 논의되어 온 作法類 용어라는 것을 확실히 알 수 있게 한다. 다시 말해서 점화는 前人의 시구에 나타난 뜻을 쓰되 그 뜻의 어느 지점으로부터 변화를 시켜 발전적으로 자신의 시 작품에 쓰는 것을 말하는 긍정적인 의미의 작법류 용어라 하겠다. 그럼에도 기존 연구에서는 그 점화가 용사 또는 표절과 혼동하여 논의된 경우가 종종 있었다.

2.4 點化의 實例

① 月庵長老山立爲詩, 多點化古人語, 如云 <u>南來水谷還思母, 北到松京更憶君, 七驛兩江驢子小, 却嫌行李不如雲,</u> 卽荊公<u>將母邗溝上</u>, 留家白苧陰, 月明聞杜宇, <u>南北兩關心也, 白岳山前柳</u>, 安和寺裏裁, <u>春風多事在, 裊裊又吹來</u>, 卽楊巨源陌頭楊柳綠烟絲, 立馬煩君折一枝, <u>唯有春風最相惜, 慇懃更向手中吹也.</u>
▪ ▪ ▪ ▪ ▪ 〈李齊賢,「櫟翁稗說」後集〉

(月庵寺 주지 山立은 詩를 짓는데, 옛사람의 말을 많이 點化했으니, 이를테면 "남쪽으로 水谷에 오니 오히려 어머님 생각이 나고, 북쪽으로 松京에 이르니 다시 임금님이 그립구나. 일곱 驛과 두 江을 건너오니 노새는 작아서, 문득 보따리가 구름같이 가볍지 않음을 탓하노라."라고 한 시는 곧 荊公 王安石이 지은 시 "<u>어머니 한구 위에 모시고, 집은 백저 응달에 남겨 놓았네. 달 밝은 밤에 두견새 소리 들으니, 남북 양쪽에 마음이 걸리네</u>"와 같고, "<u>백악산 앞에 버드나무를, 안화사 안으로 옮겨 심으니, 봄바람은 할 일도 많은지, 한들한들 또 불어온다.</u>"라고 읊은 시는 양거원의 시에 "언덕 위에 버드나무 가는 실처럼 늘어졌네, 말 세우고 그대 빌어 한 가지 꺾었더니, <u>봄바람이 그를 아끼듯 차마 가지 못하는가? 은근히 다시 불어와 손 안에서</u>

속삭이네"와 같은 것이다.)

위의 詩評은 月庵寺 주지〔長老〕山立이 지은 시구의 앞 구절 "남쪽으로 水谷에 오니 오히려 어머님 생각이 나고"가 荊公 王安石의 시 "어머니 邘溝〔중국 강소성에 있는 물 이름〕 위에 모시고 집은 白苧〔산 이름〕 응달에 남겨 놓았네."에서 取하여 點化한 것이고, 또 그 시구의 뒷 구절 "북쪽으로 松京에 이르니 다시 임금님이 그립구나"가 王安石의 시 "남북 양쪽에 마음이 걸리네"를 點化한 것이기는 해도 발전적으로 點化함으로써 전혀 다른 새로운 뜻으로 승화된 것임을 善評한 것이다. 그리고 山立이 지은 "백악산〔북악산의 별칭〕 앞에 버드나무"라는 첫 구절은 양거원〔당 나라 포주인〕의 시 "언덕 위에 버드나무 가는 실처럼 늘어졌네"를 발전적으로 點化한 것이고, 또 山立의 시 3句·4句 "봄바람은 할 일도 많은지, 한들한들 또 불어온다."는 양거원의 시 3句·4句인 "봄바람이 그를 아끼듯 차마 가지 못하는가? 은근히 다시 불어 와 손 안에서 속삭이네"를 點化한 경우이다. 이처럼 先代의 시인이나 비평가들은 남의 시구를 자기의 시에서 발전적으로 변화시킴으로써 단순히 蹈襲의 단계에 머물지 않도록 하는 것을 작법류 용어로 '點化'라고 했던 것이다.

② 近代洪中令子藩詩 (근래 중령 홍자번의 시에)

愧將林下轉經,　(부끄러워라. 林下에서 經書만 뒤치던 손으로
遮却斜陽向帝京. 석양볕을 가리고 서울로 향하누나.)

李陶隱詩 (陶隱 李崇仁의 시에)

如何釣竿手,　(어쩌길래 내 일상 낚시질하던 손으로
策馬向京都.　말에다 채찍질하며 서울로 향하는고.)

皆不免相襲之病… (이는 다 서로 蹈襲한 병을 면치 못하는 것들
이다.)
　　　　　　　　　　　· · · · · 〈徐居正, 『東人詩話』上.〉

　②는 徐居正이 評한 말처럼 蹈襲한 시의 예이다. 李崇仁이 洪子藩
의 詩를 인용하여 點化하려고 하였으나, 점화가 되지 못하고 도습에
그쳤다는 것이다.

　③ 古人作詩, 無一句無來處, 李政丞混浮碧樓詩, <u>永明寺中僧不見, 永
　　明寺前江自流, 山空孤塔立 庭 際, 人斷小舟橫渡頭, 長天去鳥欲何
　　向, 大野東風吹不休, 往事微茫問無處, 淡烟斜日使人愁</u>, 一句二句
　　本李白, 鳳凰臺上鳳凰遊, 鳳去臺空江自流, 四句本韋蘇州, 野渡無
　　人舟自橫, 五六句本陳 后山, 度鳥欲何向, 奔雲亦自閑, 七八句又本
　　李白, 摠爲浮雲蔽白日, 長安不見使人愁 之句. 句句 皆有來處, 粧
　　點自妙, 格律自然森嚴.
　　　　　　　　　　　· · · · · 〈徐居正, 『東人詩話』上.〉

(옛 사람의 시를 보면 모두 그 유래가 있다.
李政丞混의 〈浮碧樓〉 시에

<u>영명사[평양 금수산에 있던 절] 안에는 중이 도무지 보이지 않는
데,</u>
영명사 앞에는 강물만 스스로 흐르누나.

산은 비어 호젓한데 외로운 탑, 뜰가에 서 있고
<u>사람 기척 끊졌으니 조금만 배 나루 머리에 비꼈어라.
먼 하늘로 가는 새는 그 어디로 향하려나.
큰 들에서 오는 동풍 불어 쉬지 않누나.
지난 일 아득하여 물을 데도 없으니,
저녁 노을 비낀 석양 남의 애를 끊누나.</u>

라고 하였는데 이 시의 첫 句와 둘째 句는 李太白 시의

> 鳳凰臺 그 위에서 봉황이 놀았건만,
> 鳳은 가고 臺는 비었는데 강물만 스스로 흐르누나.

를 본받았으며, 넷째 句는 韋蘇州〔당 나라 시인 韋應物의 별칭〕 시의

> 나루에 사람 없어 배만 스스로 비꼈어라.

를 본받은 것이며, 또 5·6句는 陳后山〔宋 나라 철종 때의 시인 陳師道〕시의

> 지나가는 새야, 네 어데로 향하려나.
> 달려 가는 구름마저 스스로 한가롭네.

를 본받은 것이며, 7·8句는 또 李太白의

> 이 모두 뜬구름 해를 가릴 까닭이라,
> 長安〔唐 나라 서울〕은 보이지 않으니 남의 애를 끊누나.

를 본받은 것이다. 이렇듯 句마다 由來處〔點化한 前人의 시구〕가 다 있으되, 粧點한 것이 절로 妙하고 格律이 자연스럽고도 삼엄하다.)

윗 글에서 인용한 시는 前人의 시구에 나타난 뜻의 어느 지점을 점찍어서 그 지점으로부터 뜻을 발전적으로 변화시킨 點化의 실례를 든 것이다. 바로 이와 같이 훌륭한 點化를 평하는 作法評語類 용어가 '點鐵成金(점철성금)'이다.

④ 崔猊山詩曰, <u>漏雲殘照雨絲絲</u>, 牧隱深味之, 有膾炙猊山四句詩之句, 頃見李大諫仁老詩曰, <u>薄雲漏日雨中明</u>, 猊山詩未必非點化也, 然古

人詩有偶同者, 有因點化而尤工者, 或讀古人詩已熟, 往往恰得認爲
己有者, 此詩家常事, 猊山豈竊人詩者哉.
‥‥‥‥〈徐居正,『東人詩話』下〉

(崔猊山(최예산)의 시구에

<u>구름에서 새 나오는 저녁별에
보슬비 실실이 영롱도 하여라.</u>

라고 하였는데 牧隱은 여기에 깊은 맛을 붙여 예산의 네 句로 된 그
시는 씹을수록 맛이 난다. 라고 읊어 찬탄하였다. 요즘 나는 大諫 李仁
老의 시에서 이런 것을 보았다.

<u>구름에서 새는 햇발
빗 속에서 더 밝아라.</u>

예산의 시가 반드시 點化한 것이 아니라고 단정할 수는 없다. 그러나
옛사람들의 시와 우연히 같은 경우도 있고 또 點化하여 원작보다 더욱
공교로운 경우도 있으며, 혹은 古人의 시들을 읽기를 심히 익숙하게 하
여 종종 자기의 것처럼 되어 나올 수도 있는 것이라서, 이는 시인들에게
예사로 있는 일이니, 예산이 어찌 남의 시를 표절한 자이겠는가?)

위의 시평은 崔猊山〔최해 ; 고려말기의 시인〕이 李仁老의 시 "薄雲漏
日雨中明"(구름에서 새는 햇발 빗 속에서 더 밝아라)를 點化하여 자기의 시
로 하여금 더욱 공교롭게 하였다는 것이다.

⑤ 王維唐賢之傑然者也. 然喜用古語, <u>如水田飛白鷺, 夏木囀黃鸝</u>, 本
　李嘉祐詩也, 維加漠漠陰陰四字, 評者以爲王維爲嘉祐點化, 精彩百
　倍.
‥‥‥‥〈徐居正,『東人詩話』下.〉

(王維는 唐 나라의 결출한 시인이지만, 옛 사람의 말을 쓰기 좋아

했다. 예컨대 "논벌에는 백로가 날고 여름 숲에는 꾀꼬리가 우네."라고
한 것이 있어, 이는 본래 李嘉祐〔唐 나라 숙종 때의 시인]의 시인데,
여기에다 王維는 '漠漠'과 '陰陰' 단 넉 字만을 보태어 "아득한 논벌에
는 백로가 날고, 음침한 여름 숲에는 꾀꼬리가 우네."라고 하여, 자기
시로 하지 않았는가? 그러나 이를 평하는 자는 王維가 嘉祐를 위해
點化했는데, 精彩가 백배로 되었다고 한다.)

王維가 唐 나라 시인 李嘉祐의 "논벌에는 백로가 날고, 여름 숲에
는 꾀꼬리가 우네."라는 시에다 '漠漠'과 '陰陰' 但 넉 字만 더하여 "아
득한 논벌에는 백로가 날고, 음침한 여름 숲에는 꾀꼬리 우네."와 같
이 점화하였는데, 그 시가 마치 靈丹 한 톨로 철을 점찍어 금을 이루
어 내듯이 점화한 경우 곧 '點鐵成金'이라 할 만큼 點化가 잘된 시구라
는 뜻에서 서거정은 이와 같은 詩評을 행하였다.

2.5 用事와 點化의 槪念 差異

'用事'는 作法類 용어로, 詩·文 등의 작품에서 역사적 사실과 같
은 前代에 있었던 일이나 前人의 말 또는 글을 이끌어다 씀으로써 작
자 자신의 논리를 보완하고 나타내고자 하는 뜻을 더욱 알차게 하기
위해서 사용하는 작법이다.

용사의 자료가 되는 典籍으로는 문장에 六經과 三史 등이 있으며
詩에는 『文選』·『李白集』·『杜甫集』·『韓愈集』·『柳宗元集』 등이 있
다. 이것은 앞서 '用事의 槪念'을 논하면서 Ⅱ-1의 자료 ①에서 예를
든,『補閑集』卷中에 기록된 兪升旦의 견해에 의한 것이다. 그런데 여
기서 우리는 그것이 兪升旦이 용사의 대상을 반드시 그와 같은 전적
으로 한정하라는 뜻에서 거론한 것은 아니며, 그런 전적들이 중요한
자료가 된다는 뜻에서 거론한 것임을 알아야 할 것이다. 그리고 그 Ⅱ
-1의 자료 ⑧에서 예를 든 茶山의 말과 같이 용사의 자료가 되는 전

적은 반드시 중국의 古典에 한정될 것도 아니다. 중국과 우리 古典들이 얼마든지 두루 용사의 자료로 삼을 만한 전적이 될 수 있는 것이다.

용사의 대상으로는 <u>古人名 · 古人官 · 古人語 · 古人事</u> 등이 있고, 용사의 방법에는 故事를 그대로 쓰는 直用法이 있으며, 그와는 달리 생각을 뒤집어 쓰는 翻案法이 있다.

> 莫將殘艶怨居諸, (고움이 시든다고 세월을 원망 말게,
> 一鞠秋香久尙餘, 한 번 움킨 가을 향기 오래오래 남느니.
> 人意不隨時自變, 사람의 마음은 따르지 않고 시절이 스스로 변하는
> 　　　　　　　　데,
> <u>龍陽何苦泣前魚.</u> 용양은 어찌 <u>전어</u>를 울었던가.)
> 　　　　　■ ■ ■ ■ ■ ＜崔滋, 『補閑集』 卷中.＞

위에 인용한 시는 이인로의 시로, '龍陽'과 '前魚'라는 故事를 아주 잘 인용한 것이다. '龍陽'은 衛 나라 靈公의 첩인 南子를 가리키는 말이며, '前魚'는 龍陽君〔南子〕이 衛靈公(위영공)과 낚시를 할 때 먼저 낚은 작은 물고기로, 장차 버림을 받을 경우의 사람에 비유한 말이다. 따라서 위의 시에서와 같이 用事는 故事를 인용하여 자신의 詩 · 文의 논리적 근거를 알차게 하는 것이라고 하겠다.

'點化'도 作法類 용어이다. 점화는 前人의 詩句에 나타난 뜻의 어느 지점을 점찍어서 그 지점으로부터 뜻을 발전적으로 변화시켜 자기의 詩句에 사용하는 것을 의미한다.

이인로의 詩에 "구름에서 새는 햇발, 빗 속에서 더 밝아라."〔薄雲漏日雨中明〕라고 하였는데, 최예산은 "구름에서 새어 나오는 저녁볕에, 보슬비 실실이 영롱도 하여라."〔漏雲殘照雨絲絲〕와 같이 前人〔李仁老〕의 시구에 나타난 뜻을 발전적으로 변화시켜 점화했던 것이다.

말하자면 용사는 故事를 인용하는 것이라면, 점화는 용사를 하느

냐 하지 않느냐와 상관없이 다만 前人의 시구에 나타난 뜻에 발전적
으로 변화를 가하는 것을 의미한다.

3. 결 어

본고는, 漢詩批評 硏究의 기초를 다지기 위한 목적에서 한시비평
용어 중 作法類 용어에 해당된다고 할 수 있는 用事와 點化의 개념을
논의하고 실례들을 검토함으로써 그 개념 차이를 명확히 하고자 한
것이다.

先人들의 詩話集인 『파한집』·『백운소설』·『보한집』·『역옹패설』
등에 용사에 관한 이론과 시평이 많고, 『동인시화』에는 특히 점화에
관한 시평이 많기에, 용사와 점화의 개념 차이를 제대로 파악하는 것
은 그와 같은 先代의 비평문을 읽고 고찰하기 위해 先決되어야 할 과
제라고 생각되어, 필자는 이와 같이 간단한 논의를 시도하게 된 것이
다.

용사는 글을 지을 때 故事를 이끌어다가 씀으로써 자신의 논리적
근거를 보완하는 작법이다. 용사의 내용 또는 대상이 될 수 있는 것은
이름·지명·역사적 사실·옛 문장 등과 성현의 말씀이나 시인의 시
구 등이며, 그것을 한두 글자 또는 몇 글자로 압축하여 인용하는 것이
바로 용사다. 斷章取義(단장취의) 즉 『詩經』詩 같은 데서 章句를 끌어
다가 씀으로써 그 뜻을 취해 오는 것도 크게 보면 用事의 범주에 든다
고 할 수 있다.

점화는 용사를 하는가의 여부와 관계없이 前人의 시구에 나타난
뜻을 발전적으로 변화시켜 새로운 의미를 부여하고자 하는 것이다.
점화도 원래 도습에서 출발하는 것이다. 前人의 시구에 나타난 뜻을
쓰되 새로운 의미로 발전시키지 못하면 도습에 그치고, 새로운 의미

로 발전시키면 점화가 된다. 踏襲한 시인들도 누구나 자기의 시구를 점화했다고 할 것이다. 그러나 評者〔讀者〕가 보기로는 뜻을 변화시키지 못할 경우 도습에 그친 것으로 평가되는 경우가 있다. 환골탈태는 점화의 방법을 구체적으로 설명해 주는 용어로, 점화라는 말과 크게 다를 것이 없다. 점화가 잘된 경우에 대한 평어로서 "철을 점 찍어서 금을 이루었다."는 뜻의 點鐵成金(점철성금)이라는 작법평어류 용어가 있다.

‖ 참고문헌 ‖

1. 基本 資料

李仁老, 『破閑集』
李奎報, 『白雲小說』
崔 滋, 『補閑集』
李齊賢, 『櫟翁稗說』
丁若鏞, 『與猶堂全書』
李相寶 譯, 『破閑集』·『補閑集』·『櫟翁稗說』, 『韓國名著大全集』, 大洋書籍, 1973.
朴性奎 譯, 『補閑集』, 啓明大 出版部, 1984.
徐居正, 『東人詩話』, 保景文化社, 1984.
徐居正, 『東人詩話』, 김찬순 역, 조선문학예술출판사, 1996.
서거정, 『동인시화』, 박성규 역, 집문당, 1998.
洪萬宗, 『詩話叢林』(上)(下), 洪贊裕 譯, 通文館, 1993.
朱任生 編著, 『詩論分類纂要』, 臺灣商務印書館發行, 1959.

2. 論 著

趙種業, 「高麗詩論研究」, 『忠南大 語文研究』1호, 1963.
崔信浩, 「初期詩話에 나타난 用事理論의 樣相」, 『古典文學研究』 第1輯, 韓國古典文
        學研究會, 1971.
全鎣大 外 3人, 『한국고전시학사』, 弘盛社, 1979.
鄭堯一, 『漢文學批評論』, 集文堂, 1994.
鄭堯一 外, 『고전비평 용어 연구』, 태학사, 1998.
尹寅鉉, 『한국 한시비평론』, 아세아문화사, 2001.

제3장

麗末·鮮初 點化의 理論 및 詩評 樣相

1. 서 론

　　본고는 麗末·鮮初의 漢詩批評에 있어서 用事와 點化 등 漢詩 作法에 관한 理論과 詩評이 어떻게 전개되었는가 그 批評 樣相을 고찰하는 과제를 해결하기 위하여 그 중에서도 특히 여말·선초 점화의 이론 및 시평 양상을 살펴보고자 하는 것이다.

　　필자는 본고에 앞서 이미 용사와 점화의 개념 및 그 用例를 검토함으로써 「用事와 點化의 概念 差異」를 논의한 바 있으며,[1] 麗末·鮮初 用事의 理論 및 詩評 樣相에 관하여 앞으로 논의할 기회를 갖고자 관심을 기울이고 있다. 따라서 본고를 통하여 麗末·鮮初의 詩作法에 관한 비평 곧 용사와 점화의 이론 및 시평 양상에 대한 논의의 기초를 마련하고자 한다. 그런데 필자는 이제 본고의 논의를 분명히 하기 위하여, 「용사와 점화의 개념 차이」를 통해서 이미 논술한 바 있는 점화의 개념과 용례를, 한두 가지 자료를 곁들여 다시 한번 간단히 점검하

---

[1] 拙考, 「用事와 點化의 概念 差異」, 『韓國古典研究』 第4輯, 韓國古典文學研究學會, 1998.

고 재론한 뒤에, 그 여말·선초 점화의 이론 및 시평에 대해서 논의하
고자 한다. 따라서 본고에서는 우리 古典 중 고려 후기의『파한집』·
『백운소설』·『동국이상국집』·『보한집』·『역옹패설』과 선초의『동인
시화』등의 자료를 중심으로 하여 여말·선초 점화의 이론 및 시평 양
상을 살펴보게 될 것이다.

2. 點化의 概念과 實例

2.1 點化의 概念

鄭澈의「思美人曲」에 "乾坤이 閉塞ᄒ야 白雪이 ᄒ 빗친 제, 사람은
크니와 놀새도 긋쳐 잇다."라는 구절이 있다. 이 구절은 唐 나라 시인
柳宗元의「江雪」의 起句와 承句인 "千山鳥飛絶, 萬徑人蹤滅."(一千 山
에는 나는 새 볼 수 없고, 一萬 길에 사람 자취 끊어졌도다.)을 연상하게 한
다. 이는 前人의 시구에 나타난 뜻을 본받기는 하되 단순히 그대로 되
밟아 쓰고 따른 것이 아니라, 前人의 시구에 나타난 뜻을 쓰되 그 뜻
의 어느 지점을 점찍어서 그 지점으로부터 뜻을 발전적으로 변화시켜
자기 스스로의 작품에 쓴 것이다. 이처럼 前人의 시구에 나타난 뜻을
모방하되 발전적으로 뜻을 변화시켜 사용하는 作法을 '점화'라고 한
다.2)

---

2) '換骨奪胎'는 '點化'의 구체적인 作法을 설명하는 용어이다. 따라서 點化가 作法類
  용어인 것처럼 換骨奪胎 또한 作法類 용어이다. 그리고 그 點化가 잘된 것을 평
  하는 '點鐵成金'은 '철을 점찍어서 금을 이루었다'는 뜻의 작법평어류 용어이다.
  그에 반해 '點金成鐵'은 點化를 잘못하여 前人의 시구보다도 퇴보한 것을 일컫는
  작법평어류 용어이며, '屋上架屋'·'屋下架屋' 또한 前人의 뜻을 변화시키기는커녕
  거의 비슷한 뜻을 되풀이하여 덧붙여서 표현한 것을 평하는 용어로, '點金成鐵'과
  마찬가지로 點化가 잘못된 것을 일컫는 작법평어류 용어이다. 정요일 外,『고전
  비평 용어 연구』(태학사, 1998), p.p.152~161 및 拙考,「用事와 點化의 概念

2.2 點化의 實例

그러면 이제 고전 비평문을 통해서 漢詩 作法의 하나인 그 '點化'의 실례를 들어 어떤 作法이 點化가 되는 지를 살펴보기로 한다.

> ① 月庵長老山立爲詩, 多點化古人語, 如云 <u>南來水谷還思母, 北到松京更憶君, 七驛兩江驢子小, 却嫌行李不如雲</u>, 卽荊公<u>將母邘溝上, 留家白苧陰, 月明聞杜宇, 南北兩關心也</u>, <u>白岳山前柳, 安和寺裏栽, 春風多事在, 裊裊又吹來</u>, 卽楊巨源陌頭楊柳綠烟絲, 立馬煩君折一枝, <u>唯有春風最相惜, 慇懃更向手中吹也</u>.
>
> ■ ※ ■ ■ ▨ 〈李齊賢,「櫟翁稗說」後集.〉

(月庵寺 주지 山立은 詩를 짓는데, 옛사람의 말을 많이 點化했으니, 이를테면 "<u>남쪽으로 水谷에 오니 오히려 어머님 생각이 나고, 북쪽으로 松京에 이르니 다시 임금님이 그립구나. 일곱 驛과 두 江을 건너 오니 노새는 작아서, 문득 보따리가 구름같이 가볍지 않음을 탓하노라.</u>"라고 한 시는 곧 荊公 王安石이 지은 시 "<u>어머니 한구 위에 모시고, 집은 백저 응달에 남겨 놓았네. 달 밝은 밤에 두견새 소리 들으니, 남북 양쪽에 마음이 걸리네</u>"와 같고, "<u>백악산 앞에 버드나무를, 안화사 안으로 옮겨 심으니, 봄바람은 할 일도 많은지, 한들한들 또 불어온다.</u>"라고 읊은 시는 양거원의 시에 "언덕 위에 버드나무 가는 실처럼 늘어졌네, 말 세우고 그대 빌어 한가지 꺾었더니, <u>봄바람이 그를 아끼듯 차마 가지 못하는가? 은근히 다시 불어와 손 안에서 속삭이네.</u>"와 같은 것이다.)

위의 詩評은 月庵寺 주지〔長老〕山立이 지은 시구의 앞 구절 "남쪽으로 水谷에 오니 오히려 어머님 생각이 나고"가 荊公 王安石의 시 "어머니 邘溝〔중국 강소성에 있는 물 이름〕위에 모시고 집은 白苧〔산 이름〕응달에 남겨 놓았네."에서 取하여 점화한 것이고, 또 그 시구의 뒷

구절 "북쪽으로 松京에 이르니 다시 임금님이 그립구나"가 王安石의 시 "남북 양쪽에 마음이 걸리네"를 點化한 것이기는 해도 발전적으로 點化함으로써 전혀 다른 새로운 뜻으로 승화된 것임을 善評한 것이다. 그리고 山立이 지은 "白岳山〔북악산의 별칭〕 앞에 버드나무"라는 첫 구절은 楊巨源〔唐 나라 포주인〕의 시 "언덕 위에 버드나무 가는 실처럼 늘어졌네"를 발전적으로 점화한 것이고, 또 山立의 시 3句·4句 "봄바람은 할 일도 많은지, 한들한들 또 불어온다."는 楊巨源의 시 3句·4句인 "봄바람이 그를 아끼듯 차마 가지 못하는가? 은근히 다시 불어와 손 안에서 속삭이네"를 점화한 경우이다.

　이처럼 先代의 시인이나 비평가들은 남의 시구를 자기의 시에서 발전적으로 변화시킴으로써 단순히 蹈襲(도습)의 단계에 머물지 않도록 하는 것을 작법류 용어로 '點化'라고 했던 것이다.

② 古人作詩, 無一句無來處, 李政丞混浮碧樓詩, 永明寺中僧不見, 永明寺前江自流, 山空孤塔立. 庭際, 人斷小舟橫渡頭, 長天去鳥欲何向, 大野東風吹不休, 往事微茫問無處, 淡烟斜日使人愁, 一句二句本李白, 鳳凰臺上鳳凰遊, 鳳去臺空江自流, 四句本韋蘇州, 野渡無人舟自橫, 五六句 本陳后山, 度鳥欲何向, 奔雲亦自閑, 七八句又本李白, 摠爲浮雲蔽白日, 長安不見使人愁之句. 句句皆有來處, 粧點自妙, 格律自然森嚴.

　　　　　　■ ＊ ■ ＊ ■ ＊ ■ 〈徐居正,『東人詩話』上.〉

(옛 사람이 지은 시에는 한 구라도 유래한 곳이 없는 것이 없다.
政丞 李混의 〈浮碧樓〉 시에

영명사〔평양 금수산에 있던 절〕 안에는 중이 도무지 보이지 않는데,
영명사 앞에는 강물만 절로 흐르누나.

산은 비어 호젓한데 외로운 탑만이 뜰가에 서 있고

사람 기척 끊겼으니 조금만 배 나루 머리에 비꼈어라.
먼 하늘로 가는 새는 그 어디로 향하려나.
큰 들에서 오는 동풍 불어 쉬지 않누나.

지난 일 아득하여 물을 데도 없으니,
저녁 노을 비낀 석양 남의 애를 끊누나.

라고 하였는데 이 시의 첫 句와 둘째 句는 李太白 시의

鳳凰臺 그 위에서 봉황이 놀았건만,
鳳은 가고 臺는 비었는데 강물만 절로 흐르누나.

를 본받았으며, 넷째 句는 韋蘇州〔당 나라 시인 韋應物의 별칭〕시의

나루에 사람 없어 배만 스스로 비꼈어라.

를 본받은 것이며, 또 5·6句는 陳后山〔宋 나라 철종 때의 시인 陳師
道〕시의

지나가는 새야, 네 어데로 향하려나.
달려 가는 구름마저 스스로 한가롭네.

를 본받은 것이며, 7·8句는 또 李太白의

이 모두 뜬구름 해를 가릴 까닭이라,
長安〔唐 나라 서울〕은 보이지 않으니 남의 애를 끊누나.

를 본받은 것이다. 이렇듯 句마다 由來處〔點化한 前人의 시구〕가 다
있으되, 粧點한 것이 절로 妙하고 格律이 자연스럽고도 삼엄하다.)

윗 글은 徐居正이 李混의 〈浮碧樓〉 시를 인용하고 그 시가 前人의
시구에 나타난 뜻의 어느 지점을 점찍어서 그 지점으로부터 뜻을 발

전적으로 변화시킨 것 곧 점화한 것임을 지적하고, 1·2句와 4句,
5·6句, 7·8句가 각각 前代의 어떤 시구를 점화한 것인지 각각 그
由來處를 밝힌 것이다. 바로 이와 같이 점화가 잘된 것을 先代의 시인
들은 긍정적으로 높이 평가하면서 혹은 '粧點自妙'라고 하거나 혹은
'點鐵成金'이라고 했던 것이다.

3. 麗末·鮮初 點化의 理論 및 詩評

3.1 李仁老 -『破閑集』- 의 경우

이제 여기서는 麗末·鮮初에 詩作法의 하나인 '點化'와 관련하여
어떤 詩論과 詩評이 행해졌는지, 먼저 麗末 李仁老의 경우로부터 논
의하기로 한다.

> ① 詩家作詩多使事, 謂之點鬼簿, 李商隱用事險僻, 號西崑體, 此皆文
> 章一病, 近者蘇黃崛起, 雖追尙其法, 而造語益工, 了無斧鑿之痕,
> 可謂靑於藍矣,…
> 　　　　　　　　　　　　　　■·■·■·■·■·〈李仁老,『破閑集』卷下.〉

> (시단에서 시를 지을 때 故事를 많이 사용하는 것을 '點鬼簿'라 하는
> 데, 李商隱은 고사를 인용하는 것이 험벽하다 하여 '西崑體'라 하나,
> 이것은 다 문장의 한 병폐이다. 근래에 와서 蘇東坡와 黃山谷〔黃庭
> 堅〕이 우뚝 솟아서 비록 그 법을 따르고 숭상하면서도 造語한 것이
> 더욱 공교로워 도끼로 찍고 끌로 찍은 흔적이 없으니〔無斧鑿之痕〕
> 정말 靑出於藍이라 할 만하다.)
> 　　　　　　　　　　　　　■〈點化가 잘 된 것을 평한 경우.〉

> ② 昔山谷論詩, 以謂不易古人之意而造其語, 謂之換骨, 規模古人之意

而形容之, 謂之奪胎, 此雖與夫活剝生呑者, 相去如天淵, 然未免剽
掠潛竊以爲之工, 豈所謂出新意於古人所不到者之爲妙哉.
　　　　　　■·····〈李仁老,『破閑集』卷下.〉

　　(옛날에 黃山谷이 시를 논하여 이르기를, 古人의 뜻을 바꾸지 않고
그 말을 지어내는 것을 換骨이라 하고 古人의 뜻을 본받아서 형용하
는 것을 奪胎라 한다 하였으니, 이는 비록 그 활박생탄[남의 시가·
문장 등의 글구를 그대로 모방하고 조금도 독창적인 것이 없이 산 채
로 박제를 하듯 두들겨서 털도 안 뽑고 산 채로 삼킨다는 뜻]하는 것
과는 차이가 마치 하늘과 깊은 못의 차이라 하겠으나, 표절 약탈하고
몰래 훔쳐다가 자기의 공교로움을 삼는 것을 면할 수 없으니, 어찌
古人이 이르지 못한 경지에서 새로운 뜻을 지어내는 것으로서의 妙
함이 되겠는가?)
　■〈換骨奪胎가 古人의 뜻을 蹈襲(도습)하는 것이기 때문에 剽竊(표절)을
　　면할 수 없는 것이라고 부정적으로 논한 경우.〉

　　李仁老는 ①에서 용사에 관한 이론을 제기하는 가운데 점화의 詩
評도 행하면서 흔적 없이 點化한 경우를 '無斧鑿痕'(무부착흔)이라 評하
였다. 그것은 '점화'와 관련된 시평이라고 하겠다. 그리고 ②에서는 黃
山谷이 시를 논하여 이르기를 "古人의 뜻을 바꾸지 않고 그 말을 지어
내는 것을 '換骨'이라 하고 古人의 뜻을 본받아서 형용해내는 것을 '奪
胎'라고 한다."라고 하였다는 말을 소개하면서 그 환골탈태를 표절에
가까운 것이라고 부정적으로 논하였다. 그것은 점화와 관련된 시론이
라고 하겠다. 위에 인용된 黃山谷의 말을 따르자면, 환골과 탈태 모두
가 前人의 시구에 나타난 뜻을 점화하여 자기 나름의 발전적인 뜻으
로 변화시켜 자기의 시구에 나타내는 것을 의미하는 용어라고 하겠
다. 점화도 원래 도습에서 출발하는 것이기 때문에 새로운 뜻을 드러
내지 못하면 결국 역대의 시인들이 꺼려해 온 도습의 단계에 머물게
된다.
　　그러므로 이인로는, 위의 자료 ②에서 볼 수 있는 바와 같이, 도습

은커녕 그 점화마저도 표절과 다를 바 없는 것이라고 혹평하여 부정
적으로 논하였다. 이와 같은 이인로의 점화 이론에 비추어 볼 때 우리
는 이인로가 詩文을 지을 때 결코 도습하지 않으려 했던 매우 수준 높
은 경지의 시인이었음을 짐작할 만하다.

3.2 李奎報 -『白雲小說』·『東國李相國集』- 의 경우

여기서는 點化와 관련된 시론과 시평에 대하여 麗末 李奎報의 경
우는 어떠한지 살펴보기로 한다.

> ① 詩有九不宜體, 是余之所深思而自得之者也. 一篇內多用古人之名,
> 是載鬼盈車體也, <u>攘取古人之意, 善盜猶不可, 盜亦不善, 是拙盜易
> 擒體也</u>, 押强韻無根據, 是挽弩不勝體也, 不揆其才, 狃韻過差, 是飮
> 酒過量體也, 好用險字, 使人易惑, 是設坑導盲體也, 語未順而勉引
> 用之, 是强人從己體也, 多用常語, 是村父會談體也, 好犯丘軻, 是凌
> 犯尊貴體也, 詞荒不刪, 是莨莠滿田體也, 能免此不宜體格, 而後可
> 與言詩矣.
>
> ■·■·■·■·■ 〈李奎報『白雲小說』.〉

(시에는 아홉 가지의 마땅하지 않은 體가 있으니, 이는 내가 깊이 생
각해서 스스로 터득한 것이다. 한 篇 안에 古人의 이름을 많이 쓰니,
이는 귀신을 실어다가 수레에 가득 채우는 體요〔載鬼盈車體〕, <u>古人
의 뜻을 훔쳐 쓰는 것은 도둑질을 잘한다고 해도 오히려 안되겠거든,
도둑질 또한 잘하지 못하니, 이는 서툰 도둑이 쉽게 사로잡히는 體요</u>
〔拙盜易擒體〕, 어려운 운〔强韻〕을 다는 데〔押韻〕 근거삼을 데가 없
으니, 이는 쇠뇌를 당기는 데 힘에 부치는 體요〔挽弩不勝體〕, 제 재
주를 헤아리지 못하여 압운하는 것이 지나치게 어긋나니, 이는 술을
마시되 量이 지나친 體요〔飮酒過量體〕, 험한 글자 쓰기를 좋아하여
남으로 하여금 쉽게 현혹되게 하니, 이는 坑〔굴〕을 파 놓고 소경을
이끄는 體요〔設坑導盲體〕, 말이 순탄하지 못한데도 억지로 인용하니,

이는 남으로 하여금 억지로 자기를 따르게 하는 體요〔强人從己體〕
상스러운 말을 많이 쓰니, 이는 촌노인〔村父:촌보〕들이 모여서 지껄
이는 體요〔村父會談體〕, 말하기를 꺼려서 삼가야 할 분〔孔子·孟子〕
을 犯하기를 좋아하니, 이는 존귀한 분을 능멸하고 犯하는 體요〔凌犯
尊貴體〕, 말이 거친 데도 잘라내지 않으니, 이는 가라지〔잡초〕가 밭
에 무성한 體라〔莨莠滿田體〕 하겠으니, 이 마땅하지 않은 體格을 능
히 면한 뒤에라야 가히 더불어 시를 말 할 수 있을 것이다.)

　　　　■〈밑줄 그은 부분:古人의 뜻을 剽竊함을 경계한 경우.〉

② 足下以爲世之紛紛效東坡而未至者, 已不足道也, <u>雖詩鳴如某某輩數</u>
　<u>四君者, 皆未免效東坡, 非特盜其語, 兼攘取其意, 以自爲工, 獨吾子</u>
　<u>不襲蹈古人, 其造語皆出新意, 足以驚人耳目, 非今世人比,</u> 以此見
　褒抗僕於九霄之上, 玆非過當之譽耶.　獨其中所謂之創造語意者, 信
　然矣.　然此非欲自異於古人而爲之者也, 勢有不得已而然耳.　<u>何則,</u>
　<u>凡效古人之體者, 必先習讀其詩, 然後效而能至也, 否則剽掠猶難,</u>
　譬之盜者, 先窺諜當人之家, 習熟其門戶墻籬, 然後善入其室, 奪人
　所有, 爲己之有, 而使人不知也, 不爾, 未及探囊肚篋, 必見捕捉矣,
　財可奪乎. 僕自少放 浪無檢, 讀書不甚精, 雖六經子史之文, 涉獵而
　已, 不至窮源, 況諸家章句之文哉.　旣不熱其文, 其可效其體, 盜其
　語乎. 是新語所不得已而作也.

　　　　"■"〈李奎報,『東國李相國集』, 卷第二十六,「答全履之論文書」.〉

(足下께서 생각하시기를, "세상에서 紛紛하게도 東坡를 본받는다고
하면서 이르러가지 못하는 자들은 이미 족히 말할 것도 없고, <u>비록</u>
<u>시로써 이름을 떨치는 이를테면 某某輩 같은 몇몇 사람들이 모두 東</u>
<u>坡를 본받기는 하되〔본받다면서〕 다만 그 말을 도둑질할 뿐만 아니</u>
<u>라 아울러 그 뜻을 훔쳐다 쓰면서 스스로를 공교롭게 여기는〔잘한다</u>
<u>고 생각하는〕 것을 면하지 못하는데, 유독 당신은 古人을 蹈襲하지</u>
<u>않고 그 말을 지어냄에 모두 새로운 뜻〔新意〕을 지어내서 족히 남의</u>
<u>의목을 놀라게 하니, 요즘 세상의 사람들과 견줄 바가 아니다."</u> 하시
어, 이로써 칭찬하여 나를 九天〔九霄〕의 위로 치켜올리시니, 이는 지
나친 예찬이 아니겠습니까? 유독 그 가운데 이르신 바 말뜻〔語意〕을

창조해낸다는 것은 진실로 그렇습니다. 그러나 이는 스스로 옛사람과 다르고자 해서 한 것이 아니라, 事情[形勢]이 어쩔 수 없어서 그런 것일 따름입니다. 왜냐하면, 무릇 古人의 體를 본받는 자는 반드시 먼저 그 시를 익숙하게 읽은 뒤에라야 본받아서 능히 이르러갈 수 있으니, 그렇지 않으면 표절 약탈하기도 오히려 어려워질 것이니, 도둑질하는 자에 비유하자면, 먼저 부잣집을 엿보고 염탐하여 그 문과 문지게[門戶]와 담장과 울타리에 익숙해진 뒤에라야 그 집에 잘 들어가서 남이 가진 것을 빼앗아 자기 소유로 만들면서도 남이 알지 못하게 할 것이요, 그렇지 않으면 미처 자루를 더듬어 보고 상자를 열어 보기도 전에 반드시 붙잡히고 말 것이니, 재물을 빼앗을 수나 있겠습니까? 나는 여려서부터 방탕 허랑하고 검속됨이 없어서 글을 읽는 데에도 심히 정밀하지는 못했으니, 비록 六經과 諸子書와 역사서의 글이라도 섭렵했을 따름이요 근원을 끝까지 캐는 데에는 이르지 못했거늘, 하물며 諸家의 章句에 관한 글이겠습니까? 이미 그 글에 익숙하지 못하니, 그 體를 본받을 수 있겠으며 그 말을 도둑질할 수나 있겠습니까? 이것이 새로운 말[新意]을 부득이 짓지 않을 수 없는 까닭입니다.
　■〈어설프게 古人의 體를 본받으려다가 蹈襲이나 剽竊을 면할 수 없음을 경계한 경우.〉

①에서 이규보는 '졸도이금체'를 말함으로써 표절은 물론 도습도 避하지 않으면 안될 일임을 밝혔다. 졸도이금체는 표절한 것 또는 점화를 하려고 했으나 방법이 서툴러서 도습하였다는 평을 면하기 어려운 體를 말하는 것이다.

위의 글 ②는 이규보가 古人의 體를 잘 본받는 것이 古人의 탁월한 시적 경지에 도달하기 위해서도 갖추어야 할 기본적인 자세임을 천명한 작시론이라 하겠다. 이규보는 위의 글에서 古人의 體를 제대로 본받는다는 것이 쉽지 않는 일이기 때문에 어설프게 古人을 본받으려다가 도습이나 표절을 면할 수 없는 지경이 되지나 않을까 우려하여 자기나름의 새로운 말[新語]을 창출해내지 않을 수 없게 되었다는 속사정을 토로하고 있다.3) 여기서 李奎報는 도둑질 곧 표절이나 교묘한 도습을 권장하기 위해서 위와 같은 말을 한 것이 아니다. 古人의 體를 제대로 본받고 古人의 경지에 이르러가기 위해서는 古人의 시를 익숙하게 읽은 뒤에라야 가능하기 때문에 古人의 시를 익숙하게 읽지 않고서는 도둑질하기조차 어렵다는 뜻에서 위와 같은 말을 한 것이다. 이규보는 古人의 體를 제대로 본받지도 못하고 또 그 좋지 못한 도둑질도 제대로 못하여 서툰 도둑이 되느니 차라리 자기 나름의 '새로운 말'〔新語〕을 지을 수밖에 없다는 말을 한 것이다.4)

위의 자료 ①·②를 통해서 우리는 이규보가 古人의 탁월한 시적 경지에 도달하기 위해서는 古人의 體를 본받는 데서부터 출발해야 하고, 훌륭한 점화의 작시법을 터득해야 할 것이라는 시의식을 지녔다는 것을 짐작할 수 있다.

3.3 崔滋 -『補閑集』- 의 경우

宋의 문학 평론이 주자학의 流入과 함께 고려에 영향을 끼쳐 13C에는 이미 뚜렷한 자취를 남겼다. 최자의 경우도 이런 배경하에서 활동한 文人 중의 한 명이다. 여기에서는 '點化'와 관련된 시평과 시론에 대하여 최자의 경우는 어떠한지 살펴볼까 한다.

> ① 河直江千旦, 誦白雲子吳廷碩遊八巓山詩, 水長山影遠, 林茂鳥啼深, 倦僕莫鞭馬, 徐行得久吟, 因曰林茂鳥啼深之句最爲絶唱, 予曰此詩遣意閑遠, 連吟四句而後得嘉味, 何獨一句爲絶, <u>如林茂鳥啼深之句, 是剝杜子美隔竹鳥聲深也, 以林茂之言, 比隔竹之語, 若涇渭然, 淸濁自分</u>.

---

3) 鄭堯一, 「李奎報의 文學思想」, 『漢文學의 硏究와 解釋』(서강대 출판부, 1998) p.98. 참조.
4) 鄭堯一, 『漢文學批評論』(集文堂, 1994) p.272.

　　　　　　　　　　　　　　　■ ● ● ● ● ●〈崔滋,『補閑集』卷上.〉

　　(河直江 千旦이 白雲子 吳廷碩의 八巓山을 유람한 시에 "물이 길게 흐
리니 산 그림자가 멀리 보이고, 수목이 무성하니 새 우는 소리 깊숙
이 들리네. 게으른 마부야, 더욱 말을 몰지 마라, 천천히 가면서 오
래도록 읊고 싶다."고 한 것을 외어 보고는 이윽고 말하기를 "수목이
무성하여 새 우는 소리가 깊숙이 들린다〔林茂鳥啼深〕고 한 구절이
제일 絶唱이다." 하였다. 나는 말하기를 "이 시의 뜻을 얻은 데가 한
가롭고 광활하여 네 句를 모두 읊어 본 후에야 그 아름다운 맛을 알
수 있을 것이니, 어찌 유독 그 한 句만이 絶唱이리요. '林茂鳥啼深'
같은 句는 바로 杜子美의 시 '대 숲에 막혀 새소리가 깊숙하고나〔隔
竹鳥聲深〕'라고 한 것을 모방한 것이나, '林茂'라고 한 語句와 '隔竹'이
라고 한 語句를 비교하여 보면 涇水와 渭水같이 淸濁이 분명하다.")
　　■〈點化에 이르지 못하고 蹈襲에 머문 것을 評한 경우.〉

② 今之後進讀東坡集非欲傲效以得其風骨, 但欲證據以爲用事之具, 剽
　　竊不足導也, 況敢學杜甫 得其波耶.

　　　　　　　　　　　　　　　■ ● ● ● ● ●〈崔滋,『補閑集』卷中.〉

　　(그런데 지금 후진들은 『東坡集』을 읽으면서 본받아서 그의 風骨을
얻으려는 것이 아니라 다만 증거를 삼아 故事를 인용하는 도구로 삼
으려 할 뿐이니, 剽竊도 이끌 수 없는데, 하물며 杜甫를 배워 그의 波
瀾을 얻을 수 있겠는가?)
　　■〈훌륭한 點化의 방법을 소중히 여기고 剽竊을 절대적으로 배격한
　　　경우〉

③ 惠文禪師天壽寺詩云, 路長門外人南北, 松老巖邊月古今, 天龍寺云,
　　地泮花新意, 氷消水舊聲, 繩鞋云, 中靑藍畝錯, 邊白雪城環, 松巖月
　　句, 盜鄭舍人石頭松老一片月, 此宿盜也, 人莫能擒.

　　　　　　　　　　　　　　　■ ● ● ● ● ●〈崔滋,『補閑集』卷下.〉

　　(惠文禪師의 〈天壽寺〉 詩에 말하기를 "문 밖에 길은 먼데 사람은 남
과 북으로 가고, 바윗가에 소나무 늙었는데 달빛은 예나 지금이나 다

름 없네." 했다. 또 그의「天龍寺」詩에는 "땅이 풀리자 꽃은 새 뜻을 품고, 얼음 녹자 물소리는 옛날과 같네." 했다. 또 노끈으로 만든 신을 읊은 시에 "가운데가 푸르니 퍼런 밭두둑 같고, 갓은 희어서 눈성(雪城)이 둘린 듯." 했다. 의 "바윗가에 소나무 늙었는데 달빛은 예나 지금이나 다름 없네" 한 구절은 鄭舍人〔鄭知常〕이 지은, "돌 머리에 소나무 늙었는데 한 조각 달일세"라고 한 것을 훔쳐다 쓴 것이나, 이것은 노련한 도둑이라서 남이 잡을 길이 없는 것이다.)

  ■〈模倣을 잘 하여 蹈襲에 머물지 않고 뜻이 발전적으로 변화하여 點化
    가 된 경우.〉

  위의 글 ①·②·③은 모두 점화한 것 또는 점화가 잘못 되어 도습에 그친 것을 評한 것이다.①은 河直江이 杜子美의 시 '隔竹鳥聲深'(대 숲에 막혀 새소리가 깊숙하고나)을 '林茂鳥啼深'(수목이 무성하여 새 우는 소리가 깊숙이 들린다)으로 점화하려고 했으나 도습에 그친 것을 評한 것이다. ②는 前人의 風骨을 본받는 것이 소중한 일이며 그만 못한 경우라도 최소한 훌륭한 점화의 방법을 소중히 여겨야 함을 강조하면서 표절을 절대적으로 배격한 경우이고, ③은 惠文禪師가 鄭舍人의 시 '石頭松老一片月'(돌 머리에 소나무 늙었는데 한 조각 달일세)을 '松老巖邊月古今'(바윗가에 소나무 늙었는데 달빛은 예나 지금이나 다름 없네)으로 모방하여 도습에 머물지 않고 뜻이 발전적으로 변화하여 점화가 잘된 경우를 평한 것이다.

3.4 李齊賢 -『櫟翁稗說』- 의 경우

  『櫟翁稗說』은 고려 忠惠王 3년(1342)에 益齋 李齊賢이 56세 때에 지은 수필적인 평론집이다. 이 책에는 詩文을 평한 것들이 있는데, 그 중에서도 '點化'와 관련된 시론과 시평을 살펴보기로 한다.

  ① 月庵長老山立爲詩, 多點化古人語.

• • • • • 〈李齊賢, 『櫟翁稗說』後集二.〉

(月庵寺 長老 山立은 詩를 짓는데, 옛 사람의 말을 많이 점화했다.)
■〈前人들이 시에서 옛사람의 시구에 나타난 뜻을 흔히 點化한 것을 論한 경우.〉

② 陳正言澕詠柳云, 鳳城西畔萬條金, 勾引春愁作暝陰, 無限光風吹不斷, 惹烟和雨到秋深, 情致流麗, 然唐李商隱柳詩云, 曾共春風拂舞筵, 樂遊晴苑斷膓天, 如何肯到淸秋節, 已帶斜陽更帶蟬, 陳蓋擬此而作, 山谷有言, 隨人作計, 終後人自成一家, 乃逼眞, 信哉.
• • • • • 〈李齊賢, 『櫟翁稗說』後集二.〉

(正言 陳澕가 버드나무를 읊은 시에 이르기를 "鳳城 서쪽 밭두둑에는 일만 가지 금빛 버들, 봄 근심〔春愁〕 묶어 매어 어둔 그늘 이루었다. 햇볕과 바람이 끊임없이 불어오고, 연기와 비를 끌어들이고 깊은 가을 이르렀다".라고 읊고 있다. 그 情景과 韻致가 물이 흐르듯이 아름답다. 그러나 唐 나라 李商隱의 「버드나무」 시〔「柳」詩〕에 이르기를, "일찍이 봄바람과 같이 춤자리를 휩쓸면서 쾌청한 苑林에서 즐거운 놀이, 애가 타는 하루하루 어찌하여 가을철 오는 것을 받아들여서, 이미 석양이 비치고 매미 또한 울고 있다". 라 하였다. 아마도 陳正言의 시는 이 시를 모방하여 지은 것 같다. 山谷이 말하기를, "다른 사람을 따라 계획을 세우면 끝내 다른 사람에 뒤지고, 스스로 一家를 이루면 비로소 핍진(逼眞)하게 되는 것이다". 하였다. 과연 믿을 만한 말이로다.)
■〈模倣하되 蹈襲에 머문 것을 評한 경우.〉

위의 글 ①·② 또한 점화한 것을 밝히거나 도습한 것을 비판한 것이다. ①은 월암사 주지〔長老〕 山立이 시를 짓는데 옛사람의 시구에 나타난 뜻을 점화한 것을 논한 경우이고, ②는 진화가 버드나무를 읊은 시에서 "鳳城西畔萬條金, 勾引春愁作暝陰, 無限光風吹不斷, 惹烟和雨到秋深."(鳳城 서쪽 밭두둑에는 일만 가지 금빛 버들, 봄 근심〔春愁〕 묶어 매어 어둔 그늘 이루었다. 햇볕과 바람이 끊임없이 불어오고, 연기와 비를 끌어들

이고 깊은 가을 이르렀다.)라고 하였는데 그것은 唐 나라 이상은의 「버드
나무」시 "曾共春風拂舞筵, 樂遊晴苑斷腸天, 如何肯到淸秋節, 已帶斜
陽更帶蟬."(일찍이 봄바람과 같이 춤자리를 휩쓸면서 쾌청한 苑林에서 즐거운
놀이, 애가 타는 하루하루 어찌하여 가을철 오는 것을 받아들여서, 이미 석양이
비치고 매미 또한 울고 있다.)을 모방하여 뜻을 발전적으로 변화시키려고
했으나 변화시키지 못하여 도습에 머물었다고 평한 것이다. 그리고
黃山谷이 "다른 사람을 따라 계획을 세우면 끝내 다른 사람에 뒤지고,
스스로 一家를 이루면 비로소 핍진(逼眞)하게 되는 것이다."라고 한 말
을 인용하여 자기 나름의 개성있는 시적 경지[風格]를 이루어야 한다
는 것과 도습은 누구나 꺼려야 한다는 것을 논한 점화 이론이라 하겠
다.

3.5 徐居正 -『東人詩話』- 의 경우

『東人詩話』는 우리 나라에서 '詩話'라는 명칭을 처음 붙인 것으로
본격적인 시화집임을 알 수 있다. 조선초에 간행된『동인시화』는 신
라 말기(880년경)에서부터 조선조 초기(1480년경)에 이르기까지 약
600 여년에 걸쳐 名人들의 詩를 거의 총망라하여 수록한 詩話集이다.
『동인시화』에서는 鮮初에 '點化'와 관련된 어떤 시론 시평이 행해졌는
지 살펴볼까 한다.

① <u>句句皆有來處, 粧點自妙, 格律自然森嚴.</u>
■ ● ● ● ■〈徐居正,『東人詩話』卷上.〉

(<u>句</u>마다 모두 <u>由來處</u>가 있으되 <u>粧點</u>[어느 지점을 치장하듯 곱게 꾸며
<u>點化함</u>]한 것이 절로 <u>妙</u>하고, <u>格律</u>이 자연스럽고도 삼엄하다.)
■〈前人의 시구에 나타난 뜻을 點化하였으되 格律이 삼엄한 것을 評
  한 경우.〉

② 鄭詩雖源於金, 煅鍊尤妙, 可謂出於藍者矣.
　　　　　　　　　　　　　　■·····■〈徐居正,『東人詩話』卷上.〉

(鄭允宜의 시는 비록 金若水의 시에 근원하였으나, 다듬기를 더욱 묘
하게 하였으니, 가히 靑出於藍의 재주를 보인 것이라 할 만하다.)
　　　　　　　　　　　　■〈點化가 잘된 것을 評한 경우.〉

③ 雖用二家詞意, 渾然無斧鑿痕, 眞竊狐白裘手!
　　　　　　　　　　　　　　■·····■〈徐居正,『東人詩話』卷上.〉

(비록 두 사람의 시에서 詞語와 뜻을 따와 사용한 것이지만, 혼연히
도끼로 찍고 끌로 찍은 흔적이 없으니〔無斧鑿痕〕, 참으로 호백구〔여
우의 겨드랑이에 나 있는 털로 만든 갖옷〕를 훔쳐낸 감쪽 같은 솜씨
로다!)
　　　　　■〈點化가 잘된 경우를 '無斧鑿痕'으로 評한 경우.〉

④ 詩忌蹈襲. 古人曰, 文章, 當出機杼, 成一家風骨, 何能共人生活耶.
　唐宋人, 多有此病.
　　　　　　　　　　　　　　■·····■〈徐居正,『東人詩話』卷上.〉

(시에서는 蹈襲을 꺼린다. 古人이 이르기를, 문장에 있어서는 마땅히
자기 나름의 틀과 북에서 지어내어 一家의 風骨을 이룬다고 하였으
니, 어찌 능히 〈문장 속에서〉 남과 더불어 생활할 수 있겠는가?
唐·宋人 중에 이와 같은 병통이 많았다.)
■〈역대 시인 누구나 발전적인 點化에 이르지 못하는 蹈襲을 꺼려한 것
　을 논한 경우.〉

⑤ 予嘗愛鄭圓齋公權讀中宗紀詩, 由來哲婦敗嘉謨, 詀諿無言賤丈夫,
　地下若逢韋處士, 帝心還愧
　　點籌無, 語雖用唐人地下若逢陳後主, 不宜重問後庭花之句, 點化自
　　妙, 眞得換骨法.
　　　　　　　　　　　　　　■·····■〈徐居正,『東人詩話』卷下.〉

(내가 일찍이 圓齋 鄭公權의 〈讀中宗紀〉 詩를 사랑하였는데, "영리한 여자 있은 이래로 아름다운 정치 무너졌으니, 속삭이며 소근대는 말은 賤丈夫의 짓이라네. 地下에서 만약 韋處士〔韋后〕를 만난다면, 황제의 마음은 노름이나 지켜보던 것이 도리어 부끄럽지 않을는지."라고 하였으니, 말은 비록 唐 나라 시인의 "地下에서 만약 陳後主를 만난다면,〈後庭花〉나 노래하던 것을 다시는 묻지 않으리."라는 구절을 踏襲해 썼으나, 點化한 것이 절로 妙하니, 참으로 換骨法을 터득했다고 하겠다.)
■〈역대에 긍정적으로 논의되어 온 作法으로서의 點化가 잘된 것을 善評한 경우.〉

위의 글들 또한 점화와 도습에 대한 이론을 펴거나 점화와 관련하여 詩評을 행한 것이다. ① ② ③의 자료는 점화가 잘된 것을 평한 예이다. ②에서는 점화가 잘된 경우를 청출어람이라 했고 ③에서는 '무부착흔'이라 평하고 있다. 자료 ④에서는 前人의 시구에 나타난 뜻을 발전적으로 변화시키는 점화에 이르지 못하고 그저 되밟아 따르는 수준에 머물게 되는 도습에 대하여 부정적으로 논하였다. 자료 ⑤는 唐人의 시구를 점화하면서 동시에 故事를 썼으므로 用事한 것으로서, 점화가 환골탈태와 함께 대체로 역대에 긍정적으로 논의되어 온 作法類 용어라는 것을 확실히 알 수 있게 하는 구절이다.

4. 결 어

본고는 漢詩批評 用語 중 作法類 용어에 해당되는 점화와 관련하여 여말·선초 點化의 理論 및 詩評 樣相을 살펴본 것이다. 이인로가 『파한집』에서 점화에 대한 詩評으로 '무부착흔'이라 評하면서 정말 청출어람하다고 할 만하다 하였다. 그리고 '환골탈태'가 古人의 뜻을 도습하는 것이기 때문에 표절을 면할 수 없는 것이라고 부정적으로 논하고 있다. '無斧鑿痕'(무부착흔) '換骨奪胎(환골탈태)' 등은 모두 점화의 理論에 해당하는 용어라 할 수 있겠다.

李奎報는『白雲小說』에서 "古人의 뜻을 훔쳐 쓰는 것은 도둑질을 잘한다고 해도 오히려 안되겠거든, 도둑질 또한 잘하지 못하니, 이는 서툰 도둑이 쉽게 사로잡히는 體이다."라고 하여 '詩九不宜體' 중 '拙盜易擒體'를 언급하면서 古人의 뜻을 剽竊함을 경계하였다. 그리고『東國李相國集』에서 李奎報는 古人의 體를 제대로 본받는다는 것이 쉽지 않는 일이기 때문에 어설프게 古人을 본받으려다가 도습이나 표절을 면할 수 없는 지경이 되지나 않을까 우려하면서 古人의 탁월한 시적 경지에 도달하기 위해서는 古人의 體를 본받는 데서부터 출발해야 하고, 훌륭한 점화의 作詩法을 터득해야 할 것이라 하였다.

崔滋는『補閑集』에서 '此宿盜也. 人莫能擒.'〔이것은 노련한 도둑이라서 남이 잡을 길이 없는 것이다.〕이라 하면서 점화가 잘된 경우를 詩評하고 있다.

點化와 관련된 시론 및 시평이 이인로·이규보·최자의 글에서 모두 발견되지만, '점화'라는 用語는 이제현의『역옹패설』에서 처음 발견되는 것으로 볼 때, 중국으로의 使臣 왕래 또는 留學을 통한 중국 詩話集의 수입 또는 그 영향관계 등 중국 문학비평의 受容史에 대한 연구가 장차 필요할 것으로 보인다.

徐居正의『東人詩話』에는 특히 點化에 관한 詩評이 많다. 點化에 대한 評語로 粧點自妙(장점자묘)·無斧鑿痕(무부착흔)·眞得換骨法(진득환골법) 등의 평어를 들 수 있을 것이다. 그리고 고려시대 이인로는『파한집』에서 환골탈태를 표절을 면할 수 없는 것이라 하면서 부정적으로 논한 데 반하여 조선시대 서거정은『동인시화』에서 환골법을 점화가 잘된 것을 善評하는 용어로 사용하고 있다. 따라서 점화에 대하여 이인로는 부정적으로 서거정은 긍정적으로 생각했음을 알 수 있다.

점화도 원래는 도습에서 출발한다. 前人의 시구에 나타난 뜻을 쓰되 새로운 의미로 발전시키지 못하면 도습에 그치고, 새로운 의미로 발전시키면 점화가 된다. 도습이나 점화는 모두 뜻을 模倣하는 것이다. 前代의 시인 누구나 자기의 시구에서 표절이나 도습을 일삼지 않고 점화하려고 했을 것이다. 그러나 독자가 볼 때 前人의 시구에 나타난 뜻을 발전적으로 변화시키지 못하면 도습이 되고, 철을 점 찍어서 금을 이루듯이〔點鐵成金〕模倣을 잘하면 點化가 되었던 것이다.

‖ 참고문헌 ‖

1. 基本 資料

李仁老, 『破閑集』, 趙鍾業 編, 『韓國詩話叢編』, 太學社, 1996.
李奎報, 『白雲小說』, 趙鍾業 編, 『韓國詩話叢編』, 太學社, 1996.
李奎報, 『東國李相國集』, 柳在泳 譯註, 圓光大學校出版局, 1978.
崔滋, 『補閑集』, 趙鍾業 編, 『韓國詩話叢編』, 太學社, 1996.
李齊賢, 『櫟翁稗說』, 趙鍾業 編, 『韓國詩話叢編』, 太學社, 1996.
李相寶 譯, 『破閑集』·『補閑集』·『櫟翁稗說』, 『韓國名著大全集』, 大洋書籍, 1973.
朴性奎 譯, 『補閑集』, 啓明大 出版部, 1984.
徐居正, 『東人詩話』, 保景文化社, 1984.
徐居正, 『東人詩話』, 김찬순 역, 조선문학예술출판사, 1996.
서거정, 『동인시화』, 박성규 역, 집문당, 1998.
柳在泳 譯註, 『白雲小說研究』, 圓光大學校出版局, 1978.
趙鍾業 編, 『韓國詩話叢編』, 太學社, 1996.
洪萬宗, 『詩話叢林』(上)(下), 洪贊裕 譯, 通文館, 1993.

2. 論 著

全鎣大 外 3人, 『한국고전시학사』, 弘盛社, 1979.
李鍾建, 「徐居正 詩文學 研究」, 동국대 박사학위 논문, 1984.
鄭堯一, 『漢文學批評論』, 集文堂, 1994.
鄭堯一 外, 『고전비평 용어 연구』, 태학사, 1998.
  〃 , 「李奎報의 文學思想」, 『漢文學의 研究와 解釋』, 서강대출판부, 1998.
宋熹準, 「徐居正 文學 研究」, 고려대 박사학위 논문, 1996.
尹寅鉉, 「用事와 點化의 槪念 差異」, 『韓國古典研究』第4輯, 韓國古典文學研究學會,
        1998.

제**4**장

「答全履之論文書」에 나타난
李奎報의 문학관

....

1. 서 론

李奎報(1168~1241)는 문장가로서의 역량과 문학 비평가로서의
역량으로 볼 때 고려 후기의 탁월한 문장가이며 비평가임에 틀림없
다. 따라서 국내 고전문학 연구자들에 의해서 이규보의 문학과 문학
사상에 대한 연구가 많이 행해졌다. 碩·博士 학위 논문만 하더라도
수백 편에 이르는 것으로 추정된다. 그리하여 그 연구 논저들 가운데
에서도 참고삼을 만한 것이 적지 않다.[1] 그럼에도 필자가 다시 이규

---

[1] 趙東一,「李奎報」,『韓國文學思想史試論』, 知識産業社, 1978.
　　　〃　,「李奎報와 李仁老의 文學思想의 거리」,『碧史 李佑成 敎授 定年退職 紀
　　　　念論叢』, 창작과 비평사, 1990.
　柳在泳,『白雲小說研究』, 圓光大學校 出版局, 1979.
　朴性奎,『李奎報研究』, 啓明大學校 出版部, 1982.
　金鎭英,『李奎報文學研究』, 集文堂, 1984.
　金慶洙,『李奎報 詩文學 研究』, 亞細亞文化社, 1986.
　鄭大林,「新意와 用事」,『韓國文學史의 爭點』, 集文堂, 1986.
　沈浩澤,『高麗中期文學論研究』, 啓明大學校 韓國學研究院, 1990.

보의 문학관을 논의하게 된 것은, 그 동안의 이규보 연구의 옳고 그름을 가려 이규보의 문학관에 대한 이해를 바로잡고 종래의 이규보 연구에 대한 玉石을 가리기 위한 까닭에서이다.

본고는, 이규보의 문학관을 고찰하되 이규보의 「答全履之論文書」(답전이지논문서)에 나타난 문학관을 중심으로 하여 고찰함으로써 이규보 연구의 虛實을 연구 범위를 축소하여 세밀히 천착하고자 하는 취지에서 비롯된 것이다. 본고에서는 물론 이규보의 문학과 문학 비평가로서의 역량이 높이 평가될 것이기는 하지만, 학자로서의 지위에 대한 도덕적 평가의 긍정적인 측면과 일부 부정적인 측면이 공존함을 도외시하는 것은 아니다.[2]

「답전이지논문서」에서는 전이지가 이규보에게 보낸 편지에 대해서 감사하다는 말과 더불어 이규보 자신을 칭찬한 데 대해서 과찬의 말이라고 겸손해 하는 말, 그리고 문학을 보는 이규보의 자세 등이 서술되어 있다. 전이지는 〈비록 시로써 이름을 떨치는 某某輩 같은 몇몇 사람들이 모두 東坡를 본받기는 하되 다만 그 말을 도둑질할 뿐만 아

申用浩,『李奎報의 意識世界와 文學論 研究』, 國學資料院, 1990.

전형대, 「한국고전비평사(1)- 고려조의 비평-」,『京畿語文學』第9輯, 京畿大學校 國語國文學科, 1991.

金興圭, 「李奎報의 氣·意論」,『東洋學 國際學術會議 論文集』, 成均館大學校 大東文化研究院, 1993.

金周漢, 「答全履之論文書小攷」, 및 「白雲文學批評研究」,『韓國文學批評史論』, 學士院, 1993.

鄭堯一, 「李奎報의 文學思想」,『震檀學報』第83號, 震檀學會, 1997, 및『漢文學의 研究와 解釋』, 一潮閣, 2000.

2) 李奎報의 문학과 문학사상 연구자들은 이규보를 대개 긍정적으로 평가해 온 것이 상례이겠으나, 다소 부정적인 측면이 있음을 거론한 연구도 적지 않다. 사학자들은 일찍부터 부정적인 측면까지를 논의해 왔으나, 문학 연구에서는 그런 관점에서 연구한 논저가 거의 없었다. 鄭堯一 교수는 「李奎報의 文學思想」에서 이규보의 문학사상을 논하면서 선비정신과 관련하여 다소 부정적인 측면을 드러내기도 했다. 申用浩도 「李奎報의 現實認識과 文學」에서 白雲이 현실에 안주하여 부정한 현실을 타파하려는 의지가 없었음을 비판하고 있다(申用浩, 「李奎報의 現實認識과 文學」, 공주사범대학 논문집(22), 1984.)

니라 아울러 그 뜻을 훔쳐 쓰면서도 그것을 잘하는 일로 여기는 것을
면치 못하는데, 유독 당신[이규보]만은 옛 사람을 도습하지 않고 그 말
을 지어냄에 새로운 뜻을 창출해내니, 비할 데 없이 훌륭하다.〉는 뜻
을 나타냈다. 이는 당시의 文風을 알게 해 주는 부분이다. 여기서 대
부분의 문인들이 남의 작품을 도습 또는 표절하는데, 이규보만이 그
런 시류에서 벗어나고자 노력하였음을 알 수 있다.

　「답전이지논문서」에는 이규보의 작시론적 견해도 제시되어 있다.
이규보는, 그 글을 통해서 옛 사람의 體를 잘 본받는 것이 지극히 어
려운 일이므로, 잘못하다가는 표절·약탈하기 쉽기 때문에 자기 나름
의 새로운 말[新語]을 지어내거나 새로운 뜻[新意]을 창출해내지 않을
수 없음을 토로하고 있다. 그것은 당시의 문풍과는 구별되는 문학관
을 보인 작시론으로, 新語 혹은 新意를 지어내는 데 대하여 많은 문인
들이 자기를 배격하는 경향이 있는데, 오직 全履之만이 그런 자신을
과찬함을 감당하기 어렵다는 글로 「答全履之論文書」는 끝나고 있다.
이규보의 이런 주장은, 역시 옛 사람의 體를 본받기는 하되 제대로 본
받기가 쉽지 않으며 그렇다고 서툴게 본받으려다가 도습이나 표절을
일삼게 되지 않을까 우려하여 新語를 지어낼 수밖에 없다는 이규보
나름의 속사정을 토로한 것이다. 당시의 文風이 '도둑놈의 물건이라도
눈에 드는 것이 있으면 탐하는' 풍조인지라, 그런 세태에 휩쓸리지 않
기 위해서라도 이규보는 新語를 지어내지 않을 수 없다는 것이다. 결
국 이규보의 이와 같은 작시론은 도습이나 표절이 만연한 세태에 일
침을 가함으로써 문풍을 쇄신하고자 하는 견해의 표출이었다.

　본고에서 필자는 李奎報의 문학관을 「답전이지논문서」를 중심으
로 고찰하되, 「論詩中微旨略言」(논시중미지약언) 등 이규보의 다른 비
평적 저술을 아울러 살펴봄으로써, 이규보의 문학론을 전반적으로 같
은 맥락에서 살펴보고자 한다. 그러기에 필자는 본고에서 먼저 이규
보의 문학관을 전반적으로 개관하되 '新意와 新語' '詩九不宜體' '文學

本質과 겉꾸임'등의 항목으로 나누어서 고찰하고, 그런 뒤에 「답전이지논문서」의 解釋을 구체적으로 검토하되 '效古人之體의 문제' '역대 諸 문장가에 대한 견해' '詩文의 바람직한 方向에 대한 견해' '이규보의 餘他 문학론과의 관계' 등의 항목으로 나누어 서술함으로써, 「답전이지논문서」에 나타난 이규보의 문학관이 어떤 의미를 지니는가를 밝히고자 한다.

2. 李奎報 文學觀의 槪觀

2.1 新意와 新語

'新意'는 詩文에 나타난 새롭고도 알찬 뜻을 의미하는 말로서[3] 作法 評語類 用語이다. 이규보는 古人의 글을 제대로 본받기 어렵다고 하면서 부득이 자기 나름의 新語를 지어 新意를 표출하지 않을 수 없는 까닭을 「答全履之論文書」에서 다음과 같이 밝히고 있다.

> 무릇 古人의 體를 본받는 자는 반드시 먼저 그 시를 익숙하게 읽은 뒤에라야 본받아서 능히 이르러갈 수 있으니, 그렇지 않으면 표절 약탈하기도 오히려 어려워질 것이니, 도둑질하는 자에 비유하자면, 먼저 부잣집을 엿보고 염탐하여 그 문과 문지게[門戶]와 담장과 울타리에 익숙해진 뒤에라야 그 집에 잘 들어가서 남이 가진 것을 빼앗아 자기 소유로 만들면서도 남이 알지 못하게 할 것이요, 그렇지 않으면 미처 자루를 더듬어 보고 상자를 열어 보기도 전에 반드시 붙잡히고 말 것이니, 재물을 빼앗을 수나 있겠습니까? 나는 어려서부터 방탕 허랑하고 검속됨이 없어서 글을 읽는 데에도 심히 정밀하지는 못했으니, 비록 六經과 諸子書

---

3) 鄭堯一, 「漢詩批評 用語의 槪念 規定」, 『漢文學의 硏究와 解釋』(一潮閣, 2000) pp.197~200.참조.

와 역사서의 글이라도 섭렵했을 따름이요 근원을 끝까지 캐는 데에는 이
르지 못했거늘, 하물며 諸家의 章句에 관한 글이겠습니까? 이미 그 글에
익숙하지 못하니, 그 體를 본받을 수 있겠으며 그 말을 도둑질할 수나
있겠습니까? 이것이 새로운 말〔新意〕을 부득이 짓지 않을 수 없는 까닭
입니다.

　　(凡效古人之體者, 必先習讀其詩, 然後效而能至也, 否則剽掠猶難, 譬
之盜者, 先窺諜當人之家, 習熟其門戶墻籬, 然後善入其室, 奪人所有, 爲
己之有, 而使人不知也, 不爾, 未及探囊胠篋, 必見捕捉矣, 財可奪乎. 僕
自少放浪無檢, 讀書不甚精, 雖六經子史之文, 涉獵而已, 不至窮源, 況諸
家章句之文哉. 旣不熱其文, 其可效其體, 盜其語乎. 是新語所不得已而作
也.)
　　■　·　·　·　■〈李奎報, 『東國李相國集』, 卷第二十六, 「答全履之論文書」.〉

　　위 인용문의 내용처럼, 이규보는 古人의 글을 본받는 것이 서툴러
서 제대로 본받지 못하고 古人의 글을 도습[4]하는 데 그치거나 심지어
古人의 말을 도둑질해 쓰는 데 이르는 것을 싫어했기 때문에 新語로
써 新意를 나타내지 않을 수 없다고 한 것이다. '新語'와 '新意'는 반드
시 뜻이 일치하는 말은 아니다. 新語는 뜻이 진부하지 않은 새로운 말
을 의미하므로 新意가 담기는 말일 수 있으나, 新意는 '語陳而意新'이
라는 역대 詩話集의 評語에서 살펴볼 수 있듯이 옛 사람이 이미 쓴 묵
은 말이라서 新語가 되지 못하는 경우에도 가능하기 때문이다. 다시
말하면, 옛 사람들이 사용한 시구를 이용하여도 얼마든지 새롭고 참
신한 의미를 드러낼 수 있기 때문이다. 詩文을 지을 때 역사적인 사실
과 같은 前代의 일이나 前人의 말 또는 글을 이끌어다 씀으로써 자신
의 논리를 보완하는 작법인 用事나, 옛 사람의 詩에 나타난 뜻을 쓰되
그 뜻의 어느 지점으로부터 변화를 加하여 자기의 시작품에 쓰는 點
化도, 모두 新語로써 新意를 나타내는 작법이 되는 것은 아니었다. 그

――――――――――――

4) 蹈襲(도습)은 옛 사람의 시구에 나타난 뜻을 변화시켜 點化하려다가 발전적으로
　 변화시키지 못하고 그 뜻을 그저 '되밟아 따르는' 수준에 머무는 것을 의미하는
　 평어류 용어이다.

러므로 용사나 점화는, 옛 사람이 이미 쓴 말이나 글을 인용하거나 모방하는 것이었으므로, 新語가 되는 것은 아니었다. 용사·점화가 모두 新語는 아니지만 新意를 나타낼 수는 있었다. 실제로 이규보의 시작품에는 용사와 점화로써 새로운 의미로 승화한 곳이 많다. 위의 인용문 「답전이지논문서」에서는 옛 사람의 말이나 글을 제대로 본받지 못함을 마치 서툰 도둑이 도둑질을 하다 붙잡히는 것과 같이 옛 사람의 말이나 글을 잘못 인용하거나 모방하면 붙잡히기 쉬운 서툰 도둑의 꼴이 된다는 뜻이 나타나 있다. 그것은 서툰 도둑이 되어 붙잡히는 것보다는 새롭게 말이나 글을 만들어 쓰는 편이 나을 것이라는 견해이다.

「답전이지논문서」에는 '新意'에 대해서 이규보에게 먼저 글을 보낸 全履之가 언급한 부분이 있다.

> 足下께서 생각하시기를, "세상에서 紛紛하게도 東坡를 본받는다고 하면서 이르러가지 못하는 자들은 이미 족히 말할 것도 없고, 비록 시로써 이름을 떨치는 이를테면 某某輩 같은 몇몇 사람들이 모두 東坡를 본받기는 하되〔본받는다면서〕 다만 그 말을 도둑질할 뿐만 아니라 아울러 그 뜻을 훔쳐다 쓰면서 스스로를 공교롭게 여기는〔잘한다고 생각하는〕 것을 면하지 못하는데, 유독 당신은 古人을 蹈襲하지 않고 그 말을 지어냄에 모두 새로운 뜻〔新意〕을 지어내서 족히 남의 이목을 놀라게 하니, 요즘 세상의 사람들과 견줄 바가 아니다." 하시어
>
> (足下以爲世之紛紛效東坡而未至者, 已不足道也, 雖詩鳴如某某輩數四君者, 皆未免效東坡, 非特盜其語, 兼攘取其意, 以自爲工, 獨吾子不襲蹈古人, 其造語皆出新意, 足以驚人耳目, 非今世人比.)
>
> ■ ■ ■ ■ ■ ■〈李奎報, 『東國李相國集』, 卷第二十六, 「答全履之論文書」.〉

위의 자료는 전이지가 이규보의 시에 관해 평한 글을 이규보가 인용하며 답서를 보낸 글의 일부이다. 이는 古人의 體를 잘 본받는 것이 古人의 탁월한 시적 경지에 도달하기 위해서도 갖추어야 할 기본적인

자세임이 천명된 작시론이라 하겠다. 옛 사람의 시를 많이 익힌 연후에 본받아야 좋은 시를 창작할 수 있는데, 충분히 익히지도 않은 상태에서 옛 사람의 시구를 본받으려 하다가 자신의 것으로 완전히 소화하지 못함을 논한 경우로, 도둑질에 비유하고 있다. 즉 古人의 體를 제대로 본받는다는 것이 쉽지 않는 일이기 때문에, 어설프게 古人을 본받으려다가 蹈襲이나 剽竊5)을 면할 수 없는 지경이 되지나 않을까 우려하여 자기 나름의 새로운 말〔新語〕을 창출해내지 않을 수 없었던 이규보를 예찬한 글구가 인용되어 있다. 그리고 '其造語皆出新意'의 '造語'는 새로운 意境을 개척하기 위해서 쓰는 새로이 지어낸 말이라는 뜻이다.

이규보의 漢詩 중 '新意'를 언급한 작품으로는 〈詠雪〉이 있다. 이규보가 밝힌 新意의 개념을 좀 더 명확히 하기 위해 〈詠雪〉의 내용을 살펴보고자 한다.

<table>
<tr><td>예로부터 형용한 말 다 묵었으니,</td><td>(今古形容語已陳,</td></tr>
<tr><td>새 뜻〔新意〕 지어내 옛 사람 압도하려는데.</td><td>欲裁新意倒前人.</td></tr>
<tr><td>어찌알랴 너는 도리어 지금 내 마음을 괴롭혀,</td><td>豈知爾反今心苦,</td></tr>
<tr><td>시에는 들어오지 않고 귀밑털에만 더하여짐을.</td><td>不入詩來入鬢新.</td></tr>
<tr><td></td><td></td></tr>
<tr><td>귀밑털에 더해진 흔적 모두 눈이라,</td><td>入鬢新痕都是雪,</td></tr>
<tr><td>비유하지 않아도 서로 같도다.</td><td>不勞譬況此相同.</td></tr>
<tr><td>다만 한 가지 같지 않음은,</td><td>唯餘一段未同處,</td></tr>
<tr><td>귀밑털은 녹지 않아도 너는 쉬이 녹느니라.</td><td>鬢上難融汝易融.</td></tr>
<tr><td></td><td></td></tr>
<tr><td>녹으면 물이요 얼면 얼음이니,</td><td>融成流水凍成氷,</td></tr>
<tr><td>무궁한 변화 너 홀로 하는구나.</td><td>變化無窮獨爾能.</td></tr>
<tr><td>눈 되어서는 내 귀밑털과 흰 것을 겨루고,</td><td>作雪爭吾雙鬢白,</td></tr>
</table>

---

5) 표절은 애초에 남의 것을 훔치고자 하는 뜻에서 출발하여 남의 시구나 그 시구에 쓰인 뜻을 몰래 훔쳐다가 자기의 것으로 삼는 것을 의미하는 평어류 용어이다. 도습이 심하면 표절의 평을 듣게 된다.

얼음 되어서는 내 맑은 마음 닮았네.　　　　　爲氷學我一心澄.)6)

　〈詠雪〉에서는 '눈'〔雪〕이 옛 사람들이 사용해 오던 이미지의 시어가 아니라, 작자 자신이 새롭게 이미지를 부여한 것이다. 제 1연에서는, 옛부터 눈을 형용해 오던 말이 다 묵었으니, 새 뜻을 부여해 옛 사람의 시적 역량을 능가하려 했음이 제시되어 있다. 1연의 1·2句 내용만 보아도 이규보가 드러내고자 한 新意의 개념이 무엇인지를 알 수 있다. 작자는 지금까지 눈을 형상화해 오던 의미가 아니라 자기 나름의 새로운 의미를 부여하겠음을 밝히고 있다. 시의 내용을 살펴보아도 '눈'의 의미를 자기 나름대로 형상화하고 있다. 2연에서는 귀밑털과 눈의 유사성과 차이점을 밝히고 있다. 흰 귀밑털과 눈은 흰색으로는 같지만 그 녹지 않는 점과 녹는 점이 다름을 제시함으로써 자신의 늙음을 한탄하고 있다. 3연에서는, 눈이 녹으면 물이요 얼면 얼음되는 변화를 제시하고는 눈은 내 귀밑털과 흰 것을 겨루고 얼음은 내 맑은 마음을 닮았음을 노래하고 있다. 이처럼 옛 사람들이 사용한 묵은 말을 사용하지 않고 新語로 눈의 의미를 새롭게 드러내고 있다. 이로 보아 新意는 이규보 자신이 생각하고 있던 눈에 대한 주관적이고 독창적인 의미임을 알 수 있게 한다.

　이규보는 그와 같이, 옛 사람의 體를 본받는 것을 부정하기 위해서 묵지 않은 말로 형용하는 新語를 언급한 것이 아니라, 당시의 文人들 중 몇몇 무리들이 東坡의 體도 제대로 본받지 못하고 표절 내지 도습에 머물기 때문에 新語로써 新意를 표현함을 밝히고 있다. 또 〈詠雪〉에서 노래한 바와 같이 옛로부터 형용한 말이 이미 묵었기 때문에 새 뜻을 꾸며 낼 수밖에 없다는 것이다. 이와 같은 주장의 이면에는 이규보의 작시론적 견해가 반영되어 있다. 古人의 體를 잘 본받지 못하기 때문에 新語로써 新意를 드러낸다는 것이다. 이는, 古人의 體를 본받

---

6) 『東國李相國集』, 卷第十六.

지 말라는 것이 아니라, 제대로 본받지 못하기 때문에 新語로써 新意를 나타낼 수밖에 없다는 것이다. 이로 보아 이규보의 작시론적 견해는 古人의 體를 잘 본받는 것이 古人의 경지에 가까운 탁월한 시적 경지에 도달하기 위해서도 갖추어야 할 기본적인 시적 자세라는 것이다.

따라서 이규보가 「답전이지논문서」에서 밝힌 바와 같이 新語로써 新意를 표현해야한다고 해도 古人의 體를 본받는 것이 나쁘다고 주장한 것은 아니다. "그러나 이는 스스로 옛 사람과 다르고자 해서 한 것이 아니라, 事情〔形勢〕이 어쩔 수 없어서 그런 것일 따름입니다."(然此非欲自異於古人而爲之者也, 勢有不得已而然耳.)와 같이 新語로 新意를 지어내는 것이 옛 사람과 다르고자 해서가 아니라 사정이 어쩔 수 없기 때문임을 토로하고 있다. 그 사정이란 옛 사람의 體를 제대로 익숙하게 본받은 뒤에야 用事나 點化가 가능한대, 제대로 본받지도 못한 상태에서 인용하기 때문에 그 인용이 精切하지 못하기에 표절 약탈하기가 쉽다는 것이다. 그러니 이규보 자신은 당시의 文風이 이런 표절 약탈을 일삼는 시기의 文風이었으므로, 이런 時流에 벗어나기 위해서도 新語로써 新意를 표현할 수밖에 없음을 밝힌 것이다. 그렇다고 해서 이규보가 故事를 精切하게 인용하는, 시 또는 문장의 작법인 用事나 前代 시인의 시구에 나타난 뜻을 발전적으로 변화시켜 자기의 시구에 발전적으로 쓰는 작법인 點化를 배척한 것도 아니다. 그의 한시 중에는 用事나 點化가 잘된 시들이 많이 전해지고 있기 때문이다.

이규보의 〈華亭船子和尙〉 시를 보면 用事가 잘 되어 있다.

추운 밤 찬 강물에 고기잡이 느리고,　　　　(夜寒江冷得魚遲,
빈배를 저어가니 나는 듯이 달려가네.　　　　棹却空船去若飛.
천고의 맑은 빛은 사라지지 않으니,　　　　　千古淸光猶不滅,
역시 싣고 돌아올 밝은 달도 없다네.　　　　　亦無明月載將歸.)
· · · · · 〈李奎報,『東國李相國集』, 卷第十一.〉

위의 시 "추운 밤 찬 강물에 고기잡이 느리고, 빈 배를 저어가니 나는 듯이 달려가네"(夜寒江冷得魚遲, 棹却空船去若飛.)는 용사한 구절이다. 『淮南子』〈說林訓〉에 "물가에서 고기국을 부러워하기보다는 차라리 집으로 돌아가 그물을 짜는 것이 낫다."(臨河而羨魚, 不如歸家織網.)라는 구절과 『漢書』〈董仲舒傳〉의 "못가에서 고기국을 탐하기보다는 차라리 물러나서 망을 짜는 편이 낫다."(臨淵羨魚, 不如退而結網.)라는 구절이 있다. 이규보는 〈華亭船子和尙〉에서 이 구절을 용사하고 있다. 용사 중에서도 그 뜻을 뒤집어서 인용하는 翻案法에 해당된다.7) 『淮南子』와 『漢書』에서 '물고기 잡이'는 개인적인 욕망에 비유된 데 비해, 이규보의 시에서는 모든 욕심과 집착을 끊어 버림으로 翻案하고 있다. 다시 말하면 추운 밤 찬 강물에 고기잡이를 나가 듯 한 세상의 인생 길에서 모든 욕심을 놓아버리니 빈배가 달려가듯이 막힘이 없이 나아감을 표현하고 있다. 이처럼 이규보도 用事를 이용하여 세상에 모든 일이 부질없음을 잘 들어내고 있다.

2.2 詩九不宜體(시구불의체)

李奎報가 새롭게 창안한 한시비평 용어로 '詩九不宜體'가 있다. 『東國李相國集』 卷第二十二에 수록되어 있는 「論詩中微旨略言」에서 논한 '시구불의체'는 이규보의 문학관 또는 시관을 엿볼 수 있는 용어이다.

시에는 아홉 가지의 마땅하지 않은 體가 있으니, 이는 내가 깊이 생각하여 스스로 터득한 것이다. 한 篇 안에 옛 사람의 이름을 많이 쓰니, 이

---

7) 用事의 방법 중에는 故事를 바로 인용하는 '直用法'과 그 뜻을 뒤집어 쓴 '翻案法'이 있다.
   朱任生 編著, 『詩論分類纂要』, 「用事」, p.341.
   '文人用故事, 有直用其事者, 有反其意而用之者.'

는 귀신을 실어다가 수레에 가득 채우는 體〔載鬼盈車體〕요, 옛 사람의
뜻을 훔쳐 쓰는 것은 도둑질을 잘한다고 해도 오히려 안되겠거든, 도둑
질 또한 잘하지 못하니, 이는 서툰 도둑이 쉽게 사로잡히는 體〔拙盜易擒
體〕요, 어려운 운〔强韻〕을 다는 데〔押韻〕 근거 삼을 데가 없으니, 이는
쇠뇌를 당기는 데 힘에 부치는 體〔挽弩不勝體〕요, 제 재주를 헤아리지
못하여 압운하는 것이 지나치게 어긋나니, 이는 술을 마시되 量이 지나
친 體〔飮酒過量體〕요, 험한 글자 쓰기를 좋아하여 남으로 하여금 쉽게
현혹되게 하니, 이는 坑〔굴〕을 파 놓고 소경을 이끄는 體〔設坑導盲體〕
요, 말이 순탄하지 못한 데도 억지로 인용하니, 이는 남으로 하여금 억
지로 자기를 따르게 하는 體〔强人從己體〕요, 상스러운 말을 많이 쓰니,
이는 촌노인들이 모여서 지껄이는 體〔村父會談體〕요, '丘'字〔孔子의 이
름〕'軻'字〔孟子의 이름〕를 함부로 쓰기를 좋아하니, 이는 존귀한 분을
능멸하고 犯하는 體〔凌犯尊貴體〕요, 말이 거친데도 잘라내지 않으니,
이는 둑피와 가라지〔잡초〕가 밭에 무성한 體〔莨莠滿田體〕라 하겠으니,
이 마땅하지 않은 體格을 능히 면한 뒤에라야 가히 더불어 시를 얘기 할
수 있을 것이다.

　　(詩有九不宜體, 是余之所深思而自得之者也, 一篇內多用古人之名, 是
載鬼盈車體也, 攘取古人之意, 善盜猶不可, 盜亦不善, 是拙盜易擒體也,
押强韻無根據, 是挽弩不勝體也, 不揆其才, 狎韻過差, 是飮酒過量體也,
好用險字, 使人易惑, 是設坑導盲體也, 語未順而勉引用之, 是强人從己體
也, 多用常語, 是村父會談體也, 好犯丘軻, 是凌犯尊貴體也, 詞荒不刪,
是莨莠滿田體也, 能免此不宜體格, 而後可與言詩矣.)
　　■ ▪ ■ ▪ ■ 〈李奎報『東國李相國集』卷第二十二, 「論詩中微旨略言」 및
　　　　　　　『白雲小說』.〉

　　이는 李奎報가 시를 짓는 데 반드시 경계해야 할 마땅하지 않는
아홉가지 體를 논한 것이다.
　　'載鬼盈車體'(재귀영거체)는 옛 사람의 이름을 지나치게 많이 인용
한 경우이다. 宋代 胡仔의 『茗溪漁隱叢話』(초계어은총화)에 "前輩들이
시를 짓는 데 있어 옛 사람들의 姓名을 많이 인용한 것을 기롱하여
'點鬼簿(점귀부)'라고 하였는데, 그 말이 비록 그러한 것이 이와 같으나

또한 어떻게 인용하였느냐에 달려 있기 때문에, 고집하여 定論으로 삼을 수는 없다."8)라는 구절이 있다. 胡仔가 『苕溪漁隱叢話』에서, 姓名을 인용하되 어떻게 인용했느냐에 따라 '點鬼簿(점귀부)'도 될 수 있고 '精切한 用事'도 될 수 있음을 밝힌 것이다. 다시 말하자면, 옛 사람의 姓名을 작품에 인용하되 새로운 의미를 부여하지 못하거나 姓名을 사용하는 것이 너무 지나쳐서 마치 귀신을 점호하는 것과 같이 많이 쓴다면 '點鬼簿'로 칭하게 되고, 반대로 姓名을 인용하였는데도 그 지은 시가 새로운 의미가 부여되어 精切한 용사가 될 수도 있다는 말이다. '재귀영거체'는 胡仔가 '點鬼簿'라 말한 것과 같은 評을 들을 수 있는 體이다. 따라서 載鬼盈車體는 용사가 지나친 경우를 나타낸 말이다.

'拙盜易擒體'(졸도이금체)는 古人의 뜻을 훔쳐 쓴 표절의 예에 해당된다. 옛 사람의 뜻을 훔쳐 쓰는 것은 도둑질을 잘한다고 해도 오히려 안될 것임을 언급한 것은, 남의 작품을 애초에 훔치고자 하는 뜻에서 출발하여 남의 시구나 그 시구에 쓰인 뜻을 몰래 훔쳐다가 자기의 것으로 삼는 것을 의미하는 표절을 경계한 표현이다. 그리고 도둑질 또한 잘하지 못하니, 이는 서툰 도둑이 쉽게 사로잡히는 體라 한 것은 도습에 해당하는 것으로, 前人의 시구에 나타난 뜻을 변화시켜 點化하려다가 발전적으로 변화시키지 못하고 그 뜻을 그저 되밟아 따르는 수준에 머무는 것을 의미한 경우이다. 李奎報는 '拙盜易擒體'를 말함으로써 剽竊은 물론 蹈襲도 피하지 않으면 안될 일임을 밝혔다. '拙盜易擒體'는 표절한 것 또는 點化를 하려고 했으나 방법이 서툴러서 蹈襲하였다는 평을 면하기 어려운 體를 말하는 것이다.

'挽弩不勝體'(만노불승체)와 '飮酒過量體'는 押韻의 능력이나 요령이

<hr>

8) 魏慶之, 『詩人玉屑』, 「用事」'用事名', p.127.
　　前輩謂作詩多用古人名姓, 謂之點鬼簿, 其語雖然如此, 亦在用之如何耳, 不可執以爲定論也.
　　朱任生 編著, 『詩論分類纂要』, 「用事」, p.341. 위의 내용이 나옴.

부족하여 압운의 방법을 터득하지 못하였거나 압운이 서툰 경우를 말한 것이다.

'設坑導盲體'(설갱도맹체)는 험한 글자를 쓰기를 좋아하는 體로, 요즘의 '난해시'라는 말과 같이 흔히 이해하기 어려운 詩語들을 구사하여 시를 지어냄으로써 무슨 말을 하려는 것인지 독자로 하여금 나타내고자 하는 뜻을 이해할 수 없도록 하는 경우를 말한 것이다.

'强人從己體'(강인종기체)는 억지로 인용하는 體로, 用事가 서툰 경우를 평한 경우이다. 즉 故事 또는 古人의 말을 인용하여 사용하되 자기 시구에 用事하기에는 불필요하거나 부적절한 것을 억지로 인용함으로써 用事가 精切하지 못하여 그 시구나 시어를 이해하는 데 순탄하게 받아들일 수 없게 하는 경우를 말한 것이다. 이는 葉夢得이 『石林詩話』에서 "시에서의 용사는 억지로 해서는 안 된다."(詩之用事, 不可牽强)9)라고 한 것과 이규보의 '强人從己體'는, 用事를 억지로 해서는 안 된다는 점에서는 유사한 관점에서 나온 말이다.

'村父會談體'(촌보회담체)는 평범하고 저속한 시어들을 많이 사용함으로써 시의 품격이 떨어지는 경우를 말한 것이다.

'凌犯尊貴體'(능범존귀체)는 孔子와 孟子 같은 존귀한 분의 이름을 함부로 인용하여 그 분들을 능멸하는 체이다. 자기 작품의 품격을 억지로 높이기 위하여 주제 넘게 聖賢 같은 도덕군자나 그 말씀을 함부로 거론하여 오히려 자기 작품이 자연스럽지 못한 경우를 말한 것이다.

'莨莠滿田體'(낭유만전체)는 시어가 거칠고 난삽하거나 불필요한 시어들을 많이 구사함으로써 시의 짜임새가 갖추어지지 못하고 시의 품격이 조잡하거나 粗野(조야)한 경우를 말한 것이다.

金東旭 교수는 『東國李相國集』 「解題」의 '詩論' 부분에서 '載鬼盈車體'는 용사를 많이 한 것으로 보고, '拙盜易擒體'는 用事의 기교가

---

9) 魏慶之, 『詩人玉屑』, P. 12.

부족한 것으로 보고 있다. 또 金東旭 교수는 載鬼盈車體·强人從己體·凌犯尊貴體를 用事論으로 보고, 拙盜易擒體는 換骨奪胎論, 挽弩不勝體와 飮酒過量體는 聲律論, 設坑導盲體·村父會談體·莨莠滿田體는 修辭論으로 보아 분류하고 있다. 그러면서 이를 종합하기를 〈1. 用事를 지나치게 과용하지 말 것 2. 환골탈태를 피할 것 3. 압운법에 집착하지 말되 지나치게 벗어나지 말 것 4. 수사에 있어 險字와 상말을 피할 것〉[10] 등으로 정리하고 있다.

김동욱 교수의 이와 같은 주장은 용사와 환골탈태〔점화〕, 환골탈태와 도습 및 표절의 용어 개념을 제대로 구별하지 못한 경우라 하겠다. 졸도이금체를 용사의 기교가 부족한 것으로 평해 놓고는 정리 부분에서 환골탈태로 분류하고 있다. 이런 점으로 보아 용사와 환골탈태〔점화〕등 용어의 개념이 제대로 확립되지 못한 데서 연구가 행해지면 先代의 고전비평을 제대로 이해할 수 없다는 것을 알 만하다.

2.3 文學의 本質과 겉꾸임

李奎報는 시 창작 과정에서 내용과 형식의 조화를 강조하였다. 그의 시 의식 일면이 드러난 〈論詩〉나 「論詩中微旨略言」에는 내용과 형식과의 상관 관계에 대해서 언급한 부분이 있다. 여기서의 내용은 意境〔意味〕이며 형식은 辭語〔表現〕라 할 수 있다. 이제 『東國李相國後集』 卷第一, 古律詩, 〈論詩〉를 먼저 살펴보고자 한다.

시 짓기가 무엇보다도 어려우니,	(作詩尤所難,
말과 뜻이 함께 아름다워야 하네.	語意得雙美.
함축된 뜻이 진실로 깊어야	含蓄意苟深,
음미할수록 맛이 더욱 알차네.	咀嚼味愈粹.

---

10) 민족문화추진회, 국역 『동국이상국집』 I , 고려서적주식회사, 1980, PP.14~
15.

뜻이 서도 말이 원만하지 못하면,	意立語不圓,
난삽하여 뜻을 전하기 어렵다네.	澁莫行其意..
그 중에 뒤로 여겨도 될 것은	就中所可後,
아로새겨 곱게 꾸미는 것일세.	雕刻華艶耳.
꽃답고 고운 것을 어찌 꼭 마다하랴!	華艶豈必排,
이 또한 사뭇 정신을 써야 한다네.	頗亦費精思.
꽃을 잡느라 열매를 버리니,	攬華遺其實,
이로써 시의 本旨를 잃는다네.	所以失詩旨.)

■ ■ ■ ■ ■ 〈李奎報,『東國李相國後集』卷第一.〉

위의 시에서 "말〔語〕과 뜻〔意〕이 함께 아름다워야 하네."(語意得雙美)라고 한 것과 같이 이규보는 시에 나타난 내용과 형식을 모두 중시하였다. 이는『論語』第卷六「雍也」의 '文質彬彬'[11]을 추구하였다고 할 수 있다. 그러면서도 "함축된 뜻이 진실로 깊어야 음미할수록 맛이 더욱 알차네"(含蓄意苟深, 咀嚼味愈粹)라고 한 것과 같이 특히 함축된 깊은 뜻을 중시하였음을 〈論詩〉詩는 보여 주고 있다. 그리고 "뜻이 서도 말이 원만하지 못하면, 난삽하여 뜻을 전하기 어렵다네."(意立語不圓, 澁莫行其意)라고 한 것처럼 시의 뜻이 알차면서도 말이 원만하지 못하면 시가 난삽하기 때문에 알찬 뜻을 전하기가 어렵다고도 했다. 다시 말하면, 시의 뜻이 알차면서도 문장이 곱게 꾸며진다면 더할 나위 없이 좋은 일이겠으나, 本末 중에 차라리 근본의 실속을 취하는 쪽이 낫기 때문에, 시의 알찬 뜻에 보탬이 되지 않는 겉꾸임은 배격한 것이다. 그것은 문장을 아로새겨 곱게 꾸미는 일 또한 정신적인 수고로움을 적잖이 필요로 하는 일인지라, 그 필요성을 인정하여 극력 배격하지는 않으면서도 문장의 실속을 중히 여기기 때문에 원만하지 못한

---

11)「論語」第卷六「雍也」子曰, 質勝文則野, 文勝則史, 文質彬彬然後에 君子.(공자께서 말씀하시되, 본바탕이 겉꾸밈보다 나으면 촌스럽고, 겉꾸밈이 본바탕보다 나으면 〈겉만 번지르르 하면〉史官처럼 기계적인 글쟁이에 지나지 않으니, 본바탕과 겉꾸밈이 조화 있게 빛난 후라야 진정한 군자일 수 있느니라 하셨다.)

겉꾸임은 배격한 것이라 하겠다.12)

또 이규보의 「논시중미지약언」에서는, 시 창작 과정에서 내용과 형식의 아름다움을 함께 추구해야 하는데, 내용이 형식보다는 詩作 과정에서 먼저임을 밝히고 있다.

> 무릇 시는 뜻[意]을 위주로 하니, 뜻을 베푸는 것이 가장 어렵고 말[辭語]을 엮어 나가는 것은 다음 가는 일이다. 뜻은 또한 氣를 위주로 하니, 氣의 優劣에 따라 곧 깊고 얕음이 있을 따름이다. 그러나 氣는 하늘에서 근본하는[타고나는] 것이니, 배워서 얻을 수는 없는지라, 그러므로 氣가 모자라는 사람은 文句를 아로새기는 것으로써 공교로움[工 : 잘하는 일]을 삼아 일찍이 뜻으로써 급선무를 삼은 적이 없다. 대개 그 글을 아로새기고 그 구절에 丹靑을 가하면 진실로 곱기는 할 것이다. 그러나 그 가운데 함축된 깊고 두터운 뜻이 없으면 처음에는 마치 볼 만한 듯하지만, 거듭 씹어 보는 데 이르게 되면 맛이 이미 떨어지고 만다.(夫詩以意爲主, 設意尤難, 綴辭次之. 意亦以氣爲主, 由氣之優劣, 乃有深淺耳. 然氣本乎天, 不可學得, 故氣之劣者, 以雕文爲工, 未嘗以意爲先也, 盖雕鏤其文, 丹靑其句, 信麗矣, 然中無含蓄深厚之意, 則初若可翫, 至再嚼則味已窮矣.)
>
> ▪ ▪ ▪ ▪ ▪ ▪〈李奎報, 『東國李相國集』 卷第二十二, 「論詩中微旨略言」.〉

위의 글에서 이규보는 뜻을 베푸는 것이 가장 어렵고 말을 엮어 나가는 것은 다음 가는 일이라고 하였다. "무릇 시는 뜻을 위주로 하니, 뜻을 베푸는 것이 가장 어렵고 말을 엮어 나가는 것은 다음 가는 일이다."(夫詩以意爲主, 設意尤難, 綴辭次之)라는 말에 대해서 先代의 연구자는 '次之'(다음 가는 일이다)를 '부수적' 또는 '덜 중요한' 뜻으로 해석하여 이규보를 先內容 後形式의 新意論者로 보았다.13) 그리고 이

---

12) 鄭堯一, 「李奎報의 文學思想」, 『漢文學의 硏究와 解釋』, 一潮閣, 2000, P. 157.참조.

13) 崔信浩, 「初期詩話에 나타난 用事理論의 樣相」, 『古典文學硏究』 第1輯, 韓國古典文學硏究會, 1971.

인로는 시 창작 과정에서의 精切한 用事의 방법에 관심이 깊었기 때
문에 形式優位論者라고 하여 用事論者로 지칭하게 되었다. 그 결과
이규보는 先內容의 新意論者, 이인로는 先形式의 用事論者로 인식하
는 오류를 남기는 데 이르렀다.

　崔信浩 교수는 「初期詩話에 나타난 用事理論의 樣相」에서, 新意論
者의 주장은 시란 뜻을 베푸는 것이 가장 어렵고 뜻을 베푸는 것〔設
意〕이 시의 성공을 좌우하기 때문에 먼저 내용을 세우고 다음에 말을
엮어 나가야 한다는 것이고, 반면에 用事論者의 주장은 시의 내용이
형식에 좌우되므로 형식이 뛰어나면 거기에 담긴 내용도 저절로 뛰어
나게 되므로 먼저 형식을 연탁해야 한다는 것이라고 하였다. 그러나
최신호 교수의 이러한 인식 태도는 〈論詩〉의 '語意得雙美'(말과 뜻이 함
께 아름다워야 하네.)와 어긋나는 것이다. 최신호 교수는 「初期詩話에
나타난 用事理論의 樣相」에서 '次之'의 내용만을 강조하여 이규보의
문학관을 선내용 후형식의 신의론자로 몰고 갔다. 「논시중미지약언」
에서의 '次之'는 내용만을 강조하기 위해서 쓴 표현은 아니다. 시인이
시를 창작하는 과정에서 내용을 세우는 것이 가장 어려운 것이다. 시
인의 마음에 아무 흥도 일어나지 않는데 억지로 시를 창작할 수는 없
다. 먼저 사물을 보고 뇌리에서 지각을 한 다음 마음 속에서 저절로
홍이 일어나야 한다. 이 때 마음으로부터 일어나는 홍이 뜻〔내용〕이
된다. 이와 같이 사물을 보고 홍이 일어나기까지의 과정이 매우 어렵
다는 것이다. 이런 홍이 일어난 후에 말을 엮어 글로 표현하게 된다는
것이다. 그러므로 이규보가 「논시중미지약언」에서 말한 '綴辭次之'(철
사차지)는 내용〔뜻〕을 강조하기 위해서 그렇게 표현한 것이기는 해도,
내용〔뜻〕을 마음 속에 그리는 것이 가장 어려운 일이고 그 다음 과정
으로 마음 속에 일어나는 홍겨움을 글로 표현하는 것이 중요하다는
뜻에서 말한 것이다. 이와 같이 '철사차지'는 시 창작 과정의 순차적인
단계를 언급한 것으로 보아야 한다.

〈論詩〉의 "語意得雙美."와 「논시중미지약언」의 "設意尤難, 綴辭次之." 등으로 보아, 이규보는 시 창작 과정에서 내용과 형식 모두가 조화 있게 작용해야 시가 알차고 아름답게 될 수 있다는 문학관을 지녔음을 알 수 있다. 따라서 이규보는 〈論詩〉나 〈論詩中微旨略言〉에서 시의 본질인 내용을 보다 중요시하되 겉꾸임인 형식도 모두 도외시하지 않았음을 보여준다.

3. 「答全履之論文書」의 解釋

3.1 效古人之體의 문제

기존의 연구자들 중 일부는 李仁老가 精切한 用事의 방법에 관심이 깊었다는 이유로 그를 '用事論者'로 보았으며, 李奎報가 新語에 의한 新意의 창출에 능하였다는 선입견에 얽매여 그를 '新意論者'로 명명하였다. 「答全履之論文書」에는 '效古人之體'(古人의 體를 본받는 것)에 대한 이규보의 견해가 담겨 있다.

> 무릇 古人의 體를 본받는 자는 반드시 먼저 그 시를 익숙하게 읽은 뒤에라야 본받아서 능히 이르러갈 수 있으니, 그렇지 않으면 표절 약탈하기도 오히려 어려워질 것이니.
> (凡效古人之體者, 必先習讀其詩, 然後效而能至也, 否則票掠猶難,)
> ▪ ▪ ▪ ▪ ▪〈李奎報, 『東國李相國集』, 卷第二十六, 「答全履之論文書」.〉

위의 글에서 이규보는, 古人의 體를 잘 본받는 것은 먼저 옛 시인의 시를 익숙하게 읽은 뒤에라야 가능하다고 하였다. 그러면서 이규보가 古人의 體를 본받지 못하는 이유도 아울러 밝히고 있는데, 古人의 體를 익숙하게 익히지도 못한 채 본받으려다가 표절·약탈하는 지경에 이르기 쉽기 때문이라고 하였다. 古人의 體를 본받는 다는 것은 옛 시인의 작품을 완전히 탐독한 후 가능하다. 어설프게 본받으려다 가는 오히려 표절하기 쉽다. 시를 창작하는 시인이 처음부터 표절이나 도습을 의도하지는 않을 것이다. 오히려 點鐵成金이나 換骨奪胎를 이루려고 할 것이다. 그러나 시인의 의도와는 무관하게 후대의 독자들은 잘 본받지 못한 것으로 간주하여 도습으로 평할 수도 있다. 따라서 이규보는 이런 잘못을 범하지 않기 위해서 古人의 體를 익숙하게 익혀야 함을 강조하였다. 또 "六經과 諸子書와 역사서의 글이라도 섭렵했을 따름이지 근원을 끝까지 캐는 데에는 이르지 못해서"(雖六經子史之文, 涉獵而已, 不至窮源) 古人의 體를 본받지 못한다고 그 이유를 제시하고 있다. 즉 이규보는 古人의 體를 제대로 본받는다는 것이 않아 어설프게 古人을 본받으려다가 도습이나 표절을 면할 수 없기 때문에 오히려 新語로써 新意를 창출해내지 않을 수 없다고 하였다.

『東國李相國集』 卷第二十六, 「與金秀才懷英書」에는 이규보 당시의 시 창작 풍습을 알 수 있는 내용이 있다.

> 요즈음 사람들이 계(啓)를 짓는 것은 이미 오랫동안 풍습이 되어 어떻게 고칠 수 없는데, 진실로 꼭 本文이나 古事를 가져다 나열하여 문장을 만든다면, 자기 마음으로 생각해서 창작한 것이 얼마나 되겠습니까? 내가 이 풍습을 돌려 놓고 싶으나 반드시 웃음거리가 될 것이요, 모방하려 한다면 반드시 후세의 군자에게 웃음거리가 될 것이다. 후세의 웃음이 지금의 웃음보다 심할 것이니, 차라리 요즈음 사람에게 웃음거리가 될망정 후세 사람의 웃음거리가 되지는 않으렵니다.
> (今人所以作啓, 久已成習, 不加克革. 苟必用本文與古事編列成章, 則其所自創於心者能有幾耶. 僕欲友之, 必爲所笑, 若倣而爲之, 必爲後世君子所笑. 後世之笑, 甚於今人之笑, 寧被笑於今人, 無爲後人所笑.)
> ▪ ▪ ▪ ▪ ▪ 〈『東國李相國集』 卷第二十六, 「與金秀才懷英書」.〉

위의 자료는 '本文이나 古事〔故事〕를 가져다 나열하여 문장을 짓는'

것이 당시의 啓를 짓는 풍습임을 알게 해 준다. 본문에 나타난 뜻을 자신의 시 작품에 모방하는 것은 點化 또는 蹈襲이 될 수 있다. 옛 시인의 시에 나타난 뜻을 쓰되, 그 뜻의 어느 지점으로부터 변화를 加하여 자기의 작품에 쓰면 點化가 되고, 뜻을 발전적으로 변화시키지 못하면 도습이 된다.14) 위에서 이규보는, 本文이나 古事를 가져다가 문장을 짓는 시 창작의 풍습은, '자기 마음으로 생각해서 창작'한 것이 아니기 때문에, 이런 시 창작 풍습을 돌려놓고 싶다고 했다. 즉 '本文이나 古事를 나열하여 문장을 짓는 것은' 어설프게 古人의 體를 본받는 행위인 것이다. 古人의 體를 제대로 본받지 못하기 때문에 도습이나 표절이 될 수 있음을 우려하고 있다. 따라서 도습이나 표절이 될 바에는, 당시의 보편적인 시 창작 풍습을 따르지 않고 이규보 나름대로의 新語로써 시를 창작할 수밖에 없었음을 짐작하게 해 준다. 비록 당시 세상 사람들의 웃음거리가 될지언정 후세의 웃음거리가 되지 않기 위해서라도, 이규보는 나름대로의 문학관으로 창작을 하려 했던 것이다. 그러므로 이규보는 古人의 體를 본받는 것 자체를 배격하지는 않았으며, 오히려 제대로 본받지 못함을 우려한 나머지 新語로써 시 창작을 한다고 하게 되었던 것이다.

3.2 역대 諸 文章家에 대한 견해

「答全履之論文書」에는 역대 諸 文章家에 대한 이규보의 견해가 제시되어 있다. 먼저 소동파에 대한 부분을 소개하자면 다음과 같다.

　　세속의 배우는 사람들이 처음에는 科場의 과거 공부를 익히느라 풍월 익힐 틈이 없다가, 과거에 합격한 후에야 바야흐로 시 짓기를 배우게 되는데, 더욱 東坡의 시를 즐겨 읽으므로 해마다 牓이 나붙게 되면 사람들이 '올해도 30명의 동파가 나왔다.'고 하게 되는 것이요.……(중략)……

---

14) 尹寅鉉,『한국 한시 비평론』, 아세아문화사, 2001, pp.60~61.

東坡는 근세 이래에 부섬(富贍)하고 호일(豪逸)하여 시가 뛰어난 사람
으로, 그의 문장은 마치 부자의 집에 金玉과 錢貝가 창고에 가득하여 한
이 없는 것과 같아, 비록 도둑이 훔쳐 가더라도 끝내 가난해지지 않는
것과 같으니, 도둑질한들 어찌 해롭겠습니까?

　　(世之學者, 初習場屋科擧之文, 不暇事風月, 及得科第然後, 方學爲詩,
則尤嗜讀東坡詩, 故每歲牓出之後人人以爲今年三十東坡出矣.……(중
략)……東坡近世以來富贍豪逸邁詩之雄者也. 其文如富者之家, 金玉錢貝
盈帑溢庤, 無有紀極. 雖爲寇盜者所嘗痕 取而有之, 終不至於貧也, 盜之何
傷耶.)

　　　　• ﹡ • ﹡ • ﹡ •〈李奎報,『東國李相國集』, 卷第二十六,「答全履之論文書」.〉

　　위의 인용문은 이규보가 세속 사람들의 쇠락한 文風을 비판하는
말 중의 한 부분이다. 세속의 배우는 사람들이 처음에는 科場의 과거
공부를 익히느라 風月을 익힐 시간이 없다가, 과거 시험에 합격한 후
에야 비로소 시 짓기를 배우게 되는데, 그 때 더욱 東坡의 시만을 즐
겨하므로 과거 시험의 방이 나붙게 되면 세상 사람들이 '올해도 30명
의 東坡가 나왔다.' 했다고 한다. 즉 과거 시험 공부가 끝나면 그 때부
터 동파의 시를 본받아서 시를 짓는다는 것이다. 이 글에서 이규보는
동파의 시를 본받는 것을 비방한 것이 아니라, 동파를 잘 본받는 것은
'동파를 보는 듯이 공경함이 옳다'고 주장하고 있다. 이와 같이 이규보
는 宋代의 시인 蘇東坡의 작품이 고려 시대 문인들의 시작 수련 과정
에서 절대적인 위치에 있었음을 보여 주고 있다. 따라서 여기서도 古
人의 體를 본받기를 부정한 것이 아님을 알게 해준다. 그리고 동파의
시는 부섬(富贍)하고 호일(豪逸)하기 때문에 마치 부잣집에 金玉과 전
패(錢貝)가 창고에 가득하여 비록 도둑이 훔쳐 가더라도 끝내 동이 나
지 않는 것처럼 동파의 시를 아무리 도둑질해 가더라도 동파의 시 자
체는 변하지 않음을 비유적으로 표현하고 있다. 이규보의 〈僧統又和
復答之〉는 동파의 시 한 구절을 그대로 도둑질한 예이다.

그 넓은 눈빛으로 무엇을 보는가?　　　　　〈海眼光中什麽觀,

스님께 물으니 대답 없어 묻기도 어렵구나.　　問師無對問還難.

별안간 웃으며 동산 가리키며 말하니,　　　　俄然笑指東山語,

책상 위의 능엄경은 이미 볼 필요가 없네.　　案上楞嚴已不看.〉

　　　　　　　• • • • • •〈李奎報, 『東國李相國後集』, 卷第五.〉

위의 시 제4구는 소동파 〈贈惠山僧惠表〉의 '산중의 노스님이 여전히 있으니, 책상 위의 능엄경은 이미 볼 필요가 없네.(山中老宿依然在, 案上楞嚴已不看.)'라는 구절을 그대로 모방하고 있다. 이로 보아 이규보는 또한 동파의 시에 정통했을 뿐만 아니라, 숭상까지 하고 있었음을 알 수 있다. 그런데 엄밀히 따져 평한다면 이는 剽竊인 셈이다.

다음 자료는 중국 문인들이 前輩의 體를 제대로 본받지 못했음을 보여주고 있다.

唐代의 陳子昂·李白·杜甫·李翰·李邕과 楊炯·王勃·盧照隣·駱賓王의 무리는 汪洋하고 閎肆(굉사)하여 황하와 회수를 기울이고 큰 바다를 넘어뜨린 듯 그 豪猛(호맹)한 기운을 구사하지 않은 사람이 없으나, 하나도 선배 아무의 體를 본받아 그 골수를 빼어 먹었다는 것은 듣지 못하였다.

(有若唐之陳子昂李白杜甫李翰李邕, 楊王盧駱之華, 莫不汪洋閎肆, 傾河淮, 倒瀛海, 騁其豪猛者也. 未聞有一人効前輩某人之體, 刲剝其骨髓者.)

　　　　　• • • • • •〈李奎報, 『東國李相國集』, 卷第二十六, 「答全履之論文書」.〉

위의 글에서 알 수 있는 것과 같이 중국 唐代의 뛰어난 문인들이 모두 先代 文人들이 體를 제대로 본받지는 못한 채로 제각기 一家를 이루었다고 이규보는 평하고 있다. 이뿐만 아니라 宋代의 王安石·司馬光·歐陽脩 등도 前代의 문인들을 제대로 본받지는 못했으나 각기 一家를 이룸으로써 배와 귤이 맛이 다르나 입에 맞지 않는 것이 없는 것과 같았다고 평하고 있다. 이런 점으로 보아 이규보는 唐代·宋代

의 뛰어난 작가들의 창작 방법에도 관심을 기울이고 있었음을 알 수 있다. 그리고 그와 같은 관심의 결과로 인하여 이규보에게 新語 창작의 문학관이 형성되었음도 짐작할 수 있다.

3.3 詩文의 바람직한 方向에 대한 견해

이규보는 古人의 體를 마땅히 본받아야 할 소중한 것으로 인식하면서도 精切하게 본받아 도달하기는 어려운 일로 여겼다. 즉 古人의 體를 본받는 일을 성취하기 어려운 지상의 과제로 삼아 작시론적 영역에서 시인이 필수적으로 취해야 할 學詩 방법 중 하나로 인식하였다. 그런데 "옛 성현의 말에 익숙하지 못하고 또한 옛 시인의 體를 본받는 재주를 부끄러워하여"(不熟於古聖賢之說, 又恥效古詩人之體) 古人의 體를 본받지 못하고 新語로 新意를 드러낸다고 하였다.

古人의 體를 본받는다고 하여 新意를 드러내지 못하는 것은 아니다. 다만 古人의 體에 나타난 글의 근원을 제대로 알지 못하므로 어설프게 본받기 쉽다. 따라서 이규보는 어설프게 본받으려다가 도습이나 표절이 되기보다는 新語로써 시를 짓는 편이 더 낫다고 하였다. 이규보가 「답전이지논문서」에서 新語를 짓지 않을 수 없는 이유를 밝힌 곳이 있다.

나는 어려서부터 방탕 허랑하고 검속됨이 없어서 글을 읽는 데에도 심히 정밀하지는 못했으니, 비록 六經과 諸子書와 역사서의 글이라도 섭렵했을 따름이요 근원을 끝까지 캐는 데에는 이르지 못했거늘, 하물며 諸家의 章句에 관한 글이겠습니까? 이미 그 글에 익숙하지 못하니, 그 體를 본받을 수 있겠으며 그 말을 도둑질할 수가 있겠습니까? 이것이 새로운 말(新語)을 부득이 짓지 않을 수 없는 까닭입니다.

(僕自少放浪無檢, 讀書不甚精, 雖六經子史之文, 涉獵而已, 不至窮源, 況諸家章句之文哉. 旣不熱其文, 其可效其體, 盜其語乎. 是新語所不得已而作也.)

‥‥‥‥‥‥〈李奎報,『東國李相國集』, 卷第二十六,「答全履之論文書」.〉

위의 글에서 이규보가 新語를 짓지 않을 수 없는 이유를 분명히 밝히고 있다. 六經·諸子書와 역사서의 근원을 궁구하지 못했기 때문에 古人의 體를 본받기 어렵다고 하였다.

이런 점으로 보아 이규보는 古人의 體를 본받기가 어려워 부득이 자기 나름대로의 新語로써 시를 창작하였음을 알 수 있다. 그러나 이규보가 창작한 한시에는 古人의 體를 본받은 작품 다수가 전해지고 있다. 따라서 이규보는 古人의 體를 본받을 때는 제대로 본받아 新意를 드러내기를 바랬으며, 古人의 體를 잘 본받는 것이 古人의 경지에 가까운 탁월한 시적 경지에 도달하기 위해서 반드시 갖추어야 할 시인의 기본적인 자세로 보았다. 그런데 六經이나 諸子書 그리고 역사서 등을 제대로 익히지 못했기 때문에 古人의 體를 제대로 본받을 수 없다는 것이다. 그래서 新語로써 시를 짓을 수밖에 없다는 것이다. 그러므로 詩文의 바람직한 방향에 대한 이규보의 견해는, 古人의 體를 제대로 본받아 새로운 의미를 창출하는 데 있었다. 그런데 당시의 文風이 이미 쇠락하여 남의 작품을 어설프게 본받으려다가 도습이나 표절을 면할 수 없는 지경에 이르게 되어, 이규보는 새로운 말〔新語〕로 시를 짓게 되게 되었다는 것이다. 따라서 「答全履之論文書」에서 이규보가 제시한 詩文의 바람직한 方向은, 六經·諸子書·역사서 등 모든 문장의 근원을 끝까지 밝힐 만큼 古人의 體를 잘 본받는 것이었다고 하겠다.

3.4 李奎報의 餘他 문학론과의 관계

「답전이지논문서」에서 이규보는 新語로 시를 짓지 않을 수 없는 이유를 밝혔다. 당시 세속의 사람들은 도둑놈의 물건이라도 눈에 드는 것이 있으면 탐하는 풍조라서 시를 짓는 데에도 남의 글을 도습하거나 표절함이 만연되어 있음을 한탄하면서, 이런 세태의 풍조를 극복하는 방안으로 新語로써 시를 창작하는 방법을 택했음을 말했다.

이규보의 「논시중미지약언」에는 '意'〔뜻〕와 '氣'에 관해서 언급한 부분이 있다. '意'〔뜻〕은 '氣'를 위주로 하니, 氣의 우열에 따라 뜻이 깊고 얕음이 있게 된다고 하였다. 氣는 타고 나는 것으로, 배운다고 쉽게 얻어지는 것은 아니다. 氣를 타고난 사람은 新意 창출에 능하였을 것이다.

이런 점으로 보아 「답전이지논문서」에서의 新語로 新意를 창출한다는 말이나 「논시중미지약언」에서의 氣로써 新意의 창출이 좌우된다는 說은, 서로 新意를 창출할 수 있다는 면에서 유사한 논리라 할 수 있다.

이규보는 참신한 뜻을 나타내려고 하면 古人의 體나 前人의 시를 잘 본받아야 한다고 했다. 「답전이지논문서」에 도연명·이태백·두보·소동파와 같은 위대한 시인들을 잘 본받음으로써 孔·孟이니 荀·孟이니 軻·雄이니 하고 일컬어질 수 있다는 내용이 있다.

孟子는 孔子에 미치지 못하고 荀子와 揚子〔漢·揚雄〕는 孟子에 미치지 못하였습니다. 그러나 孔子의 뒤에 孔子와 크게 같은 자가 없었으되, 유독 孟子가 본받아서 거의 가까웠으며, 孟子의 뒤에 孟子와 같은 자가 없었으되, 荀子와 揚子가 가까웠으니, 그러므로 後世에 혹은 孔·孟이라 일컫고 혹은 軻·雄〔孟子와 揚子〕이니 荀·孟이니 일컫는 것은 〈각기 孔·孟을〉 본받아서 거의 가까웠던 까닭입니다. 앞서 말한 몇몇 사람들이 비록 東坡와 크게 같을 수는 없으나, 또한 본받아서 거의 가까워진 자들이니, 어찌 後世에 東坡와 더불어 함께 일컬어지지 않을 줄을 아시기에 당신께서는 어쩌면 그리도 거절하기를 심하게 하십니까?

(孟子不及孔子, 荀揚不及孟子, 然孔子之後, 無大類孔子者, 而獨孟子效之而庶幾矣, 孟子之後, 無類孟子者, 而荀揚近之, 故後世或稱孔孟, 或稱軻雄荀孟者, 以效之而庶幾故也. 向之數四輩, 雖不得大類東坡, 亦效之而庶幾者也, 焉知後世不與東坡同稱, 而吾子何拒之甚耶.)

■ ■ ■ ■ ■ ■〈李奎報,『東國李相國集』, 卷第二十六, 「答全履之論文書」.〉

　　이규보의 이와 같은 작시론적 견해는, 옛 시인들을 잘 본받음으로
써 孔·孟이나 荀·孟이니 하고 일컬어지듯이, 그 옛 시인들과 함께
일컬어질 수 있도록 옛 시인들을 제대로 본받기를 희망하고 있다는
것이다. 그런데 요즘 시인들은 옛 시인의 시를 잘 본받는 것이 아니라
도습 또는 표절에 가깝게 흉내만 내는 세태인지라, 그런 세태에 휩쓸
리지 않기 위해서라도 이규보는 新語를 지어내지 않을 수 없다는 것
이다. 위의 인용문에서도 古人의 體를 잘 본받는 것이 시인이 갖추어
야 할 기본적인 자세임을 보여 주고 있다.

　　〈論詩〉의 '말과 뜻이 함께 아름다워야 하네.'(語意得雙美)라는 구절
과 '뜻이 서도 말이 원만하지 못하면,(意立語不圓) 난삽하여 뜻을 전하
기 어렵다네.'(澁莫行其意)라는 구절 등은, 내용과 형식이 모두 알차게
되어야 진정으로 참된 시가 됨을 밝힌 것이다. 이규보는 시의 참된 뜻
을 중시하면서도 문장의 겉꾸임을 전적으로 배격한 것은 아니었다.
문장의 겉꾸임도 알찬 뜻을 드러내는 데 필요했음을 〈論詩〉는 보여
주고 있다. 「답전이지논문서」에서는 알찬 뜻을 드러내기 위해서도 古
人의 體를 본받지 않을 수 없다는 뜻을 전제하고 있다. 그러나 그 古
人의 體에 익숙하지 못하기 때문에 어설프게 본받을 바에는 부득이
새로운 말〔新語〕로 시를 짓지 않을 수 없었다는 것이다. 〈論詩〉·「答
全履之論文書」 모두 좋은 뜻을 나타내는 것을 제일의 과제로 여긴 글
이라는 점에서 글을 짓는 목적에 대한 견해를 같이 한 글이라고 할 수
있다.

4. 결 론

이규보는 문장가로서의 역량과 문학 비평가로서의 역량으로 볼 때 고려 후기의 탁월한 문장가이며 비평가임에 틀림없다. 그는 서거정이 편찬한 『東文選』에 작품이 수록된 문인 590인 중 가장 많은 작품이 수록되었을 만큼 탁월한 문장가이며, 『東國李相國集』에 수록된 詩文을 보더라도 뛰어난 비평가였다.

이규보는 문장을 짓되 내용과 형식을 모두 중시하였다. 단지 시 창작 과정에서 뜻이 마음으로부터 먼저 일어나고 그 다음에 마음 속에 일어난 흥겨움을 글로 표현한다는 것이다. 따라서 알찬 뜻을 나타내기 위해서는 내용 못지 않게 형식도 중요하다는 견해를 보여주고 있다.

이규보는 작시론에서 古人의 體를 잘 본받는 것이 古人의 경지에 가까운 탁월한 시적 경지에 도달하기 위해서 갖추어야 할 기본적인 시적 자세임을 천명하고 있다. 古人의 體나 옛 시인의 글을 잘 본받는 것이 작시의 궁극 목적이며 또 좋은 뜻을 나타내고자 하는 것도 글을 짓는 궁극 목적이다. 그런데 古人의 體나 옛 시인의 글을 제대로 본받는다는 것이 쉬운 일만은 아닐 것이다. 이규보 당시의 文風이 남의 것을 훔쳐다 쓰는 時流인지라 이런 세태에서 벗어나기 위해서라도 이규보는 新語로써 新意를 표현할 수밖에 없었다. 그렇다고 이규보의 모든 시가 新語로만 지어진 것은 아니다. 그의 시에도 용사된 경우와 표절된 경우도 있었다.

「答全履之論文書」에 나타난 이규보의 문학관은 시문의 창작에서 무엇보다도 古人의 위대한 문장가들을 참되게 본받는 것을 최우선의 과제로 삼았다. 그런데 이규보는, 古人의 體를 제대로 본받지 못하기 때문에 어설프게 古人의 體를 본받으려다가 도습이나 표절을 면할 수 없는 지경이 되지나 않을까 우려하여, 자기 나름의 新語를 지어내서

新意를 창출해 내고자 한다는 논리를 펴게 된 것이다.

‖ 참고문헌 ‖

1. 基本 資料

『國譯 東國李相國集』, 民族文化推進會, 1980.
민족문화추진회, 국역『동국이상국집』, 고려서적주식회사, 1980.
魏慶之, 『詩人玉屑』, 臺灣商務印書館, 民國 61.
朱任生 編著, 『詩論分類纂要』, 臺灣商務印書館, 中華民國 60.
蘇軾·黃庭堅, 『東坡詩·山谷詩』, 岳麓書社, 1992.
『論語』·『孟子』·『大學·中庸』, 中和堂, 1917.
李奎報, 『白雲小說』, 高麗各賢集1 收錄本, 成均館大, 大東文化研究院, 1973.
　　〃　, 『東國李相國集』, 高麗各賢集1 收錄本, 成均館大, 大東文化研究院, 1973.
徐居正, 『東人詩話』, 高麗各賢集2 收錄本, 成均館大, 大東文化研究院, 1973.
徐居正, 『國譯四佳文集』, 韓國學研究院·漢文學分科 譯註, 啓明大學校 出版部,
　　　　1997.
『國譯 大東野乘』, 民族文化推進會, 1973.
『國譯 東文選』, 民族文化推進會, 1982.
『影印標點 東文選』, 民族文化推進會, 1999.

2. 論 著

國語國文學會 編, 『漢文學研究』(國文學 研究 叢書 7), 正音文化社, 1979.
金周漢, 『韓國文學 批評史論』, 學上院, 1993.
金慶洙, 「李奎報 漢詩 研究」, 檀國大學校 大學院, 博士論文, 1986.
金時鄴, 「李奎報의 新意論과 詩의 特質」, 韓國漢文學研究 3.4집, 1978~1979.
金時鄴, 「李奎報의 新意論과 詩의 特質」, 韓國漢文學研究 3.4집, 1978~1979.
金鎭英, 「李奎報 文學 研究」, 서울大學校 大學院, 博士論文, 1982.
金興圭, 「李奎報의 氣·意論」, 『東洋學 國際學術會議 論文集』, 成均館大學校 大東文
　　　　化研究院, 1993.
朴性奎, 『李奎報 研究』, 啓明大出版部, 1982.
　　〃　, 「李奎報 漢詩의 研究」, 高麗大學校, 博士論文, 1982.
박영환, 「소식과 이규보 선시의 특징 비교연구」, 『중어중문학』27, 중어중문학회,

2000.

申用浩,「李奎報 研究」(意識世界와 文學論을 中心으로), 高麗大學校 大學院, 博士論文, 1985.

    〃 ,『李奎報의 意識世界와 文學論 研究』, 國學資料院, 1990.

沈浩澤,「高麗中期文學論 研究」(林椿·李仁老·李奎報·崔滋를 中心으로), 高麗大學校 大學院, 博士論文, 1989

吳觀瀾,「"換骨", "奪胎" 二法本義辨識」,『中山大學學報』1988年 1期.

劉若愚,『中國詩學』(李章佑, 譯), 明文堂, 1994.

柳在泳,『白雲小說研究』, 圓光大學校 出版局, 1978.

李東喆,『白雲 李奎報詩의 研究』, 國學資料院, 1994.

李丙疇,『韓國 漢文學上의 杜詩 研究』, 二友出版社, 1979.

    〃 ,『杜甫: 시와 삶』, 民音社, 1993.

李炳漢,『漢詩批評의 體例研究』, 通文館, 1974.

尹寅鉉,「用事와 點化의 差異」,『韓國古典研究』第4輯, 韓國古典研究會, 보고사, 1998.

    〃 ,「麗末·鮮初 點化의 理論 및 詩評 樣相」,『西江語文』, 第15輯, 1999.

    〃 ,『한국 한시 비평론』, 아세아문화사, 2001.

趙東一,「李奎報」,『韓國文學思想史試論』, 知識産業社, 1978.

    〃 ,「李奎報와 李仁老의 文學思想의 거리」,『碧史 李佑成 敎授 定年退職 紀念論叢』, 창작과 비평사, 1990.

全鎣大,『韓國 古典批評 研究』, 책세상, 1987.

全鎣大 外,『韓國古典詩學史』, 弘盛社, 1979.

鄭大林,「新意와 用事」,『韓國文學史의 爭點』, 集文堂, 1986.

    〃 ,『한국 고전문학 비평의 이해』, 태학사, 1991.

鄭堯一,『漢文學批評論』, 仁荷大學校 出版部, 1990.

    〃 ,『漢文學의 研究와 解釋』, 一潮閣, 2000.

    〃 ,「李奎報의 文學思想」,『震檀學報』83, 震檀學會, 1997.

鄭堯一·朴性奎·李然世,『古典批評 用語 研究』, 太學社, 1998.

崔信浩,「初期詩話에 나타난 用事理論의 樣相」,『古典文學研究』第1輯, 韓國古典文學研究會, 1971.

崔雲植,「李奎報의 詩論」(白雲小說을 中心으로),『韓國漢文學研究』第2輯, 韓國漢文學研究會, 1977. 및『漢文學研究』, 정음문화사, 1990, 重版.

제5장

『東人詩話』로 살펴본 徐居正의 道德論的 批評

．
．
．
．
．

1. 서 론

본고는 조선 전기의 학자이며 시인이고 비평가였던 徐居正의 詩話集『東人詩話』에 수록된 시화의 내용을 체계적으로 분류하고 해석하여 서거정의 한시비평이 보여 주는 구체적인 의미를 밝히고 그 비평사적 의의를 밝히고자 하는 것이다. 『동인시화』는 1474년~1477년 사이에 초간본이 木版本으로 간행되었으며, 上卷에 67편 下卷에 74편의 시화가 수록되어 모두 141편[1]의 시화로 구성된 시평서이다.

그 동안 학계에서는 『동인시화』에 관한 연구가 적지 않았으며[2],

---

1) 國立中央圖書館本에 의한 것임.
2) 金台俊, 『朝鮮漢文學史』, 조선어문학회, 1931.
　尹元鎬, 「東人詩話에 나타난 徐居正의 詩歌觀」, 서울대 석사학위 논문, 1958.
　趙潤齊, 『한국문학사』, 동국문화사, 1963.
　趙鍾業, 「東人詩話硏究」, 『대동문화연구』 제2집, 1966.
　許敬震, 「동인시화연구」, 육군3사 『논문집』 제8집, 1978.
　全鎣大, 「東人詩話硏究」, 『한국고전산문연구』(장덕순 선생 화갑기념 논문집), 동화문화사, 1981.

서거정의 문학을 전반적으로 고찰하는 가운데『동인시화』를 포함시켜 연구한 논저들이 적지 않다.3) 그런데 기존 연구에서는『동인시화』의 내용을 체계적으로 분류하여 그 비평서로서의 특징과 한시비평의 다양한 측면을 구체적으로 해석한 연구가 거의 없었다. 그리고 그 선행 연구들 가운데에는 비평 용어의 개념에 대한 바른 이해에 기초하여 비평문이 나타내는 의미를 제대로 해석하지 못한 경우가 적지 않기 때문에, 기왕의 적지 않은 논저들로써도 아직은『동인시화』에 나타난 서거정의 한시비평에 대한 바른 이해에 도달하였다고 판단하기 어려운 실정이다. 따라서 필자는, 본고를 통해서『동인시화』의 한시비평을 역대 한시비평의 두 가지 큰 흐름이라고 할 '도덕론적 비평'과 '격률론적 비평'으로 대별하여 먼저 그 '도덕론적 비평'을 '도덕주의 비평'과 '역사주의 비평'이라는 두 가지 측면에서 살펴보되, 그것을 또 '작법론'과 '작가·작품론'으로 나누어 논의함으로써, 서거정의『동인시화』에 나타난 한시비평의 諸 측면을 체계적으로 해석하는 데 一助하고자 한다. 그런데 다만 어떤 비평 자료가 비평의 다양한 측면이나 요소에서 복합적 성격을 띠고 저술된 경우가 적지 않으므로, 그런 경우에 그 비평 자료들을 필요에 따라서는 부득이 중복되게 논의하지 않을 수 없을 것이다.

---

3) 崔信浩,「초기시화에 나타난 용사이론의 양상」,『고전문학연구』1집, 1971.
　　李家源,『한국한문학사』, 민중서관, 1972.
　　趙東一,『한국문통사』, 지식산업사, 1983.
　　林熒澤,「李朝前期의 士大夫 文學」,『韓國文學史의 시각』, 창작과비평사, 1984.
　　李鍾建,「서거정 시문학 연구」, 동국대 박사학위 논문, 1984.
　　李東歡,「동문선의 선문방향과 그 의미」,『한국고전 심포지움』제2집, 진단학회, 1985.
　　韓仁錫,「서거정문학연구」, 단국대 박사학위 논문, 1989.
　　朴成淳,「사가 서거정의 시문학 연구」, 충남대 박사학위 논문, 1989.
　　김성룡,「여말 선초 시운론의 문학관 연구」, 서울대 박사학위 논문, 1993.
　　金豐起,「조선전기 문학론 연구」, 고려대 박사학위 논문, 1994.
　　宋熹準,「徐居正 文學 硏究」, 고려대 박사학위 논문, 1996.
　　尹寅鉉,『한국 한시 비평론』, 아세아문화사, 2001.

2. 『東人詩話』의 道德論的 批評

2.1 道德主義 批評

1) 作法論

도덕주의 비평에서의 作法論은 작가의 도덕성과 관련하여 작품을 통해서 살펴볼 수 있는 작가의 작법을 논한 비평문을 말한다. 그것은 대개 작자가 자신을 낮추어 남에게 겸손해하지 못한 것을 힐난한 것과, 왕에게 내침을 받아 좌천되어도 원망하기보다는 자신을 되돌아보고 그 잘못을 바로잡은 것, 그리고 어떠한 현실적 어려움 속에서도 작자가 지조를 지켜나갔다는 것 등으로, 도덕에 관한 것을 논한 작법론들이다. 예를 들자면 다음과 같은 자료들이 바로 그것이다.

> ① 趙文忠公浚, 邀座主李文靖公開筵, 簪纓滿座. 時方小雨, 桃花亂落. 獨谷成文景公石璘, 先成賀詩一絶云. "得士方知座主賢, 侍中獻壽侍中前. 天敎好雨留佳客, 風送飛花落舞筵.", 滿座閣筆, 家君昌寧府院君汝完盛怒曰, "文章當自損, 示屈於人, 誇才眩能, 取禍之道也.", 深譴之, 獨谷悔謝.
>
> ■ ■ ■ ■ ■ 〈『東人詩話』卷下, 30〉

(文忠公 趙浚이 座主인 文靖公 李穡을 맞아 잔치를 열었는데, 고관대작들이 자리를 가득 메웠다. 이때 마침 가랑비가 내리는 속에 복사꽃이 어지러이 지고 있었다. 文景公 獨谷 成石璘이 먼저 축하하는 절구시 한 수를 지어

"좋은 선비 얻는 것에서 좌주의 어짊을 알겠으니
시중이 시중 앞에서 수를 빌어 올리네.
하늘이 좋은 비 내리게 하여 아름다운 손님들 머물게 하니
바람은 꽃을 날려 춤추는 자리에 지게 하네."

라고 하자, 자리에 있던 모든 사람들이 붓을 놓았다. 그의 아버지 昌寧府院君 成汝完이 크게 노하여 말하기를,

"문장은 자신을 낮추어 남에게 겸손해야 하는 것이니, 자신의 재능을 과장되게 자랑하는 것은 화를 불러들이는 길이다."

라고 하여, 그를 심히 꾸짖었다. 이 말에 獨谷이 뉘우치고는 사죄하였다.)

위의 자료 ①은 도덕주의 비평 중 작법론의 예이다. 조준(1346~1405)이 座主인 이색을 맞아 잔치를 연 자리에서 성석린(1338~1423)이 겸손하지 못하고 자기의 벼슬과 학식을 자랑한 것을 아버지 성여완이 크게 꾸짖는 내용이다. 座主란 고려 때 과거 시험에서 급제자를 뽑아 준 사람으로, 급제자의 스승격인 시험관이다. 고려 때 科場을 관장하던 知貢擧가 시험을 주관하여 급제자를 뽑으면, 곧 그 지공거가 급제자의 座主가 되는 것이다. 그러니까 이색이 조준의 좌주인 것이다. 조준이 스승격인 이색을 초청한 자리에서 侍中인 성석린이 지은 시에서 자신의 권세를 과시함과 동시에 고려 시대 최고의 권력자들과 문인들이 한 자리에 모여 하루를 즐김을 자랑삼고 있다. 지금의 시중이 이전의 시중에게 獻壽를 올린 것을 제시함으로써 향락적인 분위기를 풍기고 있다.

성석린이 활동하던 고려 말기는 元 나라의 지배 하에 놓여 있던 시기이므로, 이런 향락적 표현보다는 진취적인 기상이 필요했던 시기였다. 그런데 한 나라의 지배층들이 모여 국가의 장래를 논의하지는 못할망정 오히려 분위기를 즐기는 노래만을 일삼았다. 따라서 이 성석린의 시에는 일면 한 나라의 위정자들이 갖추어야 할 도덕성이 결여되었다고 할 수 있겠으며, 서거정은 위의 비평을 통해서 그와 같은 관점의 도덕주의적 작법론을 제기한 것이다.

② 詩者小技, 然或有關於世敎, 君子宜有所取之, 李存吾正言, 忤逆旽,
   貶長沙詩, "狂妄眞堪棄海邊, 聖恩天大賜歸田. 草廬隨意生涯足, 一
   片丹心倍昔年.", 陳補闕瑾, 言事落職, 將赴沃川詩, "欲知民水載君
   舟, 要盡忠誠誡逸遊. 諫院未能陳藥石, 長沙見謫不須愁." 無孤臣怨
   謫之辭, 有警戒規箴之意. (중략) 是烏可以小技而少之哉?
■ ※ ■ ※ ■ 〈『東人詩話』 卷下, 47〉

(시는 小技이기는 하나, 간혹 世敎와 관련되기도 하니, 군자가 취할
만한 것이 있다. 正言 李存吾가 역적 신돈에게 미움을 사 長沙〔전라
북도 고창군에 있었던 옛 지명〕로 폄직되어 지은 시에,

"미치고 망령된 이 몸 참으로 바닷가에 버려질 만한데
성은이 하늘같아서 전원에 돌아가도록 하시었네.
초가집에서 내 뜻대로 즐겁게 살아가니
한 조각 붉은 마음 예년의 곱절되어라."

라고 하였고, 補闕 陳瑾이 言事로 폄직되어 옥천으로 부임하게 되었
을 때에 지은 시에,

"백성이 임금이란 배를 띄우는 물임을 알고자 한다면
충심과 정성을 다하되 편안히 노임을 경계해야 하리라.
간원에서도 아직 약석〔훈계하는 말〕을 올릴 수 없노니
장사로 좌천된들 근심하지 않으리."

라고 하였다. 위의 두 시에서는 왕에게 내침을 받은 신하가 좌천되어
감을 원망하는 말은 없고, 경계하여 잘못된 것을 바로잡아야 한다는 뜻
이 들어 있다. (중략) 이 어찌 작은 솜씨라 하여 작게만 여길 수 있겠는
가?)

위의 자료는 한시의 작자가 도덕적으로 훌륭함을 비평한 것이다.
宋 나라의 周敦頤는 그의 책 「周子全書」 「文辭」에서, 글이란 무엇인
가를 밝히고 있다. 그 「文辭」에는 "文所以載道也, 輪轅而人弗庸, 徒飾

也, 況虛車乎."(글은 도를 싣는 바이다. 수레 바퀴와 수레 몸체가 꾸며져서도 남이 사용하지 않으면[남에게 도움을 주지 못하면] 한갓 헛된 꾸밈에 지나지 않으니, 하물며 빈수레[완전하지 못한 수레]이겠는가?)4)라는 구절이 있다. 글은 도를 싣는 바로서, 남에게 도움을 주지 못하는 글은 한갓 헛된 꾸밈의 글밖에 되지 못한다는 뜻의 말이다. 따라서, 글은 쓸모가 있도록 지어져야 한다는 이 구절에서는, 교훈성과 실용성이 강조되고 있다고 하겠다. 그러면서도 내용이 중요하지만 문장의 겉꾸임 또한 도외시될 수 없음을 밝혔는데, "文辭, 藝也, 道德, 實也, 篤其實而藝者書之, 美則愛, 愛則傳焉."5)이라는 구절에서는 겉으로 나타난 글은 재주에 해당되고 (그 글에 담기는) 도덕은 알맹이에 해당된다라고 하여, 문장에서 도덕이 근본이요 글꾸임[文辭]이 末에 해당되는 것임을 밝혀 주고 있다. 여기서 周濂溪는 문장에서 우선 내용이 충실해야 함을 드러내고 있다. 문장이 道를 실으면 우선 아름다울 수 있는 바탕이 마련되는 것인데, 그렇다고 도덕을 실으면서도 문장이 아름답지 못하게 되면 사랑받지 못하게 되어 전해지기도 어려운 법이다. 따라서 문장의 末에 해당되는 文辭의 藝도 末이라고 하여 소홀히 할 수만은 없다. 末이 있음으로써 本도 존립할 수 있기 때문이다. 결국 참된 문장이란, 藝의 조화를 얻어 문장 속에 담긴 충실한 내용 곧 도덕을 더욱 빛나게 할 수 있는 문장을 의미한다.6)

위의 자료에서 서거정이 "詩者小技, 然或有關於世敎, 君子宜有所取之."라 하였는데, 이는 문장이 도덕에 비해 작은 솜씨이기는 하지만 그 문장에 도덕이 담긴다면 군자가 마땅히 취할 것이 있음을 강조한 것이다. '小技'는 두보의 〈貽華陽柳少府〉에서 "文章一小技, 於道未爲尊"7)(문장은 하나의 작은 솜씨이니, 道에 있어 높은 것이 되지 못하네.)이라

---

4) 虛車[빈수레]—수렛바퀴와 몸통도 갖추어지지 못한 수레 곧, 문장에 비유하자면 주술 관계도 맞지 않는 문장에 해당됨.
5) 周敦頤, 『周子全書』卷十, 進呈本 『通書』四, 「文辭」
6) 鄭堯一, 『漢文學批評論』, 仁荷大學校出版部, 1990, P.210.
7) 仇兆鰲 輯註, 『杜詩詳註』卷之十五.

하여, 문장을 道에 견주어 小技라고 한 데서 쓰인 말이다. 두보의 이론 또한 周敦頤가 「文辭」에서 밝힌 '文以載道'論과 상통하는 이론이라 할 수 있다. 위 자료의 내용에서는 신하가 왕에게 내침을 당하면서도 왕을 원망하기보다는 오히려 자신을 반성하고 있다. 따라서 위의 자료는 서거정의 『東人詩話』에서도 도덕주의 비평이 잘 제시된 부분이라 하겠다.

正言 李存吾(1341~1371)가 역적 신돈에게 미움을 사 長沙로 쫓겨 가면서 시은 시 〈從便後贈弟存斯〉에, 〈망령된 이 몸이 바닷가에 버려질 만한데 임금의 은혜가 하늘같이 높아서 전원에 살게 해 주었다. 그러니 오히려 一片丹心〔변하지 않는 참된 마음〕이 곱절이 된다〉고 노래하고 있다. 이존오가 간신의 모함으로 좌천되어도 임금의 무능함을 원망하기보다는 자신의 우락부락한 성격의 탓으로 돌리면서 전원 생활의 의미와 임금에 대한 일편단심을 더욱 다짐하고 있다. 이는 유학자의 가치관으로 보면 지극히 당연한 행위이다. 『中庸』에 보면 "子曰, 射有似乎君子, 失諸正鵠, 反求諸其身."(공자께서 말씀하시기를, 활쏘기가 군자〔군자의 삶의 자세〕와 같은 점이 있으니, 정곡〔과녁〕에서 벗어나고서도 돌이켜 제 몸에서 구하느니라.)8)이라는 구절이 있다. 이는 군자가 세상을 살아가는데 뜻대로 안되면 자기 정성의 부족함으로 알고 세상일의 잘잘못을 자신의 탓으로 돌리면서 자신을 되돌아본다는 뜻의 교훈이다. 이 『中庸』 구절의 내용이 유학자의 보편적 가치관이었음을 가히 짐작할 수 있겠다. 그러므로 간신의 모함으로 좌천되어 감을 자신의 탓으로 돌리는 것은, 유학자이면 누구나 가질 수 있는 도덕론적 사고라 할 수 있다. 결국 이존오는 신돈을 비난하는 상소문을 올렸다가 투옥까지 된다. 補闕 陳瑾의 시에도, 좌천되어 이제는 왕께 올바른 글을 올릴 수 없음을 안타까워할 뿐, 시골로 폄직됨을 근심하지 않고 있다.

서거정은 이 두 시를 통해, 왕에게 내침을 받는 신하가 좌천되어

---

8) 『中庸』, 第14章.

감을 원망하지 않고 오히려 자기 자신을 경계하여 그 잘못된 것을 바로잡으려 한 뜻이 들어 있다고 평하고 있다. 서거정의 이같은 비평은 유교적 가치관에서 보면 지극히 당연한 비평이라 할 수 있다.

이존오와 같은 시기의 牧隱 李穡의 「答問」에도 서거정과 유사한 문학관이 제시되어 있다.

> "問爲文, 先生曰, 必言必言, 必用必用, 止矣, 問其次, 言遠矣, 或補於近, 用迂矣, 或類於正, 又問其次, 言不必言, 用不必用, 不亦僞乎."
>
> (글 짓는 방법을 물었더니, 선생님은 말씀하시기를 '반드시 말할 것은 반드시 말하고, 반드시 쓸 말은 반드시 쓰면 그만이다' 하였다. 그 다음의 방법을 물었더니, '말이 멀지만 혹 비근한 사물에 도움을 주고, 쓰는 말이 오활〔迂濶〕하지만 바른 道理에 가까울 수 있는 것이다.' 하였다. 그 다음의 방법을 물었더니, '말할 것을 반드시 말하지 않고, 쓸 것을 반드시 쓰지 않는다면 또한 좋지 않겠는가?' 하였다.)
>
> ▪ ▪ ▪ ▪ ▪ ▪ 〈李穡, 『牧隱先生集』, 『牧隱文藁』 卷十二, 「答問」.〉

위에서의 牧隱 李穡의 문학관 또한 문장에 도덕을 실어야 함을 강조한 것이다. 그리고 문장이 도덕을 나타내기 위한 것이므로 부화무실한 문장을 짓기보다는 차라리 문장을 짓지 않는 편이 낫다고 한 것이다. 이는 『論語』의 孔子 말씀 "有德者, 必有言, 有言者, 不必有德"(덕이 있는 자는 반드시 말다운 말 글다운 글을 남기기 마련이거니와, 말다운 말 글다운 것이 있는 자라고 해서 반드시 덕이 있는 것은 아니다.)이라는 말씀의 뜻과 상통하는 것이라 하겠다. 따라서 서거정이 『東人詩話』에서 평한 위의 비평문으로 볼 때, 시 또한 도덕을 담을 수 있는 그릇이기 때문에 한갓 시를 작은 솜씨라 하여 작게만 볼 수 없다는 문학관이 드러나 있음을 알 수 있다.

③ 成齋堂題子陵臺詩, "節義功名摠不輕, 南宮圖像煥丹靑. 如何只畫風雲將, 不畫桐江一客星.", 此後之詩人, 爲光武一大高論處, 正視雲臺

爭似釣臺高之意. 白司成文節, 詠光武詩, "百戰車中講六經, 八珍案上憶蔞亭. 雲臺滿壁丹靑濕, 七里灘頭訪客星.", 此讚光武物色嚴光, 待以故人, 崇尙節義之美. 古之詩人立意措詞, 雖不同, 要皆各臻其極, 歸之於正而已.

■　■　■　■　■　■　〈『東人詩話』卷下, 51〉

(成齋堂의 〈題 子陵臺〉시에,

"절의와 공명 모두 가벼운 것은 아니니
남궁의 초상화 단청으로 빛나는구나.
어찌하여 한갓 풍운의 장수만을 그리고
동강의 한 객성은 그리지 않았던가?"

라고 하였다. 이는 후세 시인들이 光武帝를 두고 일대 고담준론을 펼치는 단서가 되었으니, 바로 이 운대가 어찌 釣臺〔엄자릉이 광무제를 피하여 은거하며 낚시하던 곳〕의 고상함만 하겠는가 라는 뜻에서 나온 것이다.
司成 白文節〔고려 시대 학자〕의 〈光武〉시에,

"수없이 싸우는 수레 속에서도 六經을 강론하였고
팔진미를 갖춘 수라상 위에서도 무루정을 떠올렸네.
운대의 벽 위에 가득한 단청 채 마르기도 전에
칠리탄 가로 객성을 찾아보네."

라고 하였다. 이는 광무제가 엄광을 찾아 옛 벗으로서 대우하고, 절의를 숭상한 미덕을 기린 것이다. 옛 시인들은 뜻을 세우고〔立意〕 말을 두는 것〔措詞〕이 비록 똑 같지는 않았지만, 모두를 각자 그 궁극점에 이르러서는 올바른 경지로 돌아가고자 할 따름이었다.)

위의 글은 光武帝와 嚴光과의 절의가 남달리 두터워 도덕적으로 훌륭했음을 노래한 작품들을 평한 것이다. 광무제와 엄광은 함께 글을 배워 우정이 두터웠다. 그러나 엄광은 광무제가 제위에 오르자, 혹

시라도 옛 친구에게 累가 될까, 벼슬자리를 그만두고 낙향하여 桐江
에서 낚시질을 하며 세월을 보냈다. 桐江은 중국 절강성 동려현에 위
치한 강으로, 엄광이 子陵臺를 짓고 낚시하던 곳이다. 어릴 때 벗이
권력의 중심이 되니 스스로 벼슬에서 물러났던 엄광, 그의 그런 모습
은 세속적 공명에 얽매이지 않는 진정한 友道象인 것이다. 莫逆之友
로서 혹시나 통치자에게 폐가 되지 않을까 하여 스스로 은둔자의 길
로 나선 엄광의 그런 모습을, 서거정은 도덕적으로 높이 평하고 있다.
요즘의 세태에 비추어 보면 이 엄광의 자세가 얼마나 고귀한 자세인
지 말을 하지 않아도 알 것이다. 地緣・學緣・血緣이 판치는 세태에
엄광의 처신은 현대인에게 귀감이 될 만하다.

  客星은 엄광을 두고 일켜는 말이다. 엄광이 광무제를 찾아와 잠을
함께 자다가 그만 발을 광무제의 가슴에 올려놓았더니 이튿날 日官이
광무제에게 객성이 침입하였다고 말했다는 데서 유래한 말이다.

  위의 〈제 자릉대〉 시에서 '남궁의 초상화'는 後漢 明帝가 光武帝
때의 공신을 추모한 것으로, 劉禹 등 28명의 초상을 남궁 雲臺에 그
려 놓은 것을 이르는 말이다. 그러므로 '남궁의 초상화'는 공신에 대한
추모이므로, 공명을 누린 사람들을 이르는 말이라 할 수 있다. 이에
대해서 서거정은 '남궁의 초상화'보다는 혹시나 學緣을 앞세워 통치자
의 혜안을 흐리게 할까봐 은둔의 길로 나선 '객성'을 더욱 높이 평하고
있다. 이와 같이 서거정은 '운세가 어찌 釣臺의 고상함만 하겠는가'라
고 평하면서, 부귀공명보다는 도덕적 인품이 더 소중함을 은연중 드
러내고 있다.

  司成 白文節〔고려 때의 학자〕의 〈光武〉 詩에도 광무제와 엄광의 옛
우정이 변하지 않음과 광무제 절의의 미덕을 숭상함이 드러나고 있
다. 또 그의 시에 用事가 매우 잘되어 시가 더욱 돋보이는 부분도 있
다. 광무제가 일찍이 적에게 쫓겨 다니다가 무루정(無蔞亭)에 이르러
배고픔을 느꼈는데, 마침 풍이(馮異)가 콩죽 한 그릇을 얻어다 바쳤

다. 뒤에 황제가 되어 풍이를 보고 "무루정의 콩죽을 내 어찌 잊겠는
가?"라고 하였다. 이는 어려웠던 때의 은혜를 잊지 않는 황제의 절의
인 것이다. 또 "운대의 벽 위에 가득한 단청 채 마르기도 전에, 칠리탄
〔동강에 접해 있던 여울 이름. 엄광이 낚시하던 곳〕가로 객성〔엄광〕을 찾아보
네."라고 한 것처럼, 황제가 되어도 竹馬故友를 잊지 않는 지극히 인
간적인 미덕을 칭송하고 있다. 이에 대하여 서거정은, 옛 시인들이 뜻
을 세우고 말을 엮는 것이 비록 똑 같지는 않았지만 그 궁극점은 모두
올바른 경지로 돌아가고자 할 따름이었다고 평하고 있다. 여기서의
궁극점은, 도덕적으로 완성된 인간형일 것이다. 이처럼 서거정은 시
창작에서도 부귀공명을 쫓는 것보다 옛 우정을 잊지 않고 또 옛 은혜
를 잊지 않는, 진정으로 인간성이 살아 있는 광무제의 모습을 시화한
시인의 시를 높이 평가하고 있다. 이 같은 시평은 문장에서 도덕 곧
내용의 충실성을 중시했음을 알게 해 준다. 따라서 서거정은 시 창작
에 있어 도덕적으로 참된 삶의 내용을 담아야 함을 보여 주었다고 하
겠다.

2) 作家·作品論

여기서는 작가의 도덕성과 작품에 나타난 도덕성을 논평한 구절에
대해서 논의하고자 한다. 남의 시구를 의도적으로 인용하면 표절이
되어, 도둑놈의 심보를 보이는 것으로 극심하게 도덕적으로 비난을
받게 된다. 그러나 우연히 시구가 같을 수도 있기 때문에, 이런 경우
에는 도덕적으로 비난을 받지 않는다. 이와 같이 자기 나름대로 지은
시구가 뜻하지 않게 前人의 시구와 우연히 합치되거나 같아진 것을
비평에서는 '偶合'〔偶同〕이라고 한다. 다음의 자료에는 '偶合'의 경우를
인정하는 비평이 있다. 또 성품이 너무 결백하여 다른 사람들로부터
시기함을 당하여 유배생활을 함으로써 도덕적 결백함을 평한 구절이
있다. 그리고 곤궁한 사람의 시어는 메마르고 궁색하다 하여 작가의

삶과 모습이 작품에도 반영된다고 평한 구절이 있다.

① 予嘗愛拙翁四皓詩, "漢用奇謀立帝功, 指揮豪傑似兒童. 可憐皓首商
山老, 亦墮留候計術中." 趙學士子昻四皓詩, "白髮商岩9)四老翁, 紫
芝謌罷聽松風. 半生不與人間事, 亦墮留候計術中. 雖詞意不同, 而
末句如出一人手, 拙老入元朝中制科與趙同時, 其或有所模擬. 但以
拙老之崛强, 豈效顰一時儕輩之所作乎?
■·■·■·■·■·■·〈『東人詩話』卷上, 23〉

(나는 일찍이 拙翁〔猊山〕 崔瀣〔고려 말기 문인,(1287~1340)〕의
〈四皓〉 시를 좋아하였는데 그 시에,

"漢 고조 기이한 계책으로 제왕의 공업을 세우니,
호걸 부리기를 어린아이 다루 듯하였네.
가련하구나, 흰머리 商山의 늙은이들〔商山四皓〕,
그들마저 留候〔張良〕의 술책에 빠져 버렸네."

라고 하였다. 學士 趙子昻의 〈四皓〉 시에,

"商山의 흰 머리 네 늙은이,
紫芝歌〔악부 琴曲의 가사〕 끝내고 솔바람 소리 들었네.
반평생을 인간사에 관여치 않더니,
당신들마저 유후의 술책에 빠졌네."

라고 하였다. 비록 표현하려는 뜻은 같지 않지만 마지막 구는 마치 한
사람의 손에서 나온 것 같다. 拙翁이 元 나라에 들어가 制術科에 급제한
것이 趙子昻과 같은 시기였으니, 그가 혹 조자앙의 시를 본떴을 수도 있
겠다. 그러나 다만 졸옹의 굽히지 않는 강인한 성품으로써 어찌 동 시대
에 함께 어울렸던 사람이 지은 것을 무턱대고 본떴겠는가?)

---

9) 중간본에는 '君'으로 되어 있음.

위의 자료는 '偶合'〔偶同〕의 예이다. 서거정은 최해의 〈四皓〉詩와 조자앙의 〈四皓〉詩의 마지막 구절의 내용이 유사함을 소개하고 있다. 최해 〈四皓〉詩 "그들마저 유후의 술책에 빠져 버렸네"와 조자앙 〈四皓〉詩 "당신들마저 유후의 술책에 빠졌네."는, 서거정이 평한 대로 "비록 표현하려는 뜻은 같지 않지만, 마지막 구는 마치 한 사람의 손에서 나온 것 같다."고 한 것처럼 그 내용이 비슷하다. 최해와 조자앙은 같은 시기의 인물이다. 따라서 최해가 조자앙의 시를 본떴을 수도 있다. 그러나 서거정은 최해가 굽히지 않는 강인한 성품으로써 어찌 동시대에 함께 어울렸던 사람이 지은 것을 무턱대고 본떴겠는가?라고 평하고 있다. 여기서 서거정은 시구가 우연히 같을 수도 있음을 인정한 것이다. 이런 경우를 한시 비평 용어로서는 '偶合'〔偶同〕이라 한다. 우합이 표절과 다른 점은 애초에 남의 것을 훔치고자 하는 뜻이 없었다는 것이다. '표절'은 처음부터 남의 작품의 일부를 훔치고자 하는 뜻에서 출발하여 남의 시구를 자기의 것으로 삼는 것을 의미하는 評語類 용어이다. 그러나 '偶合'은 자기 나름대로 지은 시구가 뜻하지 않게 前人의 시구와 우연히 합치되거나 같아진 것을 의미하는 작법평어류 용어이다.

이로 보아, 의도적으로 남의 작품을 표절하지 않았다면, 도덕적으로 크게 문제삼지 않았음을 알 수 있다. 자료의 인용시에는, 시인 평소의 성품이 강직함으로써 그의 시 내용 또한 역시 강직했음이 나타나 있다. 따라서 서거정은, 작가 평소의 도덕적 성품이 그의 작품에 반영되어 작품으로 표현될 수 있음을 지적하고 있다.

위의 작품 중 '商山老'는 '商山四皓'를 이르는 말로, 秦 나라 末에 난세를 맞자 세상을 피해 商山에 은거한 네 노인을 지칭한다. 곧 東園公・夏黃公・綺里季・甪里先生 등으로, 수염과 눈썹이 모두 희어서 四皓라고 하였다. 유방이 漢 나라를 세우자, 漢 高祖의 妃 如后의 요청을 받은 張良에 의해서 '商山老'가 商山에서 나왔다. 張良의 封號가

유후이다. 장량은 漢 나라의 策士로, 한 고조를 도와 천하를 통일하는
데 공이 컸던 인물이다. 조자앙의 〈四皓〉시에 나오는 ‘紫芝歌’는 商山
四皓가 지조를 버리고 산에서 속세로 내려온 것을 풍자한 것이다. 최
해나 조자앙 모두 商山四皓가 장량〔유후〕의 술책에 빠져 지조를 버렸
음을 한탄하고 있다. 두 사람의 이런 작품 내용으로 보아, 두 사람의
도덕적 지조는 가히 짐작할 수 있겠다. 이런 점으로 보아, 위의 작품
들 내용 역시 작가의 도덕적 성품이 잘 반영되어 있다고 하겠다.

② 崔猊山瀣, 才奇志高, 放蕩不羣. 嘗登海雲臺, 見萬戶張瑄題詩松樹
日, “此樹何厄遭此惡詩.” 遂刮去塗以糞土. 瑄怒命將追獲傔從械立門
外, 猊山遁還. 其恃才傲物如此, 然坐此蹭蹬. 嘗貶長沙監務有詩云,
“高名千古長沙上, 却愧才非賈少年.” 又云, “三年竄逐病相仍, 一室生
涯轉似僧. 雪滿四山人不到, 海濤聲裏坐挑燈.” 又嘗有詩云, “我衣縕
袍人輕裘, 人居華屋我圭竇. 天工賦與本不齊, 我不嫌人人我詬.” 讀
其詩可見困頓氣象.
　　　　　　　　　■　■　■　■　■〈『東人詩話』卷上, 19〉

　〔猊山〔拙翁〕崔瀣는 재주가 기이하고 뜻이 높으며 방약무인하여 세
상 사람들과 어울리지 않았다. 일찍이 해운대에 올랐다가 萬戶〔무관
직의 하나〕張瑄이 소나무를 두고 지은 시를 보고는 “이 나무가 무슨
액이 끼었기에 이런 惡詩를 만났는가.”라고 하고, 마침내 그 시를 도
려 내고는 오물을 발라 버렸다. 장선이 화가 나서 그의 하인을 잡아오
게 하여 차꼬를 채워 문 밖에 서 있게 하니 예산은 달아났다. 그가 재
주를 믿고 다른 사람에게 오만함이 이와 같았다. 그러나 이로 인해 벼
슬을 잃게 되었다. 일찍이 長沙 監務로 폄직되었는데,

　　“장사의 이름 천고에 드높았거니,
　　재주가 賈少年〔漢 나라 문인 賈誼〕만 못함을 부끄러워하네.”

라고 하였고, 또

"귀양살이 삼 년 동안 병 달고 있더니
방안에서 뒹구는 신세 부칠 데 없는 모습일세.
사방의 산에 눈 가득 내려 찾아오는 이 없으니
파도 소리 들으며 등불 심지만 돋우네."

라고 하였다. 또 일찍이 시 짓기를

"내 옷은 베옷인데 남들은 갖옷이요
남들 집은 궁궐인데 나는 오막살이라.
하늘이 부여함이 본디 가지런하지 않은 것이라
나는 남을 꺼리지 않건만 남들은 나를 비웃네."

라고 했다. 그 시를 읽어 보면 궁핍한 기상을 살필 수 있다.)

위의 글은 작가의 도덕성의 결핍을 논한 것이다. 서거정은 고려 말기 문신인 최해가 자신의 재주만 믿고 방약무인하다가 벼슬을 잃게 되었다고 평하고 있다. 최해가 해운대에 올랐다가 萬戸〔무관직의 하나〕張瑄이 소나무를 두고 지은 시를 보고는, "이 소나무가 무슨 액이 끼었기에 이런 惡詩를 만났는가."라고 하여, 마침내 그 시를 도려내고 오물을 말랐다는 것이다. 이를 두고 서거정이 "그가 재주만 믿고 다른 사람에게 오만함이 이와 같았다."고 평하고 있다. 이는 성품이 너무 강직하여 세상 사람과 잘 어울리지 못하여 생긴 것이다. 이렇게 성품이 너무 강직하여 세속과 어울리지 못함을, 서거정은 자기 재주만 믿는 오만한 성품 탓으로 보았다. 그리고 그의 강직한 성품 때문에 귀양을 갔는데, 귀양살이하면서 지은 시에는 그의 궁핍한 기상이 배어 있음을 살필 수 있다고 하였다. 역시 시에는 작가의 성품이나 생활상이 반영됨을 알 수 있다. 서거정은 최해가 너무 강직한 성품으로 인하여 세속 사람과 잘 어울리지도 못하고 나쁜 행위와 심지어 나쁜 글구까지도 용납 못하는 성품이 되었다 하였다. 그리고 오히려 이런 행위가 오만한 행동으로 보여 도덕적으로 문제가 있음을 지적하고 있다. 이런 점으로 보아, 서거정은 자신의 재주만 믿고 남의 재주를 인정하지 못하는 오만한 성품을 가진 최해를 도덕적 관점에서 비판했음을 알 수 있다.

③ 梅聖兪蘇子美齊名一時, 二家詩格不同. 蘇之筆力豪俊以超邁橫絶爲奇, 梅則研精覃思以深遠閑淡爲高致, 各臻所長, 雖善論者未易甲乙. 然歐陽子隱然以梅爲勝. 李陶隱鄭三峯齊名一時. 李淸新高古而乏雄渾, 鄭豪逸奔放而少鍛鍊, 互有上下. 然牧老每當題評先李而後鄭. 一日牧隱見陶隱嗚呼島詩, 極口稱譽. 間數日三峯亦作嗚呼島詩, 謁牧老曰, "偶得此詩於古人詩藁中." 牧隱曰, "此眞佳作. 然君輩亦裕爲之至, 如陶隱詩不多得也." 後三峯當國, 牧隱屢遭顚躓僅免其死, 陶隱終蹈其禍. 論者以謂未必非嗚呼島詩爲詩爲之崇也.

　　　　　　　　　　　　　　　　■　■　■　■　■　〈『東人詩話』卷上, 32〉

　(梅聖兪〔북송 때 문인인 梅堯臣〕와 蘇子美〔宋 나라 문인인 蘇舜欽〕는 일시에 이름을 나란히 하였는데, 두 사람은 시격이 같지 않았다. 소자미의 필력은 豪俊하여, 超邁하고 자유분방한 것으로 뛰어났고, 매성유는 알차게 다듬고 깊이 생각하여 심원함과 閑淡함으로 고상한 운치를 이루었다. 각기 도달한 장점에 대해서는 비록 뛰어난 논평자라고 하더라도 쉽게 우열을 말할 수 없을 것이다. 그러나 歐陽脩〔宋의 문인〕는 은연중에 매성유를 더 높이 평가하였다. 陶隱 李崇仁과 三峯 鄭道傳은 한때에 이름을 나란히 하였다. 이숭인의 시는 淸新하고 高古하지만 雄渾함이 부족했고, 정도전의 시는 豪逸하고 奔放하지만 단련함이 적었으니, 서로간에 장단점이 있었다. 그러나 牧隱 李穡이 시를 평할 때면 이숭인을 앞세우고 정도전을 뒤로하였다. 하루는 목은이 도은의 〈嗚呼島〉 시를 보고는 극구 칭찬하였다. 며칠 후 삼봉 또한 〈오호도〉 시를 지어 목은을 찾아가 말하기를

　　"우연히 옛 사람의 시구 중에서 이 시를 얻었습니다."
　　라고 하자, 목은이 말하기를

"이것은 진실로 잘 지은 시다. 그러나 그대들도 이러한 시를 지을지라도 그대들이 도은과 같이 수준 높은 시는 흔하게 지을 수 없을 것이다."

라고 하였다. 뒷날 삼봉이 국정을 담당하게 되었을 때 목은이 여러 번 위기에 처하였다가 겨우 죽음을 면하였고, 도은은 끝내 화를 당하고 말았다. 논자들은 이를 두고

"필시 〈오호도〉 시가 동티가 되었을 것이다."

라고 하였다.)

위의 자료는, 豪俊·超邁하여 자유분방한 것보다는 알차게 다듬어서 단련된 시가 더 좋은 시임을 드러낸 것이다. 그러면서 작가의 도덕성도 결여되었음을 지적한 것이다. 서거정은 梅聖兪와 蘇子美 시를 소개하면서, 소자미는 필력은 豪俊하여 超邁하고 자유분방하며, 매성유는 알차게 다듬고 깊이 생각하여 심원함과 閑淡함으로 고상한 운치를 이루었다로 평하고, 이 두 사람 중 매성유가 더 나은 시인이라고 구양수의 말을 빌어 소개하고 있다. 그러면서 고려 말과 조선 초를 살았던 이숭인과 정도전의 시를 각각 평하고 있다. 陶隱은 청신하고 고고하지만 웅혼함이 부족했고, 三峯은 호일하고 분방하지만 단련함이 적었다. 이런 두 사람의 시에 대해서, 牧隱은 陶隱의 시를 더 높이 평하고 있다. 이런 평과 아울러, 고려가 망하고 조선이 건국되면서 정도전이 실권을 잡자, 목은과 도은 두 사람 모두 결국 화를 입게 되었다는 것이다.

이런 정도전의 태도를 서거정은 도덕적 관점에서 비판하고 있다. 자신의 시보다 도은의 시가 더 낫다고 평한 목은을 여러 번 위기에 처하게 하였으며, 도은은 결국 죽음에 이르게 되었다는 것이다. 정도전의 이런 태도는 자기의 시적 능력이 부족함을 인정하지 못하고 남의

능력을 시기하는 태도에서 나온 결과로 보아야 할 것이다. 목은이 그
의 시를 평한 대로, 호일하고 자유분방하여 이런 잘못된 행동이 나오
지나 않았을까?

④ 宋太祖滅蜀, 召蜀主孟昶花藥夫人費氏使賦詩, 詩曰, "君王城上竪降
  旗, 妾在深宮那得知. 十四萬人齊解甲, 也無一箇是男兒." 讀此詩,
  凡丈夫之兵敗偸生屈膝者, 無面目見於人. 高麗穆宗時, 契丹主入興
  化鎭, 執副都摠管李鉉雲脅之, 鉉雲獻詩曰, "兩眼已瞻新日月, 一心
  何憶舊山川." 如鉉雲者, 行若狗彘固不足論. 然大丈夫而曾不若一婦
  人, 可恥之甚也. 詩可易言哉?
                              ■ ■ ※ ■ ■ ※ 〈『東人詩話』卷上, 71〉

(宋 나라 태조가 蜀 나라를 멸하고 촉 나라 임금 맹창의 화예부인
費씨를 불러 시를 짓게 했는데, 그 시는 다음과 같다.

"군왕이 성 위에 항복 깃발 세웠다지만
이 몸은 깊은 宮에 있어 이를 어찌 알리오.
십 사만의 군사 일제히 갑옷을 벗었으니
사내라곤 한 사람도 없구나."

장부로서 전쟁에 패하여 목숨을 구걸하느라 무릎을 꿇은 자들에게 이
시를 읽게 한다면 세상 사람을 대할 면목이 없을 것이다. 고려 穆宗 때
거란의 우두머리가 홍화진에 침입하여 부도총관 李鉉雲을 잡고 위협하
니 그가 시를 바치기를,

"두 눈으로 이미 새로운 해와 달을 보았는데
한 마음으로 어찌 옛 산천을 생각하리오."

라고 했으니, 이현운 같은 자는 그 행실이 개·돼지 같아서 진실로 논
할 가치조차 없다. 그러나 대장부로서 일찍이 일개 아녀자만 못했으니
심히 부끄러운 일이다. 이러하니 시를 쉽게 말할 수 있겠는가.)

위의 글은 정절을 지킨 아녀자와 충절을 헌신짝 같이 버린 사내에 대한 내용이다. 宋 나라에 의해 망한, 蜀 나라 왕의 부인인 費씨는, 시에서 자신의 정절을 잘 드러내고 있다. 비록 君王이 항복은 했지만 자신은 갑옷을 벗은 군사처럼 적군에게 항복하지 않을 것임을 굳게 드러내고 있다. 이에 반하여 고려 예종 때 이현운은 거란 침략시 거란의 우두머리에게 충성을 다짐함으로써 두 군주를 섬기는 꼴이 되었다. 이에 대하여 서거정은, 개·돼지와 같은 자로서 일개 아녀자만도 못하다고 평했다. 이 역시 유교의 도덕적 관점에서 논한 것이라 할 수 있다. 유교 사회에서 왕에 대한 충절은 절대적이다. 그런 절대적 충절이 무너짐을 서거정은 매우 혹독하게 비판함으로써, 유교적 충절을 바로 세우고자 했음을 짐작할 수 있다.

⑤ 自古窮人之語皆枯寒瘦淡, 林西河詩, "恒飢窮子美, 非病老維摩." 盧先輩永綏詩, "老妻容寂寞, 稚子淚飄零. 衰鬢千年鶴, 殘生十月螢." 李遁村集詩, "借書勤夜讀, 乞米續新炊. 瘦馬鳴西日, 羸童背朔風. 江海無家客, 山村有髮僧." 柳泰齋方善詩, "腹中麤飯何曾飽, 身上單衣苦不溫." 等句, 可見憔悴困踣氣象.
　　　　　　　　　　　　　■ ※ ■ ※ ■ ※ 〈『東人詩話』 卷下, 9〉

(예로부터 곤궁한 사람의 시어는 메마르고 궁색하며, 파리하고 싱겁다. 西河 林椿의 시에,

"항상 굶주리니 궁한 두보요
병은 들지 않았으니 늙은 維摩〔부처의 세속 제자〕라네."

라고 하였고, 先輩 盧永綏의 시에,

"늙은 아내 얼굴은 쓸쓸하고,
어린 아들은 눈물 뚝뚝 흘리네.
센 귀밑머리는 천 년을 산 학의 모습이나

쇠잔한 목숨은 시월의 반딧불 신세라네."

라고 하였다. 遁村 李集〔고려 시대 학자〕의 시에,

"책을 빌어 밤새 부지런히 읽고
쌀을 구걸하여 아침 끼니를 잇네."

하고 하였고, 또

"여읜 말은 지는 해를 바라보며 울고
파리한 아이는 삭풍을 등지고 있네."

라고 했으며, 또

"물가에 떠다니니 집 없는 나그네요
산촌에 들어오니 머리 기른 중이네."

라고 하였다. 泰齋 柳方善의 시에도

"뱃속에는 거친 밥인들 언제 채워진 적 있던가?
몸에 걸친 홑옷은 괴롭게도 싸늘하네."

라고 하였다. 이러한 시구들에서 초췌하고 곤궁한 기상을 볼 수 있
다.)

위의 글은 작가의 삶이 작품에 반영됨을 보여 준 것이다. 가난한
사람의 시어는 기상이 높지 못한 데서 궁색하며 싱겁고 메말라 있다
는 것이다. 이것이 작가와 작품에 대하여 반드시 도덕적으로 훌륭한
지의 여부를 논한 것은 아니라 하더라도, 도덕론적 비평과 무관한 것
은 아니다. 『孟子』「公孫丑」章에 보면, '配義與道'10)(義와 道를 짝하는

---

10) 『孟子』,「公孫丑章」(上) 第2章.

것)라야 진정한 '浩然之氣'가 될 수 있다고 하였기에, 도의에 결핍되면 작품에 나타나는 기상이 높지 못할 수밖에 없다는 것을 알 수 있다. 위에 인용된 林椿·盧永綏·李集·柳方善 등의 시에는 궁핍한 시어가 나타나므로, 그 시인들이 도덕적 기상이 높다고 하기는 어려울 것이다. 따라서 서거정이 도덕적인 면을 직접적으로 평하지는 않았으나, 그가 비평문에서 도덕성을 근거로 평하였음을 우리는 짐작할 수 있다.

2.2 歷史主義 批評

1) 作法論

역사주의란 작품을 낳게 한 그 시대의 역사적 조건에 대하여 작자가 어떤 태도를 보였는가를 중시하는 연구 방법이다. 문학이 단순한 상상력의 산물이 아니라 구체적 현실에서 출발한다는 것이다. 따라서 문학 작품의 이해가 구체적 삶의 현실 및 역사의 이해에까지 확대될 수 있다. 역사주의 비평의 작법론은, 작품에서 찾아볼 수 있는 작자의 작법이 작자의 역사의식 또는 현실인식과 어떻게 결부되어 나타났는 가를 논한 비평문으로, 예를 들자면 다음과 같은 것들이다.

> ① 樂府句句字字皆協音律, 古之能詩者尙難之. 陳后山,楊誠齋皆以謂蘇
> 子瞻樂詞 雖工要非本色語, 況不及東坡者乎! 吾東方語音與中國不
> 同. 李相國,李大諫猊山,牧隱皆以雄文大手 未嘗措手, 唯益齋備述衆
> 體 法度森嚴, 先生北學中原, 師友淵源, 必有所得者, 近世學者不學
> 音律 先作樂府, 欲爲東坡所不能, 其爲誠齋后山之罪人明矣.
> ■ ■ ■ ■ ■ ◦ 〈『東人詩話』卷上, 44〉

(樂府는 字字句句마다 모두 음률에 맞아야 하니 옛날에 시를 잘 짓는 자라고 하더라도 그것을 어려워했다. 后山 陳師道〔북송의 시인〕와 誠齋 楊萬里〔宋 나라 문인〕가 모두 蘇子瞻의 樂詞는 공교롭긴 하

나 樂府 본령의 말은 아니라고 여겼으니, 하물며 소동파에 미치지 못하는 자에 있어서랴? 우리 나라의 말소리는 중국과 달라 相國 李奎報·大諫 李仁老·猊山 崔瀣·牧隱 李穡 등이 모두 문장의 대가들이었지만 일찍이 악부에는 손을 대지 못했다. 오직 益齋 李齊賢 선생만이 여러 문체를 두루 갖추어 짓되 그 법도에 삼엄하였다. 선생은 북으로 중원에서 공부하여 師承 관계가 뚜렷하고 학문의 연원이 깊어 터득한 것이 많았다. 근래에 배우는 자들은 음률은 배우지 않고 먼저 악부를 지어 소동파도 할 수 없었던 것을 하려고 하니, 그것은 楊誠齋와 陳后山에게 죄인이 됨이 분명하다.)

위의 글은 樂府에 대한 평이다. '악부'〔악장의 이름〕는 중국 운문의 한 장르로서, 字字句句마다 모두 음률에 맞추어 시를 짓는 것이다. 위의 자료에 의하면, 옛날 중국에서도 시를 잘 짓는 자도 악부 본령을 맞추기는 어려웠다는 것이다. 그래서 고려시대 이규보·이인로·최해·이색 등도 일찍이 악부에는 손을 델 염두도 두지 못했고, 오직 이제현만이 악부시를 창작할 수 있었다는 것이다. 그리고 조선시대 서거정은, 근래에 배우는 자들이 음률은 배우지 않고, 먼저 악부를 지어 소동파도 할 수 없었던 것을 시도한다고 심히 꾸짖고 있다. 이는 시대에 따라 시 창작 방법이 달랐음을 보여 준 것이다. 고려 후기에 살았던 문장의 대가들인 이규보·이인로·최해·이색 등은 악부에 손 델 생각도 못했는데, 조선 초기 서거정 시대의 문인들은 음률도 공부하지 않은 상태에서 악부시를 창작한다는 것이다. 우리 나라 사람의 말소리에도 맞지 않는 악부시를 짓는 시대의 서툰 시 창작 태도를 서거정은 나무라고 있다. 그러면서 우리 나라의 말소리가 중국과 다르므로 꼭 악부시를 지을 필요가 없음을 또한 은연중에 드러내고 있다. 이규보·이인로·최해·이색 등이 모두 문장의 대가들이지만 악부시를 짓지 않았음은 우리 나라의 말소리가 중국과 다르기 때문이라고 서거정은 밝히고 있다. 이와 같은 서거정의 비평 태도에서, 우리는 그의 빼어난 문학적 안목을 엿볼 수 있게 한다. 왜냐하면, 우리 나라 사람이 짓는 시는 우리 말소리에 맞는 문체가 가장 알맞기 때문이다. 따라서 서거정은 고려 후기의 시작 태도와 조선 전기의 시작 태도의 차이점을 지적했음을 알 수 있다.

② 唐詩, "幽閨少婦不知愁, 春日凝粧上小樓. 忽見陌頭楊柳色, 悔敎夫 壻覓封侯." 古今以爲絶唱. 曾見高平章兆基寄遠詩, "錦字裁成寄玉 關, 權君珍重好加餐. 封侯自是男兒事, 不斬樓蘭未擬還." 唐詩雖好, 不過形容念夫之深愛夫之篤情意狎昵之私耳. 高詩句法, 不及唐詩遠 甚. 然先之以思念之深信書之勤, 繼之以征戌之愼飮食之謹, 卒勉之 以功名事業之盛, 無一語及乎燕昵之私, 隱然有國風之遺意. 詩可以 工拙論乎哉?

• • ■ • ※ ※ 〈『東人詩話』 卷上, 66〉

(唐詩에,

　"규방의 어린 색시 시름을 모르고
　봄날 단장하고 작은 누각에 올랐네.
　문득 길가에 휘늘어진 버들 빛 보고는
　남편을 벼슬 찾으러 보낸 것 후회하네."

라고 했는데, 고금에 이 시를 절창이라고 하였다. 일찍이 平章事 高兆基의 〈寄遠〉시를 본 적이 있는데 그 시에,

비단에 글자 새겨〔부인이 남편을 그리워하는 편지〕 玉關〔전쟁터〕에 부치노니

　임이여 자중하여 음식 소홀히 마소서.
　나라 위해 공명 세움은 남아 대장부의 일이니
　樓蘭〔서방의 나라 이름〕을 베지 않고는 돌아올 생각 않으시겠지요.

라고 하였다.
　唐詩는 비록 좋지만 지아비를 심히 그리워하고 사랑하는 사사로운

마음을 형용한 것에 지나지 않을 따름이다. 高兆基의 시의 句法은 唐詩
에 크게 미치지 못하나 지아비를 심히 그리워하는 마음으로 시의 서두를
뗀 뒤, 이어서 수자리 일을 신중히 하고 마시고 먹는 일을 소홀히 하지
말 것을 바라고, 마지막으로 공명과 사업을 성대히 이룰 것을 권면하였
다. 한마디로 사사로운 정을 나타내는 말을 하지 않았으니 은연중에 『詩
經』 國風의 남긴 뜻을 지니고 있다. 시를 어찌 표현기교의 공교로움과
서툶만으로 논할 수 있겠는가.)

역사주의 비평은, 문학이 그 시대의 상황과 사회적 조건의 산물이
라 보고, 이 사이의 관련성에 주목하여 작품·작가 및 여러 문학 현상
을 해명하고자 하는 비평 유형이다. 위의 자료는, 단순히 아내가 남편
을 그리워하는 시보다는 전쟁터에 나간 남편의 안부를 묻는 시가 더
훌륭함을 드러내 주고 있는 글로, 이는 작가의 현실을 바라보는 인식
태도가 논의된 것이다.

唐 나라 王昌齡의 〈閨怨詩〉는, 규방의 어린 색시가 현실의 어려움
없이 잘 생활하고 있는데, 봄날 누각에 올라 버드나무가 피어남을 보
고 벼슬 찾아 떠난 남편을 문득 그리워한다는 내용의 시이다. 이는 이
시가 창작된 唐 나라 때의 현실적 배경에 역사적 사건이 전혀 반영되
어 있지 않은 낭만적인 내용으로, 사사로운 정을 나타낸 시라 할 수
있다. 그러나 고려 인종 때 문인인 高兆基가 지은 〈寄遠〉에는, 당시의
역사적 상황이 잘 반영되어 있다. 〈寄遠〉에는 변방의 오랑캐를 쳐부
수기 위해 떠난 남편을 그리워하는 아내의 모습이 잘 묘사되어 있다.
그러나 이 시가 단순히 남편만을 그리워하는 것이 아니라, 오랑캐인
누란을 베지 않고는 돌아올 생각도 말라고 아내는 당부하고 있는 것
이다.

서거정은 위의 두 시에 대하여 평하기를, 唐 나라 왕창려의 시는
비록 표현 기교는 좋지만 남편을 심히 그리워하고 사랑하는 사사로운
마음을 형용한 것에 지나지 않기 때문에, 뛰어난 시로는 볼 수 없다
하였다. 이에 반하여 고려 고조기의 시는, 句法은 왕창려의 시에 크게

미치지 못하나, 그 내용면에서는 압도적으로 우세하다고 평했다. 이와 같은 서거정의 비평관으로 보아, 시 창작에는 사사로운 정을 표현하기보다는 적을 물리치고 공명을 이루는 내용의 현실 참여적 작품이어야 한다는 것을 알 수 있다. 그러므로 서거정의 비평은, 표현 기교가 좋은 시보다는 현실 참여적 내용의 충실성을 갖춘 시를 높이 평가했음을 알게 해 준다.

③ 吳僧道潛詩, "數聲柔櫓蒼茫外, 何處江村人夜歸." 語頗淸絶. 高麗革命諸王皆屛海島, 有僧與一王氏相善者, 欲相別追至海岸, 已解纜矣. 僧揮笠示之, 王氏斷衫袖血書云, "一聲柔櫓滄溟遠, 且問山僧奈爾何." 裹木頭向岸擲之不及. 僧泅得之, 遙望烟波, 已失船帆所在矣, 僧痛哭而返. 嗚呼! 王氏平生才藻, 豈與潛相埒者歟! 亦安可必信其嘗知潛詩者, 然臨危竭情, 自與古人詩語相合, 其哀怨之詞, 至今使人不能無動, 詩之感人深矣.
　　　　　　　　　　　　　　　　　　● ● ● ● ● ※ 〈『東人詩話』卷上, 42〉

(吳땅 출신의 스님 도잠의 시에,

"노젓는 소리 아득히 먼 곳에서 들려오니
어느 곳 강촌 사람이 밤에 집으로 돌아가는지."

라고 하였는데 시어가 자못 맑고 빼어나다. 고려가 조선으로 바뀔 때에 여러 왕씨들이 모두 섬으로 유배되었다. 그 때 한 왕씨가 절친하게 지냈던 어떤 스님이 이별을 고하고자 그 왕씨를 바닷가까지 쫓아갔으나 배는 이미 닻줄이 풀어진 뒤였다. 스님이 삿갓을 흔들어 보이자 그 왕씨가 적삼의 소매를 잘라서 혈서로,

"한줄기 노젓는 소리 넓은 바다로 멀어지니
묻노니 산승이여 그대를 어이 보리?"

라는 글을 써서 나무토막에 싸서 바닷가로 던졌으나 다다르지 못하였

다. 스님이 헤엄쳐 가 그것을 줍고서는 멀리 물보라 이는 물결을 바라보
았는데 어느새 배가 사라져버려 스님은 통곡하며 되돌아갔다. 슬프다!
왕씨의 평생 글짓는 재주가 어찌 도잠과 같은 것이라 하겠으며, 또한 어
찌 반드시 그가 도잠의 시를 알고 있었다고 믿을 수 있겠는가? 그러나
위기에 닥쳐서 진정을 다한 것이 절로 옛 사람의 시어와 서로 맞아떨어
진 것이다. 그 슬퍼하고 원통해 하는 말은 지금까지도 사람들의 마음을
감동시키고 있으니, 시가 사람을 감동시키는 것이 매우 절절하도다!)

위의 자료는 '偶合'〔偶同〕의 예이다. '우합'이란 애초에 표절하고자
하는 의도가 없었음에도 우연히도 같았진 시구의 경우이다. 표절은,
이인로가 『파한집』 卷下에서 "然未免剽掠潛竊以爲之工"(그러나 표절 약
탈하고 몰래 훔쳐다가 〈자기의〉 공교로움을 삼는 것을 면하지 못하니)으로 말
한 것과 같이, 애초에 남의 것을 훔치고자 하는 뜻에서 출발하여 남의
시구나 그 시구에 쓰인 뜻을 몰래 훔쳐다가 자기의 것으로 삼는 것이
다. 그러므로 '우합'과 '표절'은 天壤之差라 하겠다.

위의 비평문에는 고려가 망하고 조선이 세워질 무렵의 역사적 사
실이 반영되어 있다. 한 작품은 고려의 왕족인 한 王氏가 섬으로 쫓겨
가면서 어느 스님과 이별하면서 지은 시이다. 그런데 그 시가 우연히
도 吳 나라 승려 道潛의 시 구절과 같다는 것이다. 이를 두고 서거정
은, 왕족인 왕씨가 유배되는 심정이 아주 절실하여 절로 옛 사람의 시
어와 서로 맞아떨어진 것으로, 그 슬퍼하고 원통해 하는 말은 지금까
지도 사람들의 마음을 감동시키고 있다고 평하고 있다. 위기가 닥쳐
마음을 진정으로 다한 것이 옛 사람의 시적 경지에 이를 수도 있었다
는 것이다. 이에는 고려가 망하고 조선이 건국될 시기의 역사적 사실
이 시에 반영되어 있다. 이런 역사적 조건 때문에 우연히도 吳 나라
도잠의 시와 고려 왕족인 왕씨의 시가 같아졌다는 것이다.

申紫霞가 그의 시집 『申紫霞詩集』 卷之一에서 자신의 시구에 대하
여 스스로 술회하기를, "古今人詩, 有不謀而同者, (중략) 後人必曰剽
竊, 而余實偶然不謀而同也, 附識于詩後, 自喜詩境之或能到古人.11)(古

今人들의 시에는 뜻밖에 같아진 것이 있다. (중략) 뒷 시대 사람들은 표절이라고 할는지 모르겠으나, 나는 실상 우연히도 뜻밖에 같아진 것인지라, 시 뒷 부분에 덧붙여 기록하여 내 詩的 경지가 간혹 古人의 경지에 이를 수 있었음을 스스로 기꺼워하노라.)이라 하였다. 신자하의 술회처럼, 표절하고자 하는 의도가 전혀 없었음에도 뜻하지 않게 前人의 시구와 우연히도 같은 시구를 지어낸 것이다. 이와 같이 신자하와 서거정의 비평은, 모두 偶合에 해당하는 것을 평한 비평문이라 할 수 있다.

2) 作家·作品論

여기서는 역사주의 비평 중 작가·작품론에 관한 자료들을 예를 들어 논의하고자 한다. 그 자료는, 문장으로 나를 빛낼 수 있다는 내용과, 시의 내용이 지나치게 은미하게 드러나서 남으로부터 오해를 사는 경우, 그리고 작가의 호방하고 굳센 태도, 또 前人의 시 작품을 도습한 경우를 비판한 것 등이다. 여기서는 작가와 작품에 대하여 특히 역사성이 두드러진 경우를 중심으로 논의를 하고자 한다.

① 崔文昌侯致遠, 入唐登第以文章著名. 題潤州慈和寺詩有, "畫角聲中朝暮浪, 靑山影裏古今人."之句, 後鷄林價客入唐購詩, 有以此句書示者. 朴學士仁範題涇州龍朔寺詩, "燈撼螢光明鳥道, 梯回虹影落岩扃." 朴參政寅亮, 題泗州龜山寺詩有, "塔影倒江翻浪底, 磬聲搖月落雲間. 門前客 棹洪波急, 竹下僧棋白日閑."之句. 方輿勝覽皆載之. 吾東人之以詩鳴於中國, 自三君子始, 文章之足以華國如此.
　　　　　　　　　　■ ■ ■ ■ ■ ■ 〈『東人詩話』卷上, 2〉

(文昌侯 崔致遠은 唐 나라에 들어가 과거에 급제하여 문장으로 이름을 날렸다. 그가 潤州〔중국 강소성 단도현의 옛 지명〕慈和寺를 두고 지은 시에,

---

11) 金澤榮 編, 『申紫霞詩集』, 卷之一, 「會寧嶺」 및 「後記」.

"畫角〔악기명〕 소리 중에 아침 저녁 물결이요
청산 그림자 속에 고금의 사람이라."

라는 구절이 있다. 후에 신라의 상인이 唐 나라에 들어가 시를 사는
데, 이 시구를 써서 보여 주는 자가 있었다. 學士 朴仁範이 涇州〔중국
감숙성 경천현의 옛 지명〕龍朔寺를 제한 시에,

"반딧불같이 가물대는 등불이 좁은 길을 밝히고
무지개 그림자같이 들러 있는 다리는 바위 위에 이어 있네."

參政 朴寅亮이 泗州〔중국 안휘성의 縣 이름〕龜山寺를 두고 지은 시
에,

"강에 거꾸로 비치는 탑 그림자 물 밑에서 일렁이고
달 흔들며 지나가는 경쇠소리 구름 사이로 사라지네.
문 앞의 노젓는 나그네는 큰 물결 지치기에 급한데
대나무 아래 바둑 두는 스님은 대낮에 한가롭네."

라고 한 시구가 있다. 『方輿勝覽』〔宋 나라 축목이 편찬한 지리서〕에
서는 이 세 수의 시를 다 싣고 있다. 우리나라 사람으로 시로써 중국에
이름을 떨친 것이 이 세 사람으로부터 시작되었으니, 문장으로 나라를
빛낼 수 있음이 이와 같다.)

위의 자료는 작가와 관련된 비평문으로, 문장으로써 나라를 빛낼
수 있음을 서술한 부분이다. 이는 서거정의 문학관을 엿보게 하는 곳
으로, 문장이 文章華國의 정신으로 국가에 이바지 할 수 있다는 것으
로, 이와 유사한 내용이 이규보의 『白雲小說』에도 제시되어 있다.

我東之以詩鳴於中國, 自三者始, 文章之華國, 有如是夫.12) (우리 동방
이 시로써 중국에 이름을 떨친 것은 이 세 사람으로부터 비롯되었으니,

---

12) 李奎報, 『白雲小說』, 卷五.

문장으로 나라를 빛냄이 이와 같도다.)

　위의 글에서 소개된 세 사람은 최치원·박인범·박인량 등을 가리킨다. 이규보의 『백운소설』 내용이 서거정의 『동인시화』에 똑같은 내용으로 소개되고 있다. 이 세 사람이 문장으로써 나라를 빛냈다는 것으로 보아, 文章華國의 정신으로 국가에 이바지해야 한다는, 이규보와　서거정의 문학관의 일면을 엿볼 수 있다.

②　詩貴含蓄不露, 然微詞隱語, 不明白痛快, 亦詩之大病. 宋元豊八年
　　三月神宗崩, 五月一日蘇軾題揚州竹西寺云, "此生已覺都無事, 今歲
　　仍逢大有年. 山寺歸來聞好語, 野花啼鳥亦欣然". 元祐間, 趙君石等
　　構軾曰, "軾不得志於神朝, 今喜上賓有是句.", 哲宗疑之. 恭讓朝, 太
　　祖輔政, 牧隱貶長湍, 有"松軒當國我流離, 夢裏何曾有此思."之句,
　　朝議以語涉不遜, 講論如法事叵測. 嗚呼! 以蘇李之大才亦是病, 詩
　　可易言哉!
‥‥‥‥〈『東人詩話』卷上, 21〉

　(시에 있어 그 뜻을 내면에 함축하여 겉으로 드러내지 않는 것이 귀한 경우이다. 그러나 지나치게 은미한 말을 사용하여 뜻을 또렷하게 드러내주거나 시원하게 전달해 주지 못하는 것 또한 시의 큰 병폐이다. 宋 나라 元豊〔宋 나라 신종의 연호〕 8년 3월에 神宗이 세상을 떠나자 그 해 5월 1일 蘇軾이 揚州 竹西寺를 두고 읊기를

　　"이 몸이 세상 무사함을 이미 깨달았더니,
　　올해에도 여전히 큰 풍년을 맞이했다네.
　　산사에 돌아와 좋은 말 들을 적에,
　　들꽃과 우는 새마저 기뻐한다네."

　라고 하였다. 元祐〔宋 나라 哲宗의 연호〕 연간에 趙君錫〔宋 나라 문신〕 등이 소식을 모함하기를

“소식이 신종 때에 뜻을 얻지 못하다가 이제 빈객에 오른 것을 기
뻐하여 이 시구를 지은 것이다.”

라고 하니, 哲宗이 소식을 의심했다.
고려 마지막 왕인 공양왕 때에 태조[이성계]가 정사를 보필하였는데,
牧隱 李穡이 長湍으로 폄직되어 지은 시에,

“松軒[이성계의 호]이 나라 일을 본 뒤로 나는 떠돌게 되었으니,
꿈 속에선들 어찌 일찍이 그런 생각 품어 보았으리오?”

라는 구절이 있었다. 조정에서 의론하기를, 그 말이 불손하기 이를 데
없음을 들어 법에 따라 논죄할 것을 주청하니, 앞일을 예측할 수 없는
위태로운 지경에 이르렀다. 슬프다! 소식과 이색의 큰 재주로도 이와 같
은 병폐에 걸려들었으니, 시란 쉽게 말할 수 있겠는가!)

위의 글은, 지나치게 은미한 말을 사용하여 뜻을 또렷하게 드러내
주지 못함으로써 작가가 害을 입게 되었다는 내용의 비평문이다. 소
식의 시를 두고 소인배들이 소식을 비판한 경우를 예로 들고 있다. 宋
나라 신종이 3월에 세상을 떠나자, 그 해 5월에 소식이 시를 지었는
데, 그 뜻이 지나치게 은미한 말을 사용하여 뜻을 또렷하게 드러내 주
거나 시원하게 전달해 주지 못하여 오해를 사게 된 것이다. 산사에 큰
풍년이 든 경우를 기뻐한 것인데, 이를 두고 조군석이 소인배들과 합
세하여, 신종 때 벼슬길에 나아가게 됨을 기뻐하여 노래한 것이라고
소식을 비난하고 있다. 이런 것을 두고 서거정은, 시의 내용을 너무
은미하게 드러냈기 때문에 남으로부터 오해를 살 수 있다고 지적하면
서, 이것이 시의 한 병폐라고 하였다.

또 서거정은 고려 후기 이색도 소식과 같은 경우임을 지적하고 있
다. 고려 말 이성계가 실권을 잡고 공양왕을 보필하였는데, 이 때 이
색이 경기도 북단에 위치한 장단군으로 폄직되어 지은 시에 이성계를
원망하는 내용이 담겨 있다. 이 시의 내용으로 인하여 그 말이 불손하

다 하여 논죄할 것을 주청하였다는 것이다. 이런 점으로 미루어 보아, 이색의 시는 고려 말 혼란한 시대적 정국이 잘 반영된 작품이라 할 수 있다. 이성계의 정치적 행태에 대한 불만을 시를 통해 드러낸 경우라 할 수 있다.

이처럼 옛날이나 지금이나, 작가는 현실 인식을 바탕으로 하여 현실에 대한 불만을 은근하게 드러낼 수 있다는 것을 확인할 수 있다. 이런 시를 일러 현실참여시라 한다. 이색이 지방 관리로 쫓겨감을 꿈에선들 생각도 못했는데, 이성계로 인하여 지방으로 좌천되었음을 은근히 드러내고 있다. 이를 통해서 당시 이성계 주도의 정치상황을 은근한 말로 비판했다고 볼 수 있다. 이를 두고 서거정은, 소식과 이색이 그 시대적 상황을 반영한 시 작품으로 인하여 위태로운 경지에 처하게 되었음을 슬퍼하고 있다. 이처럼 시는 그 시대적 역사적 상황이 작가와 관련되어 표현될 수 있었던 것이다.

③ 詩忌蹈襲, 古人曰, "文章當出機杼成一家, 風骨何能共人生活耶?" 唐宋人多有此病, 近代洪中令子藩詩, "愧將林下轉經手, 遮却斜陽向帝京.", 韓復齋宗愈詩, "却將殷鼎調羹手, 還把漁竿下晚沙.", 陽村權文忠公詩, "却將潤色絲綸手, 能倒山村麥酒盃.", 李陶隱詩, "如何釣竿手, 策馬向京都.", 皆不免相襲之病. 杜牧詩曰, "惆悵江湖釣竿手, 却遮西日向長安.", 後人祖其語, 致此屋下加屋也.
▪ ▪ ▪ ▪ ▪ 〈『東人詩話』卷上, 45〉

(시를 짓는데 있어 남의 것을 그대로 도습하는 것을 꺼린다. 옛 사람들은

"문장은 마땅히 자기의 독특한 개성을 내어서 일가를 이루어야 하니
 예술 풍격〔風骨〕을 어찌 다른 사람과 함께 하며 살 수 있겠는가?"

라고 하였다. 唐·宋 사람 가운데 이러한 병폐를 지닌 자가 많았다.

근래 中令 洪子藩〔고려 문신〕의 시에,

> "부끄럽도다! 숲 아래에서 경을 읽던 손으로
> 비낀 석양을 가리며 서울로 향하니."

라고 하였고, 復齋 韓宗愈의 시에,

> "殷 나라 솥에 국을 끓이던 손으로,
> 다시 낚싯대 잡고 해질녘 모랫벌로 내려가네."

라고 하였고, 文忠公 陽村 權近의 시에,

> "임금님의 조칙을 아름답게 꾸미던 손으로,
> 산촌의 보릿술잔 기울일 만하네."

라고 하였고, 陶隱 李崇仁의 시에,

> "어찌하여 낚시하던 손으로,
> 말을 채찍질하여 서울로 향하는가?"

라고 하였다. 이들은 모두 서로 도습하는 병폐를 벗어나지 못하였다.
杜牧의 시에,

> "서글퍼라! 강호에서 낚시하던 손으로,
> 도리어 지는 해 가리며 장안으로 향하네."

라고 하였는데, 후인들이 그 말을 본받아 여기에 이르렀으니, 여기에
이르면 시를 짓는 것이 바로 부질없는 일에 지나지 않는 것이다.)

위의 글은 작가가 시를 지을 때 마땅히 자기의 독특한 개성을 드
러내 一家를 이루어야 한다는 것으로, 남의 작품을 그대로 도습해서
는 안됨을 지적한 비평문이다. 唐 나라 때 시인인 杜牧(803~852)이

지은 시 〈途中一絶〉의 "서글퍼라! 강호에서 낚시하던 손으로, 도리어 지는 해 가리며 장안을 향하네."라는 시구를, 元 나라 홍자번이 "부끄럽도다! 숲 아래에서 경을 읽던 손으로, 비낀 석양을 가리며 서울을 향하니."로, 고려 때 문신인 한종유(1287~1354)는 "殷 나라 솥에 국을 끓이던 손으로 다시 낚싯대 잡고 해질녘 모랫벌로 내려가네."로, 조선시대 권근은 "임금님의 조칙을 아름답게 꾸미던 손으로, 산촌의 보릿 술잔 기울일 만하네."로, 이숭인은 "어찌하여 낚시하던 손으로 말을 채찍질하여 서울로 향하는가?" 등으로 도습하였다.

前人의 詩句에 나타난 뜻의 어느 지점을 점 찍어서 그 지점으로부터 뜻을 발전적으로 변화시켜 자기의 詩句에 사용하면 點化가 되고 점화가 잘못되면 '도습'이라고 평하게 된다. '도습'은 前人의 시구에 나타난 뜻을 변화시켜 점화하려다가 발전적으로 변화시키지 못하고 그 뜻을 그저 '되밟아 따르는' 수준에 머무는 것을 의미한다. 따라서 서거정은 唐 나라 때 두목의 시를, 중국 元 나라 때 홍자번이나 고려 때 한종유 조선 때 권근·이숭인 등이 모두 도습했음을 지적하고 있다. 이처럼 前人의 작품을 도습하면 시를 짓는 것이 부질없는 일에 지나지 않다고 하면서, 그런 작가와 작품을 혹평하고 있는 것이다.

④ 牧隱貞觀吟, 豪健快壯, 其一聯曰, "謂是囊中一物耳, 那知玄花落白羽?" 玄花言其目, 白羽言其箭. 世傳唐太宗伐高麗, 至安市城, 箭中其目而還, 考唐書·通鑑, 皆不載此事. 雖有之, 當時史官, 必爲中國諱, 毋怪乎其不書也. 但金富軾三國史亦不載, 未知牧老何從得此.
　　　　　　　　　　　　■ ※ ■ ■ ※ 〈『東人詩話』卷下, 17〉

(牧隱 李穡의 시 〈貞觀吟〉은 호방하고 굳세며, 시원스럽고 웅장하다. 그 시의 한 聯句에

"주머니 속의 물건이라고 쉽게 덤벼들더니
눈이 흰 깃에 떨어질 줄 어찌 알았으랴!"

라 하였다. '玄花'는 唐 太宗의 눈을 말하고, '흰 깃'〔百羽〕은 楊萬春의
화살을 말한다. 세상에 전하기를, 당 태종이 고구려를 정벌하려 安市城
에 이르렀다가 화살에 눈을 맞아 되돌아갔다고 한다.『唐書』와『通鑑』에
는 모두 이 사실을 싣고 있지 않다. 설령 그러한 사실이 있었다 하더라
도 당시 사관들이 필시 중국을 위하여 쓰기를 꺼렸을 것이니, 그 기록되
지 않은 것을 괴이쩍어 할 것은 없다. 그런데 金富軾이 지은『三國史記』
에도 역시 이 사실을 싣고 있지 않은데, 牧隱이 어디서 이 일을 알았는
지 잘 모르겠다.)

위의 글은 서거정이 국수주의와 사대주의 태도를 비판한 내용의
비평문이다. 고려 말 이색의 〈貞觀吟〉 시를 소개하면서 唐 太宗과 楊
萬春의 역사적 사실을 서술하고 있다. 貞觀은 唐 나라 시조인 李世民
시대의 연호이다. 이색의 〈정관음〉은 唐 太宗 이세민을 두고 읊은 시
이다. 당 태종이 고구려를 멸하려 군대를 이끌고 와 안시성에서 양만
춘과 싸우다가 눈에 화살을 맞고 되돌아갔다는 내용이다. 그런데 이
사실이 唐 나라 역사를 기록한『唐書』와 宋 나라 司馬光이 편찬한『通
鑑』에도 기록되어 있지 않다는 것이다. 이를 두고 서거정은 당시 중국
의 사관들이 중국을 위하여 쓰기를 꺼렸을 것으로 보면서, 그 국수주
의 태도를 비판하고 있다. 그리고 김부식도『三國史記』를 기록하면서
이런 사실을 싣지 않았다고 소개하면서, 유독 이색만이 이와 같은 사
실을 시로 표현해 놓았다고 소개하고 있다.
　서거정의 이런 비평 태도에는 민족주의적 사고가 반영되어 있다.
왜냐하면, 안시성의 역사적 사실이 이색의 시 분석을 통해 문자화함
으로써 후세에 전해질 수 있었기 때문이다. 그리고 이색의 〈정관음〉
시를, 호방하고 굳세며 시원스럽고 웅장하다고 평함으로써, 서거정의
민족적 자부심을 잘 드러냈다고 볼 수 있다.

3. 결 론

道德論的 批評은 고전 문학비평 중의 하나로, 문학의 알차고도 참된 내용을 위하여 계승되어 온 이론이며, 문학의 가장 본질적이고도 핵심적인 내용을 다룬 것이다. 다시 말하면, 도덕론은 문학의 궁극적인 목적에 대해 논하는 것을 중심 주제로 하면서 문장을 통해 삶의 참된 가치를 추구하는 문제, 작가의 역사의식이나 현실인식의 문제를 포함하여 사물을 바르게 보는 태도 등을 주요한 논의 대상으로 삼는다.

본고에서는 『東人詩話』에 나타난 徐居正의 道德論的 批評을 도덕주의와 역사주의 비평으로 나누어 살펴보았다. 도덕주의 비평에서는 작법론과 작가·작품론으로 나누어 서술하였다. 작법론은 작가의 도덕성과 관련하여 작품을 비평한 내용으로, 논의 결과는 다음과 같다.

간신들의 모함에 의해 좌천되어도 그 못난 군주를 원망하기보다는 자기 자신을 되돌아보고 자신의 잘못이 없는가를 살피는 반성적 태도와, 작가가 도덕적으로 훌륭함을 비평한 것과, 작가의 작법을 논한 비평문 등이 있었다. 그리고 작가·작품론에 나타난 도덕성 논의에 대해서도 논의하였다. 작가·작품론은 詩의 본질론과 詩作法論에 모두 관련된 문제로서, 작가와 작품을 논평하면서 작품 창작의 기본 원리를 논하기도 하고, 작품 감상의 기준을 논하기도 하므로, 시론인 동시에 시평의 성격을 지닌다고 할 수 있다. 여기서는 도덕론과 관련된 부분만을 살펴보았다.

역사주의적 비평도 작법론과 작가·작품론으로 구분하여 논의하였다. 그와 같은 비평은 작법론과 작가·작품론에서 찾아볼 수 있는 비평문 곧 작가의 작법이 작자의 역사의식 및 현실인식과 어떻게 결부되어 나타나는지를 논한 비평문이다. 그 결과 문장으로 나라를 빛낼 수 있다는 내용과, 시의 내용이 너무 은미하여 오해를 불러일으켜 모함을 받은 경우, 그리고 작가의 호방한 태도를 논평한 경우 등이 있었다.

서거정의 『동인시화』에 나타난 비평문의 성격은 역사의식이 반영된 작품이 개인적인 정서를 표현한 시보다 한층 가치가 있음을 보여준 데서 찾을 수 있다. 이같은 비평 태도는, 조선 초기에 활동한 유학자로서의 서거정 문학관을 엿볼 수 있게 한다. 시가 단순히 사물을 예찬하는 데 그치기보다는 국가와 민족을 위해 이바지할 수 있어야 함을 보여주고 있다. 그리고 작가·작품론에서도 문장으로써 나라를 빛낼 수 있어야 함을 역설하고 있다. 이로 보아 서거정은 『동인시화』에서 문장으로써 국가에 이바지 할 수 있다는 '文章華國'의 정신을 잘 보여 주고 있다. 따라서 도덕론적 비평은, 문장을 통해 삶의 참된 가치를 추구하는 문제, 작가의 역사의식이나 현실인식의 문제를 포함하여 사물을 바르게 바라보는 태도 등이 그 주요한 대상이었다고 할 것이다.

‖ 참고문헌 ‖

Ⅰ. 硏究 資料

『論語』·『孟子』·『大學·中庸』, 中和堂, 1917.
周敦頤, 『周子全書』卷十, 進呈本 『通書』四, 「文辭」
仇兆鰲 輯註, 『杜詩詳註』 卷之十五
魏慶之, 『詩人玉屑』, 臺灣商務印書館, 民國 61.
朱任生 編著, 『詩論分類纂要』, 臺灣商務印書館, 中華民國 60.
臺靜農 編, 『百種詩話類編』(上·中·下), 藝文印書館, 中華民國 63.
李奎報, 『白雲小說』, 高麗各賢集1 收錄本, 成均館大, 大東文化硏究院, 1973.
　　　〃　, 『東國李相國集』, 高麗各賢集1 收錄本, 成均館大, 大東文化硏究院, 1973.
『破閑集·補閑集』, 亞細亞文化社, 1992.
徐居正, 『國譯四佳文集』, 韓國學硏究院·漢文學分科 譯註, 啓明大學校 出版部, 1997.
徐居正 編纂, 『東人詩話』, 朴性奎 譯註, 集文堂, 1998.
徐居正 編纂, 『동인시화』, 김찬순 역, 한국문화사, 1996.
洪萬宗, 『詩評補遺』 上下篇, 現代社影印本, 姜氏本.
　　　〃　 編, 詩話叢林, 亞細亞文化社 影印本, 1973.
申　緯, 『申紫霞詩集』, 金澤榮 編, 景文社, 1980.
『國譯 東國李相國集』, 民族文化推進會, 1980.
『國譯 大東野乘』, 民族文化推進會, 1973.
『國譯 東文選』, 民族文化推進會, 1982.
『影印標點 東文選』, 民族文化推進會, 1999.
李鍾殷·鄭珉 共編, 『韓國歷代詩話類編』, 亞細亞文化社, 1988.
趙鍾業 編, 『韓國詩話叢編』, 東西文化院, 1989.
　　　〃　, 『韓國詩話叢編』, 太學社, 1996.

Ⅱ. 論 著

1. 著 書

國語國文學會 編,『漢文學硏究』(國文學 硏究 叢書 7), 正音文化社, 1979.
金周漢,『韓國文學 批評史論』, 學上院, 1993.
金台俊,『朝鮮漢文學史』, 조선어문학회, 1931.
朴性奎,『李奎報硏究』, 啓明大出版部, 1982.
劉若愚,『中國詩學』(李章佑, 譯), 明文堂, 1994.
柳在泳,『白雲小說硏究』, 圓光大學校 出版局, 1978.
尹寅鉉,『한국 한시 비평론』, 아세아문화사, 2001.
李家源,『한국한문학사』, 민중서관, 1972.
李東喆,『白雲 李奎報詩의 硏究』, 國學資料院, 1994.
全鎣大 外,『韓國古典詩學史』, 弘盛社, 1979.
정대림,『한국 고전문학 비평의 이해』, 태학사, 1991.
鄭堯一,『漢文學批評論』, 仁荷大學校 出版部, 1990.
  〃 ,『漢文學의 硏究와 解釋』, 一潮閣, 2000.
鄭堯一·朴性奎·李然世,『古典批評 用語 硏究』, 太學社, 1998.
趙東一,『한국문통사』, 지식산업사, 1983.
趙潤濟,『한국문학사』, 동국문화사, 1963.

2. 論 文

金慶洙,「李奎報 漢詩 硏究」, 檀國大學校 大學院, 博士論文, 1986.
金時鄴,「李奎報의 新意論과 詩의 特質」, 韓國漢文學硏究 3.4집, 1978~1979.
金時鄴,「李奎報의 新意論과 詩의 特質」, 韓國漢文學硏究 3.4집, 1978~1979.
金鎭英,「李奎報 文學 硏究」, 서울大學校 大學院, 博士論文, 1982.
金豊起,「朝鮮前期 文學論 硏究」(15세기 후반 문학론의 변화과정을 중심으로), 高麗
    大學校 大學院, 博士論文, 1994.
김성룡,「여말 선초 시운론의 문학관 연구」, 서울대 박사학위 논문, 1993.
朴成淳,「四佳 徐居正의 詩文學 硏究」, 忠南大學校 大學院, 博士論文, 1989.
朴性奎,「李奎報 漢詩의 硏究」, 高麗大學校, 博士論文, 1982.
宋熹準,「徐居正 文學 硏究」(形成背景·文學觀·詩世界의 연계를 中心으로), 高麗大
    學校大學院, 博士論文, 1996.
尹寅鉉,「用事와 點化의 差異」,『韓國古典硏究』第4輯, 韓國古典硏究會, 보고사,
    1998.

〃 ,「麗末·鮮初 點化의 理論 및 詩評 樣相」,『西江語文』, 第15輯, 1999.

〃 ,「韓國 漢詩 理論으로서의 用事論과 點化論 硏究」, 西江大學校 大學院, 博士論文, 2001.

尹元鎬,「東人詩話에 나타난 徐居正의 詩歌觀」, 서울대 석사학위 논문, 1958.

李鍾建,「서거정 시문학 연구」, 동국대 박사학위 논문, 1984.

李東歡,「동문선의 선문방향과 그 의미」,『한국고전 심포지움』제2집, 진단학회, 1985.

李 瓊,「東人詩話에 나타난 徐居正의 文學論」, 高麗大學校 大學院, 碩士論文, 1998.

李鍾建,「徐居正詩文學 硏究」, 東國大學校 大學院, 博士論文, 1984.

李鍾默,「고전시가에서 用事와 點化의 미적 특질」, 시가학회 발표요지, 1997.

林熒澤,「李朝前期의 士大夫 文學」,『韓國文學史의 시각』, 창작과 비평사, 1984.

全鎣大,「東人詩話硏究」,『한국고전산문연구』(장덕순 선생 화갑기념 논문집), 동화문화사, 1981.

鄭大林,「新意와 用事」,『韓國文學史의 爭點』, 集文堂, 1986.

鄭堯一·朴性奎·姜在哲,「古典文學 批評 用語의 槪念 規定」,『省谷論叢』21, 省谷學術文化財團, 1990.

趙鍾業,「東人詩話硏究」,『大東文化硏究』第2輯, 成均館大學校 大東文化硏究院, 1966.

崔信浩,「初期 詩話에 나타난 用事理論의 樣相」,『古典文學硏究』제1집, 韓國古典文學硏究會, 1971. 및『漢文學硏究』, 정음문화사, 1990. 重版.

許敬震,「동인시화연구」, 육군3사『논문집』제8집, 1978.

韓仁錫,「서거정문학연구」, 단국대 박사학위 논문, 1989.

제6장

『補閑集』·『東人詩話』의
李仁老·李奎報評과 그 詩評基準

:

1. 서 론

본고는 고려 후기와 조선 초기의 비평서『補閑集』과『東人詩話』의 자료를 중심으로 前代의 文人·비평가 學士〔眉叟〕李仁老(1152~1220)와 文順公 李奎報(1168~1241)의 詩法을 고찰하여 두 문인의 詩法 및 문학관이 어떻게 같고 어떻게 달랐으며 또 고려 후기 비평가 崔滋와 조선 초 비평가 徐居正이 어떤 시평기준에 의해서 그 두 문인을 평했는가를 살펴보고자 하는 것이다.

『補閑集』은 崔滋(1188-1260)가 65세 때 晋陽公 崔瑀의 명에 의하여 李仁老의『破閑集』의 내용을 보완하기 위해 지은 책이다. 이는『보한집』창작의 표면적인 동기로, 고려 중엽으로부터 이미 문인들 사이에는 점차 詩話에 대한 관심이 고조되어 있었음을 보여 주는 것이다. 이와 같은 표면적 동기의 裏面에서『보한집』의 근본 저작 동기를 추론해 볼 수도 있는데, 새로운 문학 장르로 등장한 詩話로서의 비평문

학을 본격적인 궤도에 올려 놓으려는 고려 후기 문인들의 의도가 그
것이었다. 『보한집』서문에 "지금의 후진들은 聲律과 章句를 숭상하
며, 글자를 다듬는 경우에는 반드시 새롭게 하고자 하는 까닭으로 그
말이 생경하고, 對偶를 단련함에 있어 반드시 같은 類로써 하고자 하
므로 그 뜻이 졸렬하게 되니, 웅걸하고 老成한 기풍은 이로 말미암아
상실 되는 것이다."1)라고 하여, 당시의 잘못된 문학 풍토를 개선하고
문학의 본질을 천명하고자 한 부분이 있다. 이런 사실로 보아, 『補閑
集』의 창작 동기는 비평문학에 대한 자각과 신진 문인들에게 올바른
문학관을 제시하기 위한 것이었다고 할 것이다.

　　『東人詩話』는 순수 詩話로서 徐居正(1420-1492)이 편찬한 책으
로, 세번에 걸쳐 간행되었다.2)『동인시화』는 우리 나라에서 '詩話'라
는 명칭을 처음 붙인 것으로, 서거정 시대 이전까지의 시화를 편찬해
놓은 시비평서이다.『동인시화』가 편찬된 동기에 대해서 서거정이 직
접적으로 언급한 부분은 없다. 그러나『동인시화』에 서술된 내용으로
그 편찬 동기를 미루어 짐작할 수는 있다.『동인시화』권상, 62에 보
면 "옛 사람들은 시를 지을 때 반드시 후세에 전해지길 바랐다. 魏·
晉·唐·宋 이래로 우리 고려에 이르기까지, 문사들은 자신의 시를
남들이 알아 주기를 바랬다. 그런데 근세[서거정이 살았던 조선 초기]의
문사 중 뜻이 있는 사람들은 조금도 시에 마음을 두지 않으니, 하물며
후세에 전해지기를 바랄 리가 있겠는가? 간혹 시문에 뜻 있는 자가
자신의 시문을 가지고 선생이나 어른들께 시문의 잘못을 바로잡아 주
기를 청하면, 많은 사람들이 떼지어 모여들어 헐뜯고 비웃으니, 문장
의 기풍이 날로 비루해짐을 어찌 족히 괴이해 하지 않겠는가"3)라고

---

1) 崔滋, 『補閑集』序
　　今之後進 尙聲律章句琢字必欲新 故其語生 鍊對必以類 故其意拙 雄傑老成之風 由
　　是喪矣.
2) 초간본 1474년과 1477 사이에 목판본이며, 중간본은 1639년, 세 번째는 1911
　　년 朝鮮古書刊行會에 의해 간행된 新活字本 등이다.
3) 徐居正, 『東人詩話』卷上 62

서거정은 탄식하고 있다. 여기서 우리는 서거정이 『동인시화』를 편찬한 동기의 의도를 읽을 수 있는데, 당시의 왜곡된 문학관을 비판함과 동시에 당시까지 전해 오던 선인들의 시편들을 모아 후세에 전하기 위한 것이었음을 알 수 있다.

필자는 본고에서, 먼저 고려 후기에 최자가 『보한집』에서 이인로와 이규보에 대한 평을 행한 것을 찾아 그 자료들을 논리적 근거로 하여 이 두 문인의 시법이 어떻게 같고 어떻게 달랐는가를 논의하게 될 것이다. 또 조선 초 서거정이 『동인시화』에서 두 시인에 대한 시평을 어떻게 하였는가도 비평 자료를 근거로 논의하게 될 것이다. 이와 같은 논의를 바탕으로 이인로·이규보의 시법과 최자·서거정의 시평기준에는 어떤 공통점과 차이점이 있었는가를 살펴보고자 한다.

필자는 이와 같은 연구를 통하여 이인로와 이규보의 문학관을 바르게 이해할 수 있는 기초가 마련될 것으로 기대한다. 그리고 고려 후기의 최자와 조선 초기의 서거정은 무엇을 중시하였는가도 아울러 논의함으로써 선대의 시평기준에 대한 바른 이해에 도달할 수 있을 것으로 기대한다.

2. 『補閑集』의 李仁老·李奎報評

과거에는 『보한집』이 한낱 고려시대에 등장한 稗官雜記類의 수필적 성격의 작품집으로 대접받은 적도 있었다. 그러나 『補閑集』의 내용을 살펴보면, 先代 文人들의 문학 의식이 발현된 비평서임을 가히 짐작할 수 있다. 최자가 쓴 『보한집』 서문에 "文이란 道를 밟는 門으로서, 不經한 말에 간여해서는 안된다."(文者, 蹈道之門, 不涉不經之語)4)

―――――――――――

古人作詩 必期傳後. 自魏晉唐宋以來及我高麗, 文士尚然. 近世文士有志者, 少不留意於詩, 況敢期於傳後哉. 間或有志者, 以詩文求見, 正於先生長者, 羣聚以誹笑之, 文章氣習日就卑陋, 何足怪哉.

라는 구절이 있다. 이 구절은 周敦頤의 「文辭」에 나오는 "文所以載道
也"(글은 도를 싣자는 것이다.)라는 말과 상통한다. 주돈이의 「문사」는
문이재도론의 대표적인 글로, 쓸모가 있기 때문에 글을 짓는다는 것
이다. 글은 도를 나타내기 위한 것이므로, 참된 길을 제시할 뿐만 아
니라 삶의 참된 방향까지도 제시하여야 한다는 이론들이다.『보한집』
서문 첫 구절에 '文이란 道를 밟는 문이다'라고 표현한 것만 보아도
『보한집』의 성격을 알 수 있다. 그러므로『보한집』은 한갓 街談巷說
의 흥미거리 위주의 책은 아닌 것이다. 그 서문에서 드러난 것처럼,
우리 先人들의 文學觀이 내재된 글임을 짐작할 만하다.

　　『보한집』에는 여러 文人에 관한 비평문이 散在해 있다. 여기서는
이인로와 이규보에 관한 내용만 뽑아, 최자가 이 두 분을 어떤 관점을
기지고 어떻게 평했는지, 그 비평문을 구체적으로 고찰하고자 한다.

　　먼저『보한집』의 내용 중 李學士〔眉叟〕와 文順公에 대해서 평한 부
분이 많은데, 그 중에서 두 분을 대비한 부분만을 골라 두 문인의 문
학관의 특징을 살펴보고자 한다.

> 李文順公奎報　氣壯辭雄, 創意新奇, 李學士仁老, 言皆格勝, 使事如神,
> 雖有躡古人畦畛處, 琢鍊之巧, 靑於藍也.
> 　　　　　　　　　　　■‧■‧■‧■‧■‧■‧〈崔滋,『補閑集』卷中.〉

　　(文順公 李奎報는 시에 나타난 기운이 크고 말이 웅장하여 창출한 뜻
　이 신기하다. 學士 李仁老는 말마다 格이 높고 故事를 부린 것이 神과
　같아서 비록 옛 사람의 밭두둑을 밟기는 했어도 鍊琢의 공교함은 出藍之
　才를 보여주는 것이다.)

　　위의 자료는『보한집』권중, 3에서 大文章家들의 시를 평한 당시
의 詩評者의 말을 최자가 인용한 것의 일부이다. 위의 詩評처럼, 文順

---

4) 崔滋,『補閑集』序.

公은 기상이 健壯하고 말이 웅대하며 創意가 신기롭다고 하였으며, 李學士는 말이 모두 格이 훌륭하고 用事한 것이 神的인 재주를 보여주며 연탁의 솜씨가 靑出於藍의 재주를 보여주었다고 하였다. 위의 인용문 중 文順公의 '創意新奇'를 논해 내용만을 중시한 문인으로 판단하여 新意論者로, 李學士의 '使事如神'을 논해 형식만을 중시한 문인으로 평하여 '用事論者'로 평가5)한 연구도 있었다.

'新意'는 평어류 용어이고 '用事'는 작법류 용어이다.6) 평어류 용어와 작법류 용어는 범주가 서로 다르므로, 상대적으로 놓고 비교할 대상이 못된다. 그런데 종래의 연구자들 중에는 같은 범주로 취급하기도 했다. '신의논자'와 '용사론자'라는 명칭에서의 비교 논의의 범주도 잘못되었지만, '創意新奇'는 내용을 중시한 것, '使事如神'은 형식을 중시한 것 등으로 이해한 것도 문맥 파악이 잘못된 것이다.

위의 자료는 두 大家의 문학적 特長을 소개한 것이다. 학사는 시구마다 모두 格이 높다고 했다. 格이란 시구 전체의 됨됨이라 할 수 있는 것으로, 格調라고도 한다. 격조를 단련하는 방법은 '鍊琢'이다. 연탁은 단순히 시구를 아로새기는 '雕句'와는 차이가 있다. 연탁은 시구를 짓는 데 각고의 노력을 기울인다는 작법류 용어이다. 聖賢之書를 읽고 古典에 널리 통하여 식견을 넓힐 뿐 아니라 고매한 인격을 지니도록 수양함으로써, 평소에 氣를 단련하지 않고서는 연탁이 이루어지지 않는다. 陶淵明·杜甫 같은 대시인도 연탁의 大家임을 黃士龍은 『野鴻詩的』에서 밝히고 있다.7)

이인로가 '말마다 모두 격이 높다'는 것은, 고전을 이미 두루 섭렵하였음을 말해 준다. 또 李學士〔이인로〕가 고사를 부린 것이 神과 같다고 한 것을 보면, 용사에도 능했음을 알 수 있다. 宋代 蔡啓의 『蔡寬

---

5) 趙鍾業, 「高麗詩論硏究」, 『韓國詩話硏究』, 太學社, 1991. pp. 153~167.
6) 鄭堯一, 『漢文學의 硏究와 解釋』, 一潮閣, 2000, pp.193~200.
7) 黃士龍, 『野鴻詩的』: 韓柳之文, 陶杜之詩, 無句不琢, 却無纖毫斧鑿痕者, 能鍊氣也, 氣鍊則句自鍊矣, 雕句者有跡, 鍊氣者無形.

夫詩話』에는"만약 스스로 자기 뜻을 내고 故事를 빌려서 서로 발명해 내서 변화하는 모양이 뒤섞여 나타난다면, 用事가 비록 많을지라도 또한 무엇이 해될 것이 있겠는가?"(若能自出己意,借事以相發明,變態錯出,則用事雖多,亦何所妨.)8)라는 구절이 있다. 채계의 견해처럼, 고사를 인용하여 새로운 뜻을 발명해 낸다면, 고사의 사용이 많을지라도 害될 것이 없다. 따라서 그 詩話의 기록은 자기 글에서 새로운 뜻을 나타내기 위해서라도 용사를 할 필요가 있었음을 밝혀 주고 있다. 위의 자료 "使事如神, 雖有躡古人畦畛處, 琢鍊之巧, 靑於藍也."라는 구절에서와 같이, 李學士는 문장을 지을 때 精切한 用事를 매우 잘했다. 이처럼 이인로가 격이 높고 용사에 능했다는 것은, 聖賢之書뿐만 아니라 어떤 古典에도 博識했을 것이다. 정절한 용사는 고전을 두루 섭렵하였을 때에만 가능하기 때문이다. 따라서 『보한집』에서 최자가 평한 대로, 옛 사람의 밭두둑을 밟기는 했어도 연탁의 공교로움으로 이인로는 새로운 뜻을 지어낼 수 있었던 것이다.

文順公에 대한 '創意新奇'라는 評語는 이규보를 '新意論者'로 오해하게 된 구절이다. 여기서의 '창출한 뜻이 새롭고 기이하다'는 '創意新奇'라는 말은 新語로 新意를 나타낸다는 뜻만은 아닐 것이다. 故事를 인용하고서도 얼마든지 새로운 뜻을 드러낼 수도 있었을 것이기 때문이다. 문순공의 시에는 실제로 故事를 인용하여 新意를 드러낸 것이 많다. 그 중 〈吳德全東遊不來以詩寄之〉라는 시로써 하나의 예를 들어 보자.

> "바다와 산이 그리워 동쪽으로 유유히 떠나더니
> 한번 천길 낭떠러지에 떨어져 싫도록 노니네.
>
> 누른 벼 날로 영글어 닭과 따오기 기뻐하는데
> 벽오동에 가을이 깃드니 늙은 봉황이 수심 띠었네.

---

8) 魏慶之, 『詩人玉屑』, 蔡啓, 『蔡寬夫詩話』, 臺灣商務印書館, 民國61, pp.121~122.

안개 자욱한 강호에서 범여의 배 돌아올 줄 모르고
눈 내린 달밤에 섬계(剡溪)에 배 띄워 찾으려 하네.

태평성대에는 응당 버림받지 않을 것이니
백발 휘날리며 청류에 낚시 드리울 생각 마소."9)

　　위의 시는 文順公이 吳世才를 일대의 영웅으로 칭찬하여 지은 것
이다. 문순공은 吳德全〔오세재의 字〕보다 35세나 아래였지만, 그의 재
주가 뛰어남을 아끼어 오덕전이 忘年之交를 허교하였다. 위의 시구
중 "烟波不返遊吳棹."의 '吳棹'는 춘추 시대 越 나라 범여를 가리킨다.
그것은 『史記』, 「貨殖傳」에서 "吳 나라 범여가 회계 싸움에서 越王 구
천에게 패한 수치를 씻은 후, 배를 타고 五湖를 유람하면서 성명을 고
치고 세상 영화를 멀리하였다."라고 한 故事를 인용한 것이며, "雪月
期浮訪剡舟"는, 『晋書』, 「王徽之傳」에 "晋 나라 王子猷〔왕희지의 아들〕
가 눈 내린 달밤에 배를 타고 섬계로 戴安道〔晋 나라 戴逵의 字〕를 찾으
려 했다"는 고사를 쓴 것이다. 이처럼 문순공의 시에서도 용사한 곳을
쉽게 찾아 볼 수 있다. 문순공은 단순히 고사만을 인용한 것이 아나라
그 고사를 인용하여 그 시에서의 새로운 뜻을 더하고 있다.
　　위에 예를 든 작품은 〈吳德全東遊不來以詩寄之〉라는 제목이 암시
하듯, 德全이 연로하도록 뜻한 바를 얻지 못하고 東都에 떠돌아 다님
을 이규보가 안타까워했음을 짐작하게 한다. 전반부는 덕전이 동도에
서 은둔했을, 후반부는 세상의 부귀와 멀리한 범여를 덕전에 비유하
였음을 보여 준다. 왕자유가 은둔한 대안도를 찾으려 했듯이, 문순공
은 자신을 晋 나라 왕자유에 비유하여 언제 눈 내린 달밤에 忘年之交

---

9) 『東國李相國集』卷 第一, 〈吳德全 東遊不來以詩寄之〉
　　海山東去路悠悠, 一落天涯久倦遊.
　　黃稻日肥鷄鶩喜, 碧梧秋老鳳凰愁.
　　烟波不返遊吳棹, 雪月期浮訪剡舟.
　　聖代未應終見棄, 莫思垂白釣淸流.

덕전을 찾을 수나 있을까 의심스러워하고 있다. 그리고 "莫思垂白釣淸流"로 덕전을 呂尙〔姜太公〕에 비유하며, 여상이 周 나라 文王·武王을 만나기 전에 渭水에서 세월을 낚고 있던 고사를 인용하면서 그 여상처럼 낚시질할 생각도 말라는 것이다. 왜냐하면, 지금은 태평성대이기 때문에 버림받지 않을 것이니 강태공 여상처럼 벼슬을 일부러 구하지 말라는 것이다. 이처럼 문순공의 시에도 용사로써 새로운 의미를 지어낸 것이 적지 않다. 그러므로 문순공이 新語로만 新意를 드러냈다는 뜻에서 논하는 신의론자라는 평은 합당하지 않다고 하겠다.

文烈公和慧素師描兒云, 螻虫義道存狼虎仁, 不順遣妄始求眞, 吾師慧眼無分別, 物物皆呈淸淨身, 文順公蟾云, 痱磊形可憎, 爬 行亦澁, 群虫且莫輕, 解向月中入, 眉叟蟻云, 身動牛應鬪, 穴深山恐頹, 功名珠幾曲, 富貴夢初回, 文順公形容甚工, 李學士句句皆用事, 文烈公寄意浮屠言理最深, 大抵體物之作, 用事不如言理, 理言不如形容, 然其工拙, 在乎構意造辭耳.
　　　　　　　　　　　　　　　　　　　■·■·■·■·〈崔滋, 『補閑集』 卷中.〉

(문열공이 혜소 선사의 화답한 〈묘아〉 시라는 글에,

"개미는 도가 있고 이리와 호랑이는 어지니,
망령된 것 보내야 비로소 참을 구하는 것만은 아니네.
선사의 혜안은 분별이 없으니,
물건마다 모두 청정한 몸 드러내네."

하였다. 문순공은 〈두꺼비〉를 읊은 시에서

"더덕더덕한 꼴 밉상스럽고,
엉금엉금 기는 걸음 또한 느리네.
뭇 벌레들은 그렇다고 경멸하지 말아라,
그는 달 속으로 들어갈 수 있다네."

하였다. 미수는 〈개미〉를 읊은 시에서

"몸을 움직이면 소와도 능히 싸우고,
굴은 깊숙하여 산이 허물어질까 두렵네.
공명의 구슬은 몇 구비러냐,
부귀의 꿈 처음으로 돌아오네."

하였다. 문순공은 형용이 매우 섬세하다. 이학사〔미수〕는 구절마다
모두 고사를 인용했고, 문열공〔김부식〕은 뜻을 불교에 두었는데, 말의
의미가 매우 깊다. 일반적으로 사물을 본뜨는 저작에서는 고사를 인용함
보다 이치를 말함이 낫고, 이치를 말함보다는 형용하는 것이 낫다고 하
지만, 그 공교롭고 졸렬함은 구상과 말 만드는 데 달려 있다.)

위의 자료에서 최자는 문열공 김부식·문순공 이규보·학사 이인
로 세 시인의 시를 평하고 있다. 문열공은 詩意를 불교에다 부쳤기 때
문에 나타낸 말의 이치가 가장 심오하다고 했다. 문순공은 시를 형용
함이 심히 공교롭다고 했다. 그리고 이학사의 시는 매 구절마다 용사
를 하였다고 했다. 그러면서 최자는 세 시인의 시를 문열공·문순공·
학사 순으로 등급을 매겼다.

최자는, 글을 지을 때 용사하는 것이 사물의 이치를 말하는 것만
못하고, 사물의 이치를 말하는 것은 사물을 올바로 형용하는 것만 못
하다고 평하고 있다. 따라서 두꺼비의 모습을 형용한 문순공의 〈두꺼
비〉 시가 이치를 말한 문열공 시보다 뛰어나며 또 이치를 노래한 문열
공의 시가 고사를 인용한 미수〔학사〕의 〈개미〉 시보다 잘된 작품으로
평했다.

그런데 문순공의 〈두꺼비〉 시에서 "解向月中入"은 姮我 故事를 인
용한 것이다. 항아 고사는 「淮南子」에 나오는 이야기로, 羿(예)가 不
死藥을 西王母에게서 얻어 두었는데 그의 아내 항아가 훔쳐 가지고
달 속으로 달아났다가 두꺼비가 되었다는 것이다. 그런데 이규보의
시 중 "解向月中入"은 그 뜻을 뒤집어 쓴 '翻案法'10)으로 표현되어 있

---

10) 朱任生 編著, 『詩論分類纂要』, 「用事」, p.341.

다. 항아 고사의 내용은, 항아가 불사약을 훔쳐 먹고 月宮으로 달아나서 두꺼비가 되었다고 하는 것인데, 문순공은 그 고사의 내용을 근거로 삼아 두꺼비가 월궁으로 가면 오히려 허물을 벗고 아리따운 항아로 化할 수 있다는 뜻으로 인용하고 있다. 이는 그 뜻을 뒤집어 인용하는 것으로, 용사의 한 방법인 '번안법'을 쓴 것이다. 이처럼 용사의 한 방법인 번안법을 이용하여 새로운 뜻을 드러낼 수도 있음을 문순공은 보여 주고 있다. 따라서 이는 문순공이 用事로도 新意를 드러낼 수 있었음을 보여 준 예라 하겠다. 그리고 인용문에서 최자가 평한 '新語로 두꺼비의 외모를 사실적으로 묘사하는 것이기 때문에 뛰어난 시'라 한 것을 용사의 한 방법인 번안법을 이용하여 월궁에 있는 항아처럼 두꺼비의 신비로움이 더해진 새로운 뜻을 획득하였기 때문에 뛰어난 시로 평한 것이라 해석하는 것이 옳을 듯하다.

여기서는 용사의 방법 중 직용법으로 표현한 이인로의 〈개미〉[11] 시보다는 번안법을 이용한 이규보의 〈두꺼비〉 시가 시적 표현면에서 더 뛰어나다는 것을 알 수 있다. 왜냐하면 고사를 바로 인용하는 직용법보다는 그 뜻을 뒤집어 인용하는 번안법이 더 행하기 어려운 용사 방법이기 때문이다. 嚴有翼의 『藝苑雌黃』에도 "그 故事를 바로 인용하

文人用故事, 有直用其事者, 有反其意而用之者.(문인들이 고사를 인용하는 데는 바로 그 고사를 인용하는 경우도 있고, 그 뜻을 뒤집어서 인용하는 경우도 있다.)

11) 이인로의 〈개미〉는 直用法을 이용하여 지은 시이다.
　　제1구 '몸을 움직이면 소가 응당 싸우고'(身動牛應鬪)는 晉의 殷仲堪의 부친이 평소에 귓병이 있었는데, 마루 밑에서 개미가 움직이는 소리를 마치 소가 싸우는 소리로 크게 들렸다는 故事 인용이며, 제2구 '구멍이 깊으니 산이 무너질까 두렵네.'(穴深山恐頹)는 「韓非子」에 기록된 고사로 개미 구멍으로 둑이 무너진다는 내용을 인용한 것이며, 제3구 '공명은 구슬 몇 구비인가'(功名珠幾曲)는 孔子의 일을 用事한 것이다. 공자가 陳 나라 땅을 지나다가 匡 땅 사람에게 陽虎로 오인되어 그 위기를 벗어나기 위해 九曲珠에 실을 꿰도록 하였는데 村婦로부터 개미 허리에 실을 매어 구곡주에 실을 꿰어 그 위험에서 벗어났다는 고사이다. 제4구 '부귀는 처음 시작이네.'(富貴夢初回)는 南柯一夢의 고사를 인용한 것이다.

는 것은 사람들이 모두 능히 할 수 있는 일이지만, 그 뜻을 뒤집어서 인용하는 것은 학업이 높은 사람이 아니면 일상에 구속되어 있는 식견을 초월하여 찾아 내야 하니, 前人의 묵은 자취를 법도에 맞게 蹈襲하지 않고서야 어찌 이 경지에 이를 수 있으리오."(直用其事, 人皆能之, 反其意而用之者, 非學業高人超越尋常拘攣之見, 不規然蹈襲前人陳迹者, 何以臻此.12))라고 한 구절로 미루어 보아도 번안법은 행하기 어려운 용사 방법임을 알 수 있다. 그런데도 이규보는 이 번안법을 통해서 新意를 창출해 낼 수 있었던 것이다.

위 자료의 분석에서 살펴본 것처럼, 최자의 비평은 기준이 명확하지 않은 듯한 주관적 비평이다. 단지 자기의 언어로 두꺼비의 외모를 형상화하였기 때문에 뛰어났다고 평한 것은, 고사를 인용한 이인로의 경우보다 고사를 인용하되 뒤집어서 사용한 이규보의 시가 뛰어난 시라는 뜻에서 그렇게 평한 것으로 보는 것이 옳을 것 같다. 어쨌든 시인들이 용사를 사용하여 자신의 방대한 독서량과 학문의 깊이를 드러낸 경우, 漢詩의 엄격하고도 제한된 형식에 함축된 경제적인 표현을 위해 용사를 한 시가 용사를 하지 않은 시보다 더 훌륭한 시일 수도 있다.

> 李學士逍遙園云 接輿當日誂肩吾 綽約神人在邈姑 唯有神高汾水 側杳然親見雪肌膚 文順公獨樂園云 一泉寒水呼隣汲(園中井縱隣里汲) 滿榻淸風共客分 唯有名園靜中樂 不曾容易使人聞 … (중략)… 李學士奇辭妙意 全用南華篇 文順公 出自新趣.
>
> ▪ ▪ ▪ ▪ ▪ 〈崔滋, 『補閑集』卷中.〉

(李學士가 〈逍遙園〉이라는 시에 이르기를

"接輿가 그날 肩吾에게 말한 것은
아름다운 神人이 멀리 姑射山(고야산)에 있다는 것이었네.

---

12) 朱任生 編著, 『詩論分類纂要』, P.341. 「用事」

　　오직 신령스럽고 고상한 사람이 汾水〔신선들이 살고 있다는 강〕가에 있어
　　　　아득한 가운데 白雪 같은 살결 보네."

　　라고 했다. 文順公의 〈獨樂園〉 시에

　　　　"하나뿐인 찬 샘물 이웃 더러 긷게 하고(동산 가운데 있는 우물은
　　　　이웃 사람들이 줄지어 길어 갔다.)
　　　　탑전에 가득한 맑은 바람 손과 함께 나누네.
　　　　오직 이름난 동산이 있어 조용한 즐거움은
　　　　일찍이 손쉽게 남에게 들려 줄 수 없다네."

　　라고 했다.

　　李學士는 기이한 말과 오묘한 뜻을 나타내기 위해서 오로지 南華篇〔莊子의 저술인 『南華眞經』을 이름〕을 모두 인용했다고 하겠다. 그리고 문순공은 저절로 새로운 뜻을 표현하고 있다.)

　　위의 인용문에서 최자는 李學士가 기이한 말과 오묘한 뜻을 나타내기 위해서 오로지 莊子의 저술인 『南華眞經』만을 인용했다고 폄하하고 있으며, 文順公은 저절로 새로운 뜻을 얻었다고 극찬하고 있다. 이학사의 시 〈逍遙園〉의 '接輿' '肩吾' '姑射山(고야산)' '汾水' 등은 古語가 용사의 대상이 된 예들이다. '접여'〔성명이 陸通이다.〕는 춘추시대 楚나라의 은둔자이다. 昭王 때 정치가 무상하여 일부러 머리를 풀어 헤치고 미친 것 같이 행세하며 벼슬하지 않았으므로 사람들이 그를 楚狂이라 했다. '견오'는 莊子를 가르키는 말이며, '고야산'은 神人들이 살고 있는 막고야산을 이르는 말이다. '분수'는 神人들이 살고 있다는 강물로, 『莊子』「逍遙遊」篇을 보면, 堯 임금께서 분수에서 네 사람의 어진 이를 보고 천하의 일을 잊었다는 故事의 내용이 나온다. 이처럼 이학사는 여러 고사를 인용하여 시를 창작하였다.

李學士의 〈소요원〉이나 文順公의 〈독락원〉은 모두 동산을 노래한 시이다. 그러나 〈소요원〉은 막고야의 고사를 통해서 신선의 세계를 표현한 데 반해, 〈독락원〉은 현실세계의 한가로움을 표현하였다. 나무 의자에 손과 함께 앉아서 맑은 바람을 쐬면서 이웃 사람들이 동산 가운데 있는 우물을 길어 가는 모습을 보고 있는 것이다. 시적 화자는 이런 자연에의 유유자적을 두고서 혼자서 즐김을 안타까워하고 있다. 두 시는 표현 대상의 차이로 인해 표현의 방법도 다르다. 이학사의 〈소요원〉은 시선의 세계를 표현했기에 신선 고사를 인용한 것이며, 문순공의 〈독락원〉은 현실의 모습을 표현하여 인간 세상의 한가로움을 드러내고 있다. 그런데 최자는 이런 면을 간과하고 李學士가 기이하고 오묘한 뜻만을 나타내기 위해 고사만을 인용하기에 급급하였다 했으며, 문순공은 고사의 인용 없이 新語로써 새로운 뜻을 저절로 표현할 수 있었다는 식으로 극찬하고 있다. 따라서 최자가 평한 고사에 대한 인용과 신어 창작에 대한 시평은 어찌 보면 공정성을 상실한 듯한 평이라 할 수 있다. 왜냐하면, 고사의 인용으로도 얼마든지 새로운 뜻을 표현할 수 있었기 때문이다.

문順公云, 靑帝司花剪刻多, 何如白帝又司花, 金風日月吹蕭瑟, 把底陽和放艶, … (중략) … 李學士重九後云, 莫將殘艶怨居諸, 一秋香久尙餘, 人意不墮時自變, 龍陽何苦泣前魚, 古今多以美女比花, 文烈用美人事, 意雖精當, 事則芻拘, 眉叟用龍陽事, 此詩家意外之喩最警, 又賦鸚鵡云, 語言愈巧身愈困, 須信韓非死說難, 皆類此. … (중략) … 文順公不用事不取比 直穿天心而已.

■ ■ ■ ■ ■ 〈崔滋, 『補閑集』 卷中.〉

(文順公은 이르기를

"봄〔靑帝 : 봄의 신〕은 꽃을 맡았다가 갈기고 갔는데,
 어쩌자고 가을〔白帝 : 가을의 신〕은 또 꽃을 피우려 하는가.

가을 바람 날마다 쓸쓸히 부는데,
그래도 햇살을 부여잡고 고운 꽃 피우네."

하였다. … (중략) … 李學士는 〈重九後〉에서 이르기를

"고움이 시든다고 세월〔居諸 : 日月〕을 원망 말게,
한번 움킨 가을 향기 오래 오래 남느니,
사람의 마음은 때 없이 절로 변하지 않는데,
龍陽〔衛 靈公의 첩 南子〕은 어찌 前魚를 슬퍼하는고."

하였다. 예나 지금이나 흔히 미녀를 꽃에 견준다. … (중략) … 미수
는 용양의 고사를 인용했는데, 이것은 시인의 뜻밖의 비유〔意外之喩〕로
서 警策이라고 하겠다. 또 그의 〈부앵무〉에서 화운하기를 "말씨가 교묘
하면 몸은 더욱 고단하니, 모름지기 한비자〔전국시대 철학자〕가 설난
〔자신의 의견을 다른 사람이 옳게 받아들이게 설득하는 것이 어렵다는
뜻〕에 죽은 것을 믿어야 하네."라고 한 것이 모두 이런 實例를 든 것이
다. … (중략) … 문순공의 시에서는 용사나 비유를 사용하지 않고 곧
바로 天心을 꿰뚫었을 따름이다.)

위의 자료에서는 李學士의 〈重九後〉 시가 뜻밖의 비유〔意外之喩〕로
用事가 매우 잘 되어 警策이라 할 만하다고 했다. 그리고 文順公의 시
는 用事나 比喩를 사용하지 않고도 곧바로 天心을 꿰뚫었다고 평하고
있다. 최자가 여기서는 용사를 긍정적으로 평하고 있다. 미수가 인용
한 龍陽 故事에서 '龍陽'은 중국 衛 靈公의 妾 南子를 가리킨다. 이는
南子〔龍陽君〕가 衛 靈公과 낚시를 할 때 먼저 낚은 고기가 뒤에 낚은
고기보다 작아서 이것을 버리려고 했다는 故事에서 온 말로, 장차 버
림을 경우의 사람을 비유해 쓴 것이다. 음력 9월 9일 중양절 후 국화
꽃은 그 향기를 다하여 사람들로부터 버림을 받을 수 있다. 그런데 미
수의 〈重九後〉 에서는 그 중양절이 지나도 국화꽃을 함부로 버리지
말 것을 용양의 고사를 통해서 잘 드러내고 있다.

李學士梅花云, 靑帝舍情玉作花, 素衣眞箇在施家, 幾敎醉尉昏混眼, 錯認林中縞袂斜, 皇祖和金樞密玉梅云, 姑射氷膚雪作依, 香脣曉露吸珠璣, 應嫌俗藥春紅染, 欲向瑤臺駕鶴飛, 文順公梨花云, 初疑枝上雪黏華, 爲有淸香認是花, 飛來易見穿靑樹, 落去難知混白沙, 金翰林李花云, 悽風冷雨濕枯根, 一樹狂花獨放春, 無奈異香來聚窟, 漢宮重見李夫人, 李學士眉叟李花云, 曾將玉麁駕雲車, 入處瓊宮十八餘, 樹下初生因作姓, 從玆仙李便扶踈, 梅花二首用事雖異, 皆取色言, 李花兩首, 用事有深淺, 優劣自分, 眉叟但言李不言花, 雖用事深何工, 文順公率不用事, 蓋尙新意耳.)

■ ■ ■ ■ ■ ■ 〈崔滋, 『補閑集』 卷中.〉

(李學士는 〈매화〉시에서 이르기를

　　"봄이 정을 베풀어 옥으로 꽃 빚어내니,
　　흰 옷은 참으로 施家에만 있다네.
　　몇 번이나 醉尉〔漢 나라 사람인 패릉위가 술취한 것을 이름〕의 침침한 눈으로,
　　숲속에 걸려 있는 흰 옷인가 잘못 보게 하네."

하였다. 皇祖〔최자의 조부〕께서 김추밀의 〈옥매〉시에 화운하기를

　　"막고야의 흰 살결은 눈으로 옷을 삼고,
　　향기로운 입술은 구슬 같은 새벽 이슬을 빠네.
　　아마도 속된 꽃술 붉은 빛깔 싫어하여
　　요대를 향해서 학 타고 날아가리."

하였다. 문순공은 〈梨花〉에서

　　"처음엔 가지에 붙은 눈송인가 의심했더니,
　　맑은 향기 풍기자 꽃인 줄 알았네.
　　나는 꽃잎은 푸른 나무 사이로 선명히 보이더니,
　　떨어진 꽃잎은 흰 모래와 구별 못하겠네."

하였고, 김한림은 〈李花〉〔오얏꽃〕에서 이르기를

 "쓸쓸한 바람 찬 비에 마른 뿌리 적시고,
 분분히 꽃잎 날려 홀로 봄을 풍기네.
 기이한 향기 취굴〔신선이 사는 굴〕에서 나옴을 어쩔 수 없으니,
 漢 나라 궁실은 李夫人〔漢 나라 무제의 비빈으로 이연년의 누이〕
 다시 보리."

하였다. 학사 이미수도 〈李花〉에 이르기를

 "일찍이 흰 사슴에 구름 멍에 메워서,
 경궁에 들어간 지 열 여덟 해가 되었네.
 나무 밑에 처음 났기에 나무로 성을 삼으니,
 仙李〔선인과 같은 老子를 가리킴, 노자의 성이 이씨이기 때문에 나
 온 말임〕는 사방으로 번창했네."

하였다. 〈매화〉 두 수의 用事는 다르지만 다 같이 매화의 빛깔을 택해
서 말했고, 〈李花〉 두 수는 用事함이 深淺이 있으므로 그 낫고 못함은
저절로 구분된다. 眉叟는(〈李花〉라는 시에서) 다만 오얏나무〔李〕를 말
하고 꽃을 말하지 않았으니, 비록 用事가 깊으나 어찌 공교롭다고 할 수
있겠는가. 文順公〔李奎報의 諡號〕은(〈梨花〉라는 시에서) 거의 用事를
하지 않았으니, 그것은 대개 新意를 숭상한 까닭이다.)

위의 자료는 용사가 잘된 경우와 잘못된 경우, 그리고 용사를 하
지 않고 新語로써 新意를 중시한 경우를 평한 것이다. 學士 李仁老의
〈梅花〉 시와 崔滋의 조부가 김추밀의 〈玉梅〉 시에 화운한 시에서 용
사한 내용은 다르지만 모두 매화의 꽃빛을 택해서 읊은 것이며, 金翰
林의 〈李花〉나 李仁老의 〈李花〉 두 수는 용사함에 심천이 있으므로
그 낫고 못함이 저절로 구분된다고 하였다. 그러면서 이인로의 〈李花〉
에서는 다만 李〔오얏나무〕만을 말하고 그 꽃은 말하지 않았으니, 용
사가 깊지만 어찌 공교롭다고 할 수 있겠는가라고 반문하고 있다. 이

런 점으로 미루어 보면, 崔滋는 用事 자체를 부정하지는 않았다. 다만 용사를 하였을 경우 그 시에서 얼마나 시적 표현에 이바지 하느냐에 따라 용사의 深淺이 구분됨을 밝히고 있다.

　魏慶之의 『詩人玉屑』, 「用事」篇을 보면, "무릇 故事를 인용하는 것은, 흔히 얕은 말을 故事로 쓰되 익숙할 만큼 다시 생각하고 고구하지 않고서 경솔하게 인용하면, 종종 잘못이 생기게 된다."(凡用故事, 多以事淺語熟, 更不思究, 率爾用之, 往往有誤.)라는 구절이 있다. 用事를 신중하게 하지 않고 경솔하게 하다 보면 잘못이 유발될 수 있음을 지적한 것이다. 魏慶之가 『詩人玉屑』에서 신중한 용사를 당부한 것처럼, 최자도 精切한 用事를 강조하고 있다. 그리고 최자는 문순공이 거의 용사를 하지 않은 것은 新意를 숭상했기 때문이라고 평하고 있다.

　　己未仲夏 晋康公第千葉榴花盛開 公邀致李翰林仁老 金翰林克己 李留院湛之 咸司直淳 李先達奎報 請賦之 席上拈禽字最强 李翰林云 錦幄朝遮日 金鈴曉起禽 李先達云 爇香晴引蝶 散火夜驚禽 … (중략) … 以錦幄聯爲第一 笙簧於都下 或曰 此聯雖富貴婉艶 其立對相似使事相近 未免詩家一病 後於南山里第北園小峰上 別開一閣 以白茅爲帲幪 命之曰 茅亭 又請李仁老李奎報及金君綏李公老金良鏡李允甫作記 皆當時名儒 以李公奎報所述爲最 遂勒板于亭上

■ ■ ■ ■ ■ 〈崔滋, 『補閑集』 卷中.〉

　(己未年〔고려 신종 2년, 1199〕 한여름에 晋陽公〔최충헌〕의 집에 천엽 유화가 활짝 피었다. 공이 翰林 李仁老·金克己·留院 李湛之·司直 咸淳·先達 李奎報 등을 맞아 시를 짓도록 하였는데, 그 자리에서 내린 韻字 중에 '禽'字 韻이 가장 强韻이었다. 李翰林〔李仁老〕이 시를 지어 이르기를

　　"비단 장막은 아침에 해를 가리고
　　금방울은 새벽에 새를 깨우네."

라고 했고, 李先達〔李奎報〕이 이르기를

"향기를 살라 갠날 나비를 유혹하고
불을 흩어 밤에 새를 놀라게 하네."

라고 했으며, … (중략) … 위의 시구 가운데 금악의 시구〔이인로의
시구〕를 제일로 삼아 장안에서 생황에 부쳤다. 혹 어떤 이가 말하기를
"이 시구가 비록 내용이나 형식이 풍부하고 귀하며 아름답지만, 그 대를
이루어 놓은 것이 서로 비슷한 내용이고 사실을 나타낸 것이 서로 가까
워서, 시가의 한가지 병통을 면하지 못한다."라고 했다. 뒤에 남산 고을
에 있던 집의 북쪽 동산의 조그마한 봉우리 위에 따로 한 누각을 열어
흰 띠풀로 지붕을 씌우고는 茅亭이라 이름했는데, 또 이인로·이규보·
김군유·이공로·김양경·이윤보 등에게 記文 짓기를 청하니, 이들은
모두 당시의 유명한 선비들로서, 이들 가운데 이규보가 지은 글이 가장
뛰어나 마침내 板에 새겨 정자 위에 걸었다.)

위의 제시문은 이인로와 이규보의 시에 대한 평이다. 고려 신종 2
년 1199년 진양공 최충헌이 권세를 잡고 난 후 자기 집에 천엽 석류
꽃이 활짝 핀 것을 빌미 삼아 당대의 문인들을 모아 자기 권세를 확인
하려 한 것이다. 그 자리에 내린 韻字 중에 새'금'〔禽〕자 韻이 가장 강
운이었다. 그 곳에 모인 6명의 문인들 중 한림 이인로의 시가 최고였
음을 최자는 소개하고 있다. 그러면서 혹자의 말을 인용하여 대개 對
의 맞춤이 서로 비슷한 내용이고 사실을 나타낸 것이 서로 가까워서
詩家〔시인〕의 한 병통을 면치 못하고 있다고 소개하고 있다. 그러면서
최자는 또 소개하기를, 남산 고을 북쪽 동산에 '茅亭'이라는 정자를 짓
었는데, 당시의 이름난 선비들, 이인로·이규보·김운유·이공로·
김양경·이윤보 등을 초청하여 記文을 짓게 하였는데, 이들 중 이규
보가 지은 글이 가장 뛰어나 마침내 정자 위에 현판을 새겨 달았다는
내용을 소개하고 있다. 이는 최자가 의도적으로 이규보를 의식하여
평한 것으로도 보인다. 왜냐하면, '禽' 字 韻으로 지은 시를 소개하면

서 분명히 이인로의 시가 최고 작품이기 때문에 그 당시 장안에서 노
래로 불러졌다고 했음에도 최자는 누군지도 모를 혹자를 내세워 대구
가 비슷하며 유사한 내용을 나열했기 때문에 시가[시인]의 한 병폐를
면치 못했다고 하였다. 그러면서 이규보의 記文은 어떤 내용인지도
소개하지 않으면서 당대의 선비들 중 최고의 글이라고 아무런 근거도
없이 치켜세우고 있는 것이다.

> 李學士眉叟曰 杜門讀黃蘇兩集 然後語遒然 韻鏘然得作詩三昧 文順公
> 曰 吾不襲古人語 創出新意 時人聞此言 以爲兩公所入不同 非也. 其壺奧
> 雖異 所入皆一門 何也. 學者讀經史百家 非得意傳道而止 將以習其語效其
> 體 重於心熟於工 及賦詠之際 心與口相應 發言成章. 故動無生澁之辭 其
> 不襲古人 而出自新警者 唯構意設文耳 兩公所云不同者殆此而已 詩文以氣
> 爲主 氣發於性 意憑於氣 言出於情 情卽意也. 而新奇之意 立語尤難 輒爲
> 生澁 雖文順公遍閱經史 百家熏芳染彩 故其辭自然富贍 雖新意至微狀處
> 曲盡其語 而皆精熟 嘗賦明皇念奴云帝意方專眷玉環 尙知嬌艶念奴顔 若均
> 寵幸分人謗 老羯何名敢作難 雖使古人幸出此新意 其立語殆不能至此工也.
> 夫才勝其情 則雖無 佳意 語猶圓熟 情勝其才 則辭語鄙靡 而不知有佳意
> 情與才兼得 而後其詩有可觀.
>
> ■·■·■·■·■·〈崔滋, 『補閑集』 卷中.〉

(學士 李眉叟가 말하기를 "내가 방문을 걸어 잠그고 黃庭堅과 蘇軾의
두 문집을 읽고 난 뒤에야 시어가 올바르고 운율이 아름다워져서 시를
이루면 三昧에 들 수 있었다." 라고 했다. 문순공이 말하기를, "나는 옛
사람의 말을 그대로 본받지 않고 나름대로의 새로운 뜻을 지어낸다." 라
고 하니, 당시의 사람들이 이들의 말을 듣고는 兩公의 문학에 들어선 길
이 같지 않다고 하였으나, 이는 옳지 않다. 그들의 글이 나타내고 있는
내용이 깊고 오묘함에서는 비록 다르다고 하겠지만, 문학에 들어선 길은
매 한가지다. 어째서 그런가 하면, 학자가 經史[경서와 역사서]와 百家
를 읽는 것은, 그것에서 뜻을 얻고 도를 전수받는 것만으로 그치는 것이
아니라, 장차 책 속의 말을 익히고 그 문체를 본받음으로써 마음 속에
배운 것을 깊이 간직하고 글을 짓는 일에 익숙하게 하여, 글을 짓거나

시를 읊을 경우에 마음과 입이 서로 들어맞아, 말을 하면 곧 문장이 되
게 하려는 것이다. 그러므로 사물에 느끼어 글을 지을 때 생경하고 난삽
한 말이 없으며, 옛 사람의 말이나 생각을 그대로 蹈襲하지 아니하여 저
절로 새롭고 놀라운 글을 창출하게 되니, 이는 오직 뜻을 구성하여 문장
을 베푸는 것일 뿐이다. 兩公이 이른바 같지 않다는 것은 대개 이러한
것을 말하는 것일 따름이다.

　詩文은 氣를 주로 삼는데, 기는 性情에서 나오고, 뜻은 기에 의지하
며, 말은 情에서 나오는 것이니, 情은 곧 뜻이라고 할 수 있다. 그러나
새롭고 기이한 뜻이라는 것은 말로 표현하기가 쉬운 일이 아니므로, 자
신도 모르게 생경하고 난삽하게 된다. 비록 문순공이 두루 經史百家를
열람하였으나, 그 글의 훌륭한 내용이나 문체에 크게 익숙하였기 때문
에, 그 말이 자연적으로 풍부하고 아름다워진 것이다. 비록 새로운 뜻이
지극히 미묘하고 형용하기 어려운 점이 있더라도, 그 말을 꾸밈 없이 온
전히 표현하며, 모든 글이 정밀하고 완숙하게 이루어진다. 「明皇念奴」
〔唐 玄宗 때 명창〕를 지어 이르기를

　　　"제왕이 오로지 玉環〔양귀비의 어릴 때 이름〕만을 사랑하였어도
　　　오히려 아리땁고 어여쁜 염노의 얼굴 알아 주었네.
　　　총애를 고르게 하여 사람들의 헐뜯음을 나누었다면
　　　老羝〔안록산의 이칭〕이 무엇하려 난리 일으켰으리오."

　라고 하였는데, 비록 옛 사람으로 하여금 행여나 이렇게 새로운 뜻을
내어 말을 이루게 하였더라도, 이처럼 공교롭게는 이루지 못했을 것이
다. 대체로 재주가 그 사람의 감정보다 낫다면, 비록 좋은 뜻은 없으나
말이 오히려 원숙하며, 감정이 재주보다 낫다면, 辭語가 천박하여 글 속
에 좋은 뜻이 있다는 것을 알 수 없다. 그러므로 감정과 재주를 함께 얻
은 뒤에라야 그 시가 볼 만하게 된다.)

　위의 자료는 최자가 이인로와 이규보의 문학 入門이 一門이었을
밝힌 글이다. 그리고 최자가 經史百家를 읽은 이유를 밝히고 있다. 뜻
을 얻고 道도 전수받으면서 그 책 속의 말과 문체도 본받아, 마음 속
에 깊이 간직하였다가 글을 지을 때 그 배운 바를 사색하고 음미하여,

하고 싶은 생각이 마음 속으로부터 넘쳐 흐를 때 비로소 글을 지어야 함을 역설하고 있다. 글이란 체험과 사색의 결과이다. 최자는 옛 사람의 말과 체를 본받아서 마음에 배고 작문에 능숙해진 후에 글을 지어야 읽을 만한 글이 될 수 있음을 강조하고 있다. 그러면서 한 예로, 이인로는 황산곡·소동파 두 문집을 읽은 후에 말이 힘차고 운이 또랑 또랑해졌다고 했다. 그리고 이규보는 '帝不襲古人語 創出新意'라고 한 것도 경사백가를 두루 봐서 몸에 푹 배었기 때문에 그 말이 저절로 풍부하고 아름다웠던 것이라고 평하고 있다. 다시 말하면, 문순공도 옛 사람의 글을 완전히 익힌 연후에야 '創出新意'가 가능하였다는 것이다. 이인로와 이규보의 이런 문학적 태도를 가지고 당대의 문인들이 두 사람의 문학관이 다르다고 했지만, 오히려 최자는 다르지 않았음을 역설하고 있다. 문순공도 옛 사람의 글이나 문체를 완전히 익힌 연후에야 新意를 낼 수 있었다는 것이다. 그러면서, 요즘의 문인들은 "동파를 숭상하는 것은, 대개 동파의 시문에 깃들어 있는 風骨〔시의 내용과 형식의 전반을 의미함〕을 터득하고자 하는 것이 아니라, 다만 그러한 것을 증거로 하여 용사의 도구로 생각할 뿐, 표절조차 만족하게 이루지 못하니, 하물며 감히 두보의 글을 배워서 그 波瀾〔문장 기교의 하나로, 글이 뛰어나게 기복이 심하여 한 구절의 글에 여러 모양의 변화를 구사하기도 하면서 그것이 상호 작용을 하여 문장이 빛을 발하게 만드는 것〕을 배울 수 있겠는가."(今之後進讀東坡集非欲倣效以得其風骨, 但欲證據以爲用事之具, 剽竊不足導也, 況敢學杜甫得其波也.)라고 개탄하고 있다. 이런 점으로 보아, 최자도 이규보와 같이 用事 자체를 비판한 것은 아니고, 잘못된 용사나 옛 문인들의 글을 용사 대상의 도구로 삼아 자신의 衒學的인 학문 태도만 과시하려는 당대 문인들의 그릇된 자세를 비난하였음을 알 수 있다.

凡用故事不同, 或名號或言行, 大抵用事之聯, 罕有新意, 唯假借爲用, 如有新意然失實, 眉叟云, 老去陶潛方止酒, 慵多杜叟不梳頭, 此用古人名,

又云 附熱背追氷氏子, 絶交偏恨, 孔方兄此假用名, 又云, 要作洞中秦博
士, 何須墓上漢征西, 用古人官, 皇祖云, 氷廳掛鏡容寒士, 霜署提網激暖
卿, 假用官名, 文順公云, 墮車醉者只全酒, 把甕丈人寧有機, 用古人語,
皇祖云, 薄宦一生誰得鹿, 故人千里子知魚, 借用古人語, 得鹿之語非指薄
宦, 知魚之說不關故人, 此皆借用文順公云, 世味淺深曾染指, 人生得失已
忘蹄, 染指借用古人事, 與上知魚借用語同忘蹄借用古人語, 詩家貴借用,
然用之不工, 則意反而語生.

■ ■ ■ ■ ■ ■〈崔滋, 『補閑集』 卷下.〉

(무릇 고사를 사용하는 것은 한결 같지 않으니, 혹은 이름이나 호칭
을 쓰기도 하고 언행을 쓰기도 한다. 대개 用事한 聯은 新意가 드무니,
오직 빌려서 쓰는지라, 마치 新意가 있는 것 같으나 실상은 잃게 된다.
眉叟〔이인로의 字〕의 시에 이르기를,

"늙어가매 도잠은 바야흐로 술을 끊었고,
게으름이 많아져 두보는 머리를 빗지 않았다네."

라고 하였으니, 이는 옛날 사람의 이름〔古人名〕을 사용한 것이며, 또

"열에 붙어 즐겨 우박을 좇겠는가.
절교를 하고는 한갓 엽전만을 미워한다."

라고 하였는데, 이것은 명칭〔借名〕을 빌어 사용한 것이다. 또

"동굴 속의 秦 나라 박사가 되고자 한다면,
어째서 무덤 위의 漢 나라 征西〔서방을 정벌하는 대장군〕가 되려
하는가."

한 것은, 옛날 사람의 벼슬〔古人官〕을 사용한 것이다. 또 황조〔최자
의 조부〕의

"빙청에 거울을 걸어 놓으니, 가난한 선비를 용납하고,

상서에 강기를 제시하니 사치한 고관들에게 충격을 주네."

한 것은 벼슬 이름〔官名〕을 빌어서 사용한 것이다. 또 문순공의

"수레에서 떨어진 취한 사람은 다만 술 때문에 온전하며
물독을 잡은 어른이 어찌 機心이 있겠는가."

라고 한 것은, 옛 사람의 말〔古人語〕을 사용한 것이다. 황조〔祖父〕의

"하찮은 벼슬살이 한평생에 누가 천하를 얻었겠나.
천리 타향에 있는 그대가 고기의 마음을 알리라."

라고 한 것은 옛 사람의 말〔古人語〕을 빌어서 사용한 것이다. 천하를
얻는다고 한 말은 하찮은 벼슬을 가리킨 것이 아니며, 물고기의 마음을
안다고 한 말은 옛 사람과는 관계가 없는 것으로, 이는 모두 빌려서 쓴
것이다. 문순공의

"세상 맛 얕고 깊음은 일찍이 손가락을 솥 속에 넣어 국물의 맛을
보는 것 같고,
인생의 얻고 잃음은 이미 토끼 올무를 잊어버림과 같네."

라고 한 '염지'는 옛 사람의 일〔古人事〕을 빌어 사용한 것이고, 윗 시
의 '고기의 마음을 안다'는 것과 빌어 사용한 말이 똑같다. 망제는 옛 사
람의 말을 빌려 쓴 것이다. 시인들은 빌려서 쓰는 것을 귀하게 여긴다.
그러나 쓰는 것이 공교롭지 못하면, 뜻이 뒤집히고 말이 생소해진다.)

위의 자료는, 용사의 대상을 밝히고, 용사를 사용하였을 경우 새
로운 뜻〔新意〕이 드물 수도 있으며 잘못 빌려 쓰면 쓰는 것이 공교롭
지 못하여 뜻이 뒤집히고 말이 생소해질 수도 있음을 밝힌 것이다.
최자가 밝힌 용사의 대상은 옛 사람의 이름〔古人名〕, 사물의 이름
〔事物名〕, 옛 사람의 벼슬〔古人官〕, 벼슬이름〔官名〕, 옛 사람의 말〔古人

語], 옛 사람의 일〔古人事〕 등이다. 여기서 "大抵用事之聯, 罕有新意." 라고 한 시평 때문에, 일부 연구자들이 용사를 하게 되면 新意의 창출이 불가능한 것처럼 오해하기도 하였다. 최자가 용사를 부정했다는 말것가? 그렇지는 않다. 불필요한 용사나 고사를 잘못 인용하는 것을 염려하여 그렇게 말한 것이지 용사 자체를 부정한 것은 아니다. 다시 말하면, 용사가 精切하지 못할 경우 新意의 창출에 지장이 있을 수도 있다는 점을 깨우쳐 준 것이다. 이는 이인로가 『破閑集』 卷下에서 "詩家作詩多使事, 謂之點鬼簿."라고 하고 이규보가 『白雲小說』에서 "一篇內多用古人名, 是載鬼盈車體也."라고 한 것과 일맥상통하는 주장이라 할 수 있다.

이와 같은 자료로 미루어 보자면, 이인로·이규보·최자가 모두 精切하지 못한 용사를 경계했음을 알 수 있다. 용사를 하는가 하지 않는가, 新意를 창출해내는가 창출해내지 못하는가는 별개의 문제이다. 用事를 하고도 얼마든지 新意를 창출할 수 있고, 新語만 사용하여 지은 시도 그 내용이 新意를 나타내지 못하는 채 생경하고 난삽할 수도 있다. 이인로·이규보·최자 이 세 분은 모두 이런 점을 염려했던 것이다.

3. 『東人詩話』의 李仁老·李奎報評

『東人詩話』는 우리 나라에서 '詩話'라는 명칭을 처음으로 사용한 詩話集으로, 서거정이 편찬한 본격적인 시비평서이다. 그리고 고려시대로부터 조선시대 徐居正 당대까지의 시학을 조감할 수 있는 귀중한 자료집이기도 하다. 『東人詩話』의 편찬 동기에 대해서는 서거정이 직접적으로 밝힌 부분이 없다. 하지만 『東人詩話』의 내용 중에서 그 편찬 동기와 의의를 알 수 있게 해 주는 곳이 있다. 『東人詩話』 卷上,

62에 보면, "시가 비록 자잘한 일이지만 옛 사람들은 시를 지을 때 반드시 후세에 전해질 것을 바랐다."(詩雖細事, 然古人作詩, 必期傳後.)라고 하였는데, 그런 표현으로 보아 시와 시비평의 자료들을 모아 후세에 전하기 위해서 『東人詩話』를 편찬한 것임을 짐작할 수 있다.

　　여기서는 서거정이 『東人詩話』에서 李仁老와 李奎報에 대하여 평한 자료만을 선정하여 고찰하고자 한다.

　　먼저 이인로에 대한 평을 소개하고자 한다.

> 李大諫仁老瀟湘八景詩, "雲間灎灎黃金餠, 霜後溶溶碧玉濤, 欲識夜深風露重, 倚船漁父一肩高." 語本蘇舜欽, "雲頭灎灎開金餠, 水面沈沈臥綵虹." 之句, 點化自佳.
>
> 　　　　　　　■ ■ ■ ■ ■〈徐居正, 『東人詩話』 卷上.〉

> （大諫 李仁老의〈瀟湘八景〉시에,
>
> "구름 사이로 일렁이듯 비치는 황금빛 달덩어리요
> 서리 내린 뒤 출렁이는 벽옥빛의 물결이라.
> 바람 부는 한밤중에 이슬 무거운가 알고자 하노니,
> 뱃전에 기댄 어보 한쪽 어깨 높아라."
>
> 라고 하였는데, 이 말은 소순흠의
>
> "구름 끝에 일렁이듯 금빛 달덩어리 떠오르고
> 물 위에 잔잔하게 고운 무지개 걸려 있네."
>
> 라는 구절을 본뜬 것으로, 點化한 것이 절로 아름답다.)

　　위의 자료는 李仁老가 點化를 잘한 것을 평한 것이다. 이인로의〈瀟湘八景〉시의 "雲間灎灎黃金餠, 霜後溶溶碧玉濤"(구름 사이로 일렁이듯 비치는 황금빛 달 덩어리요, 서리 내린 뒤 출렁이는 벽옥빛의 물결이라.)라 한

것은, 중국 宋 나라 때 문인인 蘇舜欽(1008~1048)의 "雲頭灩灩開金餠,
水面沈沈臥綵虹"(구름 끝에 일렁이듯 금빛 달덩어리 떠오르고, 물위에 잔잔하
게 고운 무지개 걸려 있네)를 점화한 것이라고 평하고 있다.

　　點化란 作法類 용어로서 先人의 시에 나타난 뜻을 쓰되 그 뜻의
어느 지점으로부터 변화를 加하여 자기의 시 작품에 쓰는 것을 말한
다. 點化는, 원래 '模倣'에서 출발하는 것으로, 뜻을 발전적으로 변화
시키지 못하면 蹈襲[前人의 시구에 나타난 뜻을 그대로 되밟아 쓰고 따르는
것]에 그치게 되고, 발전적으로 변화시키면 바로 그 점화가 된다. 위
의 자료에서도 서거정은, 점화한 것이 절로 아름답다고 표현한 것으
로 보아, 점화의 방법을 긍정적으로 인식하고 있었던 것 같다. 서거정
은 『東人詩話』 卷上, 56에서도 〈소상팔경〉 절구시를 "청신하고 부려
하여 훌륭하게 경물을 그려낸 작품이다."(淸新富麗, 工於模寫)라고 극찬
하고 있다.

　　다음의 자료를 살펴보자.

　　　李大諫仁老, 題天水寺壁云, "待客客未到, 尋僧僧亦無. 唯餘林外鳥, 款
　曲勸提壺." 古之評詩者以謂 "詩能狀難寫之景如在目前, 含不盡之意, 見於
　言外, 然後爲至." 予於此詩見之矣. 且韓昌黎詩 "壺起窓全曙, 催歸日未西.
　無心花裏鳥, 更與盡情啼." 盖催歸喚起皆鳥名, 提壺亦鳥名. 李詩自然有韓
　法.
　　　　　　　　　　　　　　　　　■ ※ ■ ■ ■ ■〈徐居正, 『東人詩話』 卷上.〉

　　(大諫 李仁老가 〈天水寺벽에 제한 시〉에,

　　"손님 기다려도 손님 오지 않고
　　스님 찾아가도 스님 안 계시네.
　　오직 숲 너머의 새만이 남아
　　술 들기를 간절히 권하네."

　　라고 하였다. 옛 평시자들이 말하기를, "시는 모사하기 어려운 경치를

목전에 있는 것처럼 묘사하고, 시어로 다 표현해 낼 수 없는 뜻을 함축
하여 말 밖에 드러낼 수 있은 뒤에야 지극한 것이 된다." 라고 하였는데,
나는 위의 시에서 이와 같은 경지를 보았다. 또 창려 한유의 시에,

> "동창이 밝았다고 일어나라 깨우고
> 해 아직 지지 않았는데 돌아가길 재촉하네.
> 무심한 꽃 속의 새야
> 또 나와 함께 정을 다해 울어 보자."

라고 하였다. '최귀'와 '환기'는 모두 새 이름이고, '제호'도 또한 새 이
름이다. 이인로의 시에는 절로 한유의 시법이 있다.)

위의 자료는 서거정이 이인로의 시를 예찬한 것으로, 點化한 부분
을 소개한 것이다. 이인로의 〈天水寺 벽에 題한 시〉에 대해서 옛 評詩
者의 말을 빌려 장면 묘사와 시어의 함축적 표현이 매우 잘된 시라고
평했다. 그리고 詩語의 二重的 의미에 의한 점화 방법을 예시하고 있
다. 韓愈의 "喚起憁全曙, 催歸日未西, 無心花裏鳥, 更與盡情啼"라는
시구에서, '喚起'와 '催歸'는 본래 새 이름〔鳥名〕이다. 그런데 이 시에서
는 새 이름으로 보지 않고 동사로 썼는데도 뜻이 통한다. '환기'와 '최
귀'를 동사로 해석해 보면, "일어나라 부르니 창은 완전히 밝고, 돌아
가라 재촉하니 해는 아직 지지 않았다."의 의미가 되고, 새 이름〔鳥名〕
으로 해석해 보면, "喚起鳥야 창이 다 밝았다. 催歸鳥야 해가 아직 지
지 아니하였다."로 풀이된다. 詩語의 이런 이중적 의미를 이용한 것으
로, 위의 자료에서는 대간 이인로의 시를 그 하나의 예로 들고 있다.
이인로의 시에 '제호'라는 鳥名이 나타나 있다. 그러나 이 시 역시 중
의적 의미로 표현된 것이다. '제호'를 동사로 보아 해석하면 "술 들기
를 간절히 권하네."로 해석되고, 새 이름으로 풀이해 보면, "간절히 권
하네 提壺鳥가"로 해석된다.

　이런 표현 방법은 시어의 이중적 의미를 갖는 희귀한 용례를 써서

그 포괄하는 내용을 의미심장하게 하는 것으로, 한유가 시도했던 방법을 이인로가 모방한 것이지만, 그 내용은 새로운 것이므로 이 역시 결코 쉽지 않은 하나의 초보적인 점화라 할 수 있다. 이를 두고 서거정은 이인로의 〈천수사 시〉에 한유의 시법이 매우 자연스럽게 드러나고 있다고 평하고 있다. 서거정의 이런 평으로 보아, 조선 초에는 점화의 작법에 대해서 긍정적으로 인식하고 있었음을 확인할 수 있다.

古人云, "句法不當重疊." 如淮海小詞 "杜鵑聲裏斜陽暮" 蘇東坡曰, "此詞高妙, 但旣云斜陽, 又云暮重疊也." 李大諫題漁陽詩云, "槿花低映碧山峯, 卯酒初酣白玉容. 無罷霓裳懽未足, 一朝雷雨送猪龍." 此詩亦好, 但旣曰碧山, 而又曰峯, 亦未免重疊之病.

        ■・・・・■〈徐居正, 『東人詩話』 卷上.〉

(옛 사람이 이르기를 "시구의 법칙에 중첩되는 것은 옳지 않다."고 했다. 〈淮海小詞〉에,

"두견새 울음소리 속에 석양이 저무네."

라고 했는데, 소동파가 말하기를, "이 詞는 매우 절묘하지만 '斜陽'이라고 하고 또 '暮'라고 한 것은 말이 중첩된 것이다."라고 하였다. 대간 이인로가 漁陽을 두고 지은 시에,

"무궁화는 푸른 산봉우리를 낮게 비추고
아침 술에 백옥 같은 얼굴 붉으레하네.
예상곡에 맞춰 추던 춤 끝났으나 즐거움 다 채우지 못했는데
하루 아침 우레비에 저룡을 보내었네."

라고 하였다. 이 시 역시 좋긴 하지만, 푸른 산이라고 하고 또 봉우리라는 말을 썼으니, 또한 시어를 중첩한 병폐에서 벗어나지 못하였다.)

위의 자료는 시적 의미가 중첩된 부분을 지적한 것이다. 소동파가

宋 나라 秦觀의 〈淮海小詞〉 "杜鵑聲裏斜陽暮"를 평하기를 "이 詞는 매우 높고 묘하지만 '斜陽'과 '暮'가 중첩되었다."라고 했다. 서거정도 이인로의 시 〈過漁陽〉 중 "槿花低映碧山峯"의 '碧山'과 '峯'의 의미가 중첩됨을 지적하고 있다. 서거정은 『東人詩話』의 또 다른 곳에서도 시어 중첩의 폐단을 지적하고 있다.

> 李大諫八景詩, "林間出沒幾多屋, 天末有無何處山." 李政丞混永明寺詩, "長天去鳥欲何向, 大野東風吹不休." 李相 國沙平院詩, "郵吏送迎何日了, 使華來往幾時休." 三李口法相似, 然相國詞語重複未圓當竪降幡.
> ■ ■ ■ ■ ■ 〈徐居正, 『東人詩話』卷上.〉

(大諫 李仁老의 〈八景詩〉에

"숲 사이 언뜻언뜻 보이는 집들 몇 채나 되는지.
하늘 끝에 가물거리는 것은 어디쯤 있는 산이러뇨.

라고 하였고, 政丞 李混의 〈永明寺〉 시에,

"長天을 나는 새는 어디로 향하는지
넓은 들판에 봄바람은 쉬지 않고 불어 오네.

라고 하였으며, 相國 李奎報의 〈沙平院〉 시에

"역리들의 보내고 맞는 일 어느 날에나 그치려나
사신들의 행차 쉴 적이 없네."

라고 하였다 이인로·이혼·이규보 세 사람의 표현방식은 서로 비슷하다 그러나 이규보의 시는 시어가 중복되어 원만하지 못하니, 응당 다른 두 사람에게 백기를 들어야 할 것이다.)

위의 제시문도 시어의 중첩됨을 지적한 것이다. 서거정은, 이인로와 이혼의 시에는 시어가 중복되지 않았으므로, 시어가 중복된 이규보의 시보다 더 나은 작품이라고 평하고 있다. 이처럼 옛 사람이나 소동파 그리고 서거정 모두 시구의 법칙에서 중첩되는 것을 한 병폐로 인식하고 있었다.

서거정의 『東人詩話』에는 이규보에 대한 평이 이인로에 대한 평보다는 2배 정도로 많이 제시되어 있다. 그 평한 자료들을 살펴보고자 한다. 다음의 자료문은 이규보의 성품이 강직함을 예시해 놓은 것이다.

> 李文順奎報, 少以文章自負. 時李仁老 吳世材 林椿 趙通 皇甫抗 咸淳 李湛之等 稱爲七賢, 飮酒賦詩, 傍若無人. 世材死, 湛之謂奎報, "子可補耶?" 奎報曰, "七賢豈朝廷官爵, 補其闕耶? 未聞嵆阮之後, 有承之者." 又令口號云, "不知七賢內, 誰爲鑽核人?" 一坐有慍色.
>
> ■ ■ ■ ■ ■ ■〈徐居正, 『東人詩話』卷上.〉

(文順公 李奎報는 어려서부터 문장으로 자부했다. 그 당시 이인로·오세재·임춘·조통·황보항·함순·이담지 등을 '七賢'이라고 일컬었는데, 이들은 술을 마시고 시를 지으며 곁에 아무도 없는 것처럼 거림낌없이 행동했다. 오제재가 죽자, 이담지가 이규보에게 말하기를, "자네가 빈 자리를 채울 수 있겠는가?"라고 하니, 이규보가 "칠현이 도대체 무슨 조정의 관작이라고 그 빈 자리를 채운단 말씀이오? 혜강과 완적이 죽은 뒤에 그 자리를 계승하였다는 말은 듣지도 못했소이다."라고 하고는 또 다음과 같이 읊조렸다. "알지 못하겠네, 칠현 가운데 누가 오얏씨에 구멍 뚫는 사람인지?" 이를 듣고는, 자리에 같이 앉아 있던 사람들이 성난 기색을 보였다.)

위의 자료는 李奎報가 七賢에 대해서 혹평한 것을 소개한 것으로, 문순공의 강직한 성품이 잘 드러나 있다. 고려 무신란 이후 李仁老 등 7명이 중국 竹林七賢을 본떠서 竹林高會를 결성하였다. 그 竹林高會 중 한 사람인 오세재가 죽자 이담지가 이규보에게 "그 자리를 대신할 수 있겠는가"라고 해서, 이규보가 "칠현이 조정에 관작도 아닌데 그 빈 자리를 채운단 말인가"라고 반문하면서 죽림칠현의 속물성을 빗대어 죽림고회의 속물성을 비난하였다. 중국 晉 나라의 죽림칠현으로는 혜강(嵆康)·완적(阮籍)·산도(山濤)·완함(阮咸)·왕융(王戎)·향수(向秀)·유령(劉伶) 등이 있었다. 이들 중 가장 인색하고 재물에 욕심이 많은 인물이 왕융이었다. 왕융의 집에는 품질이 좋은 오얏 나무가 있었다. 해마다 그 오얏 열매를 따서 팔았는데, 사람들이 자기집의 오얏 나무 씨를 받을까 두려워해서 그 씨를 모두 송곳으로 뚫었다는 고사가 전한다. 이 고사의 내용을 인용하여 이규보는, "不知七賢內, 誰爲讚核人."이라고 하여, 왕융의 고사를 이용하여 죽림고회의 속물성을 寸鐵殺人으로 비난하였다. 위의 시만 보더라도 이규보는 用事에 능한 시인이었음을 알 수 있다.

文順公 李奎報 又云, "洞府徵謌調玉案, 敎坊選妓醉仙桃." 用太白, "選妓隨雕輦, 徵謌出洞房." 之句. 又云, "春暖鳥聲碎, 日斜人影長." 用唐人 "風暖鳥聲碎, 日高花影重." 之句. 以李高才, 尚如是, 況不及李者乎?
■·※·■·■·※〈徐居正, 『東人詩話』卷上.〉

(文順公 李奎報가 또 말하길

    "통방〔아녀자가 거처하는 툭트인 방〕의 곡조는 옥안과 어울리고
    교방〔고려 초기부터 있던 女樂을 맡던 관청〕에서 뽑힌 창기 헌선도
    에 도취했네."

라고 한 시구는, 이태백의 시

    "뽑힌 기녀는 천자의 수레를 따르고
    부르는 노래 소리 깊은 규방에서 나오네."

라는 시구의 뜻을 도습해 쓴 것이다. 또

    "봄 따스하니 새소리 부서지는 듯 들리고
    해 기우니 사람 그림자 길어지네."

라고 했는데, 이것은 당 나라 시인의

"바람 따스하니 새소리 부서지는 듯 들리고
해 높이 솟으니 꽃 그림자 짙어지네."

라는 시구를 용사한 것이다. 이규보의 뛰어난 재주로도 오히려 이와
같거늘, 하물며 그만 못한 사람에 있어서랴.

위의 자료는, 문순공 이규보 같은 뛰어난 재주로도 오히려 도습하
지 않을 수 없었음을 논한 것이다. "洞府徵謌調玉案, 敎坊選妓醉仙
桃."는 이백의 시 〈宮中行樂詞〉13) 4연 중 세번째 연의 "選妓隨雕輦,
徵歌出洞房."을 도습한 것이며, 또 이규보의 "春暖鳥聲碎, 日斜人影
長."은 唐 나라 말엽의 시인인 杜荀牧(864~904 : 杜牧의 아들)의 시 〈春
宮怨〉의 4연 중 제 3연인 "風暖鳥聲碎, 日高花影重"을 도습한 것임을
서거정은 밝히면서, 이규보 같은 뛰어난 재주를 가진 분도 오히려 이
와 같이 도습하였는데, 하물며 그만 못한 재주를 지닌 사람은 더 많은
도습을 하였을 것임 말해 도습의 피하기 어려움을 경계하고 있다.

文順沙平院詩, "朝日初昇宿霧收, 促鞭行到漢江頭. 天王不返憑誰問,
沙鳥閑飛水自流." 趙石磵選入三韓龜鑑, 批曰, "天王不返未知指言何事."
然尙取之何耶? 以今考之, 漢江無天王不復等事, 雖用左傳語, 亦不好.
■ ■ ■ ■ ■ ■〈徐居正, 『東人詩話』 卷上.〉

(이규보의 〈沙平院〉 시에,

"아침 해가 막 떠올라 묵은 안개 걷히는데

---

13) 〈宮中行樂詞〉
柳色黃金嫩, 梨花白雲香.
玉樓巢翡翠, 珠殿鎖鴛鴦.
選妓隨雕輦, 徵歌出洞房.
宮中誰一人, 飛燕在昭陽.

가는 말 재촉하여 한강 가에 이르렀네.
天王이 돌아오지 않으니 누구에게 물으랴
물새 한가로이 날고 물 절로 흐르네."

라고 하였다. 석간 조운흘은 이 시를 『삼한귀감』에 뽑아 넣고는, '천왕이 돌아오지 않는다'고 한 것은 무슨 일을 가리키는 말인지 알 수 없다고 비판하였는데, 그런데도 그 시를 취한 것은 무엇 때문인가? 지금 상고컨대 "한강에 천왕이 없으니 돌아오지 않네." 등의 일은 비록 『좌전』에 있는 말을 쓴 것이지만, 좋다고는 할 수 없다.)

위의 자료는 이규보가 점화를 잘못한 경우를 평한 것이다. 〈沙平院〉이라는 시는 『東國李相國集』 卷第六에 〈江上待舟〉로 되어 있다. 서거정이 〈江上待舟〉에서 "天王不返憑誰問"가 『左傳』에서 점화한 말임을 밝히면서, 점화가 잘 된 것은 아니라고 평하고 있다. "천왕이 돌아오지 않으니 누구에게 물으랴."의 천왕은 天子인데, 여기서의 천자는 周 나라 昭王이다. 소왕이 남쪽 지방을 巡守하다가 漢水를 건너게 되었는데, 뱃사공이 소왕을 미워하여 아교로 풀칠하여 만든 배에 태우고 강을 건너다가 중간쯤에 이르러 그 배가 그만 파산되고 말았다. 이 때문에 소왕은 영영 돌아오지 못했는데, 그 후 齊 나라 桓公이 제후를 거느리고 楚 나라를 공격하면서 이것을 추궁하자, 楚 나라에서는 "하수에 물어보라〔問諸河濱〕"하여 책임을 회피하였다는 고사가 있다.14) 서거정은, 이 周 나라 昭王의 고사와 〈江上待舟〉의 시 내용과는 아무런 인과성이 없기 때문에, 점화가 서툴다고 했다. 이처럼 시에 능했던 이규보도 점화를 잘못하여 新意를 이루어내지 못한 경우도 있었음을 서거정은 지적하고 있다.

이규보의 시 창작에는 용사의 방법만으로 창작한 것이 아니라 점화의 방법도 적지 않게 있었음을 서거정은 또 『東人詩話』 卷下에서

---

14) 『史記』, 周本紀, 注 正義. 『左傳』, 僖公 四年.

밝히고 있다.

余嘗愛李文順詩, "披襟快得風來北, 隱几從教日向西." 言順字穩, 以爲
佳對. 後見韓子蒼詩曰, "朝辭杞國風微北, 夜泊寧陵月正南." 李詩使字與
子蒼甚相似, 雖謂之暗合可也, 謂之點化亦可也.
▪ ▪ ▪ ▪ ▪〈徐居正,『東人詩話』卷下.〉

(내가 일찍이 문순공 이규보의 시를 좋아하였는데 그가 지은 시에,

"가슴을 헤치니 북풍 시원해
책상에 기댄 몸이니 해야 서쪽으로 지든 말든."

이라 한 것은, 말이 부드럽고 글자가 온건하여 훌륭한 대구라고 생각
했다. 후에 한자창이 지은

"아침에 기국을 떠남에 북풍이 살랑대더니
밤에 영릉에 머무니 달은 바로 남쪽에서 비추네."

라는 시구를 보니, 이문순의 시에 있어 글자를 부린 것이 한자창과 아
주 비슷해서 비록 우연히 일치된 것〔暗合〕이라고 할 수도 있지만 점화한
것이라고 할 수도 있다.)

위의 자료는 점화한 시에 대한 평이다. 이규보의 〈辛酉五月 端居
無事 和子美 成都草堂詩韻〉시 5연 중 3번째 연의 "披襟快得風來北,
隱几從教日向西"는 宋 나라 韓駒〔子蒼〕의 시 〈夜泊寧陵〉의 2연 "朝辭
杞國風微北, 夜泊寧陵月正南"을 點化하였다는 것이다. 그러면서 서거
정은 글자를 부린 것이 한자창과 아주 비슷해서 우연히 일치된 것으
로 보고 있다. 이는 자기 나름대로 지은 시구가 뜻하지 않게 前人의
시구와 우연히 합치되거나 같아진 것으로, 偶合〔偶同〕이라 할 수 있는
것이다. '剽竊'은 애시 당초부터 남의 것을 훔치고자 하는 뜻에서 출발

하여 남의 시구나 그 시구에 쓰인 뜻을 몰래 훔쳐다가 자기의 것으로 삼는 것을 의미하는 작법평어류 용어인데 반해, '偶合'은 처음부터 훔쳐 쓰고자 하는 의도가 없었음에도 우연히도 같은 시구를 지어낸 것을 이르는 작법평어류 용어이다. 옛 시인들이 훌륭한 시를 짓기 위해서 古人의 시법을 부단히 본받으려고 노력하였을 것이다. 그 노력하는 가운데 우연히 古人들이 본 정경과 같은 정경을 놓고 같은 시구를 지어낼 수 있었을 것이다. 이런 상황을 표절로 보지 않고 우합으로 보아야함을 서거정은 인식하고 있었던 것이다.

4. 李仁老·李奎報의 詩法과 崔滋·徐居正의 詩評基準

4.1. 李仁老·李奎報의 詩法

사람은 각기 耳目口鼻가 다르듯이 개성도 다르다. 개성이 다르듯이 문인들의 분석관도 다르다. 고려 후기 최고의 文人이라 할 수 있는 이인로·이규보 두 문인의 문학관은 어떻게 같고 다를까? 고려말 崔滋가 지은 『補閑集』과 조선 초 徐居正이 지은 『東人詩話』에는 이 두 분의 詩法에 관해서 소개한 내용이 있다. 그 자료를 통해서 두 문인의 시법의 특징을 살펴 보고자 한다. 다음의 자료는 『보한집』에서 선정한 것으로, 용사를 잘함으로써 갈고 닦는 연탁의 공교로움을 보여준 경우를 평한 것이매, 문순공과 이학사의 詩法이 제시된 것이다.

李文順公奎報, 氣壯辭雄, 創意新奇, 李學士仁老, 言皆格勝, 使事如神, 雖有攟古人畦畛處, 琢鍊之巧, 靑於藍也.

▪ ▪ ▪ ▪ ▪ 〈崔滋, 『補閑集』 卷中.〉

(文順公 李奎報는 기상이 壯하고 말이 웅대하며 創意가 新奇롭다. 學

士 李仁老는 말마다 格이 높고 故事를 인용한 솜씨가 神과 같아서 옛 사람의 밭두둑을 밟기는 했지만, 鍊琢의 공교로움은 옛 사람보다도 낫다.)

이 글에서는 文順公 李奎報가 기상이 장하고 말이 웅대하여 의미창출이 신기롭다 하였으며, 學士 李仁老는 故事를 인용한 솜씨가 매우 뛰어나 옛 사람의 글구를 되밟기는 하였지만 그 인용한 것이 흔적도 없이 매우 잘 되었다고 하였다. 이는 『四淸詩話』에서 소개한 "물 속에 녹아 있는 소금은 물을 마시면 곧 소금 맛을 알 수 있다."(水中着鹽, 飮水乃知鹽味)15)라는 말과 같이 이인로가 用事를 은근하게 잘했음을 최자가 평한 것이라 하겠다. 따라서 위의 자료에서는, 이규보는 창출한 뜻이 신기하며 이인로는 用事를 잘하여 鍊琢의 공교로움을 보여 주었다고 하였다.

다음의 자료는 崔滋가 『補閑集』에서 이규보가 대상의 모습을 잘 형상화하고 李仁老가 用事를 잘했음을 평한 것이다.

文順公蟾云, 痱磊形可憎, 爬嗜行亦澁, 群虫且莫輕, 解向月中入, 眉叟蟻云, 身動牛應鬪, 穴深山恐頹, 功名珠幾曲, 富貴夢初回, 文順公形容甚工, 李學士句句皆用事.

■ ■ ■ ■ ■ 〈崔滋, 『補閑集』卷中.〉

(文順公은 〈두꺼비〉〔蟾〕를 읊은 시에서 "더덕더덕한 꼴 밉상스럽고, 엉금엉금 기는 걸음 또한 느리네. 뭇 벌레들은 그렇다고 경멸하지 마라, 허물 벗고 달 속으로 들어갈 수 있다네." 하였다. 眉叟는 〈개미〉〔蟻〕를 읊은 시에서 "몸을 움직이면 소와도 능히 싸우고, 굴은 깊숙하여 산이 허물어질까 두렵네. 공명의 구슬은 몇 구비러냐, 부귀의 꿈 처음으로 돌아오네." 하였다. 文順公〔이규보〕은 형용이 매우 섬세하다. 李學士〔이인로〕는 구절마다 모두 고사를 인용했다.)

위의 자료에서 문순공〔이규보〕의 〈蟾〉(두꺼비) 시는 그의 〈群虫詠〉에 실려 있는 8수 중 네번째 시이다. 『東國李相國集』 제3권에는 〈月宮入〉으로 소개되고 있다. 〈蟾〉(두꺼비)시 4연은 항아의 故事를 인용하고 있다. 예(羿)의 부인인 항아가 남편 예가 서왕모에게서 얻은 선

---

15) 魏慶之, 『詩人玉屑』「用事」, p.123.

약을 훔쳐 달 속으로 달아나 두꺼비로 변화되었다는 이야기를 이용한 것이다. 그리고 이인로의 詩 〈蟻〉〔개미〕는 구절마다 故事를 쓰고 있다. 제1句인 "몸을 움직이면 소와도 능히 싸우고"는 晉의 殷仲堪의 아버지가 귓병이 생겨, 平牀 밑에서 개미가 움직이는 소리를 소가 싸우는 소리로 들었다는 故事를 인용한 것이다. 제2句 "굴은 깊숙하여 산이 허물어질까 두렵네."는 개미 구멍으로 둑이 무너지고 집이 불탄다는 『韓非子』에 기록된 故事이며, 제3句 "공명의 구슬은 몇 구비러냐."는 孔子와 관련된 故事로, 孔子가 陳 나라 匡땅 사람들에게 陽虎로 의심받아 붙잡혔는데, 그 때 그 厄을 벗어나기 위해 九曲珠에 실을 꿰도록 시험을 받았다고 한다. 그 때 한 村婦로부터 개미 허리에 실을 매어 九曲珠를 꿰는 비결을 배웠다는 故事를 쓴 것이다. 제4句 "부귀의 꿈 처음으로 돌아오네"는 南柯一夢의 故事로, 唐의 淳于棼이 槐樹의 남쪽 가지 밑 개미 굴 위에서 잠을 자다가 꿈 속에서 槐安國의 부마가 되고 南柯郡의 太守가 되어 온갖 부귀 영화를 누리다가 꿈을 깼다는 故事를 쓴 것이다. 이처럼 이규보도 시 창작에서 흔히 용사를 하였으며, 이인로는 특히 용사를 매우 잘한 시인이었다 할 것이다.

다음은 최자가 『보한집』에서 용사가 잘된 시에 대하여 '警策'라는 평어를 곁들여 논한 자료이다.

文順公云, 青帝司花剪刻多, 何如白帝又司花, 金風日月吹蕭瑟, 把底陽和放艶, … (중략) … 李學士重九後云, 莫將殘艶怨居諸, 一秋香久尙餘, 人意不墮時自變, 龍陽何苦泣前魚, 古今多以美女比花, … (중략) … 眉叟用龍陽事, 此詩家意外之喩最警, 又賦鸚鵡云, 語言愈巧身愈困, 須信韓非死說難, 皆類此.

▪ ▪ ▪ ▪ ▪ 〈崔滋, 『補閑集』 卷中.〉

(文順公은 이르기를 "봄〔青帝 : 봄의 신〕은 꽃을 맡았다가 갈기고 갔는데, 어쩌자고 가을〔白帝 : 가을의 신〕은 또 꽃을 피우려 하는가. 가을바람 날마다 쓸쓸히 부는데, 그래도 햇살을 부여잡고 고운 꽃 피우네."

하였다. … (중략) … 李學士는 〈重九後〉에서 이르기를 "고움이 시든다
고 세월[居諸 : 日月]을 원망 말게, 한번 움킨 가을 향기 오래 오래 남느
니, 사람의 마음은 때없이 절로 변하지 않는데, 龍陽[衛 靈公의 첩 南
子]은 어찌 前魚를 슬퍼하는고." 하였다. 예나 지금이나 흔히 미녀를 꽃
에 견준다. … (중략) … 미수는 용양의 고사를 인용했는데, 이것은 시
인의 뜻밖의 비유[意外之喻]로서 '警策'이라고 하겠다. 또 그의 〈부앵무〉
에서 화운하기를 "말씨가 교묘하면 몸은 더욱 고단하니, 모름지기 한비
자[전국시대 철학자]가 세난[자신의 의견을 다른 사람이 옳게 받아들이
게 유세하여 설득하는 것이 어렵다는 뜻]에 죽은 것을 믿어야 하네." 한
것이 모두 이런 류이다.)

이것은 美人의 故事를 통해서 새로운 의미를 얻은 용사의 實例를
든 것이다. 위의 자료는, 이규보도 '靑帝'와 '白帝'라는 古語를 이용하
여 시를 지었다는 평이다. 그리고 李仁老가 〈重九後〉에서 '龍陽'과 '前
魚'의 고사를 인용하고 있음을 높이 평한 것이다. 중국 衛 靈公의 애
첩인 南子가 衛 靈公과 낚시를 할 때 먼저 낚은 고기가 뒤에 낚은 고
기보다 작아서 이것을 버리려고 했다는 故事를 쓴 것으로, 장차 버림
을 받을 경우의 사람에 비유해 쓴 것이다. 최자는, 用事를 하고도 뜻밖
의 비유를 나타낸 이인로의 시가 '警策'이 될 만하다고 평가했다. 최자
의 이런 평으로 미루어 보자면, 用事를 했다고 해서 새로운 의미를 드
러내지 못한다고 할 수는 없다.

용사를 하고도 얼마든지 새로운 의미 곧 新意를 나타낼 수 있다.
이규보의 『동국이상국집』, 「답전이지논문서」에는 新語에 대해서 언급
한 부분이 있는데, 이규보가 新語로 新意를 짓는 이유를 밝힌 것이다.
그 이유는 古人의 글을 잘못 본받을까하여 新語로 新意를 짓는다고
하였다. 그런데 이인로는 古人의 글이나 말을 이용하여 글을 지었더
라도 그 새로운 의미를 드러낼 수 있었음을 최자는 밝히고 있다.

다음은 용사한 시와 용사하지 않은 시의 차이를 밝힌 자료이다.

李學士梅花云, 青帝舍情玉作花, 素衣眞箇在施家, 幾教醉尉昏混眼, 錯認林中縞袂斜, 皇祖和金樞密玉梅云, 姑射氷膚雪作依, 香唇曉露吸珠璣, 應嫌俗蘂春紅染, 欲向瑤臺駕鶴飛, 文順公梨花云, 初疑枝上雪黏華, 爲有清香認是花, 飛來易見穿青樹, 落去難知混白沙, 金翰林李花云, 悽風冷雨濕枯根, 一樹狂花獨放春, 無奈異香來聚窟, 漢宮重見李夫人, 李學士眉叟李花云, 曾將玉鹿駕雲車, 入處瓊宮十八餘, 樹下初生因作姓, 從玆仙李便扶踈, 梅花二首用事雖異, 皆取色言, 李花兩首, 用事有深淺, 優劣自分, 眉叟但言李不言花, 雖用事深何工, 文順公率不用事, 蓋尙新意耳.

■·■·■·■·■·■ 〈崔滋, 『補閑集』卷中.〉

(李學士는 〈매화〉시에서 이르기를 "봄이 정을 베풀어 옥으로 꽃 빚어 내니, 흰 옷은 참으로 施家에 있다네. 몇 번이나 醉尉〔漢 나라 사람인 패릉위가 술취한 것을 이름〕의 침침한 눈으로, 숲속에 걸려 있는 흰 옷인가 잘못 보게 하네." 하였다. 황조〔최자의 조부〕께서 김추밀의 〈옥매〉 시에 화운하기를 "막고야의 흰 살결은 눈으로 옷을 삼고, 향기로운 입술은 구슬 같은 새벽 이슬을 빠네. 아마도 속된 꽃술 붉은 빛깔 싫어하여 요대를 향해서 학 타고 날아가리." 하였다. 문순공은 〈梨花〉〔배꽃〕에서 "처음엔 가지에 붙은 눈송인가 의심했더니, 맑는 향기 풍기자 꽃인 줄 알았네. 나는 꽃잎은 푸른 나무 사이로 선명히 보이더니, 떨어진 꽃잎은 흰모래와 구별 못하겠네." 하였고, 김한림은 〈李花〉〔오얏꽃〕에서 이르기를 "쓸쓸한 바람 찬 비에 마른 뿌리 적시고, 분분히 꽃잎 날려 홀로 봄을 풍기네. 기이한 향기 취굴〔신선이 사는 굴〕에서 나옴을 어쩔 수 없으니, 漢 나라 궁실은 李夫人〔漢 나라 무제의 비빈으로 이연년의 누이〕 다시 보리." 하였다. 학사 이미수도 〈李花〉〔오얏꽃〕에 이르기를 "일찍이 흰 사슴에 구름 멍에 메워서, 경궁에 들어간지 열 여덟 해가 되었네. 나무 밑에 처음 났기에 나무로 성을 삼으니, 仙李〔선인과 같은 노자를 가리킴, 노자의 성이 이씨이기 때문에 나온 말임〕는 사방으로 번창했네." 하였다. 〈매화〉두 수의 用事는 다르지만 다 같이 매화의 빛깔을 택해서 말했고, 〈李花〉 두 수는 用事함이 深淺이 있으므로 그 낫고 못함은 저절로 구분된다. 眉叟는(〈李花〉라는 시에서) 다만 오얏나무〔李〕를 말하고 꽃을 말하지 않았으니, 비록 用事가 깊으나 어찌 교묘하다고 할 수 있겠는가. 文順公〔李奎報의 諡號〕은(〈梨花〉〔배꽃〕라는 시에서) 거의 用事를

하지 않았으니 그것은 대개 新意를 숭상한 까닭이다.)

　여기서는 用事를 하지 않은 시가 用事를 한 시보다 新意를 나타냈음을 지적하고 있다. 위의 자료는, 李仁老가 〈李花〉라는 시에서 오얏나무〔李〕만을 말하고 꽃을 말하지 않았기 때문에 우연히도 공교롭지 못한 시를 짓게 되었던 것을 말한 것인데, 오직 用事를 하였기 때문에 그의 시가 공교롭지 못하게 되었다는 것처럼 오해하게 하는 자료이다. 최자는 用事가 깊으나 오얏나무만 말하고 꽃을 말하지 않았기 때문에 교묘하지 않다고 한 것이다. 또 이규보가 新意를 숭상하였던 까닭에 좀처럼 불필요한 用事는 하지 않았던 것을 말하였는데, 新意를 나타내자면 절대로 用事를 해서는 안되는 것처럼 오해하게 하는 자료이기도 하다. 그러나 用事는 문장을 지을 때 필요한 작법이므로, 결코 부정적으로 인식될 작법이 아니다.

　우리가 무슨 말을 하거나 글을 지을 때 전혀 用事를 하지 않고 자기의 말만 하다 보면, 그 말이나 글의 이치가 대개는 뜻이 깊지 못하고 범상한 데 그치고 만다. 孔子·孟子 등 聖賢의 말씀이나 여러 經書에서도 역대 帝王의 治績과 관련된 사건 또는 先代 賢人들의 언행을 用事하여 그 말이나 글이 더욱 알차고 새로운 뜻을 나타낸 것을 볼 수 있다.

　다음의 자료를 살펴보자.

　李學士眉叟使大金, 次韻漁陽懷古云, 槿花低映碧山峰, 卯酒初酣白玉容, 舞罷霓裳歡未足, 一朝雷雨送猪龍, 後李司成百全, 爲書狀官入大金, 抵此和之云, 一上我鵝毛寺後峰, 祿山曾此鍊軍容, 只因欲奪雞頭肉, 豈是爭爲月化龍, 又宴會驪山玉藥峰, 芙蓉那似酒酣龍, 不知今有明駝使, 千里殷勤寄瑞龍, 眉叟用事, 必以辭語淸新, 然槿花事語新而意不切, 其次韻峰龍兩字甚佳.

■ ※ ■ ※ ■ ※〈崔滋, 『補閑集』 卷中.〉

　　(이학사 미수가 大金〔元 나라〕에 사신으로 가서 〈漁陽懷古〉에 차운하기를 "무궁화꽃은 푸른 산봉우리에 나직이 비치고, 아침술〔卯時에 먹는 술 : 5시~7시 사이〕은 흰 얼굴에 처음 취하는구나. 예상곡에 맞추어 춤 끝나도 즐거움 만족하지 못하니, 하루 아침 천둥 비에 猪龍〔안녹산〕을 보내도다." 하였다. 후에 司成 李百全〔고려 문인〕은 서장관이 되어 元 나라에 들어가서 여기에 화운하기를, "아모사 뒷 봉우리에 한번 오르니, 안녹산이 여기서 군사 훈련하였어라. 다만 계두육〔양귀비의 젖가슴〕을 빼앗으려 했을 뿐인데, 어찌 돼지〔月〕가 용이 되자고 다툰 것이겠는가." 하고 또 "여산〔唐 현종의 화청궁이 있던 장소〕의 옥예봉에 잔치 자리 베푸니, 부용〔양귀비〕은 술에 취한 얼굴 같은데, 아지 못하겠노라. 지금도 명타사〔마부〕 있어, 천리에서 은근히 서룡〔향로의 일종〕을 보여 주려나." 하였다. 미수가 故事를 인용함〔用事〕에는 반드시 말을 맑고 새롭게 하였으나 무궁화 꽃을 用事한 것은 말은 새로워도 뜻은 절실하지 않고, 그가 차운한 '峰'·'龍' 두 글자는 매우 훌륭하다.)

　　위의 자료에서는 李仁老가 故事를 인용할 때 반드시 辭語를 맑고 새롭게 하였다고 평하고 있다. 최자의 평과 같이, 用事를 하고도 얼마든지 새로운 의미를 드러낼 수 있었음을 알 수 있다.
　　다음 자료는 '暗合'〔남 모르게 합치됨〕이라고 할 만큼 점화가 잘된 것을 평한 것이다.

　　余嘗愛李文順詩, 披襟快得風來北, 隱几從敎日向西, 言順字穩, 以爲佳對, 後見韓子蒼詩曰, 朝辭杞國風微北, 夜泊寧陵月正南, 李詩使字與子蒼甚相似, 雖謂之暗合可也, 謂之點化亦可也.)
▪ ▪ ▪ ▪ ▪ ▪〈徐居正,『東人詩話』卷下.〉

　　(내가 일찍이 文順公 李奎報의 시

　　　가슴을 헤치니 북풍이 불어오고
　　　책상에 기댄 몸이니 해야 서쪽으로 지든 말든.

이라 한 것을 좋아하였는데, 말이 부드럽고 글자가 온건하여 훌륭한 대구라고 생각하였다. 후에 韓子蒼〔송 나라 때 문인 : 韓駒의 字〕이 지은,

> 아침에 杞國을 떠남에 북풍이 살랑대더니
> 밤에 영릉에 머무니 달은 바로 남쪽에서 비추네.

라는 시구를 보니, 李奎報의 시에 있어 글자를 부린 것이 韓子蒼과 아주 비슷해서, 비록 우연히 일치된 것 〔暗合〕이라고 하여도 좋을 것이며, 點化한 것이라고 하여도 좋을 것이다.)

위의 자료는, 문순공 이규보가 宋 나라 한자창의 시를 점화하려는 의도가 없이 시를 지었는데, 뜻이 서로 남 모르게 합치된 경우로 暗合〔偶合·偶同〕이라 평한 것이다. 자창의 시구 "아침에 杞國을 떠남에 북풍이 살랑대더니"라고 한 것은, 아침 정경의 모습으로, 아침의 밝은 이미지와 북풍의 어두운 이미지가 잘 어울린다. 그리고 "밤에 영릉에 머무니 달은 바로 남쪽에서 비추네."라고 한 것은, 밤의 어둠의 이미지와 남쪽의 밝은 이미지가 대조된다 이에 비하여 문순공의 시 "가슴을 헤치니 북풍이 시원하고, 책상에 기댄 몸이니 해야 서쪽으로 지든 말든."이라고 한 데에서는 하루 종일 한가롭게 공부하는 모습이 잘 그려지고 있다. 이규보의 시가 모방하려 한 것이 아닌데도 한자창의 시와 일치하는 면이 있다.

'蹈襲'은 옛 사람의 시구를 模倣하여 그 시구에 나타난 뜻을 변화시켜 點化하려다가 발전적으로 변화시키지 못하고 그 뜻을 그저 되밟아 따르는 수준에 머무는 것을 의미한다. 그리고 '표절'은 도습이 지나친 경우에 해당된다. 다시 말하자면 '표절'은, 불순한 생각으로 처음부터 남의 것을 훔치고자 하는 뜻에서 출발하여 남의 시구나 그 시구에 쓰인 뜻을 몰래 훔쳐다가 자기의 것으로 삼는 것을 평하는 評語類 용어이다.

그러면, 조선 전기의 도습에 관한 비평 자료 하나를 살펴보기로 하자. 역대 시인들이 누구나 발전적인 점화에 이르지 못하는 도습을 꺼려하였을 것이다.

詩不踏襲, 古人所難. 李文順平生自謂, 擺落陳腐, 自出機杼. 如犯古語, 死且避之. 然有句云, 黃稻日肥鷄鶩喜, 碧梧秋老鳳凰愁. 用少陵, 紅稻啄餘鸚鵡粒, 碧梧樓老鳳凰枝之句.

■ ■ ■ ■ ■ 〈徐居正, 『東人詩話』 卷上.〉

(시를 지을 때 남의 시를 踏襲하지 않는 것은 옛 사람들이 어려워한 것이다. 文順公 李奎報가 평소 말하기를, "진부함을 떨쳐버리고 스스로 자신의 독창적인 표현을 지어내야 하니, 낡은 시어를 빌려 쓰는 것과 같은 짓은 죽어도 피해야 할 것이다."라고 하였다. 그러나 그의 시구에,

누런 벼 날로 영그니 닭과 오리 기뻐하고,
벽오동에 가을 깊어가니 봉황이 근심하네.

라고 하였는데, 이것은 소릉〔두보〕의

앵무새가 쪼다 남은 붉은 나락
늙은 봉황 깃든 벽오동 가지.

라는 시구를 踏襲한 것이다.)

위의 자료는, 文順公 李奎報가 도습을 꺼려야 함을 주장했음에도 그 또한 도습을 피하기 어려웠음을 논한 것이다. 李奎報 평소의 생각이, 자신의 독창적인 표현을 위해서는 낡은 시어를 빌려 쓰는 것은 결코 피해야 할 것임을 주장했다는 것을 소개하고 있다. 그와 같이 이규보 자신도 남의 낡은 시어에 나타난 뜻을 도습해 쓰는 것을 피해야 함을 역설했으나, 그의 실제의 시 작품에서 古人이 시구에 나타난 뜻을

잘못 模倣하여 도습에 그친 예를 위의 자료에서 徐居正은 지적하고 있다.

이규보의 "누런 벼 날로 영그니 닭과 오리 기뻐하고, 벽오동에 가을 깊어 가니 봉황이 근심하네."16)라고 한 것은, 杜甫의 "앵무새가 쪼다 남은 붉은 나락 늙은 봉황 깃든 벽오동 가지"17)를 그저 되밟아 따르는 수준에 머문 경우이다. 두보의 시구는 늦가을 쓸쓸한 모습을 묘사한 것인데, 이규보의 시구는 그 두보의 시적 의미를 크게 벗어나지 못하고 있다. 이는 古人의 시구에 나타난 뜻을 발전적으로 변화시키지 못하여 도습에 머문 것을 평한 자료라 하겠다. 이처럼 누구나, 점화를 잘 해야 한다는 생각은 가지고 있었으나, 실제 작품에서는 점화로 발전시키기가 무척 어려웠던 것이다.

위에서 소개한 자료에서와 같이 이규보 자신도 시를 창작할 때 점화하려는 뜻에서 두보의 시를 모방했을 것이다. 그러나 후대의 독자 서거정은 그것을 도습에 그친 경우로 평하고 있다. 시인은 점화를 염두에 두고 점화하였으나 후대의 독자들은 그 시적 의미를 파악해 보고는 도습으로 평하게도 되었던 것이다. 서거정의 이런 비평 태도로 보아 우리는, 점화를 제대로 하지 못하여 도습에 머무는 경우를 옛 시인들이 거려했음을 알 수 있다.

이인로는 精切한 用事의 방법에 남다른 관심을 지니고 있었다. 따라서 이인로는 用事를 잘하여 鍊琢의 공교로움을 보여 주고 있다. 이규보 역시 用事의 방법으로 시를 창작하였으며, 점화의 방법에도 관심이 높았음을 알 수 있다. 때로는 점화가 잘못되어 도습에 그친 경우도 있었다. 따라서 이인로·이규보 시인의 詩法의 차이는 精切한 用事

---

16) 李奎報「寄吳德全」
　　海山東去路悠悠, 一落天涯故倦遊. 黃稻日肥雞鶩喜, 碧梧秋露鳳凰愁.
　　煙波不返遊吳棹, 雪月期浮訪剡舟. 盛代未應終見棄, 莫辭垂白釣淸流.
17) 杜甫「秋興八首」중 8번째 수
　　見吾御宿自逶迤, 紫閣峰陰入渼陂. 紅稻啄餘鸚鵡粒, 碧梧棲老鳳凰枝.
　　佳人拾翠春相問, 仙侶同舟晚更移. 綵筆昔曾干氣象, 白頭今望若低垂.

에 거대한 관심 그리고 點化에 대한 관심에까지도 시의식이 확장되었
느냐 안 되었느냐의 차이인 것 같다. 崔滋의 『補閑集』과 徐居正의
『東人詩話』에는 新語로써 新意를 드러내야 한다고 직접적으로 서술한
부분이 없다. 그러나 李奎報의 『東國李相國集』, 卷第二十六, 「答全履
之論文書」에는 古人의 글을 본받는 것이 서툴러서 제대로 본받지 못
하고 古人의 글을 蹈襲하는 데 그치거나 심지어 古人의 말을 도둑질
해 쓰는 데 이르는 것을 이규보가 싫어했기 때문에 新語로써 新意를
나타내지 않을 수 없다고 언급한 부분이 있다. 이런 이규보의 시작 태
도로 보아, 이규보가 用事나 點化 자체를 부정적으로 생각하여 물리
치지는 않았음을 알 수 있다. 이규보는 다만, 古人의 體를 제대로 본
받는다는 것이 쉽지 않는 일이기 때문에, 어설프게 古人을 본받으려
다가 도습이나 표절을 면할 수 없는 지경이 되지나 않을까 우려하여
자기 나름의 새로운 말을 창출해 내지 않을 수 없었던 것이다. 따라서
이인로·이규보 두 시인의 詩法에 차이가 있었다면, 用事에 관심이
많았는가와 點化에 대한 인식의 차이였던 것 같다. 최자나 서거정 모
두 이인로에 관해서 점화에 대한 언급은 없다. 오히려 이인로가 지은
『破閑集』에는 點化에 대해서 부정적으로 서술해 놓은 구절이 있음을
알 수 있다.

昔山谷論詩, 以謂不易古人之意而造其語, 謂之換骨, 規模古人之意而形
容之, 謂之奪胎, 此雖與夫活剝生吞者, 相去如天淵, 然未免剽掠潛竊以爲
之工, 豈所謂出新意於古人所不到者之爲妙哉.
■ ■ ■ ※ ■ 〈李仁老, 『破閑集』 卷下.〉

(옛날에 黃山谷이 시를 논하여 이르기를, 古人의 뜻을 바꾸지 않고
그 말을 지어내는 것을 換骨이라 하고 古人의 뜻을 본받아서 형용하는
것을 奪胎라 한다 하였으니, 이는 비록 그 활박생탄[남의 시가·문장
등의 글구를 그대로 모방하고 조금도 독창적인 것이 없이 산 채로 박제
를 하듯 두들겨서 털도 안 뽑고 산 채로 삼킨다는 뜻]하는 것과는 차이

가 마치 하늘과 깊은 못의 차이라 하겠으나, 표절 약탈하고 몰래 훔쳐다
가 자기의 공교로움을 삼는 것을 면할 수 없으니, 어찌 古人이 이르지
못한 경지에서 새로운 뜻을 지어내는 것으로서의 妙함이 되겠는가?)

위의 자료에서처럼, 이인로는 古人의 뜻을 蹈襲한 換骨奪胎〔點化〕
가 剽竊를 면할 수 없는 것이라고 부정적으로 논한 것을 보게 된다.
이는 이인로가 點化 자체를 분명하게 인식하지 못한 것이라기보다는
剽竊를 경계하는 우려에서 나온 것이라 할 수 있다. 그러나 서거정이
『東人詩話』에서 밝힌 것처럼 이인로와 달리 이규보는 點化에 대해 긍
정적인 인식을 하고 있었던 것 같다. 그러므로 이인로·이규보 두 문
인 모두, 用事에는 능통하였으며 이규보는 다만 用事가 잘못되어 표
절이나 도습이 될까 염려하였고, 이인로는 點化에 대하여 자칫 표절
이 될까 염려하였기에 그 점화를 신중하게 할 것을 경계하였음을 알
수 있다.

4.2. 崔滋·徐居正의 詩評基準

고려 후기와 조선 초기에 생존했던 최자와 서거정 두 문인이 생각
한 중요한 시평기준은 무엇이었을까?
최자의 『補閑集』序文에 "이를테면 남의 것을 그대로 몰래 훔쳐
오고 아로새기듯 그려내며, 과장되고 빛나게도 푸른 색 붉은 색 칠하
는 것은, 선비들이 진실로 범하지 않는 것이다."(若剽竊刻畵 誇耀靑紅 儒
者固不爲也.)라는 구절이 있다. 이는 최자의 詩觀을 엿볼 수 있는 것으
로, 남의 글을 표절하거나 과장되게 표현함을 경계한 것이다. 그리고
또 "지금의 후진들은 聲律과 章句를 숭상하여 글자를 다듬는 경우에는
반드시 새롭게 하고자 하는 까닭으로 그 말이 생경하고, 대우를 단련
함에 반드시 같은 말로써 하고자 하므로 그 뜻이 졸렬하게 되니, 雄傑
하고 老成한 기풍은 이로 말미암아 상실 되는 것이다."(今之後進 尙聲律

章句 琢字必欲新 故其語生 鍊對必以類 故其意拙 雄傑老成之風 由是喪矣.)라는 구절이 있다. 여기서도 최자의 시관을 짐작할 수 있으니, 후진들이 시를 지을 때 글자를 다듬는 것만 중시하여 말이 생소해짐을 지적하고 있는 것이다. 先代의 文人들과는 달리, 최자 시대의 문인들이 시를 지을 때 글자를 연탁하는 데에 반드시 새롭게만 하려고 하여 그 말이 생소하며 대우한 말은 같은 말로써 하려고 하므로 그 뜻이 졸렬함을 면할 수 없다는 것이다. 이런 사실로 미루어 보아, 최자는 남의 문장을 훔쳐오거나 과장된 표현 생소한 표현을 하는 것을 꺼려했음을 알 수 있다.

최자가 생존했던 당시 漢詩壇에는 임춘과 이인로의 계열에 속하는 일파와 이규보 계열에 따르는 일파로 크게 두 갈래로 나뉘어져 있었다. 그리하여 이인로의 『파한집』은 자신과 그 계열의 시인들의 詩法을 다루어 '剽竊刻畫'하고 '誇耀靑紅'하여 琢字와 鍊對에 몰두하고 辭語와 聲律을 앞세운 점이 다소 없지 않았다. 崔滋는 『補閑集』에서 그것을 지적하여 비판하고, 사어와 성률보다는 氣骨과 意格을 앞세우는 이규보의 계통을 옹호하고 추종하였다. 『보한집』의 서문에서도 그런 점이 잘 드러나고 있다.

『동문선』의 서문에도 서거정의 시관이 드러난 구절이 있다. 그 序文에 "만약 文을 위한 文을 하고 道에 뿌리박지 아니하며, 六經의 법칙에 어긋나고 諸子〔『老子』·『莊子』등의 책〕 범위에 빠져 버린다면, 文이 道를 꿰는 文이 아니어서,"(如或文於文 不本乎道 背六經之規矱 落諸子之科曰 則文非貫道之文.)라는 구절과 "하물며 文이란 道를 꿰는 그릇임에랴, 六經의 文은 文을 짓는 데에 뜻이 있는 것이 아닌 데도 자연히 道에 합하는 것이다."(況文者 貫道之器 六經之文 非有意於文 而自然配乎道.)라는 구절이 있다. 이는 최자가 『보한집』의 서문에서 밝힌 "文이란 道를 밟는 文으로서, 도리에 맞지 않는 말에 간여해서는 안된다."(文者, 蹈道之門 不涉不經之語.)라고 한 의미와 상통한다. 최자나 서거정 모두, 文

의 기본은 道에 있음을 확인해 주고 있는 것처럼, 두 문인의 시관은 道를 중시하는 데서 출발하고 있음을 확인할 수 있다..

여기서는 『보한집』과 『동인시화』에서 최자와 서거정이 고려 후기 이인로와 이규보 두 문인의 시를 평할 때 어떤 기준에 의해서 시평을 행 했는가를 그 비평문을 통해 구체적으로 고찰하고자 한다.

① 李文順公奎報 氣壯辭雄創意新奇 李學士仁老 言皆格勝 使事如神 雖有蹈古人畦畛處 琢鍊之巧靑於藍也.
　　　　　　　　　　　　　　　　　　· · · · · ·〈崔滋, 『補閑集』 卷中.〉

(文順公 李奎報는 시에 나타난 기운이 굳세고 말이 웅장하며 창출한 뜻이 신기하다. 學士 李仁老는 말이 모두 격이 훌륭하고 故事를 부려 쓰는 것이 신통스러울 정도다. 비록 옛 사람의 밭두둑을 밟은 흔적이 있으나, 연탁의 공교로움은 오히려 옛 사람이 미치지 못할 정도이다.)

② 李眉叟明妃長篇略云 早年若貯黃金屋 一笑聲中漢業空 不敎尤物留帝側 延壽錯畫直是忠 文順公云 若將一女使和隣 何恨胡沙委玉人 狼子貪婪終莫厭 可憐虛辱後宮嬪 前詩弄天機 後詩言人情 文順公蟬云 不敢傍古柳 恐驚枝上蟬 莫敎移別樹 好聽一聲全 眉叟詩飮風眞自虛 吸露亦至潔 何事趁晨 哀哀聲不絶 眉叟詩言蟬甚詳 文順公言簡意新.
　　　　　　　　　　　　　　　　　　· · · · · ·〈崔滋, 『補閑集』 卷中.〉

(이미수의 시〈明妃長篇〉의 대략을 보면 이러하다.

　　일찍이 만약 황금집에 살게 했다면
　　한 웃음 소리 속에 漢 나라의 공업 헛되었으리.
　　미인을 제왕 곁에 두지 말라고
　　모연수가 잘못 그린 것은 정말 충성이었네.

　　라고 하였다. 문순공이 읊기를

> 한 여인 보내 이웃 나라와 화친할 수 있다면
> 오랑캐 땅에 미인 맡긴들 무슨 한이 있으랴.
> 이리는 욕심 많아 끝내 싫어함이 없으니
> 가련하게도 헛되이 후궁 빈만 욕보였네.

라고 하였다. 앞의 시는 천기를 희롱한 것이고, 뒤의 시는 인정을 말하고 있다. 문순공의 〈매미〉 시에 이르기를

> 고목의 버드나무 가까이 할 수 없는 것은
> 가지 위의 매미 놀래어 날아갈까 저어 하는 까닭이네.
> 다른 나무에 옮아가지 마라는 뜻은
> 한 소리만 오로지 듣기 좋아해서라네.

라고 하였다. 미수도 읊기를

> 바람을 마시니 참으로 절로 욕심 없어지고
> 이슬 들이키니 또한 깨끗하기 그지없네.
> 무슨 일로 가을날 이른 아침 찾아와서는
> 슬픈 소리로 끝없이 울어대는고.

라고 하였다. 미수의 시는 매미를 말함에 있어 아주 상세하고, 문순공의 시는 말이 간략하나 새로운 뜻을 나타내고 있다.)

위의 자료는 최자의 시평기준이 다분히 인상적 비평의 범주에 머물고 있음을 보여 주는 것이기도 하다. 이는 최자 자신의 批評眼에 따라 서술해 놓은 것으로, 당시의 詩話가 지니는 성격의 한 모습을 보여 주는 것이다. 古典 詩話의 특징은 그 내용 전개에 있어서 체계적으로 詩論을 정립해서 작품을 분석 평가하는 것이었다기보다는 비평가의 시적 안목에 의해서 비평이 되는 인상적인 시비평의 범주에 머물고 있다는 것이다. 자료 ①에서는 최자의 비평안에 따라 평하기를 이규보는 시에 나타난 굳세고 말이 웅장하며 표현된 뜻이 새롭고 신기하

다 했으며, 이인로는 용사한 것이 옛 사람의 것을 그대로 도습한 것이 아니라 오히려 옛 사람보다 뛰어나 그 뜻이 새롭다고 극찬하였다.

자료 ②도 다소 인상적 비평에서 벗어나지 못하는 것이다. 이인로의 〈명비장편〉과 이규보의 〈왕명비〉 두 시에 대해서 최자가 평하기를, 앞의 시는 天機를 희롱한 것이며 뒤의 시는 人情을 말한 것이라고 하였다. 이와 같이 비평 대상의 시에 대해서 별다른 수식 없이 평를 하기도 하였다.

두 시에 나오는 明妃는 漢 나라 元帝의 후궁인 王昭君을 말한다. 원제는 궁녀들의 畵像을 보고 마음에 드는 자를 불러 총애했다고 한다. 그런데 왕소군은 화공 모연수에게 뇌물을 주지 않아 화상을 잘 그리지 못하여 원제의 눈에 띄지 않았다고 한다. 그 때 흉노와의 화친을 위해 單于(선우)〔우두머리를 의미함〕에게 왕소군을 보내게 되었는데, 그가 떠나는 날에야 원제가 왕소군을 불러 보고 후궁 중에서 제일의 미인인 것을 알았다. 그러나 흉노와의 약속을 저버릴 수가 없어 그냥 보냈다고 한다. 그러나 원제는 그 노여움으로 해서 화공 모연수를 사형에 처했다고 한다. 두 시 모두 王昭君의 故事를 인용하여 새로운 의미를 드러내고 있다. 이런 사실로 보아 두 文人 모두 用事에 능통했던 분으로 인식된다.

李眉叟盆竹云 水灎盆中玉鏡寒 白沙培養碧琅玕 渭濱湘岸俱千里 爭及軒窓取次看 文順公和朴丞家盆竹云 欲試君賢豈一端 悍根又耐名盆寒 箇中尚有湘江意 直作攪天玉槊看 學士詩警於眼 相國詩警於心 然水盆白沙宣養菖蒲 非養竹 學者但取韻語淸婉 而忘其意.
■ ※ ■ ※ ■ ※〈崔滋,『補閑集』卷中.〉

(이미수는 〈분죽〉 시에 이르기를

물 출렁대는 분 속은 차거운 옥거울인데
흰 모래에 기르는 것은 푸른 대나무이네.

> 위수의 물가와 상수의 언덕은 천리 밖인데
> 다투어 창문 너머에서 차례로 보네.

라고 했다. 문순공의 〈화박승가분죽〉 시에 이르기를

> 그대의 현명함이 어찌 한가지이랴.
> 모진 뿌리는 또 싸늘한 돌화분을 이겨내네.
> 그 가운데에는 오히려 상강의 뜻 간직하고 있어
> 곧게 자라 하늘 찌르는 옥창을 보고자 하네.

라고 했다.

이학사의 시는 눈을 깨우치고, 상국의 시는 마음을 깨우친다. 그러나 물화분 속의 흰 모래에는 마땅히 창포를 길러야 하는데 대나무를 길렀다는 것은 옳지 못한 것이니, 이는 시인이 다만 시운과 말이 맑고 아름다운 것만을 취하려고 한 나머지 그 뜻을 잃어버린 것이다.)

위의 자료는 이규보 시가 이인로 시보다 뛰어난 것으로 평한 것이다. 이인로의 〈분죽〉시에서, 물화분 속의 흰 모래는 마땅히 창포를 길러야 하는데 대나무를 길렀다로 표현하였는데, 이는 다만 눈만을 깨우치는 형상으로, 말이 맑고 아름다운 것만을 취하려다 그 뜻을 잃는 것이라 평하고 있다. 그에 반해 이규보의 시는, 순 임금을 사모하다 상강에 빠져 죽은 요 임금의 두 딸의 고사를 인용하여 그 지조를 화분 속 대나무에 비유한 것이다. 이를 최자는 '警於心' 곧 '마음을 깨우친다'라고 평하고 있다. 이런 점으로 보아, 최자의 비평 기준은 말의 성찬보다는 그 시가 담고 있는 속뜻을 우선으로 하는 것이었음을 보여 주고 있다.

凡新學詩 欲壯其氣力 雖不讀可矣 若搢紳先覺 閑居覽閱 樂天忘憂 非白詩莫可 古人以白公爲人才者 盖其辭和易 言風俗叙物理甚的於人情也 今觀

文順公詩　雖氣韻逸越　侔於太白　其明道德陳風諭　略與白公契合　可
謂天才人才備矣.
▪ ▪ ▪ ▪ ▪ ▪〈崔滋, 『補閑集』 卷中.〉

(무릇 시를 새로 배우는 자가 그 기력을 크게 하고자 한다면 비록 백
낙천의 시를 읽지 않아도 되지만, 만약 벼슬아치나 선각자들이 한가롭게
살면서 천명을 즐기고 근심을 잊는 데에는 백낙천의 시가 아니면 안 된
다. 옛 사람이 白公을 인재라고 한 것은 대개 그의 시문에 나타난 말이
온화하고 쉬우며 풍속을 말하고 사물의 이치를 서술한 것이 인정에 심히
적실하다는 데 있다. 지금에 문순공의 시를 보니, 비록 시에 나타난 기
상과 운치가 빼어나고 월등한 점에서는 이태백에 비슷하지만, 도덕을 밝
히고 풍자와 비유를 나타낸 것이 백공과 일치하니, 그는 천재와 인재를
다 갖추었다고 하겠다.)

위의 인용문은 이규보에 대해서 예찬적으로 평한 자료이다. 이규
보의 시는 기상과 운치가 빼어났으며 도덕을 밝히고 대상을 풍자함이
뛰어났다고 평하고 있다. 그러면서 시에 나타난 기상과 운치가 빼어
난 것은 이태백의 시와 비슷하여 천재라 했으며, 풍속을 밝히며 도덕
을 중시한 것은 백낙천의 시와 유사하다 하여 인재라 할 만하다고 하
였다. 최자의 이런 비평안으로 보아, 기상과 운치가 있는 시어로 풍속
을 교화하며 도덕을 밝히는 시가 최고의 시로 인색했음이 드러난다.

每歲春秋轉大藏經及與消災道場　皆命詰院詞臣作四韻音讀詩　李公老初
登詰院　以謂音讚乃讚佛德也　大抵賦道場莊嚴觀覽景致　或歸美君主叙事設
情　皆非也　及製呈云　靈山當日鵲巢肩　濯濯遠如出水蓮此雖句語有力　鵲
巢肩是苦行時事　非讚萬德茫嚴也. … (중략) … 音讚之法　若不能專讚佛
寶　通讚三寶亦得　文順公云　琅函霧濕龍擎到　紺席風生象踏行　此通讚法寶
僧寶也.
▪ ▪ ▪ ▪ ▪ ▪〈崔滋, 『補閑集』 卷中.〉

(매년 봄 가을로 대장경을 전경하고 이와 아울러 소재도량을 열면 고

원의 모든 사신들에게 사운의 음찬시를 짓도록 명하게 된다. 이인로 공이 처음 고원에 들어가 말하기를

　음찬시는 곧 부처의 덕을 기리는 것인데, 대체로 도량의 장엄함이나 관람한 경치를 읊거나 혹 군주에게 아름다움을 돌려 이 일을 서술하거나 감정을 설명하는 것은 옳지 못하다.

라고 하며, 이에 음찬시를 지어 바쳤는데, 이르기를

　영산의 당일에는 어깨에 까치집을 지었더니
　깨끗하고 맑기는 오히려 물에서 솟은 연꽃 같네.

라고 했다. 이 시는 비록 시구의 말이 힘이 있으나 '어깨에 까치집 짓다'라는 말은 부처가 고행하던 때의 일을 나타낸 것으로, 만덕의 장엄함을 기린 것이 아니다. …(중략)… 대개 음찬시의 작시법에 있어 佛寶만을 오로지 찬양할 수 없으면 三寶를 두루 찬양하는 것도 또한 좋다. …(중략)… 문순공이 이르기를

　불 이글거리는 상자 안개에 젖으니 용이 받들어 이르고
　남빛 연좌에 바람 이니 코끼리가 딛고 가네.

라고 했으니, 이는 法寶와 僧寶를 찬양한 것이다.)

　위의 인용문은 음찬시를 평한 자료이다. 음찬시는 부처의 덕을 기리는 것으로, 불보〔부처님은 스스로 진리를 깨닫고, 또 다른 이를 깨닫게 하여, 자각·타각의 행이 원만하여 세상의 귀중한 보배 같음〕·법보〔불법의 경전〕·승보〔불법을 실천 수행하는 스님〕를 두루 찬양하는 것이다. 최자는 이인로의 음찬시에 대해서 평하기를, "어깨에 까치집 짓다."라고 한 것은 부처의 덕을 기린 것이 아니라 오히려 부처의 고행을 드러낸 시구이므로, 잘못된 시라고 평하고 있다. 반면에 이규보의 시는 부처님이 말씀하신 교법을 말한 三寶와 佛法을 실천 수행하는 스님을 이른 僧寶를 찬양한 시라고 평하고 있다. 위의 시평을 통해, 최자의 시평기준은

시에서 그 나타내고자 하는 대상의 의미와 시적 표현이 잘 어울리느
냐에 따라 시의 우열이 평가된다는 것이었음을 알 수 있다.

> 文順公云 形勝新聞白玉京 江山王氣擁明堂 更憑佛力金城固 寧畏胡雛
> 鐵騎强 李學士云 諿諿出出如鳴社 戰戰兢兢若履氷.
> <崔滋, 『補閑集』 卷中.>

> (문순공이 읊기를
>
> 경치 좋은 곳에 새로 백옥경 열었으니
> 강산의 왕기는 명당을 안았네.
> 더욱 불력에 의지하여 튼튼하기 금성 같으니
> 어찌 오랑캐의 굳센 철기를 두려워하겠는가.
>
> 라고 했고, 이학사가 이르기를
>
> 슬프고 가슴 아픈 소리는 자신을 울리는 것 같고
> 두렵고 근심하기는 엷은 얼음 밟듯 하네.
>
> 라고 했다. 문순공의 시는 도읍을 새로 옮김에 이르러 날로 오랑캐 군
> 사를 물리칠 것을 비는 내용이고, 이학사의 시는 곡식 창고가 불타 버린
> 뒤에 풍년을 비는 마음을 읊은 것이니, 이와 같이 마땅히 사실을 서술해
> 야 한다.)

위의 인용문에서 확인한 것처럼 시에서도 마땅히 사실을 노래해야
좋은 시가 됨을 최자는 밝히고 있다.

> 雖鴻儒巨筆 猶局其前範 未免換骨 而文順公天變消災云 虜流涎已足徵
> 乾文見譎又何懲 天心似水雖難測 佛力如山信可憑 禳狄兵云 殘寇虛張菜色
> 軍 吾皇專倚玉毫尊 若敎梵唱如龍吼 寧有胡兒不鹿奔 其語豪放不局 故狗
> 凡 濡俗者 或議其偏塞.

■ · ■ · ■ · ■〈崔滋, 『補閑集』卷中.〉

(비록 큰 선비의 훌륭한 작품이라도 오히려 예전의 규범에 구속되어 換骨을 면치 못한다. 그러나 문순공의 〈천변소재〉 시에 이르기를

입에 침 흘리는 오랑캐 이미 징계할 만한데
견문이 꾸짖으니 또 무엇을 벌하리오.
天心은 물과 같아 비록 헤아리기 어렵지만
佛力은 산과 같아 믿고 의지할 만하네.

라고 했고, 또 적병을 물리치기를 비는 시에서는

쇠잔한 오랑캐는 헛되이 굶주려 파리한 군사를 벌여 놓았는데
우리 임금 오로지 옥호의 힘 의지하시네.
범패소리 울리기가 용의 부르짖음과 같다면
어찌 오랑캐들이 사슴처럼 달아나지 않으리.

라고 했다. 그 말이 호방하여 어느 한 곳에 얽매이지 않았으므로, 무릇 속된 것에 빠져 있는 자들은 이 시를 혹 지나치게 오만하다고 할 것이다.)

이는 換骨에 대해서 언급한 자료로서, 이규보가 換骨보다 신어로 시를 창작했음을 최자는 밝히고 있다. 큰 선배의 훌륭한 작품도 옛 사람의 규범에 얽매여 換骨을 하는데, 이규보는 그런 환골에 얽매이지 않아 오히려 지금의 문인들이 오만하다고 평할 것이라고 서술하고 있다. 이는 최자가 '환골'에 대해서 다소 부정적인 시각으로 보고 있음을 드러낸 것이다. '환골'을 단순히 예전의 규범에 구속된 것으로 보아 오히려 신어로 시를 짓는 것만 못한 것으로 볼 수 있다는 내용의 자료이다. 그러나 환골도 신어로 지어낸 시 못지 않게 신의를 드러낼 수 있으면, 그야말로 호방할 수 있다. 여기서 최자는, '환골' 그 자체보다는

옛 사람의 일이나 옛 사람의 글을 함부로 본받다가 도습이나 표절이
될까 염려하여 新語의 시 창작법을 다소 강조했던 것이다

李學士眉叟春日江行云 碧岫巉巉筆刃 滄江杳杳漲松烟 暗雲陣陣成奇字
萬里靑天一幅牋 此詩遣意雖大 拘於類喩 言不得肆如 文順公苦熱云 金烏
自吐炎 呀喘反雞鷇 自此日行遲 留作煎人火 安得亙空扇 搖簸遍天下 近於
類喩 而言肆意大. …(중략)… 文順公浦村云 潮淸巧印當心月 浦濶貪吞入
口潮 言吞言口 雖近於類喩 非新進輩所得導 凡作詩莫善於借字爲喩 然老
手用之 則語熟而意巧 新學用之 則語生而意疎.

■ ※ ■ ※ ■ ※〈崔滋, 『補閑集』卷中.〉

　　(이미수의 〈춘일강행〉 시에 이르기를

　　　　푸른 산봉우리 가팔라 붓끝을 세운 듯하고
　　　　넓은 강은 아득한데 솔연기 넘쳐 흐르네.
　　　　먹구름 밀려가는 사이로 기이한 글자를 이루고
　　　　만리에 뻗은 푸른 하늘은 한 폭의 종이일세.

　　라고 했다. 이 시에서 나타내고자 한 뜻은 비록 크지만 같은 비유에
구애받아 그 말이 자유롭게 이루어지지 못했다.
　　문순공의 〈고열〉 같은 시에서는 이르기를

　　　　금오가 절로 더위를 토해내니
　　　　숨막혀 날아오르기 어렵네.
　　　　이로부터 해 길어지니
　　　　남아서 사람 볶는 불이 되었네.
　　　　어찌하면 하늘 가릴 부채 얻어서
　　　　천하를 두루 부쳐볼까.

　　라고 하였는데, 이 시는 유유(類喩)에 가까우나 말이 자유롭고 뜻이
크다. …(중략)… 문순공은 〈포구촌〉이라는 시에 이르기를

　　　　호수가 맑으니 물 가운데 교묘히 달 찍혀 있고
　　　　포구가 넓으니 밀려드는 조수를 욕심껏 삼키네

　　라고 했다. '삼키다'를 말하고 또 입을 말한 것은, 비록 유유(類喩)에
가깝지만, 새로이 시를 배우는 신진들이 이끌어 낼 수 있는 것이 아니
다. 무릇 시를 짓는 데에는 글자를 빌어 비유하는 것보다 더 좋은 것이
없다. 그러나 노련한 시인이 글을 빌어 쓰면 곧 말이 완전해지고 뜻을
교묘하게 이루지만, 반면에 새로 시를 배우는 자가 그렇게 한다면, 말이
생경하게 되고 뜻이 소략해진다.)

　　위의 인용문은 비유에 관한 시평 자료이다. 이인로의 시는 비유에
구애받아 그 말이 자유롭게 이루어지지 못한 것임을 최자는 지적하고
있다. "먹구름 밀려가는 사이로 기이한 글자를 이루고"라고 하였는데,
그 다음 구절에서는 "만리에 뻗은 푸른 하늘은 한 폭의 종이일세."라
고 하여, 푸른 하늘을 종이에 비유하고 있다. 앞 구절은 먹구름을 묘
사하였는데, 그 다음 구절은 푸른 하늘을 묘사하여, 앞뒤의 연결이 자
연스럽지 못하다. 이 같은 최자의 평처럼, 푸른 하늘을 종이에 비유하
려고 하다가 그 말이 자유롭지 못했던 것이다. 반면에 이규보의 〈고열〉
시는, 해를 금오〔해 속에 다리가 셋 달린 까마귀〕에 비유하여, 그 금오가
하늘로 날아 오르지 못하여 해가 길어지고 날씨는 더욱 무더워졌다는
의미로 형상화하였다. 최자의 시평처럼, 이규보의 시는 말이 자유롭
고 뜻이 크다 할 것이다. 왜냐하면, 해를 금오에 잘 비유하여 여름철
무더위를 효과적으로 잘 표현했기 때문이다. 또 최자가 〈포구촌〉이라
는 시에서 '삼키다'〔呑〕와 '입'〔口〕을 말한 것은 '비록 비유에 가깝지만'
이라고 평하면서 "새로이 시를 배우는 신진들이 이끌어 쓰면 뜻이 생
소해질 수 있다."라고 했다. 최자의 이런 평은, 비유가 그만큼 어려운
시 창작법임을 드러내는 동시에, 신진들은 충분히 익힌 후에야 행해
야 할 것임을 당부한 것이다. 따라서 여기서의 최자의 시평기준은 '비
유'였는데, 그 비유가 시 작품의 내용에 잘 맞아야 말이 자유로울 수

있다고 하는 것이었다.

文以豪邁壯逸爲氣 勁峻淸駛爲骨 正直精詳爲意 富贍宏肆爲辭 簡古倔
强爲體 若局生澁痟弱蕪淺是病 若詩則新奇絶妙 逸越 含蓄 險怪 俊邁 豪
壯 富貴 雄深 古雅 上也 精雋 遒緊 爽豁 淸峭 飄逸 頸直 宏贍 和裕 柄煥
激切 平淡 高邈 優閑 夷曠 淸玩 巧麗 次之 生拙 野疎 蹇澁 寒枯 淺俗 蕪
雜 衰弱 淫靡病也 夫評詩者 先以氣骨意格 次以辭語聲律 一般意格中其韻
語 或有勝劣一聯 而兼得者盖寡 故所評之辭亦雜而不同 詩格曰 句老而字
不俗 理深意不雜 才縱而氣不怒言簡而事不晦 方入於風騷 此言可師.
■·■·■·■·■·■·■〈崔滋,『補閑集』卷下.〉

(글은 호매하고 장일한 것으로 氣를 삼고, 경준하고 청사한 것으로
骨을 삼으며, 정직하고 정상한 것으로 意를 삼고, 부섬하고 굉사한 것으
로 사를 삼으며, 간고하고 굴강한 것으로 체를 삼는다. 만약 생경하고
난삽하며 자잘하고 섬약하며 어지럽고 천근한 것에 매인다면 이는 병이
다. 만약 시에 있어서 곧 신기하고 절묘하며 호장하고 부귀하며 웅심하
고 고아한 것을 상으로 하고, 정준하고 주긴하며 상활하고 청초하며 표
일하고 경직하며 굉섬하고 화유하며 병환하고 격절하며 평담하고 고막
하며 우한하고 이광하며 청완하고 교려한 것이 그 다음이며, 생졸하고
야소하며 건삽하고 한고하며 천속하고 무잡하며 쇠약하고 음미한 것은
병이다.
대체로 시를 평하는 사람은 먼저 기골과 의격을 살피고 다음으로는
시어와 성률을 살핀다.
시격에 이르기를

시구가 노성하면서 글자가 속되지 않으며, 이치가 심오하면서 뜻이
잡스럽지 않고, 재주는 자유자재로우면서 기가 성내지 않으며, 말이 간
략하면서도 사실을 밝혀낸다면, 바야흐로 풍소(風騷)에 들게 된다.

라고 하였는데, 이 말은 사표로 삼을 만하다.)

위의 인용문은 최자의 시평 기준을 上·次·病으로 나누어 놓은

자료이다. 최자는 『보한집』에서 시의 風格을 21종의 평어로 나타냈는데, 각 평어마다 그것에 해당하는 詩句를 『보한집』 권하(1)에서 예를 들고 있다.

新警·含蓄·婉麗·淸峭·俊壯·富貴·精彩·飄逸·淸遠·奇巧·志寓·優游·感懷·豪易·淸絜·幽博·明媚·爽豁·華艶·佼壯·壯麗 등이 그것이다. 그리고 이들 평어의 예시는, 모두 칠언 율시의 對句로서, 13명의 시인이 인용되고 있다.

최자는 『보한집』 권하(13)에서 上·次·病의 3종으로 크게 나누어 시의 우열을 평했는데, 그 평어는 모두 17종이다.

上 ：　1. 新奇絶妙　　2. 逸越含蓄　　3. 險怪俊邁　　4. 豪壯富貴　　5. 雄深古雅

次 ：　1. 精寯遒緊　　2. 爽豁淸峭　　3. 飄逸勁直　　4. 宏瞻和裕　　5. 炳煥激切

　　　　6. 平談高邈　　7. 優閑夷曠　　8. 淸玩巧麗

病 ：　1. 生拙野疎　　2. 蹇澁寒枯　　3. 淺俗蕪雜　　4. 衰弱淫靡

이와 같이, 풍격의 우열은 대체로 기골과 의격이 뒷받침되어 우러난 것을 상품으로 하고, 사어와 성률의 효과가 뒷받침되어 만들어진 것을 버금〔次〕으로 하며, 그 어느 쪽도 다 갖추지 못한 것을 병들었다고 본 것이다.

다음으로 서거정의 『동인시화』에 나타난 이인로·이규보의 시평에서 어떤 비평기준에 의해 시비평이 행해졌는가를 살펴보고자 한다.

　　文順沙平院詩, "朝日初昇宿霧收, 促鞭行到漢江頭. 天王不返憑誰問, 沙鳥閑飛水自流." 趙石澗選入 三韓龜鑑, 批曰, "天王不返未如指言何事." 然尙取之何耶? 以今考之, 漢江無天王不復等事, 雖用左傳語, 亦不好.
　　　　　　　　　　　　■ ■ ■ ■ ■〈徐居正, 『東人詩話』卷上.〉

　　（이규보의 〈사평원〉 시에,

　　"아침 해가 막 떠올라 묵은 안개 걷히는데
　　가는 말 재촉하여 한강가에 이르렀네.
　　천왕이 돌아오지 않으니 누구에게 물으랴
　　물새 한가로이 날고 물 절로 흐르네."

　　라고 하였다. 석간 조운흘은 이 시를 『삼한귀감』에 뽑아 넣고는, '천왕이 돌아오지 않는다'고 한 것이 무슨 일을 가리키는 말인지 알 수 없다고 비판하였는데, 그런데도 그 시를 취한 것은 무엇 때문인가? 지금 상고컨대 "한강에 천왕이 없으니 돌아오지 않네."라고 한 것은 비록 『좌전』에 있는 말을 쓴 것이지만, 좋다고는 할 수 없다.)

　　위의 글은 用事를 잘못한 것에 대한 비평이다. 이규보의 〈사평원〉 시에서 '천왕이 돌아오지 않는다'라고 한 것은 『좌전』에 있는 말을 인용하였지만, "한강에는 천왕이 없으니 돌아오지 않네"는 잘못 인용한 것임을 서거정은 지적하고 있다. 서거정의 이런 비평 태도는, 시를 형상화할 때 그 시적 의미와 그 상황이 일치해야 함을 밝힌 것이다. 한강에는 천왕이 없는데 한강가에서 천왕을 기다린다고 하였으니, 시적 내용과 상황이 일치하지 않으므로 그 이규보의 시는 좋은 시일 수가 없다는 것이다.

　　作詩非難, 能造情境模 寫刑容一言而盡, 此古人所難. 如李文順北山雜題云, "欲試山人心, 入門先醉喔. 了不見喜慍, 始覺眞高士." 如此形容, 雖古人亦未易到.

■ ※ ■ ※ ■ ※〈徐居正, 『東人詩話』卷下.〉

　　(시를 짓는 것은 어려운 것은 아니나 정경에 깊이 침잠하여 그것을 묘사하고 형용하되 한마디로 온전히 다 드러내는 것을 옛 사람들이 어려워하였다. 예를 들면 문순공 이규보의 〈북산잡제〉 시에,

　　"산사람의 마음을 시험하고자
　　산문에 들어 먼저 크게 술취한 척하네.

끝내 기뻐하고 성내는 속마음을 드러내지 않으니
비로소 참으로 높은 선비임을 알겠네."

라고 하였는데, 이와 같은 형용은 옛 이름난 시인이라 할지라도 또한
쉽게 이룰 수 있는 것은 아니다.)

위의 예시문에서도, 시를 지을 때 그 정경에 침잠하여 한마디 말
로 형용해야 함을 지적하였다. 서거정이, 시는 누구나 지을 수는 있되
그 정경을 잘 묘사하여 한마디로 온전히 드러내는 것은 옛 사람도 행
하기 어려운 것이라 하면서도, 이규보의 〈북산잡제〉 시는 그 정경을
매우 잘 형상화하였다고 선평하고 있다.

古人云, "句法不當重疊." 如 淮海小詞 "杜鵑聲裏斜陽暮" 蘇東坡曰, "此
詞高妙, 但旣云斜陽, 又云暮重疊也." 李大諫題漁陽詩云, "槿花低映碧山
峯, 卯酒初酣白玉容. 舞罷霓裳懽未足, 一朝雷雨送猪龍." 此詩亦好, 但旣
曰碧山, 而又曰峯, 亦未免重疊之病.
■ ■ ■ ■ ■〈徐居正, 『東人詩話』 卷上.〉

(옛 사람이 이르기를

"시구의 법칙에 중첩되는 것은 옳지 않다."

라고 했다. 〈淮海小詞〉에,

"두견새 울음소리 속에 석양이 저무네."

라고 했는데, 소동파가 말하기를,

"이 詞는 매우 절묘하지만 斜陽이라고 하고 또 暮라 하고 한 것은
말이 중첩된 것이다."

라고 하였다.
대간 이인로가 〈漁陽〉을 두고 지은 시에,

"무궁화는 푸른 산봉우리를 낮게 비추고
아침 술에 백옥 같은 얼굴 붉으레 하네.
예상곡에 맞춰 추던 춤 끝났으나 즐거움 다 채우지 못했는데
하루 아침 우레비에 저릉을 보내었네."

라고 하였다. 이 시 역시 좋기는 하지만, 푸른 산이라고 하고 또 봉우리라는 말을 썼으니, 또한 시어를 중첩한 병폐에서 벗어나지 못하였다.)

위의 예문은 시어가 중첩되어 잘못된 것을 평한 것이다. 이인로가 〈漁陽〉을 두고 지은 시에서 "槿花低映碧山峯"이라고 한 구절이 '碧山'과 '峯'이 중첩되어 좋은 시가 될 수 없었음을 서거정은 지적하고 있다. 소동파도 宋 나라 秦觀이 지은 〈淮海小詞〉의 "杜鵑聲裏斜陽暮"(두견새 울음소리 속에 석양이 저무네.)에서 그 말은 매우 절묘하지만 '斜陽'과 '暮'과 중첩되었음을 지적하고 있다. 소동파나 서거정 모두 시어가 중첩된 시를 짓는 것을 꺼려했음을 알 수 있다.

予嘗讀李相國長篇, 豪健峻壯, 凌厲振壯, 如以亦手搏虎豹挈龍蛇, 可怪可愕, 然有麤猛處. 牧隱長篇, 變化闔闢, 縱橫古今, 如江漢滔滔, 波瀾自闊, 奇怪畢呈, 然喜用俗語. 學詩者, 學牧隱不得, 其失也, 流於鄙野. 學相國不得, 其失也, 如捕風繫影, 無著落處. 近世學詩者, 例喜法二李, 不學唐宋詩. 古人云, "作法於凉, 其弊猶貪, 作法於貪, 弊將何救?"
■ ＊ ■ ＊ ■ ＊〈徐居正, 『東人詩話』 卷下.〉

(내가 전에 상국 이규보의 장편시를 읽었는데, 호건·준장하고, 힘껏 떨쳐 일어나 내닫는 듯하여 마치 맨손으로 호랑이와 표범을 치고 용과 뱀을 잡는 듯 기괴하고 놀랄 만하였으나, 기세가 거칠고 세련되지 못한 곳이 있었다. 또 목은 이색의 장편시는 변화가 무궁하여 열고 닫기를 마음대로 하고, 고금을 종횡무진으로 드나드는 것이 마치 강물이 도도히

흐르면서 물결을 절로 일으키듯 기괴함을 모조리 드러내고 있으나, 속어
를 즐겨 사용하였다.

　시를 배우는 자들이 목은을 배우다가 제대로 배우지 못하면, 비루하
고 조야한 곳으로 흐르게 되며, 상국을 배우다가 제대로 배우지 못하면,
바람을 잡고 그림자를 매어두려는 듯 안착할 곳이 없게 될 것이다. 근래
에 시를 배우는 자들이 으레 이 두 이씨를 즐겨 본받고 당·송의 시는
배우지 않고 있다.

　옛 사람이 이르기를,

"간단한 데서 법을 배우더라도 그 폐단은 오히려 탐욕에 빠지게 마련
인데, 탐욕스런 것에서 법을 배운다면, 그 폐단을 앞으로 어떻게 해결해
야 하겠는가?"

라고 하였다.)

　여기서는 당시의 시인들이 당·송의 시를 배우지 않은 폐단을 지
적하였다. 서거정은 근래에 시를 배우는 자들이 전범이 될 수 있는
당·송의 시부터 익힌 후 그 다음에 이규보와 이색의 시를 익혀야 함
을 강조하고 있다. 그러면서 『左傳』의 내용을 用事하여 시 창작의 방
법을 경계하고 있다. 『左傳』昭公 4년 條에 賦稅 매기는 것을 소개한
구절이 있다. 처음부터 경미하게 세금을 부과하더라도 멀지 않아 무
겁게 부과하게 될 것인데, 처음부터 무거운 세금을 부과한다면, 그 뒤
에는 어찌될 것인가 하여, 세금부과 문제에 대하여 논의한 것이 있다.
이 내용을 서거정은 "간단한 데서 법을 배우더라도 그 폐단은 오히려
탐욕에 빠지게 마련인데, 탐욕스런 것에서 법을 배운다면, 그 폐단을
앞으로 어떻게 해결해야 하겠는가?"라고 用事하여, 이색과 이규보를
배우기 이전에 당·송시의 전범이 되는 작품부터 익혀 나갈 것을 당
부하고 있다. 서거정은 이런 시비평문으로써 시 창작에 앞서 기초를
분명히 다질 것을 후진들에게 당부하고 있음을 알 수 있다. 그리고 이
규보의 장편시에 대하여 호건·준장하여 기세가 너무 강하여 시가 세

련되지 못하였다고 지적하고 있다. 서거정은 이런 시 비평안으로 시의 창작에 앞서 전범이 될 수 있는 기초를 확실히 익힌 연후에 선배들의 시를 배워야함을 지적하고 있다. 따라서 서거정의 비평 태도는 자기 분수에 넘치는 기개를 시에서 남발하면 될 것임을 지적한 것이다.

이인로·이규보에 대해서 최자가 『補閑集』에서 행한 시평기준은 대략 다음과 같다.

당시의 고전비평에는 다분히 비평가의 시적 안목에 의해서 비평이 되는 인상적 비평이 있었으며, 또 시 창작에서 말의 현란한 수식보다는 그 시가 담고 있는 속뜻이 우선임이 강조되었다. 그리하여 시에서 풍속을 교화하는 시를 최고로 여겼으며, 시를 지을 때에는 대상의 정확한 형상화와 그 형상화를 통한 시적 내용의 충실성이 시의 우열을 좌우한다고 하였다. '換骨'에 대한 언급도 있었는데, 최자가 '換骨' 그 자체를 부정했다기보다는 오히려 도습이나 표절을 염려하여 新語로 시를 지어 그 도습과 표절에서 벗어날 수 있었음을 강조한 구절도 있다. '비유'에 대해서 언급한 부분이 있는데, 잘못 비유하면 시의 말이 자유로울 수 없음을 지적하기도 하였다.

다음은 서거정의 『東人詩話』에 나타난 이인로·이규보에 대한 시평의 기준을 요약하자면 다음과 같다.

이규보가 蹈襲한 경우를 지적한 경우와 點化를 잘못하여 시적 의미가 제대로 형상화되지 못했음을 서거정은 지적하였다. 고금 시인 누구나 발전적인 點化에 관심이 있었을 것이다. 이규보도 點化를 하려고 했지만, 실제의 시 작품에서 잘못 模倣하여 蹈襲에 그쳤음을 서거정은 지적하였다. 그리고 시어의 중첩으로 인하여 시적 의미가 새롭지 못함을 평한 경우도 있다. 시를 지을 때에는 전범이 되는 당·송의 시를 먼저 익혀야 자기 분수에 넘치지 않는 시를 지을 수 있을 것임을 설명한 구절도 있다. 이렇듯 서거정의 시평 기준은, 모방을 대단히 꺼려했으며, 點化도 새로운 의미를 드러내지 못할 경우는 蹈襲으로 평하여 비판의 대상으로 삼았다. 그리고 시어의 중첩도, 몹시 꺼려함으로써 시비평의 기준을 삼았음을 알 수 있다.

필자는 위와 같이 고려 후기와 조선 초기 『보한집』과 『동인시화』에 나타난 이인로와 이규보의 시작 태도 그리고 최자와 서거정의 시평기준을 살펴보았다.

5. 결 론

본고에서 필자는 고려 후기의 『보한집』과 조선 초기의 『동인시화』에 나타난 이인로와 이규보에 대한 시평 및 이인로와 이규보의 시법 및 최자·서거정의 시평기준을 살펴보았다.

『보한집』에서 최자가 행한 이인로와 이규보에 대한 평은 다음과 같다. 최자가 『보한집』에서 이인로는 "옛 사람의 밭두둑을 밝기는 했어도 연탁의 공교로움으로 인하여 새로운 뜻을 지어 낼 수 있었다."고 평함으로써 用事에 능통했던 시인으로 인식하였다. 그리고 이규보에 대해서는 新語로 新意를 창출하려고 했다 하면서도 이규보 또한 用事에 능했음을 지적하였다. 그리고 用事의 방법에 대해서는 故事의 내용을 바로 인용하는 '直用法'보다는 故事의 뜻을 뒤집어서 인용하는 翻案法이 행하기 어렵기 때문에, 시적 표현에서 번안법을 사용한 시가 더 뛰어났다고 하였다. 그리하여 이인로가 직용법으로 표현한 〈개미〉 시가 번안법으로 표현한 이규보의 〈두꺼비〉 시보다 세련되지 못한 것으로 평하였다.

그러면서도 최자는 故事를 인용하여 시를 창작한 이인로보다는 新語로써 새로운 뜻을 지어낸 이규보의 시가 더욱 훌륭하다고 하였다. 최자의 이와 같은 시평은 어찌 보면 다소 공정성을 상실한 듯한 평이라 할 수 있다. 왜냐하면, 用事를 통해서도 얼마든지 새로운 뜻을 표현할 수 있었기 때문이다. 현전하는 이규보의 시에도 用事로서 새로운 뜻을 드러낸 경우가 적지 않다. 이규보가 新語로 시를 지게 된 이유에는, 당시 문인들의 잘못된 도습의 태도 그리고 옛 문인들의 글을 용사의 도구로 삼아 자신이 현학적인 학문 태도만을 과시하려는 그릇된 자세와 그 詩風을 바로잡기 위한 뜻이 아울러 존재했던 것이다. 이와 같은 평을 행한 최자 또한, 用事 자체를 부정하지는 않았으며, 이규보와 같은 생각으로 新語로 시를 지는 방법을 옹호했던 것이다.

『동인시화』에서 서거정이 행한 이인로와 이규보에 대한 평을 요약해보자면 다음과 같다.

서거정은 이인로를 평하는 가운데 用事에 관한 평보다 點化에 관한 평을 행하고 있다. 조선 초 시화집인 『동인시화』에서 이인로가 점화에 능했다고 평한 것이다. 이는 고려 후기의 시화집인 『파한집』에서는 물론 『보한집』에서도 '換骨'〔點化〕에 대하여 다소 부정적으로 서술되어 있는데 반하여 조선 초기 『동인시화』에서는 점화에 대한 인식이 긍정적으로 표현되어 있는 것으로 보아, 그 인식이 보편화되었음을 알 수 있다. 그리하여 서거정은, 최자와는 달리, 이인로가 점화에 능했다고 평하였다. 그러면서 시어의 중첩된 표현을 경계하는 평을 행하였다.

『동인시화』에서의 이규보에 대한 평으로는, 이규보의 성품의 강직함이 시에 잘 드러났음을 평하는 가운데, 그 시에 用事가 잘 되었음을 예찬하였다. 그리고 또한 點化에 대한 평도 행하면서, 점화가 되지 못하고 蹈襲이 된 경우를 소개하기도 하였다. 이규보처럼 뛰어난 재주를 가진 사람도 도습을 범하는데 하물며 그만 못한 재주를 지닌 사람은 더 많은 도습을 범할 수도 있음을 말해 도습을 피하여 점화의 방법으로 시적 의미를 표현하기가 얼마나 어려운가를 보여주기도 하였다. 또 서거정이 點化에 대한 평을 하면서, 이규보가 점화의 방법으로 시를 지었는데, 자연스럽게 偶合이 되었다고 하였다. 서거정의 이런 시평으로 보아, 조선 초의 서거정은 '用事·點化·偶合·蹈襲'에 대한 개념을 분명하게 인식하여 시평에 적용하였음을 알 수 있다.

한편 최자와 서거정의 시평기준에 대해서 요약해 보자면 다음과 같다.

최자의 시평은 다소 인상비평적 범주에서 행해진 듯한 느낌을 준다. 古典 詩話의 특징 중 하나로, 시평자의 詩觀에 따라 느낌이 시평으로 이어지는 경우가 있었는데, 최자도 그런 시평 태도에 머문 경우가 종종 있었다. 그리고 시 표현에서 시적 대상이 표현하고자 하는 시의 의미와 잘 들어맞게 표현되었을 경우 그 시가 뛰어난 시로 평되고는 하였다. 또한 시적 대상의 속성과 시적 표현이 잘 조화되어 행해질 뿐만 아니라 그 시적 내용이 기상과 운치가 빼어나고도 도덕을 밝힐 수 있는 시가 더욱 훌륭한 시로 평가되고는 하였다.

서거정 또한 시적 표현과 시적 상황의 조화를 고려한 시평을 행하였다. 이규보의 〈사평원〉 시에서는, 한강에 天王이 있을 턱이 없는데 그 한강가에서 天王을 기다렸다는 표현은 잘못된 것이라고 지적하였다. 그러면서 시를 지을 경우에는 그 정경에 깊이 잠겨 한마디 말로 형용해야 뛰어난 시가 될 수 있다고도 하였다. 또한 시어의 중첩은 시 창작의 한 병폐가 됨을 지적하기도 하였다. 시에서 의미의 중복은 東西古今의 文人들이 누구나 꺼려했던 것임을 알 수 있다. 서거정은, 소동파가 宋 나라 진관이 지은 〈회해소사〉의 시를 시어의 중첩된 시로 예를 들면서, 이인로의 〈어양〉 시도 시어가 중첩된 경우라고 평하였다. 그리고 당시의 文人들이 시 창작의 전범이 될 수 있는 당·송시를 배우지 않아 말만 거세고 시가 세련되지 못함을 지적하기도 했다.

이상의 논의로써 최자나 서거정 모두 고려 후기 이인로·이규보 두 시인에 대하여 당대 최고의 문인이었음을 『補閑集』과 『東人詩話』에서 밝혔음을 확인할 수 있었다.

‖ 참고문헌 ‖

Ⅰ. 硏究 資料

『破閑集 · 補閑集』, 亞細亞文化社, 1992.
李仁老, 『破閑集』, 高麗各賢集2 收錄本, 成均館大, 大東文化硏究院, 1973.
　〃　, 『破閑集』, 柳在泳 譯註, 一志社, 1978.
李奎報, 『白雲小說』, 高麗各賢集1 收錄本, 成均館大, 大東文化硏究院, 1973.
　〃　, 『東國李相國集』, 高麗各賢集1 收錄本, 成均館大, 大東文化硏究院, 1973.
崔　滋, 『補閑集』, 高麗各賢集2 收錄本, 成均館大, 大東文化硏究院, 1973.
　〃　, 『補閑集』, 朴性奎 譯, 啓明大學校 出版部, 1984.
徐居正, 『東人詩話』, 高麗各賢集2 收錄本, 成均館大, 大東文化硏究院, 1973.
徐居正, 『國譯四佳文集』, 韓國學硏究院 · 漢文學分科 譯註, 啓明大學校 出版部,
　　　　 1997.
　〃　, 『筆苑雜記』
李相寶 譯, 『破閑集』 · 『補閑集』 · 『櫟翁稗說』, 『韓國名著大全集』, 大洋書籍, 1973.
徐居正 編纂, 『東人詩話』, 朴性奎 譯註, 集文堂, 1998.
徐居正 編纂, 『동인시화』, 김찬순 역, 한국문화사, 1996.
『國譯 東國李相國集』, 民族文化推進會, 1980.
『國譯 大東野乘』, 民族文化推進會, 1973.
『國譯 東文選』, 民族文化推進會, 1982.
『影印標點 東文選』, 民族文化推進會, 1999.
鄭堯一, 『漢文學批評論』, 仁荷大學校 出版部, 1990.
李鍾殷 · 鄭珉 共編, 『韓國歷代詩話類編』, 亞細亞文化社, 1988.
趙鍾業 編, 『韓國詩話叢編』, 東西文化院, 1989.
　〃　　, 『韓國詩話叢編』, 太學社, 1996.

Ⅱ. 論 著

1. 著 書

國語國文學會 編, 『漢文學研究』(國文學 研究 叢書 7), 正音文化社, 1979.
陶谷 鄭琦鎬 博士 華甲紀念論叢 刊行委員會, 『陶谷 鄭琦鎬 博士 華甲紀念論叢』, 大提
　　閣, 1991.
朴性奎, 『李奎報研究』, 啓明大出版部, 1982.
柳在泳, 『白雲小說研究』, 圓光大學校 出版局, 1978.
尹寅鉉, 『한국 한시 비평론』, 아세아문화사, 2001.
李東喆, 『白雲 李奎報詩의 研究』, 國學資料院, 1994.
張德順 外, 『韓國文學史의 爭點』, 集文堂, 1986.
全鎣大 外, 『韓國古典詩學史』, 弘盛社, 1979.
정대림, 『한국 고전문학 비평의 이해』, 태학사, 1991.
鄭堯一, 『漢文學批評論』, 仁荷大學校 出版部, 1990.
　　〃 , 『漢文學의 研究와 解釋』, 一潮閣, 2000.
鄭堯一·朴性奎·李然世, 『古典批評 用語 研究』, 太學社, 1998.
趙鍾業, 『韓國詩話研究』, 太學社, 1991.

2. 論 文

金鎭英, 「李奎報 文學 研究」, 서울大學校 大學院, 博士論文, 1982.
朴性奎, 「李奎報 漢詩의 研究」, 高麗大學校, 博士論文, 1982.
卞鍾鉉, 「高麗朝漢詩 研究」(唐宋詩 受容樣相과 韓國的 變容), 太學社, 1994.
尹寅鉉, 「用事와 點化의 差異」, 『韓國古典研究』第4輯, 韓國古典研究會, 보고사,
　　1998.
　　〃 , 「麗末·鮮初 點化의 理論 및 詩評 樣相」, 『西江語文』, 第15輯, 1999.
尹寅鉉, 「韓國 漢詩 理論으로서의 用事論과 點化論 研究」, 西江大學校 大學院, 博士
　　論文, 2001.
鄭堯一, 「點化·蹈襲·換骨奪胎·點鐵成金의 槪念 規定」, 『漢文敎育研究』10, 韓國
　　漢文敎育研究會, 1996.
　　〃 , 「李奎報의 文學思想」, 『震檀學報』 83, 震檀學會, 1997.
崔雲植, 「李奎報의 詩論」(白雲小說을 中心으로), 『韓國漢文學研究』第2輯, 韓國漢文
　　學研究會, 1977. 및 『漢文學研究』, 정음문화사, 1990, 重版.

제 2 부

古典詩歌를 찾아서

제1장

高麗時代의 鄕歌 硏究

1. 서 론

    鄕歌의 형식에 대한 최초의 구체적인 기록은『大華 嚴首座 圓通兩重大師 均如傳』이다. 이『均如傳』은 혁련정이 편찬한 것으로, 향가의 내용뿐만 아니라 그 향가의 형태를 原形대로 전해 주는 最古의 文獻이기도 하다.『균여전』에서 編者는 균여의 行狀을 十門[1]으로 나누어 編述한다고 밝히고 있다〔今將述首座行狀, 分爲十門〕. 十門 중 第七〈歌行化世分〉에는 균여대사의 序文과 함께〈普賢十種願往歌〉11수가 수록되어 있다. 그리고 第八〈譯歌現德分〉에는 編述者가 균여와 同時代人이었던 譯者 崔行歸의 序를 싣고 있다. 그 序文은〈보현십종원왕가〉의 성격을 알려 주는 것으로, "然而詩構唐辭, 磨琢於五言七字, 歌排鄕語切磋於三句六名"(그러나 詩〔漢詩〕는 唐辭를 얽어 五言七字로 琢磨했고 歌〔우리 노래〕는 鄕語〔향찰 표기〕를 排하여 三句六名으로 切磋한 것이다.)이라는

---

1) 十門

   初. 降誕靈驗分　二. 出家請益分　三. 姊妹齊賢分　四. 立義定宗分　五. 解釋諸章分
   六. 感通神異分　七. 歌行化世分　八. 譯歌現德分　九. 感應降魔分　十. 變易生死分

구절이 있다. 이는 향가에도 漢詩와 같은 정제된 형식이 있었음을 보여 주는 대목이다. 최행귀가 언급한 '三句六名'은 어떤 형식일까? 지금까지 학계의 연구는 율격의 단위로 해석하는 방법[2]과 구조의 설명으로 해석하는 방법[3] 두 가지가 있었다. 그리고 '三句六名'에 대한 새로운 견해를 제시한 양태순은, '삼구'는 세토막 양식이며 '육명'은 그 세토막 양식의 구체적 실현 양상으로 3·4·6·8·9·10분절의 여섯 갈래가 있다고 했다.[4] 앞의 인용문처럼 漢詩의 五言七字에 대응해서 우리 나라에서는 三句六名이라 했다. 이는 漢詩가 5언과 7언의 노

---

2) 李秉岐, 『國文學槪論』, 一志社, 1957.
　　徐首生, 「大華 嚴首座 圓通兩重大師 均如傳 小攷」, 〈경성학보〉, 1962.
　　김수업, 「三句六名에 대하여」, 『국어국문학』, 68, 69합집, 1975.
　　金文基, 「三句六名의 意味」, 『어문학』46집, 1985.
　　李雄宰, 「三句六名에 대하여(1)」, 『語文論集』18, 중앙대 국문학과, 1985.
3) 李瑾榮, 「鄕歌 곧 詞腦歌의 形式」, 『한글』105, 1949.
　　李鐸, 『國語學論攷』, 正音社, 1953.
　　金俊榮, 『鄕歌文學』, 형설출판사, 1964.
　　兪昌均, 「韓國詩歌形式의 基調」, 『이병기 박사 송수기념 논문집』, 1966.
　　金思燁, 「鄕歌形式의 問題點」, 『이숭녕 박사 송수기념 논총』, 1968.
　　池憲英, 「善陵에 대하여」, 『東方學志』12집, 1971.
　　張德順, 『韓國文學史』, 同和文化社, 1975.
　　呂增東, 「신라 노래 연구」, 『어문학』35집, 1976.
　　洪在烋, 「三句六名攷」, 『국어국문학』78집, 1978.
　　金承璨, 『韓國上古文學硏究』, 第一文化社, 1978.
　　金完鎭, 「三句六名에 대한 假說」, 『文學과 言語』, 탑출판사, 1978.
　　琴基昌, 「三句六名에 대하여」, 『국어국문학』79, 80집, 1979.
　　金相善, 『韓國詩歌 形態論』, 一潮閣, 1979.
　　成昊慶, 「三句六名에 대한 考察」, 『국어국문학』86집, 1981.
　　趙東一, 『한국시가의 전통과 율격』, 한길사, 1982.
　　鄭昌一, 「三句六名에 대하여」, 『국어국문학』88집, 1982.
　　楊熙喆, 「三句六名에 관한 檢討」, 『국어국문학』88집, 1982.
　　尹基洪, 「鄕歌의 歌唱과 形式에 관한 연구」, 『연세어문학』18집, 1985.
　　崔喆, 『향가의 문학적 연구』, 새문社, 1985.
　　金善豊, 「崔行歸의 三句六名」, 『鄕歌文學論』, 새문社, 1986.
　　鄭琦鎬, 『高麗時代 詩歌의 硏究』, 仁荷大學校 出版部, 1986.
4) 양태순, 「삼구육명의 새로운 뜻풀이(1)」, 『한국고전시가의 종합적 고찰』, 민속원, 2003.

래가 있었던 것처럼 우리 나라에도 3句와 6名의 노래형식이 있었을 것으로 추측해 볼 수 있다. 이 가설로 더 추측해 보면 3句6名의 구조를 가진 노래가 있었을 것이다. 鄭琦鎬 교수는 '三句六名'이 향가의 구조 단위를 말한 것이라고 하면서, 실제로 3단위는 향가의 구조에서만 분명하게 드러난다5)고 했다. 본고에서도 정기호 교수의 이론을 수용하면서 '三句六名'이 10행 향가와 또다른 형식의 향가 형식과 어떻게 연관을 맺고 있는지를 살피고자 한다.

『균여전』은 고려시대에 편찬된 책이다. 이 『균여전』에 실려 있는 향가도 고려시대의 노래인 것이다. 고려시대의 향가는 형식적으로 완성된 형태의 노래일 수 있다. 그 『균여전』에는 "十一首之鄕歌, 詞清句麗, 其爲作也, 號稱詞腦"라는 구절도 있다. 『균여전』의 내용처럼 향가 11수를 詞腦로 칭했다는 것이다. 그렇다면, 『균여전』에 실려 있는 11수의 향가는 사뇌가로, 향가의 특정한 한 갈래임을 알게 해 준다. 그러니 『균여전』에 서술된 '三句六名'도 사뇌가의 형식일 수 있다. 다시 말자하면 『균여전』에 실려 있는 향가 11수는 10행 향가의 '詞腦'로 불리기도 하였다는 것이다. 그리고 '三句六名'은 사뇌의 형식을 언급한 것이라고 할 수 있다. 따라서 고려시대 향가의 한 갈래로 완성된 형태의 향가는 '三句六名'의 형태였을 것이다. 향가의 초기 형태는 이 '三句六名'보다는 덜 정제된 형식으로, 三句 정도의 형식이었을 수도 있다. 이 때 三句는 行의 단위가 아니고, 音步도 音數의 단위가 아니었을 것이다. 그보다 상위 개념인 3單位 구조로 보아야 할 것이다. 그리고 향가의 초기 형태도 3單位였을 것이다. 정기호 교수는 「新羅歌謠의 形式」6)에서 향가 중 童謠인 〈서동요〉와 집단적 民謠인 〈풍요〉7)

---

5) 鄭琦鎬, 上揭書, p.37.
6) 鄭琦鎬, 「新羅歌謠의 形式」, 『鄕歌文學論』, 새문社, 1986, pp.113~114.
7) 金完鎭, 『鄕歌解讀法研究』, 서울大學校出版部, 1985, p. 32.
   김완진 교수는 〈풍요〉가 三句六名의 원형 같은 것을 보여 주고 있다고 했다. 그리고 六名을 6음절로 보고 있다.

를 제외한 나머지 향가 형식에는 ① 3句 10行詩 ② 3句 8行詩(〈모죽지랑가〉, 〈처용가〉) ③ 3行詩(〈헌화가〉, 〈도솔가〉)의 세 유형이 있다고 했다. 가장 단순한 3行詩가 초기의 형식일 것이고 3句 10行詩가 가장 정제된 형식이었을 것이다. 그러나 3句를 의미 단위로 본다면, 현재 4구체 형식의 노래로 분류된 향가도 3句 형식으로 간주할 수 있다.[8]

본고에서는 향가가 신라의 노래에 그친 것이 아니라 고려 시대에까지 전승된 노래였음을 밝히면서 그 고려시대 향가라 할 수 있는 균여의 〈普賢十種願往歌〉 11수 중 제 1수인 〈禮敬諸佛歌〉와 예종이 지은 〈悼二將歌〉 그리고 〈伐谷鳥〉의 작가와 그 형식에 관하여 고찰하고자 한다.

2. 高麗時代 鄕歌 解釋

2.1. 高麗時代의 鄕歌

1) 「普賢十種願往歌」[9] 중 〈禮敬諸佛歌〉의 三句六名

鄕歌의 原形을 그대로 전해 주는 최초의 文獻이 『大華 嚴首座 圓通兩重大師 均如傳』이다. 일명 『均如傳』이라고도 한다. 이 『均如傳』에는 十門이 있는데 그 十門 중 第 7 〈歌行化世分〉에는 향가의 한 갈래인 사뇌가 〈보현십종원왕가〉 11수가 전해지고 있다. 그 중 첫번째인 〈예경제불가〉의 내용과 구조를 살펴보고자 한다.

---

8) 양태순, 「삼구육명의 새로운 뜻풀이(1)」『新編 古典詩歌論』, 새문社, 2002. 양태순 교수도 〈헌화가〉·〈서동요〉·〈도솔가〉 등을 3분절로 보았다.

9) 1. 禮敬諸佛歌 2. 稱讚如來歌 3. 廣修供養歌 4. 懺悔業障歌 5. 隨喜功德歌
   6. 請轉法輪歌 7. 請佛往世歌 8. 常隨佛學歌 9. 恒順衆生歌 10. 普皆廻向歌
   11. 總結無盡歌

〈예경제불가〉

心未筆留　　　　　　ᄆᅀᆞᄆᆡ 부드로
　　　(마음의 붓으로)

慕呂白乎隱佛體前衣　그리ᄉᆞᆲ본 부텨 알ᄑᆡ
　　　(그리온 부처 앞에)

拜內乎隱身萬隱　　　저ᄂᆞ온 모마는
　　　(절하는 몸은)

法界毛叱所只至去良　법계 업ᄃᆞ록 니르거라.
　　　(法界 없어지도록 이르거라.)

塵塵馬洛佛體叱刹亦　塵塵마락 무텻 刹이역
　　　(티끌마다 부첫 절이며)

刹刹每如邀里白乎隱　刹刹마다 모리ᄉᆞᆲ본
　　　(절마다 뫼셔 놓은)

法界滿賜隱佛體　　　法界 ᄎᆞ신 부텨
　　　(法界 차신 부처)

九世盡良禮爲白齊　　九世 다ᄋᆞ라 절ᄒᆞᅀᆞᆸ져.
　　　(九世 내내 절하옵저.)

歎曰身語意業无疲厭　아야, 身語意業无疲厭
　　　(身語意業无疲厭)〔九世가 다할 때까지〕

此良夫作沙毛叱等耶　이렁 ᄆᆞᆯ 지ᅀᅡ못ᄃᆞ야.
　　　(이리 宗旨 지어 있노라.)〔예경하고 싶어라.〕

(김완진 해독)〔밑줄 필자주〕

　위의 〈예경제불가〉는 무한한 신앙심으로써 諸佛을 禮敬하겠다는 노래이다. 이내 몸으로써 法界에 가득하신 부처님을 법계가 끝날 때까지, 九世〔아홉 세상 : 前世·現世·來世가 다시 과거·현재·미래가 있어 아홉 세상이 됨〕가 다할 때까지 禮敬하고 싶다는 뜻의 내용으로, 향가의 정형성을 보여 주는 작품이다. 고려시대의 고승인 均如〔고려 태조 6(923년)~고려 광종 24(973년)〕가 이러한 작품을 남겼다는 것은 신라의 향가가 고려 시대에까지 전승되었다는 사실을 입증하고 있다. 전승되었을 뿐만 아니라, 『균여전』의 〈보현십종원왕가〉는 정제된 향가의 원형을 보존한 것이다.

　十門 중 第8 〈譯歌現德分〉의 '三句六名'은 詞腦歌인 鄕歌 형식을 알려 주는 구체적 증거이면서 『균여전』의 〈보현십종원왕가〉의 형태를 알려 주는 단서이다. 그 형태를 도식화해 보면 다음과 같다.

〈禮敬諸佛歌〉

	1	2	3	4	5	6	7	8	9	10	11
1행											
2행											
3행											
4행											
5행											
6행											
7행											
8행											
9행	嗟辭										
10행											

　여기서는 『균여전』에서 밝힌 '三句六名'을 위의 도표를 참조하여 설명하고자 한다. 『균여전』의 〈보현십종원왕가〉11수는 모두 10행으로 된 사뇌가이다. 이 10행이 어떻게 '三句六名'으로 분류될 수 있을까? '句'는 行보다는 상위 개념일 것이다. 그리고 行 단위는 音步보다는 상위 단위일 것이다. 〈보현십종원왕가〉가 行 단위의 노래라면 10행의 정형시이다. 그런데 行이 일반적으로 똑같지 않다. 1행이 가장 짧고 그 다음으로 3행·7행이 다른 행보다 짧다. 위의 예를 든 〈예경제불가〉만 그런 것이 아니라, 〈보현십종원왕가〉11수가 예외 없이 長·短行이 혼합되어 있다. 이처럼 行의 단위가 일정하지 않다는 것은 行이 三句六名을 해결할 수 있는 근거가 미약하다고 볼 수 있다. 오히려 行의 단위보다는 의미의 단위 구분이 三句六名이었음을 설명하는 것이 더 타당할 것 같다. 10行을 의미 단위로 살펴보면 第4, 第8, 第10

行이 종결 의미로 끝나고 있다. 그렇다면 이 10行의 노래를 3단위의 의미 구조로 나누어 볼 수도 있겠다. 제1 의미 단위는 제1行~4行, 제2 의미 단위는 제5行~8行, 제3 의미 단위는 제9行~10行으로 분류할 수 있다. 따라서 이 行의 상위 단위가 '三句六名'에 제시된 '三句'와 일치한다. 제1行~4行까지가 제1句, 제5行~8行까지는 제2句, 제9行과 10行은 제3句 등인 것으로 추론이 가능하다. 그러므로 10行의 상위 단위는 三句로 볼 수 있다. 그러면 '三句六名'의 '六名'은 어떻게 볼 것인가? 句와 대응되는 名으로 볼 것인지, 아니면 句의 하위 단위인 名으로 볼 것인지를 판단하여야 한다. 이 문제는 『균여전』의 기록을 근거로 판단해 보려고 한다. 『균여전』 제 8 〈역가현덕분〉의 기록을 다시 한번 살펴보자.

"詩構唐辭, 磨琢於五言七字, 歌排鄕語, 切磋於三句六名"(詩〔한시〕는 唐 나라 말로 얽어 5언 7자로 써 탁마를 하고, 歌〔우리 노래〕는 우리 말로 배열하여 3句 6名으로 가다듬는다.)〔밑줄 필자주〕

위의 자료를 근거로 문맥적 의미를 자세하게 살필 필요가 있다. 漢詩는 唐 나라 말로 5언 7자로 다듬고, 우리 노래는 우리말로 3句 6名으로 다듬는다고 했다. 한시의 구조를 살펴보자면 절구와 율시가 있는데 절구와 율시 모두 5언과 7언의 구조가 있다. 5언과 7언의 한시 구조가 지금도 전승되고 있다. 그런데 이는 唐 나라 말로 된 唐 나라 詩를 가리킬 뿐이다. 우리 나라에도 唐 나라 시처럼 우리 나라 사람에 의해 불러지던 우리말 노래가 있었는데, 그 구조가 三句六名이라는 것이다. 그런데 五言七字와 三句六名이 대응된다고 해서 똑같은 구조일 수는 없다. 왜냐하면 '五言七字'는 중국시이고 '三句六名'은 우리 노래이기 때문이다. 다시 말하면 중국시의 五言七字 같은 구조를 지닌 것으로 우리 나라에는 우리 노래를 대표할 말한 노래 구조가 있었는데, 그 노래 구조의 형태가 '三句六名'이라는 것이다. 그러니까 중국에는 五言七字의 대표적인 노래가 있었다면, 우리 나라에는 三句六名의 구조를 지닌 또 다른 형태의 노래가 독자적으로 존재했다는 뜻을 알 수 있다. 五言七字에 대응되는 三句六名이므로, 五言과 七字 형식의 노래가 있었듯이 우리 노래에도 三句와 六名의 정제된 노래가 있었을 것으로 짐작할 수 있다. 따라서 5言詩와 7言詩처럼 三句와 六名은 같은 형태의 정제된 노래였을 것이다. 곧 六名은 三句의 또 다른 명칭일 수 있다. 五言과 七字가 같은 형태의 노래인 것을 감안한다면 三句六名도 같은 형태의 노래였을 것이다. 〈예경제불가〉를 三句六名의 형태로 도식화해 보자.

〈예경제불가〉

1句 ⎰ 1名 : ————————————————
⎱ 2名 : ————————————————
2句 ⎰ 3名 : ————————————————
⎱ 4名 : ————————————————
3句 ⎰ 5名 : ————————————————
⎱ 　　(歎曰)
⎱ 6名 : ————————————————

10행의 정형된 시가를 의미 구조로 나누고 그 의미 구조를 다시 다른 이름으로 붙여 명명하면 위의 도표처럼 도식화될 수 있다. '句'는 의미 단위로 나눈 것이고 '名'은 句를 더 세부적으로 나눈 단위로 볼 수 있다. 위의 도표에서 보여 주는 것과 같이 1句 2句는 1名이 2行씩이고 3句는 각 1名이 1行씩이다. 이처럼 名도 동일한 行이 아니다. 〈보현십종원왕가〉가 불교의 찬불가로 불려졌다면, 노래 곡조와 관련이 있을 것이다. 전반부에서는 곡조가 빠르다가 후반부에서는 곡조가 느려지는 일종의 부연미 가락이 있지 않았을까? 현대시 중 조지훈의 〈승무〉에도 부연미가 있다. 부연미란, 시가 후반부로 갈수록 곡조가 점점 길어지는 것이다. 〈승무〉에서도 '얇은 사 하이얀 고깔은 / 고이 접어서 나빌레라.'라고 2行으로 시작했지만, 마지막 구절은 1行으로 처리되고 있다. 이 시행의 처리로 가락의 느림을 부연미로 표현한 것이다. 〈보현십종원왕가〉 11수가 주술적 의미의 노래였다면, 이와 같은 부연미가 있었다고 볼 수 있다. 따라서 3句 6名의 구조로 보아 2句에서는 곡조가 빠르고 3句에서는 곡조가 느렸던 것으로 추측해 볼 수 있다. 왜냐하면, 주술을 마무리하는 곳에서 간절한 염원을 위해 천천히 염원을 기원할 필요도 있었을 것이기 때문이다. 1句와 2句는 2行이 1名이 되고, 느린 곡조인 3句는 1行이 1名이 될 수 있다. 그리하여 위의 도식화와 같은 구조가 될 수 있다.

『균여전』의 三句六名은 10行 사뇌가의 완성된 형태를 나타낸 말일 것이다. 신라시대 향가는 고려시대의 일연이 편찬한 삼국유사에 14수가 전해지고 있다. 구를 의미 단위러 파악하여 14수를 분류해 보면, ① 三句 4行 및 3句 3行 詩(4구체 향가, 〈서동요〉·〈헌화가〉·〈풍요〉·〈도솔가〉) ② 3句 8行 詩(〈모죽지랑가〉·〈처용가〉) ③ 3句 10行 詩 세 유형이 있다. 지금 흔히 4구체로 불리는 향가들을 의미 단위로 묶어 분류하면, 1, 2行이 1句, 3行이 2句, 4行이 3句가 된다. 이 세 유형 중 비교적 정제된 3句 10행시가 향가의 완성된 형식일 것이다. 그리고 향가의 원형의 보여주는 『균여전』의 〈보현십종원왕가〉 11首도 3句 10行이다. 따라서 『균여전』의 〈보현십종원왕가〉 11수는 완성된 향가 형식이라 할 것이다. 완성된 향가 형식이 고려시대의 문헌에 기록되어 있다는 것은, 향가가 신라시대에만 불려지고 사라진 신라시대의 노래만은 아니라는 것이다. 최소한 균여 시대까지는 지배계층에서 전승되었음을 확인할 수 있다.

2) <悼二將歌>의 3句 8行

〈悼二將歌〉는 예종이 지은(1120년 고려 예종 15년) 향찰 표기의 향가이다. 이 〈도이장가〉는 平山 申氏 시조인 申崇謙의 사적을 기록한

문집인 『平山申氏追遠錄』 壯節公 行狀條에 전해지고 있다. 『균여전』
이 혁련정에 의해 1075년(문종 29년)에 편찬된 것이라면, 『평산신씨
추원록』은 임진왜란 이후에 편찬된 문헌이다. 『均如傳』이 편찬된 후
약 450년이 지난 후의 문헌에 〈도이장가〉가 향찰 표기로 기록되어 전
해지고 있다. 『均如傳』에 실려 있는 향가 11수가 고려 광종 때인
949년~973년 무렵에 지어졌다면, 이 〈도이장가〉는 약 150년 후에
지어진 향가이다. 여기서는 이와 같이 지어진 연대와 정착된 시기가
다른 〈도이장가〉의 내용을 소개하면 다음과 같다.

■ ■ ■ 〈悼二將歌〉 ■ ■ ■

主乙完乎白乎　　　　니믈 오올오슬본
■ ■ ■ 님을 온전히 하시는
心聞際天乙及昆　　　ᄆᄉᄆ ᄀ하눌 밋곤
■ ■ ■ 마음은 하늘가에 미치니
魂是去賜矣中　　　　넉시 가샤디
■ ■ ■ 넋은 가셔도
三鳥賜敎職麻又欲　　사ᄆ샨 벼슬마 쏘 ᄒ져.
■ ■ ■ 삼으신 벼슬만큼은 또 하는구나.
望彌阿里刺　　　　　ᄇ라며 아리라
■ ■ ■ 바라며 알리라
及彼可二功臣良　　　그 ᄢ 두 공신여
■ ■ ■ 그 때의 두 공신이여
久乃直隱　　　　　　오라나 고돈
■ ■ ■ 오래 되었으나 곧은
跡烏隱現乎賜丁　　　자최는 나토샨뎌.
■ ■ ■ 자취는 나타나는구나.

　　위의 노래는 『평산신씨추원록』 장절공 행장조에 전하는 것으로서,
고려 예종이 건국 공신인 신숭겸과 김악을 추모하며 지은 향가이다.

이 〈도이장가〉는 현전하는 향찰 표기의 마지막 작품이기도 하다. 신라시대 때 전성기를 맞이한 향가가 고려시대 때 갑자기 몰락한 이유는 여러 가지가 있겠지만 노래의 향유 계층이 바뀌면서 그 노래도 따라 소멸되어 간 것으로 추측해 볼 수 있다. 곧 신라의 향가 향유층과 고려의 한문학에 능통했던 고려 귀족과는 이런 향유하는 노래의 차이로 인해 어느 정도 문학적 차이가 있었던 것이다. 『高麗史』 世家 卷第 14 예종 15년 10월조에는 이 노래에 대하여 다음과 같은 기록이 있다.

> "冬十月戊辰朔日食, 辛巳設八關會, 王觀雜戲, 有國初功臣金樂申崇謙 偶像, 王感歎賦詩"(겨울 10월 초하루 무진일에 일식이 있었다. 신사일에 팔관회를 열었다. 왕이 여러 가지 유희를 구경하였는데, 거기에는 국초의 공신 김락·신숭겸 등의 우상이 있었다. 왕이 이 우상을 보고 감개한 마음으로 시를 지었다.)

『고려사』의 내용은 개국 공신 두 사람의 우상을 보고 예종이 노래를 지어 불렀다는 것이다. 『고려사』에서 밝힌 그 노래 중의 하나가 『평산신씨추원록』에 향찰 표기로 전해지고 있는 〈도이장가〉이다.

다음은 〈도이장가〉를 『균여전』에서 밝힌 향가 형식인 '三句六名'의 구조로 분석해 보고자 한다.

〈悼二將歌〉

```
      ┌ 1名 : ......................................
1句 ┤
      └ 2名 : ......................................

      ┌ 3名 : ......................................
2句 ┤
      └ 4名 : ......................................

      ┌ 5名 : ......................................
3句 ┤
      └ 6名 : ......................................
```

〈도이장가〉는 3句 8行 형식의 노래로, 〈처용가〉와 〈모죽지랑가〉 형식이다. 의미 단위로 살펴보면, 1句의 내용은 위기에 처한 왕건을 구하고 장렬하게 죽어간 두 장군의 위업을 찬양하며 그 충정을 높이 기린 것이다. 2句는 당시의 예종이 팔관회에서의 두 장군의 假像戱만 보아도 그 때의 일을 알겠다고 하면서 전공을 치하하고 있다. 3句는 오랜 시간이 흐른 후에도 그 충성스런 마음이 길이 기억되어 만백성의 가슴 속에 살아 있음을 밝힘으로써 오히려 당시의 신하들에게 그러한 충성심을 돈독히 할 것을 은연 중 시사한 내용이다. 따라서 〈도이장가〉는 신숭겸과 김락 두 사람이 고려 태조에게 보였던 殺身의 충성과 그 위업을 기리는 한편, 이를 후세에 龜鑑삼고자 하여 예종이 지은 것이라 할 수 있다. 이 노래로 인해 향찰 표기로 된 향가가 고려 중엽까지 존재했음을 알 수 있다.

3) <伐谷鳥>에 대한 제언

『평산신씨추원록』 장절공 행장조에 '四韻一絶'과 '短歌二関'10)라는 말이 나온다. 그리고 그 다음에 漢詩와 우리 노래 향가인 〈悼二將歌〉가 향찰 표기로 소개되고 있다.11) '사운일절'은 한시이고, '단가이결'의 하나는 〈도이장가〉이다.

---

10) 『平山申氏追遠錄』 壯節公 行狀條. 〔至睿宗大王歲庚子秋, 省西都 設八觀會 有假像二戴簪服紫執笏滓金騎馬踴躍 周巡於庭 上奇而問之 左右曰 神聖大王 一合三韓時代 死功臣大將軍申崇鎌金樂也 因奏本末 上悄然感慨 問二功臣之後……中略……仍賜御製四韻一絶短歌二関.〕(예종대왕 歲 庚子 가을에 이르러 왕이 서도를 살피고 팔관회를 배설하였는데, 가상 둘이 자주빛 옷에 비녀를 이고 갑자기 말을 잡아타고 뜰에서 踴躍周巡하므로 왕이 기이하게 생각하고 좌우에 물었더니 말하기를, "신성대왕이 三韓을 하나로 합칠 때 전사한 공신, 대장군 신숭겸·김락입니다."하고 인하여 그 본말을 아뢰었더니, 왕이 초연히 감개하시고 두 신하의 뒤를 묻고…중략… 이에 四韻一絶과 短歌二関을 지어 내렸다.)

11) 『平山申氏追遠錄』 壯節公 行狀條. 〔詩(漢詩)曰 見二功臣像 汎濫有所思 公山蹤寂寞 平壤事留遺 忠義明千古 死生惟一時 爲君躋白刃 從此保王基. 歌(郷歌)曰 主乙完乎白乎心聞際天乙及昆魂是去賜矣中三烏賜敎職麻又慾望彌阿里刺及彼可二功臣良久乃直隱跡烏隱現乎賜丁〕(밑줄 필자주)

그러면 또 다른 하나의 短歌는 무엇일까?『고려사』악지 속악조에
보면 '伐谷鳥'가 있다. 만약 〈벌곡조〉가 短歌 중 또 다른 하나의 노래
라면 〈도이장가〉와 같은 향가 형태의 노래였을 것이다. 『고려사』악
지 속악조의 〈벌곡조〉 내용을 소개하자면 다음과 같다.

〈伐谷鳥〉

伐谷鳥之善鳴者也. 睿宗欲聞己過及時政得失, 廣開言路, 猶恐群下不言
作此歌以諷諭之也.(벌곡이란 잘 우는 새이다. 예종이 자기의 과실과 시
국 정치의 득실에 대한 여론을 듣고자 언론의 길을 널리 열어 놓았으나,
오히려 아랫 사람들이 그것을 말하지 않을까 해서 이 노래를 지어 타이
르는 뜻을 붙인 것이다.)

신하들의 충언을 듣고자 고려 시대 예종이 지었다는 이 〈벌곡조〉
가, 『時用鄕樂譜』에 한글로 채록되어 〈維鳩曲〉으로 전해진다고 權寧徹
교수가 밝힌 바 있다.12)『平山申氏追遠錄』壯節公 行狀條에 보이는
'短歌二闋' 중 〈도이장가〉의 또 다른 작품으로는 예종이 지었다는 〈벌
곡조〉일 수 있다. 만약 권영철 교수의 주장을 사실로 수용한다면 〈유
구곡〉의 원형은 향가이다. 『평산신씨추원록』은 세종 24년에 申槪·
權踶 등이『고려사』를 수찬한 바 신개는 文僖公 申崇謙의 후손이므로
그의 손에 이루어진 舊行狀이 다시 임진왜란 이후 申景翼에 의해 개
수되고 申欽의 跋을 붙여 韓浚謙의 도움을 받아 신경익 등에 의해 谷
城에서 일차 간행되었으니, 『평산신씨추원록』은 임진왜란 직후의 문
헌이 된다.13) 예종 15년(1120)의 노래를 450여년이 지난 16세기
문헌에서 향찰 표기로 보게 되는 것이다.14) 그 향찰 표기 중의 한 작

---

12) 權寧徹,「〈維鳩曲〉攷」,『高麗時代의 가요문학』, 새문社, 1987, p. Ⅰ-153.
13) 金東旭,「〈悼二將歌〉의 文獻·民俗學的 考察」,『高麗時代의 가요문학』, 새문社,
  1987, p. Ⅰ-123.
14) 鄭琦鎬,『高麗時代 詩歌의 研究』, 仁荷大學校 出版部, 1986, p. 61.

품이 〈도이장가〉이고 다른 한 작품이 〈벌곡조〉인데, 그 〈벌곡조〉가 한글 표기의 〈유구곡〉이라는 것이다. 따라서 '短歌二関'의 하나를 〈벌곡조〉로 볼 수 있다면, 그것은 향가였을 것이다. 그러나 그 원형인 향찰 표기로 된 〈벌곡조〉의 구체적인 형태는 아직까지 정확히 알 수 없다. 그런데 권영철 교수는 〈벌곡조〉를 민요 형태의 노래로 보고 있다. 곧 〈벌곡조〉→〈비두로기〉→〈유구곡〉의 형태로 발전했다[15]고 하였다. 다시 말하면 예종이 지은 〈벌곡조〉가 민요형 〈비두로기〉로 불려지다가 고려 궁중 속악 가사로 채록될 때에는 〈유구곡〉이 되었다는 것이다. 이와 같은 논리가 〈사모곡〉에도 적용되고 있다.

　　그런데 여기서 의문점이 생긴다. 왕이 불렀던 노래가 민요가 되었다는 가설이 그것이다. 최고의 지배층의 노래가 어떻게 민요가 되었을까? 오히려 그 노래가 민요가 되었다기보다는 고려 궁중 제례 때 불려지던 궁중 속악 가사로 정착되었을 가능성이 더 짙다. 왜냐하면 궁중 속악 가사는 지배층 사회의 노래였기 때문이다. 따라서 권영철 교수가 주장한 〈벌곡조〉가 민요인 〈비두로기〉, 그리고 고려 궁중 속악 가사인 〈유구곡〉으로 정착되었다는 주장은 합리적인 견해로 보기 어렵다. 오히려 지배층이 담당하던 음악이였기에 민요보다는 고려 궁중 속악 가사로 채록되었을 가능성이 더 짙다. 원래 〈벌곡조〉는 왕이 지은 노래이다. 그 노래가 지배층의 노래였다면, 그것은 앞 시대부터 고려까지 계승된 상층의 작가가 많은 향가의 형식과도 관련이 있을 것이다. 향가의 여러 특성 중의 하나가 승려·화랑 등 지배층의 작품이 상당수를 차지하고 있다는 것이다. 따라서 지배층의 노래였던 〈벌곡조〉가 고려 궁중 속악 가사로 교방에서 정착되는 과정에서 〈유구곡〉으로 편사되었을 가능성이 있다.

　　고려 궁중 속악 가사 중 편사된 노래로 〈靑山別曲〉·〈西京別曲〉·〈滿殿春〉 등을 들 수 있다. 〈靑山別曲〉은 각기 다른 8개의 노래가 궁

---

15) 權寧徹, 前揭書, p. I-150.

중 속악 가사로 정착되는 과정에서 하나의 노래로 묶였다. 이 8개의 노래가 공통점이 있다면, 동일한 후렴구를 지녔다는 것이다. 曲은 唐樂이고, 가사는 우리말 속악 가사였다. 중국 궁중 악곡인 唐樂에 우리말 가사를 붙여 놓은 형태이다. 그러다 보니, 이별가인 〈西京別曲〉에 '위 증즐가 大平盛代'가 후렴구로 실리게 된 것이다. 노래의 내용과 후렴의 형태가 어울리지 않는 실정이다. 따라서 〈벌곡조〉가 〈유구곡〉이라 해도 그 원형이라고 단정하기는 어렵다. 만약 고려 궁중 속악가사에 전해지는 〈유구곡〉을 원형에 가깝다고 본다면 〈벌곡조〉의 형식은 '三句六名'에 가까운 향가의 형식이었을 것이다. 高麗 宮中 俗樂 歌詞로 전해지는 〈유구곡〉은 7行이다. 그런데 '비두로기 새는'이라는 구절이 반복된다. 이 반복 구절은 고려 궁중 속악가사로 채록되면서 편사되었을 가능성이 있다. 왜냐하면, 당악의 곡조에 맞추다 보면 반복이 필요했을 것이기 때문이다. 이 반복된 구절이 첨가된 것으로 보아, 그 구절을 생략하면 〈유구곡〉은 4行이 된다.

■ ※ ■ 〈유구곡〉 ■ ※ ■

1행 비두로기 새는
    (비두로기 새는)
2행 우루믈 우루더
3행 버곡댱이사
4행 난 됴해
    (버곡댱이사)

위의 분석처럼 〈유구곡〉의 원형이 4행의 구조를 지닌 노래였다면, 4행 형식의 향가 형식에 가깝다. 이 4행 형식[4구체]의 노래도 의미 단위로는 3句로 나눌 수가 있다. 따라서 〈유구곡〉이 예종이 지은 〈벌곡조〉였다면 그 원형은 향가 형식의 노래였을 것이다.

3. 결 론

　이미 살펴본 바와 같이 〈예경제불가〉는 10行으로 된 3句6名의 형식이었으며, 〈도이장가〉는 8行의 3句6名의 구조를 지녔다. 그리고 예종이 지었다는 〈벌곡조〉는 3句 형태를 지닌 4행 형식의 향가였을 것이다.

　향가는 신라시대에 귀족 계층에 의해 향유되던 노래였다. 신라가 망하고 고려가 건국되면서 관리의 등용문으로 과거 시험제도가 행해지게 되었다. 그 과거 시험을 통한 인재 등용으로 고려시대에는 한문과 한시에 능통한 문인들이 중앙 관리로 진출하게 되었다. 따라서 고려시대의 귀족층은 신라시대의 귀족층이 향유하던 향가와는 다른 문학을 선호하게 되었던 것이다. 이와 같은 시대적 차이와 지배 계층의 주체가 바뀜에 따라 그들이 향유하던 노래도 달라졌던 것이다.

　지배계층의 교체로 인해 고려시대 초기부터 향가의 기반은 흔들렸다. 그리하여 현재 전해지는 고려의 향가는 고려 초의 균여가 지은 〈보현십종원향가〉 11수와 예종이 지은 〈도이장가〉가 유일하게 향찰 표기로 전해지고 있다. 그리고 예종이 지은 〈벌곡조〉가 〈유구곡〉이라면 고려시대의 향가는 이 13편으로 압축된다. 그러면 고려시대의 향가 작품이나 향가 형태의 작품은 이 13편 외에 다시는 없는가 하는 점에 대해서는 다시 한번 재고해 볼 필요가 있을 것이다.

　우리가 흔히 고려 속요로 칭하는 14편의 작품에도 향가 형태의 노래는 있을 수 있기 때문이다. 만일 〈벌곡조〉가 고려 속요와 함께 전해지는 〈유구곡〉이라면, 그 고려 속요 14작품에는 〈유구곡〉 이외에도 향가 형태의 노래는 있을 수 있기 때문이다. 만약 고려 속요 14작품 안에 또 다른 향가 형태가 있었다면 고려 '속요'라는 장르 명칭보다는 고려 '궁중속악가사'라는 장르 명칭으로 부르는 것이 보다 타당할 것이다. 왜냐하면, 이들 14작품 모두가 고려 '궁중속악가사'로 사용되었다는 공통점이 있기 때문이다.

‖ 참고문헌 ‖

1. 基本 資料

『高麗史』
『大華 嚴首座 圓通兩重大師 均如傳』
『樂章歌詞』·『樂學軌範』·『時用鄕樂譜』
『三國遺事』
『平山申氏追遠錄』
『大東韻府群玉』

2. 論著

權寧徹,「〈維鳩曲〉攷」,『高麗時代의 가요문학』, 새문社, 1987, p.Ⅰ-153.
金東旭,「〈悼二將歌〉의 文獻 · 民俗學的 考察」,『高麗時代의 가요문학』, 새문社, 1987, p.Ⅰ-123.
金善豊,『高麗時代의 가요문학』, 새문社, 1982, p.Ⅱ-38.
金學成,「고려시대시가의 장르현상」,『國文學探究』, 성대출판부, 1987, p.50.
김학성·권두환 편,『新編 古典詩歌論』, 새문社, 2002.
金完鎭,『鄕歌解讀法研究』, 서울大學校出版部, 1982, p.32.
朴魯埻,『高麗歌謠의 研究』, 새문社, 1990, pp.10~11.
성호경,「향가 분절의 성격과 시행구분 및 율격에 대한 시론」,『한국시가문학연구』, 신구문화사, 1983.
李秉岐·白鐵,『國文學全史』, 新丘文化社, 1957, p.71.
李鍾出,「高麗俗謠의 形態論的 研究」,『高麗歌謠研究』, 국어국문학회 編, 1979, p.72.
양희철,「삼구육명에 관한 검토」,『국어국문학』88, 국어국문학회, 1982.
兪昌均,「韓國詩歌形式의 基調」,『大邱大論文集』, 第六輯, 1966, p.20.
양태순,「三句六名의 새로운 뜻풀이(1)」,『新編 古典詩歌論』, 새문社, 2002. pp.90~107

양태순, 「삼구육명의 새로운 뜻풀이(1)」, 『한국고전시가의 종합적 고찰』, 민속원, 2003.
鄭柄昱, 『高麗時代 詩歌의 研究』, 仁荷大學校 出版部, p.37, 1986, p.61, p196.
鄭柄昱, 「新羅歌謠의 形式」, 『鄕歌文學論』, 새문社, 1986, pp.113~114.
최철, 『향가의 문학적 연구』, 연세대 출판부, 1990.

제 2 장

高麗 宮中 俗樂歌詞 중
鄕歌系 詩歌에 대한 硏究

：

1. 서 론

　　본고는 高麗 詩歌 중 新羅 鄕歌系 詩歌에 대하여 시가의 형식과 내용의 상관성 및 그 영향 관계를 재검토하고자 하는 것이다. 高麗時代의 우리 詩歌로서는 鄕札로 정착된 11세『大華 嚴首座 圓通兩重大師 均如傳』의 11작품, 14세기 안축의 문집『謹齋集』속의 한자어 중심으로 된 2작품 그리고 조선조 18세기에 문자화된 歌客 편찬 歌集 속 양반 사회의 노래인 時調 몇 작품 외에 조선조 宮中樂書『樂章歌詞』·『樂學軌範』·『時用鄕樂譜』 등에 채록되어 전해지는 高麗 宮中 俗樂歌詞〔고려속요〕인 15작품이 전해지고 있다. 이 15작품 중 일부는 前代인 신라시대의 노래 향가가 변형된 형태로 계승되었다. 그리고 고려 예종이 西京에 행행했을 때, 八關會에서 국초 공신 金樂·申崇謙 두 장군의 假像戲를 보고 그 덕을 찬양하여 추모가로 불렀다는 노래 1首인 〈悼二將歌〉가『平山申氏追遠錄』壯節公 行狀條에 전해지고 있다. 이 〈悼二將歌〉는 표기법이 향가와 같은 향찰 표기이다.

본고에서는 高麗時代 鄕札 표기의 鄕歌와 구전되다가 朝鮮時代 宮中 樂書에 한글 표기로 전해지는 고려 궁중 속악 가사 중 향가의 초기 형식 또는 그 변형 형태로 전해지는 작품만을 그 연구 대상으로 삼고자 한다.

조선시대 宮中 樂書인 『악장가사』·『악학궤범』·『시용향악보』에 수록되어 전하는 고려 궁중 속악 가사 15작품은 하나의 장르가 아니다. 한글로 기록되어 전하는 15작품의 형성 배경과 그 형태를 고찰하자면, 모두가 동일한 장르에 귀속될 수는 없음을 알 수 있다. 장르란 작품의 구성·계기·형식·표현·양식에 관해 공통된 특징을 갖는 무리로 구별되는 일종의 pattern이다. 따라서 현전하는 고려 궁중 속악 가사 15작품은 각기 그 귀속 장르가 일치하지 않음을 살펴볼 수 있다. 鄕歌 形態로는 〈鄭瓜亭〉·〈井邑詞〉·〈思母曲〉·〈履霜曲〉·〈維鳩曲〉, 景幾體歌로는 〈翰林別曲〉, 景幾體歌 形態로는 〈雙花店〉, 民謠로는 〈가시리〉·〈相杵歌〉, 民謠 形態로는 〈滿殿春別詞〉·〈西京別曲〉·〈靑山別曲〉 등을 들 수 있다. 또한 巫歌 形態의 노래로는 〈處容歌〉가 있으며, 개인의 창작품으로 〈動動〉·〈鄭石歌〉 등이 있다. 이처럼 高麗 宮中 俗樂 歌詞로 전하는 15작품은 하나의 장르라 할 수 없다. 그 형태를 분석해 보면 각각의 작품이 귀속될 장르가 있다. 따라서 지금의 연구자들은 고려 궁중의 음악 가사로 전하는 15작품 중 한 작품만을 따로 떼어서 景幾體歌라 하고, 나머지는 高麗 俗謠 또는 高麗 歌謠라 칭하고 있는데, 이는 잘못된 장르 명칭이라 할 수 있다. 이들 노래 가사의 공통점이 있다면, 고려 궁중악 가사로 사용된 것밖에 없다. 이들을 부득이 하나의 명칭으로 묶는다면, 고려 궁중 가사 중에서도 우리말 가사로 된 것들이므로, 高麗 宮中 俗樂歌詞로 명하는 것이 타당할 것이다. 따라서 본고에서는 이들 노래말 가사를 高麗 宮中 俗樂歌詞로 命名하여 서술하고자 한다.

본고에서는 고려 시가 중 신라 향가계 시가에 대한 연구라는 의미에서 향가 작품 중 원형대로 전해지는 〈보현십종원왕가〉와 예종이 지었다는 향찰 표기의 〈도이장가〉를 고찰하고자 한다. 아울러 고려 궁중 속악 가사 중 향가의 형식과 연관이 있는 작품을 분석하면서 그 내용까지도 살펴보고자 한다. 따라서 필자는 본고를 통해 신라시대에 활발하게 전승되던 향가가 고려시대 어느 시기까지 전승되었는지를 살피면서 고려 궁중 속악 가사 중 어느 작품이 향가계 노래로 귀속될 수 있는지를 고찰하고자 한다. 향가의 특성은 귀족층 위주의 문학이면서 기원의 목소리와 주술성이 담겨 있다는 것이다. 그 형식으로는 3句의 단순 구조로부터 10行 3句6名의 구조까지 있다.[1] 본고에서는 이 향가의 구조가 어떻게 고려 궁중 속악 가사 중 일부 노래에 나타나는지, 그리고 고려초 작품인 〈普賢十種願往歌〉 형식인 三句六名과 어떻게 관련을 맺고 있는지도 함께 살펴보고자 한다.

2. 高麗 詩歌 중 鄕歌系 詩歌의 解釋

2.1. 高麗時代의 鄕歌

현전하는 鄕歌는 대체로 신라시대에 유행한 노래였기 때문에 대개 신라의 노래라 한다. 하지만 현전하는『대화 엄수좌 원통양중대사 균여전』은 고려초 문헌이면 그 문헌에 실려 있는 〈보현십종원왕가〉 11수는 고려초 인물인 균여대사가 지은 향가이다.『대화 엄수좌 원통양중대사 균여전』에는 향가 형식에 대한 기록이 있다.『대화 엄수좌 원통양중대사 균여전』의 서문에는 "然而詩搆唐辭, 磨琢於五言七字, 歌

---

1) 양태순,「삼구육명의 새로운 뜻풀이(1)·(2)·(3)」,『한국고전시가의 종합적 고찰』, 민속원, 2003.
　　양태순 교수는 향가의 형식으로 3·4·6·8·9·10분절이 있으며, 三句六名은 10구체 향가에서만 적용되지 않는다고 하였다.

排鄕語切磋於三句六名"(그러나 詩〔漢詩〕는 唐辭를 얽어 五言七字로 琢磨했고 歌〔우리 노래〕는 鄕語〔향찰 표기〕를 排하여 三句六名으로 切磋한 것이다.)이라는 구절이 있다. 이는 향가에도 漢詩와 같은 정제된 형식이 있었음을 보여 주는 대목이다. 이 서문을 쓴 사람은 崔行歸로, 그는 均如와 동시대의 인물이다. 최행귀가 『대화 엄수좌 원통양중대사 균여전』의 서문에서 밝힌 '三句六名'이 향가의 형식에 대한 해석의 유일한 근거이다. 『대화 엄수좌 원통양중대사 균여전』의 〈보현십종원왕가〉 11수 중 〈禮敬諸佛歌〉를 三句六名의 형태로 도식화해 보자.

〈예경제불가〉

```
       ┌ 1名 : ～～～～～～～～～～～～～～～～
1句 ┤
       └ 2名 : ～～～～～～～～～～～～～～～～
       ┌ 3名 : ～～～～～～～～～～～～～～～～
2句 ┤
       └ 4名 : ～～～～～～～～～～～～～～～～
       ┌ 5名 : ～～～～～～～～～～～～～～～～
3句 ┤       (歎曰)
       └ 6名 : ～～～～～～～～～～～～～～～～
```

10행의 정형된 시가를 의미 구조로 나누고 그 의미 구조를 다시 다른 이름으로 붙여 명명하면 위와 같이 도식화될 수 있다. 위의 도식에서처럼 〈예경제불가〉에는 三句六名의 구조가 드러난다. 三句는 의미 구조에 따라 나뉘어지고 그 의미 구조가 다시 六名으로 세분화되었다.

『均如傳』 서문에서 崔行歸가 언급한 '三句六名'은 10行 사뇌가의 완성된 형태를 나타낸 말일 것이다. 그렇다고 10行의 향가에만 국한된 형식의 명은 아니다. 1120년 고려 예종이 지은 〈도이장가〉는 고려시대에 향찰 표기로 전해지는 향가이다. 『균여전』에 전해지는 〈보현십종원왕가〉 11수가 949~973년 무렵에 지어졌다면, 이 〈도이장가〉는 그보다 약 150년 후에 지어진 향가이다. 『평산신씨추원록』 「장절공 행장」 조에 보면 〈도이장가〉가 지어진 배경에 대한 서술 부분이 있다.

『平山申氏追遠錄』 壯節公 行狀條. 〔至睿宗大王歲庚子秋, 省西都 設八觀會 有假像二戴簪服紫執笏淬金騎馬踴躍 周巡於庭 上奇而問之 左右曰 神聖大王 一合三韓時代 死功臣大將軍申崇鎌金樂也 因奏本末 上悄然感慨 問二功臣之後……中略……仍賜御製四韻一絶短歌二闋.〕(예종대왕 歲 庚子 가을에 이르러 왕이 서도를 살피고 팔관회를 배설하였는데, 가상 둘이 자주빛 옷에 비녀를 이고 갑자기 말을 잡아타고 뜰에서 踴躍周巡하므로 왕이 기이하게 생각하고 좌우에 물었더니 말하기를, "신성대왕이 三韓을 하나로 합칠 때 전사한 공신, 대장군 신숭겸·김락입니다."하고 인하여 그 본말을 아뢰었더니, 왕이 초연히 감개하시고 두 신하의 뒤를 묻고…중략… 이에 四韻一絶과 短歌二闋을 지어 내렸다.)

위의 인용문처럼 예종이 고려 개국 공신인 신숭겸·김락 두 장군의 가상희를 보고 '四韻一絶'과 '短歌二闋'를 지었다는 것이다. 그러면서 다음과 같이 사운일절과 단가이결 중 하나의 노래를 소개하고 있다.

『平山申氏追遠錄』 壯節公 行狀條. 〔詩(漢詩)曰 見二功臣像 汎濫有所思 公山蹤寂寞 平壤事留遺 忠義明千古 死生惟一時 爲君躋白刃 從此保王基. 歌(鄕歌)曰 主乙完乎白乎心聞際天乙及昆魂是去賜矣中三烏賜敎職麻又慾望彌阿里刺及彼可二功臣良久乃直隱跡烏隱現乎賜一〕(밑줄 필자주)

위의 인용문에서의 '詩'는 漢詩를 뜻하고 歌는 鄕歌를 나타내는 말일 것이다. 그리고 여기에 소개된 '歌'는 예종이 개국 공신 신숭겸과 김락의 가상희를 보고 지었다는 향찰 표기로 된 향가인 〈도이장가〉이다. 그런데 '短歌二闋'라 하였는데, 한 노래만 전해지고 또 다른 노래는 전해지지 않고 있다. 아마도 그 한 작품은 적어도 平山申氏의 가문과도 관련이 없는 노래일 것이다.

　『균여전』의 〈보현십종원왕가〉보다 150년 후에 지어진 〈도이장가〉에 대하여 三句六名의 구조와의 관련성을 분석해 보고자 한다.

〈悼二將歌〉

1句 ┌ 1名 : ─────────────────
　　└ 2名 : ─────────────────
2句 ┌ 3名 : ─────────────────
　　└ 4名 : ─────────────────
3句 ┌ 5名 : ─────────────────
　　└ 6名 : ─────────────────

　　위의 〈도이장가〉는 3句 8行 형식의 노래로, 신라시대 향가인 〈處容歌〉와 〈慕竹旨郎歌〉의 형식이다. 의미 단위로 나누면 3句 3단위의 형태이다. 제 1句 1名의 의미는, 고려 태조 왕건이 돌아가실 고비를 넘게 해 준 정성스러운 마음이 하늘 끝까지 미칠 만큼 놀랍다는 것이며, 2名의 의미는, 두 장군의 몸이 비록 죽고 없지만 그 뒤에 임금께서 내려 주신 벼슬은 대단하다는 것이다. 따라서 제1구의 의미는 두 장군의 충절을 기린다는 것이다. 그리고 제 2구의 의미는 두 장군의 가상희만 보아도 그 때의 일을 알 수 있음을 소개한 것이며, 제 3구의 의미는 숨진 지 오래 되었으나 그 충성심만은 오늘까지 남아 있음을 소개한 것이다. 이처럼 〈도이장가〉도 의미적 단위로써 3句로 나뉘어지며 그 시행은 8행으로 나뉘어진다. 따라서 이 〈도이장가〉는 3句 8行의 향가 구조를 지닌 노래임을 알 수 있다.

　　『평산신씨추원록』「장절공 행장」조에 서술된 '단가이결' 중의 하나가 〈도이장가〉라면, 나머지 한 노래는 어떤 것일까?『高麗史』樂志「俗樂」條에는 예종이 〈伐谷鳥〉라는 노래를 지어 불렀다는 내용[2]이 있다. 그리고 이 〈벌곡조〉가 『시용향악보』에는 한글로 채록되어 〈維鳩

曲〉으로 전해진다고 權寧徹 교수가 밝힌 바3) 있다. 이 주장을 사실로 수용한다면, 〈維鳩曲〉의 원형은 향가일 수 있으며 또한 그 원형은 〈伐谷鳥〉일 수 있다. 왜냐하면, 향가의 특성 중 하나가 귀족 계층의 노래였기에, 예종은 최고 상층의 신분이므로 향찰로 노래를 지을 수 있었다고 볼 수 있기 때문이다.『평산신씨추원록』에서 밝힌 短歌 2수 중 하나는 〈도이장가〉이며, 나머지 하나는 〈벌곡조〉일 것이다. 그리고 『시용향악보』에 전해지는 〈유구곡〉이 〈벌곡조〉의 한글 작품이라면, 〈유구곡〉의 노래말 안에는 향가의 형식이 남아 있음을 주목하지 않을 수 없다.

■ ■ ■ 〈유구곡〉 ■ ■ ■

1행 비두로기 새는
   (비두로기 새는)
2행 우루믈 우루디
3행 버곡댱이사
4행 난 됴해
   (버곡댱이사)
   (난 됴해)

위의 도식과 같이 반복되는 부분을 제외해 보자면 〈유구곡〉은 4행시로 분류될 수 있다. 고려 궁중 속악 가사들은 궁중악 가사로 편사되는 과정에서 첨가 내지 수정되었기 때문에,반복되는 구절은 대부분 편사되었음을 짐작할 수 있다. 그 이유는, 중국 궁중 음악 곡인 唐樂

---

2)『高麗史』樂志 俗樂條 〈伐谷鳥〉
　　伐谷鳥之善鳴者也. 睿宗欲聞己過及時政得失, 廣開言路, 猶恐群下不言作此歌以諷諭之也.(벌곡이란 잘 우는 새이다. 예종이 자기의 과실과 시국 정치의 득실에 대한 여론을 듣고자 언론의 길을 널리 열어 놓았으나, 오히려 아랫 사람들이 그것을 말하지 않을까 해서 이 노래를 지어 타이르는 뜻을 붙인 것이다.)
3) 權寧徹(1987),「〈維鳩曲〉攷」,『高麗時代의 가요문학』, 새문社, p. I-153.

에 우리말 가사를 편사하는 과정에 가사가 중복되었음을 확인할 수 있다. 따라서 중복된 부분을 제외해 보면, 그 노래의 원형도 유추해 볼 수 있다. 따라서 〈維鳩曲〉은 신라 향가의 4행시인 〈薯童謠〉·〈風謠〉 등과 같은 3句 4行의 향가 형식의 노래라 할 수 있다. 이 〈維鳩曲〉을 의미 단위로 나누어 보면, 1·2행이 1句로서, 비둘기가 울음을 우는 모습은 자기 자신을 비유한 것이며, 제 2句의 '뻐꾹새야'는 예종 자신에게 바른 말을 잘해 줄 사람을 비유한 말이며, 제 3句는 '그런 사람이 나는 좋다'라는 예종 자신의 감정을 드러낸 것이다. 따라서 이 〈維鳩曲〉도 3句의 의미 단락으로 나눌 수 있다.

고려시대 문헌인 『대화 엄수좌 원통양중대사 균여전』·『평산신씨 추원록』 중에는 이처럼 향찰로 표기된 향가 형식의 노래가 전승되고 있다. 이 같은 사실로 미루어 보아 향가 형식의 노래가 고려 중기까지 전승되었음을 확인할 수 있다.

2.2. 高麗 宮中 俗樂 歌詞 중 鄕歌系 詩歌

1) <井邑詞>의 내용과 三句六名

『高麗史』 樂志 第二五卷 〈三國俗樂〉에 보면 "新羅百濟高句麗之樂, 高麗並用之, 編之樂譜, 故附著于此, 詞皆俚語"(고려 때에는 신라·백제·고구려의 악 모두 사용하였으며 악보로 편찬하였다. 그런 까닭에 여기에 첨부하였으나, 가사가 모두 俚語〔우리말 가사〕로 되었다.)라는 내용이 소개되면서 신라계의 노래로 〈東京〉(계림부)·〈東京〉·〈木州〉(현재 청주에 속한 고을)·〈余那山〉·〈長漢城〉·〈利見臺〉, 그리고 백제계의 노래로 〈禪雲山〉·〈無等山〉·〈方等山〉·〈井邑〉·〈智異山〉, 고구려계의 노래로 〈來遠城〉·〈延陽〉(延山府)·〈溟州〉 등의 노래 배경이 서술되어 있다. 〈井邑詞〉의 배경 설화도 『고려사』 악지 제이오권에 〈井邑〉의 이름으로 소개되고 있다.

〈井邑〉

井邑全州屬縣, 縣人爲行商久不至, 其妻登山石以望之, 恐其夫夜行犯
害, 托泥水之汚以歌之, 世傳有登 岾望夫石云.
(정읍은 전주의 소속현이다. 고을 사람이 行商하러 나간 지가 오래도
록 돌아오지 않아 그의 처가 산봉우리 돌 위에 올라서서 바라보면서 그
의 남편이 밤에 여행하다가 해를 입지 않을까 염려하여 그 말을 진흙물
에 몸이 더러워진다는 표현을 빌려 노래를 지었는데 세상에서는 등점 망
부석이 있다고 전한다.)

그리고 〈井邑詞〉의 노랫말은 조선시대 궁중 악서인 『樂學軌範』에
기록되어 전해지고 있다. 『樂學軌範』은 조선시대 성종 24년(1493)에
成俔·柳子光·神末平 등이 왕명을 받들어 편찬한 9권 3책의 목판본
樂書이다. 백제계의 노래가 고려 궁중 속악 가사로 구전되다가 조선
시대에 한글로 정착된 셈이다.

〈井邑詞〉는 행상 나간 남편이 무사히 돌아오도록 달이 높이 떠 비
춰 주기를 바라는 아내의 마음이 담긴 노래이다. 달에게 남편의 무사
함은 비는 것은, 달이 天地神明의 상징이기에 당연한 것이다. 환하게
비추어 주는 달빛 아래 남편이 무사히 歸家하기를 간곡히 비는 여인
의 소박한 소망이 느껴진다. 이처럼 남편의 안위를 걱정하는 애틋한
마음이 간절함은 우리의 전통적 여인상을 나타내 주고 있다. 이러한
여인상은 고려 궁중 속악 가사의 〈가시리〉·〈서경별곡〉과 조선시대
황진이의 시조 작품, 그리고 〈춘향전〉의 춘향, 근대시인 소월의 〈진
달래꽃〉으로 그 맥이 계승되고 있다.

『악학궤범』에 전해지는 〈정읍사〉의 형식을 살펴보자면, 이 노래도
궁중 악보에 맞추기 위해서 후렴구가 덧붙여졌음을 확인할 수 있다.
따라서 첨가된 후렴구를 제외하면 〈정읍사〉는 6행이 된다. 이 6행을
도식화해 보면 아래와 같다.

〈井邑詞〉

$$
\begin{array}{ll}
1句 & \left[\begin{array}{l} 1名 : \rule{6cm}{0.4pt} \\ 2名 : \rule{6cm}{0.4pt} \end{array}\right. \\
2句 & \left[\begin{array}{l} 3名 : \rule{6cm}{0.4pt} \\ 4名 : \rule{6cm}{0.4pt} \end{array}\right. \\
3句 & \left[\begin{array}{l} 5名 : \rule{6cm}{0.4pt} \\ 6名 : \rule{6cm}{0.4pt} \end{array}\right.
\end{array}
$$

위의 도식처럼 〈정읍사〉가 '三句六名'의 구조가 된다. 〈정읍사〉가 이 三句六名의 구조의 원형을 지녔다면 향가의 형식일 수도 있다. 또 이 三句六名은 시조 형식과도 관련을 맺고 있다. 향가의 기본 구조인 三句六名이 후대의 문학 장르 형성에 영향을 미쳤음을 알 수 있다. 그리고 향가의 특성 중의 하나가 기원의 목소리가 담겨 있다는 것이다. 〈도솔가〉는 하늘에 두 해가 나타나므로 괴변을 없애기 위해서 부른 노래이며, 〈처용가〉는 아내를 침범하는 역신에게 관용을 베풀어 역신을 물리친 노래이고, 〈혜성가〉는 왜구를 물리친 주술가이며, 〈千手大悲歌〉는 희명이 실명한 아들의 눈을 뜨게 하기 위해서 부른 노래이다. 이처럼 향가 중에는 소망이나 기원을 드러낸 노래가 있다. 〈정읍사〉도 이들 노래와 같이 기원의 어조를 담고 있다. 행상 나간 남편을 기다리는 아내의 마음을 달에게 빌어 표현되고 있다. 어둠을 밝게 비추어 주는 달은 곧 천지신명이다. 아내는 행상 나간 남편이 혹시라도 '즌 디'에 빠질까 염려하여 천지신명의 표상인 달에게 빌고 있다. 나아가 달은 그들 부부의 인생행로의 어둠을 물리치는 광명의 상징일 수 있다. 그런데 작자는 귀족 계층이 아니다 남편을 기다리는 평범한 아낙네이다.

현전하는 향가 중 작자가 귀족 계층이 아닌 노래로 어느 노인이 지었다는 〈獻花歌〉와 희명이 눈 먼 아들을 위해 지었다는 〈천수대비가〉가 있다. 현전하는 몇 수 중에는 이처럼 귀족 계층의 노래가 아닌 것도 있다. 〈정읍사〉도 이들 노래처럼 귀족 계층의 노래는 아니다. 초기의 향가는 사뇌벌에서 來世를 위한 상층 계층의 주문형식의 주술가였다. 그 상층 계층들의 來世를 위하여 불리던 노래가 후대로 오면서 주술성과 특정 계층만을 위한 특성들이 퇴색되면서 여러 가지 내용의 노래로 전승된 것이다. 〈정읍사〉도 이런 변화의 과정에서 탄생된 또 하나의 향가형 노래라 할 수 있다.

  2) <思母曲>의 내용과 三句六名
  〈思母曲〉은 고려 궁중 속악 가사의 일반적 형식인 분연체가 아닌 단연시로 되어 있다는 점이 특이하다 무의미구인 후렴 '위 덩더둥성'을 제외하면 평시조의 3장 형식과 대응된다. 이 노래를 3구로 나눌 때 제 3구에 해당하는 첫 부분이 '아소 님하'와 같은 감탄적 언어로 되어 있다는 것에서 향가의 낙구와 맥을 같이 하고 있다. 그러면서 시조 종장 첫 구의 감탄사와도 연관이 있다.
  '호미'는 아버지, '낟'은 어머니에 비유되고 있다. 그 '호미' 와 '낟'은 절단의 의미와 연결되면서 절단이 잘되는 낫이 더 큰 사랑으로 이미지화하고 있다. 호미와 낫은 농경 사회에서 꼭 필요한 농기구이다. 필요한 농기구를 아버지 어머니에 비유한 점으로 보아 농경 생활 때부터 불리던 노래로 볼 수 있다.
  〈사모곡〉은 후렴구를 제외하면 6행의 단연시로, 어머니의 사랑을 예찬한 노래이다. 1행과 2행에서는 아버지의 사랑과 어머니의 사랑을 호미와 낫으로 비유하면서 날에 있어 더 잘 드는 낫이 날이 무딘 호미보다 낫다는 것이다. 이는 어머님의 사랑이 아버님의 사랑보다도 더 섬세함을 드러낸 것이다. 다시 말하면 아버지의 사랑이 어머니의 사랑보다 못한 것이 아니라 자상한 면에서 아버지보다는 어머니가 더 낫다는 것이다. 3·4행에서는 어머니의 사랑이 아버지의 사랑보다 넓고 깊음을 강조하고 있다. 5·6행에서도 어머님의 자상하고 섬세한 사랑을 반복하면서 노래를 끝맺고 있다.

〈사모곡〉을 이병기 교수는 〈木州歌〉의 별칭4)으로 보았으며, 朴魯塡 교수는 신라 시대 木州라는 특정 지역의 민요가 전국적으로 확산되면서 〈엇노리〉라는 제목을 갖게 되었고 이 〈엇노리〉가 유식 계층에게 수용되면서 한자식 제목인 〈사모곡〉이 되었으며 또 고려 궁중 舞樂으로 상승·채택되었다5)고 했다.『高麗史』 樂志「俗樂」條에 전하는 〈木州〉의 창작 배경을 소개하자면 다음과 같다.

〈木州〉(今淸州屬縣)

木州孝女所作 女事父及後母以孝聞 父或後母之譖逐之女不忍去 留養父母益勤不怠 父母怒甚又逐之女 不得已辭去 至一山中見石窟有老婆 遂言其情因請寄寓 老婆哀其窮而許之女以事父母者事之 老婆愛之嫁 以其子夫婦協心 勤儉致富 聞其父母貧甚 邀致其家 奉養備至 父母猶不悅 孝女作是歌以自怨.

(목주는 효녀가 지은 노래이다. 딸이 부친과 계모에게 효성한 것으로 소문났다. 그러나 부친이 계모의 참소에 혹하여 딸에게 나가라고 하였는데 딸은 차마 가지 못하고 집에 머물러 있으면서 부모 봉양을 더욱 근면하고 태만히 하지 않았으나 그럴수록 부모는 더욱 노하여 드디어 내쫓았다. 딸은 부득이 하직하고 떠나갔다. 딸이 어떤 산중에 이르러 석굴 속에 사는 노파를 만나서 그런 사정을 말한 다음 그곳에 있을 것을 청하니 노파가 그의 곤궁한 사정을 불쌍히 여기고 허락하였다. 처녀는 그를 자기 부모 섬기듯이 섬겼다. 그래서 노파의 사랑을 받게 되었고 그의 아들과 결혼하게 되었다. 그 부부는 한마음으로 근면 절약하여 부자가 되었다. 그 후 딸은 친정 부모가 매우 가난하게 지낸다는 말을 듣고 시집으로 모셔다가 지극히 잘 봉양하였으나 그 부모는 오히려 기쁘게 생각하지 않았다. 효녀가 이 노래를 지어 자기의 효성이 부족한 것을 원망하였다.)

---

4) 李秉岐 · 白鐵(1957),『國文學全史』, 新丘文化社, p.71.
5) 朴魯塡(1990),『高麗歌謠의 硏究』, 새문社, pp.10~11.

위의 〈木州歌〉 창작 배경으로써 주제를 살펴보면, 〈思母曲〉의 주제와 큰 차이를 보이고 있다. 이런 점으로 보아 〈사모곡〉을 〈木州歌〉의 별칭으로 보는 것은 잘못된 것이다. 신라 시대 〈사모곡〉과는 달리 〈木州歌〉라는 노래가 따로 있었다고 보는 것이 더 타당하다.

〈사모곡〉도 후렴구를 제외하면 全 6句의 非聯詩이다. 그 구조를 분석해 보자면 다음과 같다.

· · · 〈사모곡〉 · · ·

1句 ┌ 호미도 눌히언마르는
    └ 낟그티 들 리도 업스니이다.
2句 ┌ 아바님도 어이어신마르는
    │ (위 덩더둥셩)
    └ 어마님그티 괴시리 업세라
3句 ┌ 아소 님하
    └ 어마님그티 괴시리 업세라.

이 사모곡도 후렴구를 제외하면 3句 6行 형식이다. 그러므로 〈사모곡〉은 3句 형식의 향가에 가깝다고 하겠다.

3) <鄭瓜亭>의 내용과 3句 10行 향가
『高麗史』 樂志 俗樂 第 25卷 2에 보면 〈鄭瓜亭〉에 대한 기록이 있다.

〈鄭瓜亭〉

鄭瓜亭內侍郎中鄭敍所作也 敍自號瓜亭聯昏外戚有寵 於仁宗及毅宗卽位放歸其鄕東萊曰 今日之行迫 於朝議之不久當召還 敍在東萊日久召命不至 乃撫琴而歌之詞極悽怨 李齊賢作詩觧之曰 憶君無日不霑衣 政似春山蜀子規爲是爲非人莫問只應殘月曉星知

(〈정과정〉이란 노래는 내시랑중 정서가 지은 것이다. 정서는 스스로 '과정'이라고 호를 지었는데 왕의 외가와 혼인한 관련이 있어 인종의 사

랑을 받았다. 그 후 의종이 왕의 자리에 오르자 고향 동래로 돌려보내면
서 "오늘의 걸음은 조정의 공론에 압박되어 하는 일이니, 오래지 않아
소환될 것이다."라고 하였다. 정서가 동래에 가 있은 지 오래 되었으나
소환 명령이 오지 않으니, 거문고를 어루만지며 노래 불렀는데, 그 가사
가 극히 처량하였다. 이제현이 다음과 같이 시를 지어 풀이하였다.

> 님 생각하는 눈물
> 옷깃 적시지 않은 날 없었어라.
> 봄밤 깊은 산 중의 두견새야!
> 내 신세도 꼭 너 같구나!
> 묻지 말아라! 사람들아
> 지난 날 나의 잘못을
> 다만 내 가슴 알아주기는
> 저 조각달과 새벽별뿐이어라!)

위에 소개된 이제현의 한시 내용과 『樂學軌範』에 전해지는 〈鄭瓜
亭〉과 내용에 차이점이 있다. 〈鄭瓜亭〉의 내용을 의미별로 나누면 3
단락이 된다. 그 3단락 중 위의 이제현의 한시 내용은 주로 정서의
〈鄭瓜亭〉의 첫 번째 단락에 해당되는 내용이다.

■ · ■ 〈정과정〉 · ■ ·

1단락
내 님을 그리ᅀᆞ와 우니다니
山 접동새 난 이슷ᄒᆞ요이다.
아니시며 거츠르신 둘 아으
殘月曉星이 아ᄅᆞ시리이다.

2단락
넉시라도 님은 ᄒᆞᆫ디 녀져라 아으
벼기더시니 뉘러시니잇가.
過도 허믈도 千萬업소이다.
믈힛 마리신뎌
슬읏븐뎌 아으
니미 나ᄅᆞᆯ ᄒᆞ마 니즈시니잇가

3단락 ┌─아소 님하
      └─도람 드르샤 괴오쇼셔.

　　위의 〈鄭瓜亭〉은 의미별로 3단락으로 나누어진다. 첫 번째 단락의 의미는 자연물에 비유한 자신의 처지와 결백을 노래한 것이며, 두 번째 단락은 자신의 결백함을 직접적으로 호소한 것이다. 그리고 세 번째 단락의 내용은 임에 대한 간절한 애원이다. 의미적으로는 별 문제 없이 3단락이 된다. 그런데 10구체 향가의 전형적인 구조로 보이며 두 번째 단락이 4행보다 많은 것이 파격이다.

　　그 두 번째 단락의 내용 중 "넉시라도 님은 혼디 녀져라 아으 / 벼기더니 뉘러시니잇가."는 〈만전춘별사〉 제 3연과 동일한 내용이다. 이는 사대부인 정서의 시에 처음부터 있었던 내용은 아닐 것이다. 왜냐하면 정서는 사대부이기 때문이다. 사대부의 노래에 민요의 한 구절이 처음부터 개입되지는 않았을 것이다. 그리고 〈만전춘별사〉와 〈정과정〉에 똑같이 기록되어 있다는 것도 그것이 당시 유행하던 민요의 한 구절일 것임을 뒷받침해 주고 있다. 또 앞에서 살펴본 바와 같이 이제현의 한시 내용에서도 이 구절은 의미만은 확인할 수가 없다. 〈정과정〉이 궁중악 가사로 채록되면서 이 부분만 편사되었을 가능이 있다. 같은 고려 궁중 속악가사인 〈만전춘별사〉도 편사의 흔적이 여러 곳에 나타나고 있다. 가령 제 2연은 시조 형식과 비슷하고 제 3연은 민요의 가사였음을 확인할 수 있는 것이다. 만약 "넉시라도 님은 혼디 녀져라 아으 / 벼기더시니 뉘러시리잇가."가 당시 유행하던 민요의 가사로, 전악서나 교방 등에서 편사되었다면 정서가 지은 원작품에서 제외되어야 마땅하다. 실제로 이 부분을 제외하면 10行 향가의 형태가 드러난다.

1句
내 님믈 그리ᄆᆞ와 우니다니
산 졉동새 난 이슷ᄒᆞ요이다.
아니시며 거츠르신 ᄃᆞᆯ 아으
殘月曉星이 아ᄅᆞ시리이다.

2句
過도 허믈도 千萬업소이다.
ᄆᆞᆯ힛 마리신뎌
ᄉᆞᆯ읏븐뎌 아으
니미 나ᄅᆞᆯ ᄒᆞ마 니ᄌᆞ시니잇가

3句
아소 님하
도람 드르샤 괴오쇼셔.

위의 도식처럼 10行 3句의 형태가 된다. 따라서 정서의 〈鄭瓜亭〉은 창작 당시의 형태는 10행 향가 형식이었을 것이다. 따라서 이 노래가 고려 궁중 속악가사로 채록되는 과정에서 당악의 곡조에 맞추기 위해서 일부 내용이 첨가되었을 것으로 보는 편이 타당할 것 같다. 『大東韻府群玉』 卷 一九, 「眞勺」에 "樂府眞勺 有一二三四 乃聲音緩急之節也 一眞勺最緩 二三四又次之."라는 구절이 있다. 곧 악부 '진작'에는 一 二 三 四의 종류가 있었으니, 이는 소리의 느림과 빠름의 절도이다. 그 곡조에는 一眞勺이 가장 느리고 그 다음은 二 三 四로 四眞勺이 가장 빠른 곡조임을 밝혀 주고 있다. 이런 궁중 악보에 맞추기 위해서 교방에서는 원작에 없는 내용을 첨가했을 수도 있다는 것이다. 따라서 〈鄭瓜亭〉의 내용 중 편사된 구절만 제외해 보면 10구체 향가 형태인, 10行 3句의 구조가 된다. 그러므로 정서의 〈鄭瓜亭〉의 원형은 10행 향가의 노래였던 것이다.

4) <履霜曲>의 내용과 3句 8行 詩歌

〈履霜曲〉은 노랫말에 한문투의 표기가 삽입되어 있으며, 민요적인 표현 양식인 후렴구의 반복법도 있다. 그러나 여러 연구자들이 〈이상곡〉을 민요형의 속요로 보기보다는 10행의 향가형으로 보고 있다.

俞昌均은「韓國 詩歌 形式의 基調」에서 10행시로 정리6)하고 있다. 李鍾出도「高麗 俗謠의 形態論的 研究」에서 10행시를 3장 6구로 분석7)하고 있다. 金善豊도 〈履霜曲〉은 사뇌가의 정격 형식이 이미 三句六名의 틀에서 벗어나 마지막 제11단구가 생략되었고 時調形으로 접근하고 있는 모습이라고 지적하고, 民謠形 俗謠形으로 잡기보다는 순수 정격 향가의 변형으로 잡아야 한다고 하면서 〈이상곡〉을 다음과 같이 분석하고 있다.8)

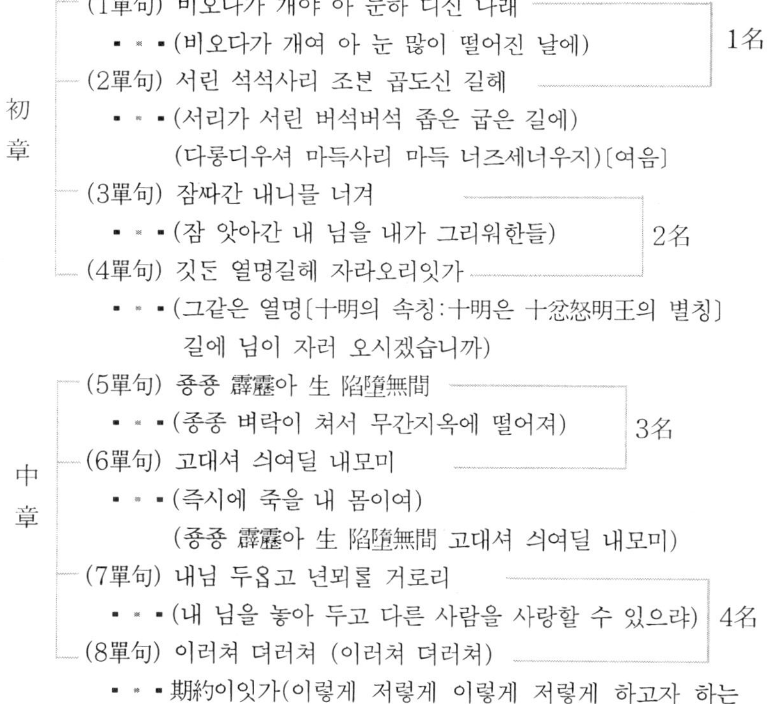

---

6) 俞昌均(1966),「韓國詩歌形式의 基調」,『大邱大論文集』, 第六輯, p.20.
7) 李鍾出(1979),「高麗俗謠의 形態論的 研究」,『高麗歌謠研究』, 국어국문학회 編,
   p.72.
8) 金善豊(1982),『高麗時代의 가요문학』, 새문社, p.Ⅱ-38.

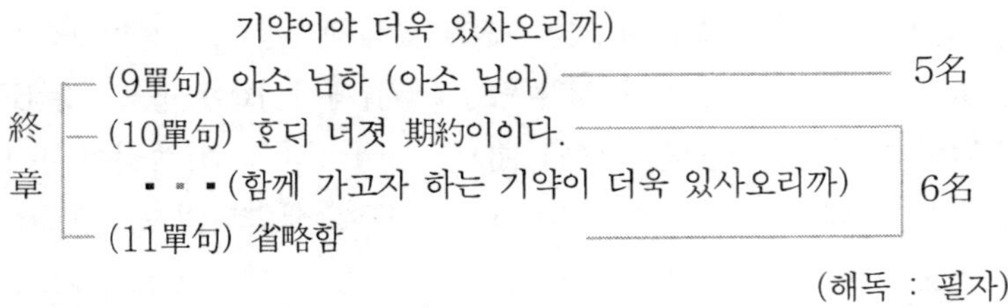

(해독 : 필자)

김학성은 〈이상곡〉을 13행으로 분류하면서 시가 양식의 창출도 기존 장르의 양식적 변용에 의한 수용과 아울러 새로운 장르 복합체의 형성을 위한 여러 선험적 요소들의 종합에 바탕을 둔 것이라고 했다. 또 그는 〈이상곡〉이나 〈정과정〉은 사뇌격 향가와 민요라는 두 기존 장르를 양식적으로 변용하여 혼합한 독특한 형식[9]이라고 했다. 朴魯埻은 〈이상곡〉이 10구체 신라 가요의 변형 양식을 취한 창작 가요[10]라고 했다.

그러나 〈이상곡〉은 『樂章歌詞』에 연 구분이 되어 있지 않고 줄글로 이어져 전해지고 있다. 이런 전승의 예로 인하여 선행 연구자들은 10행, 12행, 13행 등으로 그 연구 결과물을 도출하고 있다. 그리고 鄭琦鎬 교수는 민요적 요소인 여음을 제외하면 8행시로 정리하는 것이 좋을 듯하다[11]고 하였다. 그러나 고려 궁중 속악가사가 궁중악으로 편입되면서 그 일부가 당악에 맞추어 편사되었음을 상기해 보면 그 편사의 흔적으로 민요적인 요소의 반복 어구만 제거해 보면 10行시로 재분배해 볼 수 있다.

```
1句 ┌1名 ┌1行 비오다가 개야아 눈하 디신 나래
    │    └2行 서린 석석사리 조본 곱도신 길헤
    └2名 ┌3行 잠따간 내니믈 너겨
```

---

9) 金學成(1987), 「고려시대시가의 장르현상」, 『國文學探究』, 성대출판부, p.50.
10) 朴魯埻(1990), 『高麗歌謠의 研究』, 새문社, p.236.
11) 鄭琦鎬(1986), 『高麗時代 詩歌의 研究』, 仁荷大學校 出版部, p.196.

└4行 깃둔 열명길헤 자라오리잇가
2句 ┌3名 ┌5行 죵죵 霹靂아 生 陷墮無間
│　　 └6行 고대셔 싀여딜 내모미
└4名 ┌7行 내님 두ᅀᆸ고 년뫼롤 거로리
　　 └8行 이러쳐 뎌러쳐 期約이잇가
3句 ┌5名 ┌9行 아소 님하
└6名 └10行 훈딕녀졋 期約이이다.

앞의 연구자들의 주장처럼 사뇌격 형식과 민요의 형식이 결합된 형태였다면, 그 민요적인 요소를 제거하면 〈履霜曲〉의 원형이 나온다. 따라서 〈이상곡〉도 균여가 〈보현십종원왕가〉에서 밝힌 三句六名의 형태가 된다. 제 1句는 비극적 상황 속에서 님과의 재회를 기대한 독백으로 노래한 것이며, 제 2句는 어떠한 고난 속에서도 님에 대한 단심을, 제 3句는 10행 향가 형식의 특징인 감탄사를 각각 앞세우면서 임과의 동반적 삶을 기약하고 있다. 그러나 〈이상곡〉에는 다른 고려 궁중 속악 가사에 볼 수 없는 불교적 내용인 한문투의 구절이 삽입되어 있다.

박노준 교수는 〈이상곡〉 작가를 채홍철로 보고 있다.12) 〈이상곡〉이 채홍철의 작으로 보면 향가 형식의 노래는 그 하한선이 고려 중엽 이후까지로 내려온다. 그렇게 후대까지 이어질 수 있었던 배경은 무엇일까. 『高麗史』 樂志 제 25권에 보면, 채홍철에 관한 기록이 있다.

冬栢木〔동백나무〕

忠肅王朝蔡洪哲以罪流遠島 思德陵作此歌 王聞之卽日召還 或曰 古有此歌 洪哲就加正焉以 寓己意.

(충숙왕 때에 채홍철이 죄를 범하고 먼 섬으로 귀양갔는데 그가 덕릉(충선왕)을 사모하고 이 노래를 지었더니 왕이 듣고 곧 그 날로 소환하였다. 그런데 혹자의 말은 예로부터 이런 가사가 있었는데 채홍철이 가

12) 朴魯埻, 前揭書, p. 225.

사를 수정 첨가하여 자기 뜻을 붙인 것이라고 한다.)

위의 『高麗史』 樂志 〈冬栢木〉에 관한 기록처럼 〈履霜曲〉도 옛 노래 형식에 가사를 수정 내지 첨가하여 자기 뜻을 붙인 것이다. 위의 자료문에서 언급한 옛 노래는 민요를 가리키는 말은 아닐 것이다. 『高麗史』 樂志의 기록에도 민요라고도 하지 않았다. 민요가 아닌 옛 노래 형식에 가사를 수정 내지 첨가했다면 그 옛 노래의 원 형식은 8행의 향가 형식일 수도 있다. 〈이상곡〉이 첨가되었을 것으로 추정되는 부분들이 있기 때문이다. 따라서 첨가되었을 것으로 추정되는 불교적인 내용의 한문투 '죵죵 霹靂아 生 陷墮無間'과 그리고 '다롱 디우셔 마득사리 마득 너즈세너우지'와 '이러쳐 뎌러쳐'는 민요 가사에서 볼 수 있는 후렴구이다. 이들을 제외해 보자면 다음과 같은 8행시의 형식이 된다.

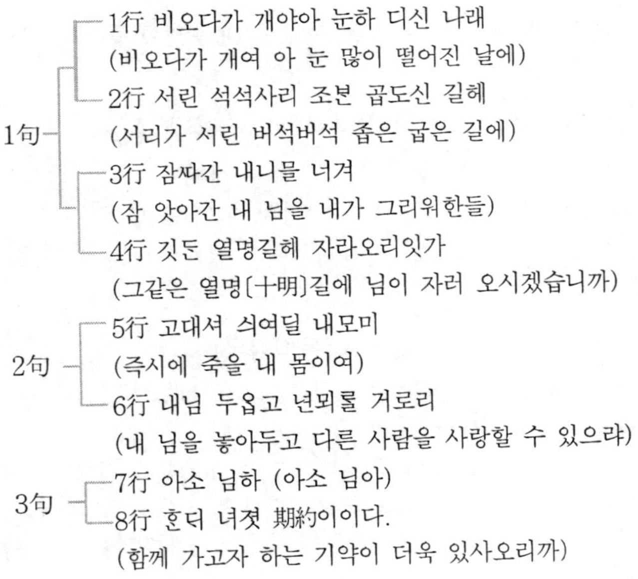

만약 채홍철이 〈履霜曲〉도 〈동백목〉처럼 예로부터 전해 오던 가사에 수정 혹은 첨가했다면, 그 수정 내지 첨가된 내용으로 유추되는 구절만 제외할 때 옛 노래의 원형이 드러날 것이다. 그렇다면 그 첨가되었을 내용을 미루어 짐작할 때, 불교적인 요소의 한자어구와 민요의 후렴구였다 할 것이다. 이 부분을 제외하면 〈履霜曲〉은 8행 구조의 향가형이 된다. 그러므로 〈이상곡〉의 원형은 8行의 鄕歌 형식이었을 것이다. 따라서 향가 형식의 노래가 고려 후대에까지 이어질 수 있었던 배경은 채홍철처럼 기존에 전해지던 향가 형식에 일부의 내용을 수정 내지 첨가하였기 때문이라 추측해 볼 수도 있다. 또한 고려 궁중 속악 가사에 전해지는 향가의 노래가 대부분 이런 전승 배경에서 전해졌다고 볼 수 있다.

2.3. 新羅 鄕歌와 高麗 詩歌 중 鄕歌系 詩歌의 共通點과 差異點

'鄕歌'는 중국 漢詩에 대응하여 우리말 노래를 지칭하는 것이다. 오늘날에는 한자의 음과 훈(訓)을 빌어서 우리말 어순으로 표기된 신라시대와 고려시대까지에 전승된 노래를 이른다. 향가의 형식을 4구체·8구체·10구체 형식 등으로 분류하고 있으나, 그 향가 형식의 정확한 근거는 『大華 嚴首座 圓通兩重大師 均如傳』에 '三句六名'으로 소개되고 있는 것이 현재로서는 유일한 자료이다. 하지만 三句六名은 고려 초 문헌인 『大華 嚴首座 圓通兩重大師 均如傳』에 기록되어 있기 때문에, 신라시대 향가 형식의 원형을 考究하기가 쉽지는 않다. 그렇다면 신라시대 향가 형식은 처음부터 三句六名의 형식이었을까? 『三國遺事』에 전하는 14작품 중 〈서동요〉와 〈풍요〉는 4行의 구조를 지닌 노래였으며, 〈헌화가〉와 〈도솔가〉는 3行의 시이다. 하지만 이들 모두 내용상의 의미로 분류하면 3句 형식의 노래이다. 〈모죽지랑가〉와 〈처용가〉는 3句 8行이며, 나머지 작품은 3句 10行의 시로 분류된다. 하지만 고려 초『대화 엄수좌 원통양중대사 균여전』에 전하는 11 수는 모두 10행의 三句六名 형식을 취하고 있다. 이런 점으로 미루어 보자면, 三句六名의 형식은 향가의 완성된 형식으로 볼 수 있다. 三句 六名을 향가의 완성된 형식으로 보고, 그 나머지 특히 3행 내지 4행 으로 된 3句 형식의 노래는 향가의 단순 구조로 볼 수 있다. 이런 완 성된 형식과 단순 구조의 향가 형식이 고려 궁중 속악가사로 전해지 는 14작품 중에도 존재하고 있었음을 확인할 수 있다.

신라 향가와 고려 궁중 속악가사 중 향가계 시가와의 공통점으로 는 3句 형식과 단연시라는 점을 들 수 있다. 신라 향가 중에는 〈서동 요〉·〈헌화가〉·〈도솔가〉·〈풍요〉 등이 3句 3行 내지 4行 형식이며, 고려 궁중 속악 가사 중에도 3句 6行 구조로 된 〈정읍사〉와 〈사모곡〉 이 있음을 알 수 있다. 그 모두 의미 단락으로 3句 구조로 묶을 수 있 다는 점이 공통점이다. 그런데 신라 향가 중 〈처용가〉와 〈모죽지랑가〉 가 3句 8行의 구조인데, 고려 궁중 속악 가사 중 〈이상곡〉이 3句 8行 의 시가 형태였다. 또 향가 형식의 완성된 3句 10行의 구조가 고려 궁중 속악 가사의 하나인 〈정과정〉에서도 발견된다. 그리고 이 3句 10行의 구조는『대화 엄수좌 원통양중대사 균여전』에서 최행귀가 그 序文에서 〈보현십종원왕가〉의 성격을 밝힌 ‘三句六名’의 구조와도 관 련이 있음을 앞에서 밝혔다. 일명 고려 속요〔고려 궁중 속악가사〕라 칭하는 작품들의 공통점은 분절체가 있다는 것인데, 앞에서 서술한 〈정읍사〉·〈사모곡〉·〈정과정〉·〈이상곡〉 등은 단연시로 되어 있다. 단연시는 향가 형식의 한 특징이기도 하다. 그리고 향가에는 기원의 목소리가 있는데 고려 궁중 속악가사 중 〈이상곡〉에도 이 기원의 목 소리가 드러나고 있다. 〈이상곡〉에서 시적 화자는 님과의 재회를 기 원하면서 님과 영원히 함께 하고자 한다. 이런 기원의 자세는 〈정과정〉 에도 드러나고 있다. 따라서 고려 궁중 속악가사 중에서도 〈정읍사〉· 〈사모곡〉은 향가의 완성 단계의 구조인 三句六名의 구조이면서 10행 향가의 전형적인 요소인 '아소 님하'의 감탄사도 있다. 〈정읍사〉·〈사모곡〉의 이런 점이 신라시대의 향가와 공통점이다. 그리고 〈정과정〉은 신라시대 사뇌가 형식인 三句六名의 구조와 차사〔감탄사〕의 형식이 그 공통점이다. 그리고 〈이상곡〉도 三句六名의 8行 구조로 〈처용가〉와 〈모죽지랑가〉의 형식과 일치한다. 따라서 신라시대 향가에 있는 기원의 목소리가 이들 두 작품에도 드러남을 확인할 수 있다.

신라 향가와 고려 궁중 속악 가사 중 향가계 노래에는 차이점도 있다. 신라 향가의 한 특성은 귀족층 위주의 문학이면서 기원의 목소리와 주술성이 담긴 노래가 많다는 것이다. 하지만, 고려 궁중 속악 가사 중 향가계 노래에는 위의 특성들이 없다. 〈井邑詞〉와 〈思母曲〉을 부른 주체는 귀족층이 아니며, 오히려 일반 민중들이다. 따라서 노래의 특성은 내세를 위한 귀족들의 주술적 기원의 소리보다 일반 서민의 소박한 마음을 담고 있다는 것이다. 그런데 〈鄭瓜亭〉은 귀족층의 노래이지만 주술적 성격은 없다. 신라시대의 향가는 원래 주술성의 성격이 강한 노래였다. 사뇌벌에서 무당들이 내세의 행복을 기원하면서 부르던 주술적 성격의 노래였던 것이다. 그런 주술적인 노래가 시간의 흐름 속에서 그 고유의 주술적 성격은 퇴색되고 오히려 개인적 서정의 노래로 발전하게 된 것이다. 그렇다고 초기의 주술적 성격이 모두 사라진 것은 아니다. 초기의 주술성과 새로운 서정성이 동시에 전승되고 있다. 현재 전승되는 작품 중에도 주술적 성격과 서정적 성격의 노래가 공존하고 있다. 그런데 고려 궁중 속악 가사 중 향가계 노래에는 이 주술적 성격이 없다는 점이 신라시대의 향가와 다른 점이라 하겠다. 그리고 무엇보다 고려 궁중 속악 가사의 향가계 노래와 신라 향가와의 차이는 표기법의 차이이라 하겠다. 신라 향가는 향찰로 기록되어 있는 데 반하여, 고려 궁중 속악 가사 중 향가계 노래는 한글로 기록되어 전해지고 있다. 그것도 한글 창제 후 조선 시대 궁중 악서인 『악장가사』·『악학궤범』·『시용향악보』 등에 향찰이 아닌 한글로 전해지고 있다.

이 朝鮮時代 宮中 樂書에 전해지는 노래를 향가 형식과 연관시키는 데에는 다소 무리가 있을 수 있다. 그러나 그 노래말이 고려 때부터 궁중에서 궁중악 가사로 궁중 무희들에 의해서 구전되었기 때문에, 어느 정도 그 원형은 유지되었다고 할 수 있다. 그리고 『고려사』 악지 제 25권, 채홍철에 관한 기록에서 확인되는 "예로부터 이런 가사가 있었는데 채홍철이 가사를 수정 첨가하여 자기 뜻을 붙인 것"이라는 표현처럼 수정 내지 첨가된 부분 특히 첨가된 부분을 제외해 보면 그 원형태를 다소 유추해 볼 수 있다. 이런 방법으로 고려 궁중 속악 가사 중 일부 노래의 원형이 신라계 향가 형식임을 확인할 수 있다.

3. 결 론

高麗 宮中 俗樂歌詞로 전해지는 작품으로는 15작품이 있다. 이 15작품은 조선시대 궁중 악서인 『樂章歌詞』·『樂學軌範』·『時用鄕樂譜』에 한글로 기록되어 전해지고 있다. 현전하는 이 15작품 중 유독 한 작품만을 떼어내어 경기체가라 명하고 나머지는 모두 고려 속요 또는 고려 가요라는 장르명으로 칭하고 있다. 그러나 장르란 작품에 구성·계기·형식·표현·양식에 관한 공통된 특징을 갖는 무리를 일컫는 말이다. 그런데 지금 고려 속요라 명한 14작품에는 이런 장르적 공통점이 없다. 다만 공통점이 있다면, 고려시대 궁중악 가사 중 속악 가사로 궁중에서 구전되다가 조선시대 한글로 기록되어 전해지고 있다는 점뿐이다. 따라서 『악장가사』·『악학궤범』·『시용향악보』 등에 전해지는 15작품을 기존의 장르에 귀속시켜 본다면 어느 장르에 귀속될 수 있을까?

본고에서는 15작품 중 일부 노래가 향가 장르와 연관이 있음을 밝히고자 하였다. 현전하는 작품으로 보아, 향가는 신라시대로부터 고려 중기까지 전승된 노래이다. 향가의 형식에 대한 최초의 언급은『대화 엄수좌 원통양중대사 균여전』이다. 고려 초 赫連挺이 편찬한 이『대화 엄수좌 원통양중대사 균여전』에는 崔行歸의 序文이 있다. 그 서문에는 향가의 형식을 '三句六名'으로 서술한 부분이 있다. 지금까지의 문헌상으로는 이 '三句六名'이 향가 형식에 대한 유일한 기록이다. 이 '三句六名'이 고려 초 崔行歸 시대의 향가 형식을 밝힌 기록이라면, 그 노래의 형식은 그 노래의 완성된 단계로 보아야 한다. 따라서 '三句六名'은 향가의 완성된 단계의 형식을 이르는 말일 것이다. 현재 전승되는 향가 중에는 신라시대의 작품으로 14작품이 있다 이들 14작품을 기존 연구자들은 대체로 4구체·8구체·10구체 형식으로 분류하고 있다. 이 분류 중 10구체를 향가의 완성 단계로 본다. 따라서 崔行歸가 말한 '三句六名'은 이 10구체 향가의 형식일 것이다. 그렇다면 나머지 8구체나 4구체는 어떤 형식에서 출발을 하였을까? 이들 형식은 향가가 일정한 틀을 갖추어져 가는 단계에 있었던 형식으로 추론해 볼 수 있다. 어떤 형식이 어느 날 갑자기 발생하지는 않았을 것이다. 처음에는 단순 구조에서부터 시작하여 점차 일정한 형식이 완성되어 갔다고 볼 수 있다. 일정한 형식이 완성되었다고 하더라도 동시대에 단순 구조 형식과 완성 단계의 형식이 공존할 수도 있다. 이런 예는 시조의 경우만 보더라도 알 수 있다. 15세기·16세기의 전성기를 누리던 평시조가 18세기·19세기에는 사설시조보다는 위축되었지만 그렇다고 평시조 자체가 없어지지는 않았다. 이처럼 향가도 단순 구조와 완성 단계의 구조가 동시대에도 공존했을 수 있다. 따라서 향가의 4구체 형식은 최행귀가『대화 엄수좌 원통양중대사 균여전』에서 三句六名으로 밝힌 三句의 형식으로, 향가 초기의 단순 구조로 볼 수 있다. 이 3句 형식이 점차 일정한 형식으로 자리잡아 가는 과정에서 3句 3行·3句 4行 또는 3句 6行·3句 8行 그리고 완성 단계인 3句 10行으로 정착되었을 것으로 추론해 볼 수 있다.

기존 연구자들의 형식 분류인 4구체 향가는 향가의 초기 형태로 3句 형식에 해당된다. 8구체 향가는 三句六名의 형식이다. 따라서 한국 시가의 기본 형태소를 지닌 10구체 향가는 三句六名의 완성된 단계로 볼 수 있다. 현전하는 향찰 표기의 향가 형식에는 3句 6行의 구조를 확인할 수 없다. 그렇다면 향가 형식의 발전 과정에서 제기될 수 있는 이 3句 6行을 어디서 확인할 수 있을까?

이 문제는 이미 상술한 바와 같이 고려 궁중 속악가사 중에서 확인할 수 있었다. 고려 궁중 속악 가사 중 〈井邑詞〉·〈思母曲〉은 3句 6行의 향가 형식이었다. 고려 궁중악의 특성 중 하나인 후렴구를 제외하면, 三句六名의 형식이 드러난다. 그리고 향가의 완성 단계인 10구체 향가의 형식에만 있는 '아소 님하'라는 감탄사가 이들 노래에도 있다. 따라서 이들 노래는 향가 발전의 한 과정으로 볼 수 있는 3句 6行의 형식을 지니고 있음을 알 수 있다. 그리고 〈井邑詞〉와 〈思母曲〉은 고려 궁중 속악가사 중 향가의 한 형태로, 三句六名의 구조를 지니고 있음을 알 수 있다.

고려 궁중 속악가사 중 〈鄭瓜亭〉은 향가의 완성 형태인 10구체 형태이다. 〈鄭瓜亭〉도 고려 궁중악 가사의 한 특성인 '편사'의 흔적이 있다. 『高麗史』 樂志 「俗樂」 第 25卷 2에 전해지는 이제현의 한시와 『樂學軌範』에 전해지는 〈鄭瓜亭〉의 내용을 대비해 보면 "넉시라도 님은 흔디 녀져라. / 버기더시니 뉘러시리잇가."라는 부분의 의미 차이가 드러난다. 이 구절은 〈정과정〉에는 실려 있는 데 반하여 이제현의 한시에는 없다. 그리고 이 부분의 내용은 〈滿殿春別詞〉 제 3연에도 실려 있다. 이 구절의 내용이 두 노래에서 발견되는 것으로 보아, 이 구절만이 그 당시의 유행하던 민요의 한 가락일 수도 있다. 만약 민요의 구절임이 맞는다면, 이는 고려 궁중악을 담당하던 교방에서 이 노래 말을 첨가했다는 가정도 가능하다. 이런 가정 하에 이 부분을 제외하면 〈정과정〉은 3句 10行의 향가 완성 단계인 三句六名의 구조가 된다. 〈이상곡〉도 편사된 민요적 요소의 후렴구와 불교적 내용인 한문투를 제외해 보면, 3句 8行의 향가 형식이 된다. 따라서 본고에서는 고려 궁중 속악가사 중에는 기존의 향가 형식에 편입시킬 수 있는 작품으로 〈井邑詞〉·〈思母曲〉·〈鄭瓜亭〉·〈履霜曲〉 등이 있음을 확인할 수 있었다.

그리고 〈維鳩曲〉이 예종이 지은 〈伐ㄴ谷鳥〉라면, 그것은 4行 3句의 향가 형식이다. 〈유구곡〉은 7행의 노래 형식으로, 조선시대 궁중 악서인 『時用鄕樂譜』에 전해지고 있다. 〈유구곡〉이 궁중 악서에 채록되기 전에는 현전하는 형식의 구조를 취했을 것으로 보기 어렵다. 왜냐하면, 궁중악 가사로 채록되는 과정에서 그 가사 중 일부는 편사되었을 것이기 때문이다. 『고려사』 악지 제 25권의 채홍철에 관한 기록으로써 궁중악 가사로 채록되는 과정에서 수정 내지 첨가되었음을 이미 확인하였다. 따라서 〈유구곡〉도, 첨가되었을 민요적 후렴구를 제외하면, 4행의 형식으로 〈서동요〉·〈풍요〉 등의 향가의 단순 구조가 된다. 그러므로 〈유구곡〉은 3句 4行의 향가 형식의 노래였음을 알 수 있다.

최행귀가 『大華 嚴首座 圓通兩重大師 均如傳』의 序文에서 밝힌 '三句六名'은 한국 시가의 기본 형태소를 지닌 구조를 이르는 말이다. 우리 고전 시가인 경기체가·시조 등도 이 三句六名의 변용이라 할 수 있다. 우리 고전시가의 의미 단위는 3단위로 분류된다. 고려시대에도 이 3단위 구조의 시가는 있었다. 三句六名의 완성 단계인 10행의 향가, 향가 형식을 변형한 고려 궁중 속악가사 중 일부 노래, 그리고 기본 형태소의 변용인 경기체가·시조 등이 그 예이다. 이와 같이 우리의 고전시가에는 공통적으로 3단위 구조가 드러난다. 왜냐하면 우리의 고전시가의 기본 형태소가 三句六名의 '三句'인 3단위 구조였기 때문이다.

‖ 참고문헌 ‖

1. 基本 資料

『高麗史』·『三國遺事』·『平山申氏追遠錄』·『大東韻府群玉』
『大華 嚴首座 圓通兩重大師 均如傳』
『樂章歌詞』·『樂學軌範』·『時用鄕樂譜』

2. 論著

權寧徹, 「〈維鳩曲〉攷」, 『高麗時代의 가요문학』, 새문社, 1987, p.Ⅰ-153.
금기창, 「삼구육명에 대하여」, 『한국시가의 연구』, 형설출판사, 1982.
金東旭, 「〈悼二將歌〉의 文獻·民俗學的 考察」, 『高麗時代의 가요문학』, 새문社, 1987, p.Ⅰ-123.
金善豊, 『高麗時代의 가요문학』, 새문社, 1982, p.Ⅱ-38.
金學成, 「고려시대시가의 장르현상」, 『國文學探究』, 성대출판부, 1987, p.50.
金完鎭, 『鄕歌解讀法硏究』, 서울大學校出版部, 1982, p.32.
朴魯埻, 『高麗歌謠의 硏究』, 새문社, 1990, pp.10~11.
李秉岐·白鐵, 『國文學全史』, 新丘文化社, 1957, p.71.
李鍾出, 「高麗俗謠의 形態論的 硏究」, 『高麗歌謠硏究』, 국어국문학회 編, 1979, p.72.
양태순, 「삼구육명의 새로운 뜻풀이 (1)·(2)·(3)」, 『한국 고전시가의 종합적 고찰』, 민속원, 2003.
兪昌均, 「韓國詩歌形式의 基調」, 『大邱大論文集』, 第六輯, 1966, p.20.
鄭琦鎬, 『高麗時代 詩歌의 硏究』, 仁荷大學校 出版部, p.37, 1986, p.61, p196.
鄭琦鎬, 「新羅歌謠의 形式」, 『鄕歌文學論』, 새문社, 1986, pp.113~114.
홍재휴, 「삼구육명고」, 『국어국문학』78호, 국어국문학회, 1979.

제 3 장

松江의 〈星山別曲〉·〈關東別曲〉에 나타난 換骨奪胎

⋮

1. 서 론

　松江 鄭澈은 古人의 작품을 널리 읽고 깊이 체득한 文人이었다. 그의 문학 작품에는 孔子·孟子 등 古人의 말씀이나 李太白·杜甫·蘇東坡 등 前人의 시구에 나타난 뜻을 쓴 구절이 적지 않다. 그러나 古人의 말씀이나 前人의 시구에 나타난 뜻을 쓰되 그 뜻의 어느 지점으로부터 변화를 加하여 자기의 문학 작품에 발전적으로 쓰고자 하였다. 이런 경우를 일러 '換骨奪胎'〔點化〕라 한다.1) 곧 '환골탈태'란, 뼈를 바꾸어 놓고 태를 빼앗듯이, 이미 있었던 말의 뜻을 발전적으로 변화시키는 것을 이르는 말이다. 松江의 문학 작품들이 더욱 친숙하게

───────────────

1) 宋 나라 葛立方의 『韻語陽秋』에는 "시인들에게는 換骨法이라는 것이 있으니, 古人의 뜻을 써서 點化하여 (자기의 시로) 하여금 더욱더 공교롭게 하는 것이다." (詩家有換骨法, 用古人意而點化之, 使加工也.)라는 내용이 있다. 갈입방의 주장처럼 고인의 시구를 점화하여 더욱 공교로운 뜻을 나타난 경우가 환골법이다. 이로 보아 환골법은 점화의 구체적인 방법을 설명하는 용어이다. 따라서 點化가 작법류 용어인 것처럼 換骨奪胎 또한 작법류 용어이다.

느껴지고 문학적 가치를 발휘하는 것은, 그와 같이 古人 또는 前人의 말뜻에 변화를 加하여 문학적으로 형상화하면서 발전적으로 표현하려 한 데서 더욱 향기를 발하기 때문일 것이다.

문학 창작에서 문인들의 관심사는 새로운 意境을 창조하는데 있다. 그런데 아무리 뛰어난 문인이라 하더라도 前人의 작품으로부터 어떠한 영향도 받지 않고 온전히 자기 자신의 생각만으로 작품을 창작할 수는 없다. 중국이나 한국 시화집 내지 비평집에는 어떤 문인이 前代의 어느 문인을 본보기로 하였다거나, 어느 작품은 前人의 어떤 작품에서 나왔다거나 하는 등의 비평문이 많다. 前人의 작품 모방이 新意를 드러내지 못할 경우 도습이나 표절로 평하게 되고, 그 뜻이 古人이 표현한 뜻보다 발전적으로 변화시켜 자기의 작품이나 시구에 사용하면 환골탈태가 된다. 松江의 작품에도 古人의 작품이 많이 모방되고 있지만 도습이나 표절에 머문 경우는 없다. 따라서 본고는 松江의 문학 작품에 나타난 환골탈태의 기법을 분석함으로써 그의 문학적 역량을 재평가 하고자 하는 것이다. 그런데 본고에서는 우선 '別曲'이라는 명칭이 붙은 〈성산별곡〉·〈관동별곡〉에 나타난 환골탈태를 살펴보고자 한다.

金得臣(1604~1648)의 『終南叢志』에는 조선시대 문인들이 환골탈태의 대상이 될 수 있는 典籍을 수백 번 또는 수천 번씩 읽었다는 기록이 있다. "金馹孫은 한유의 글을 천 번 읽고, 尹潔은 『孟子』를 천 번 읽고, 소재 노수신은 『論語』와 『杜詩』를 2천 번 읽었다."(金馹孫讀韓文千遍, 尹潔讀孟子千周, 盧蘇齋讀論語 杜詩二千回.)[2]는 기록이 바로 그것이다. 이처럼 조선시대의 문인들은 환골탈태의 대상이 될 수 있는 典籍을 수백 번 또는 수천 번씩 읽고 암기하였다가 문학 작품을 창작할 때 자연스럽게 자기 작품에 사용하였으며, 그 古典에 나타난 뜻을 발전적으로 변화시켜 자기의 작품에서 자연스럽게 활용할 수 있었던 것이

---

2) 金得臣, 『終南叢志』, 卷四十七 참조.

다.

松江의 문학 작품 중에는 환골탈태 곧 '點化'의 방법이 훌륭한 구절이 많다. 松江이 45세 때 강원도 관찰사로 재직할 당시에 강원도 백성들을 敎諭하고 계몽하기 위하여 유교의 윤리를 주제로 한 교훈적인 노래 訓民歌 16首를 지었다. 그 중 여덟번째 首 곧 〈仙居勸諭文〉의 '鄕閭有禮'를 詩化하여 善行을 권유한 내용이 있다. 그 終章에는 "무쇼롤 갓 곳갈 씌워 밥머기나 다르랴."라는 구절이 있다. 이 구절은 『小學』, 「立敎」篇의 "飽食暖衣, 逸居而無敎, 則近於禽獸."3)(배불리 먹고 옷을 따뜻하게 입고서 편안히 거처하면서 가르침이 없으면 짐승에 가깝다.)라는 구절의 뜻을 쓴 것이다. 그런데 단순히 모방에 그친 것이 아니라, 뜻을 발전적으로 승화시키고 있다. 그 善行을 권유한 제 8首 전체를 소개하자면 다음과 같다.

> "무올 사롬들아 올흔 일 흐쟈스라!/ 사롬이 되여나서 올치옷 못흐면,
> / 무쇼롤 갓 곳갈 씌워 밥머기나 다르랴. //"

위의 初章에서는 옳은 일을 하자고 권유하고, 中章과 終章에서는 사람이 옳지 못하면 마소와 다를 바가 없음을 강조하여 깨우침을 주고 있다. 『小學』에서는 배불리 먹고 옷을 따뜻하게 입고서 편안히 거처하면서 가르침이 없으면 짐승에 가깝다고 한 것을, 松江은 위의 시조에서, 사람으로 태어나서 옳지 못하면 소나 말과 다를 바 없다고 직설적으로 표현하면서도 문학적으로 시구를 아름답게 형상화하여, 사람이면 마땅히 사람다운 선행을 해야 함을 강조하였다. 따라서 『小學』에 담긴 뜻을 취하기는 하였으나, 그 뜻이 구차스럽게 느껴지지 않고 자연스러우면서도 참신한 맛을 보여 줌을 알 수 있다. 이런 것을 일러 '換骨奪胎'라고 한다.

그러면 본고에서는 이제 松江의 가사문학에 나타난 '환골탈태'의

---

3) 『小學集註』(成百曉 譯註, 傳統文化研究會, 1994) p.57.

방법을 고찰하되 〈星山別曲〉·〈關東別曲〉를 중심으로 살펴보고자 한다.

2. 〈星山別曲〉에 나타난 換骨奪胎의 分析

〈星山別曲〉은 明宗 때인 1560년 松江 鄭澈이 25세 되던 해[4] 그의 妻 外再堂叔인 金成遠이 棲霞堂과 息影亭을 지었을 때, 사계절에 따른 그 곳의 풍물과 김성원에 대한 흠모의 정을 노래한 작품이다. 松江은 乙巳士禍에 전남 함평으로 낙향한 아버지를 따라 16세 때 이 곳으로 온 후 登科한 27세까지 그 함평 지곡리에서 생활하였다. 〈성산별곡〉은 전원생활의 흥취와 풍류를 春·夏·秋·冬의 詩情에 따라 읊은 작품으로, 한자어의 사용이 빈번하다. 그런데 그 한자어가 자신의 漢詩에서 취해 쓴 것이 많으며, 李白·陶淵明·蘇東坡 등의 시구에서 취한 것도 있다. 단순히 前人의 詩文에 나타난 말과 뜻을 인용해 쓰는 것은 用事의 作法에 해당된다. 그런데 前人의 詩句에 나타난 뜻의 어

---

4) 兪睿根,「松江 鄭澈 文學 硏究」(慶熙大學校 大學院, 博士學位 論文, 1985) p.186.
  유예근은 「松江 鄭澈 文學 硏究」에서 「성산별곡」 창작 시기를 松江의 40대 초·중반으로 보고 있다.
  崔台鎬,「鄭松江 文學 硏究」(仁荷大學校 大學院, 博士學位 論文, 1987) P.12.
  최태호도 「鄭松江 文學 硏究」에서 「성산별곡」 창작 時機를 松江의 40세 무렵으로 보고 있다.
  〈星山別曲〉 제작 연대를 中年 이후 곧 작자 52세로 보는 견해로는 趙潤濟·梁柱東·李秉岐·洪雄善·朴魯春 등이 있다. 25~6세로 추정하는 견해로는 金思燁·朴晟義·丁益燮·金東旭 등이 있다. 〈姜銓燮,「樂隱別曲의 硏究」,『歌辭文學研究』, 정음문화사, 1990, p.422, 참조.〉
  〈星山別曲〉작가에 대한 論議로는 姜銓燮·丁益燮 등이 있다.
  姜銓燮,「星山別曲의 作者에 대한 存疑」,『韓國古典文學硏究』, 大旺社,1982.
  丁益燮,「星山別曲의 作家攷」,『素石李奇雨先生華甲紀念論叢』, 1986.

느 지점을 점찍어서 그 지점으로부터 뜻을 발전적으로 변화시켜 자기
의 시구에 사용하는 것을 일러 '換骨奪胎'〔點化〕라 한다.5) 환골탈태는
점화의 작법을 구체적인 문자의 명칭으로 표현한 작법류 용어이다.6)
　　宋 나라의 魏慶之는 『詩人玉屑』에서 환골탈태의 방법인 '환골법'과
'탈태법'을 다음과 같이 소개하고 있다.

> "不易其意而造其語, 謂之煥骨法. 規摹其意而形容之, 謂之奪胎法."(그
> 뜻은 바꾸지 않고 그 말만을 만드는 것을 '환골법'이라 하고, 그 뜻을 본
> 받아서 형용하는 것을 일러 '탈태법'이라 한다.)7)

　　위경지가 『시인옥설』에서 소개한 환골탈태의 방법은 원래 宋 나라
승려 惠弘이 지은 『冷齋夜話』에 기록된 것이다. 위경지는 위에 인용
한 文句에서 환골탈태의 방법을 설명하면서, 그 뜻은 바꾸지 않고 자
기 나름의 말을 만드는 것을 일러 '환골법'이라 하고, 그 뜻을 본받아
서 형용하는 것을 일러 '탈태법'이라 한다고 하여, 환골탈태의 詩法을
처음으로 소개하고 있다. 그리고 李仁老도 『破閑集』 卷下에서 혜홍의
이 말을 黃山谷의 말을 빌려 그대로 인용하고 있다.8) '換骨'은 古人의
시에 나타난 뜻을 바꾸지 않고 자기 나름의 말을 지어내는 것을 일컫
는 용어이며, '奪胎'는 古人의 시에 나타난 뜻을 본받아서 형용해 내는
것을 일컫는 용어이다. 그런데 그 '換骨'과 '奪胎'가 모두 前人의 시구

---

5) 尹寅鉉, 『한국 한시 비평론』(아세아문화사, 2001) pp.45~89 참조.
6) 서거정은 『東人詩話』 卷下에서 點化와 換骨法을 같은 개념으로 사용하고 있다.
　　"予嘗愛鄭圓齋公權讀中宗紀詩, 由來哲婦敗嘉謨, 詁讁無言賤丈夫, 地下若逢韋處士,
　　帝心還愧點籌無, 語雖用唐人地下若逢陳後主, 不宜重問後庭花之句, 點化自妙, 眞
　　得換骨法." 宋 나라 陳善도 『捫蝨新語』에서 點化의 구체적 방법으로 換骨奪胎法
　　을 소개하고 있다. "文章雖不要蹈襲古人一言一句,然自有奪胎換骨法,所謂靈丹一粒,
　　點鐵成金也." 이런 점으로 보아 前代의 작가들은 換骨法 또는 換骨奪胎를 같은
　　개념으로 사용하였음을 알 수 있다.
7) 魏慶之, 『詩人玉屑』(臺灣 商務印書館, 民國 61) p.190,「換骨奪胎」참조.
8) 李仁老 『破閑集』 "昔山谷論詩, 以謂不易古人之意而造其語, 謂之換骨, 規模古人意
　　而形容之, 謂之奪胎."

에 나타난 뜻을 點化하여 자기 나름의 발전적인 뜻으로 변화시켜 자기의 시구에 나타내는 것을 의미하는 용어라는 점에서 그 용어들의 개념이 거의 차이가 나지 않기 때문에, 그 개념을 구별하기가 쉽지 않다. 따라서 先代의 시인들은 그 두 용어를 구별하지 않고 아울러 '환골탈태', '탈태환골' 또는 '환골탈태법'이라는 용어로 사용하기도 하였으니, 宋의 葛立方이 『韻語陽秋』에서 "詩家有換骨法"이라 논한 것처럼, 이들 용어를 아울러 '환골법'이라는 말로 줄여서 사용하기도 하였다.

그러면 이제 여기서는 환골탈태의 대상이 될 수 있는 前人의 시구가 송강의 〈성산별곡〉에서 어떻게 모방되어 발전적으로 사용되었는지 살펴보고자 한다. 그러나 환골탈태와 용사의 개념이 고전 연구에서 종종 혼동되어 연구되는 경우가 있으므로,9) 송강 문학의 환골탈태를 살펴보기에 앞서 用事의 實例를 들어 환골탈태와 용사가 어떻게 구별되는가를 먼저 논의해 보고자 한다.10)

宋 나라 黃徹의 『䂬溪詩話』에는 "用自己詩爲故事, 須作詩多者乃有之."(자기의 시를 故事로 삼아서 쓰는 것, 모름지기 시를 많이 짓는 사람에게 있는 일이다.)11)라는 구절이 있다. 이것은 시를 지을 때 예전에 지은 자기 시를 故事로 삼아서 인용할 수도 있다는 뜻이다. 비평문의 자료들

---

9) 송강의 문학연구 중 用事와 換骨奪胎를 혼동한 경우의 논문은 다음과 같다.

崔惜子, 「松江歌辭와 李白詩에 對한 比較文學的 考察」, 경희대학교 대학원, 碩士學位 論文, 1963.

金善子, 「松江鄭澈의 詩歌 研究」, 圓光大學校 大學院, 博士學位 論文, 1993.

董 達, 「朝鮮詩歌에 나타난 中國詩文學의 受容樣相 研究」, 韓南大學校 大學院, 博士學位論文, 1994.

盧建煥, 「松江歌辭에 나타난 用事의 特性 研究」, 東國大學校 教育大學院, 碩士學位 論文, 1995.

10) 用事는 詩文을 지을 때 역사적 사실과 같은 前代에 있었던 일이나 前人의 말 또는 글을 이끌어다 씀으로써 자신의 논리를 보완하는 작법이다. 點化는 先人의 시에 나타난 뜻을 쓰되 그 뜻의 어느 지점으로부터 변화를 加하여 자기의 시 작품에 쓰는 것을 말한다.

11) 魏慶之, 『詩人玉屑』, p.124, 「用事」 참조.

을 주제 또는 제재별로 제시하고 논의한 위경지의 『詩人玉屑』의 「用事」篇에는 그 黃徹의 『䂬溪詩話』에 있는 用事 이론이 소개되어 있다. 이로 보아 자기 시를 故事로 삼아서 인용하는 것을 황철과 위경지가 용사의 한 방법으로 인정하고 있었음을 알 수 있다. 그런데 松江은 자기의 한시를 歌辭에서 인용하고 있다. 〈성산별곡〉에 송강이 지은 한시 30여 首가 우리말로 인용되어 있는 것이다. 곧 황철이 『공계시화』에서 밝혔듯이, 송강이 〈성산별곡〉에 인용한 한시의 경우는 자기 시를 인용한 '用事'의 예에 해당된다고 하겠다. 그 한 예를 들어 보자면 다음과 같다.

〈星山別曲〉 本詞 중 春景을 묘사한 부분에는

> "울밋 陽地 편의 외씨를 쎼허두고,
> 미거니 도도거니 빗김의 달화내니,
> 靑門 故事를 이제도 잇다 홀다."

라는 구절이 있다. 이 구절에 나타난 '외씨'와 관련된 구절은 송강 스스로가 지은 한시 『息影亭雜詠十首』, 〈陽坡種瓜〉에서 인용한 邵平의 외씨 故事를 다시 인용한 것이다.

> "鄭子眞의 谷口에 몸을 숨겨서   身藏子眞谷,
> 邵平의 심던 외씨를 손수 심노라.   手埋邵平瓜.
> 비 속에도 이따금 포전을 돌고서   雨裏時巡圃,
> 짧은 도롱이 쓴 채 한가히 오누나."   閒來着短簑.

〈성산별곡〉의 '울타리 밑 양지 편에 오이씨를 뿌려 두고'는 松江 한시의 제목인 〈陽坡種瓜〉를 풀이한 것이고, '김을 매고 북을 돋우면서 비 온 김에 가꾸어 내니, 靑門의 옛 일이 지금도 있다 할 것이다.'는 한시의 起句와 承句의 내용을 인용한 것이다. 한시의 제목을 그대로 해석한 경우와 예전에 지은 한시의 내용을 가사 작품에 이끌어다 씀으로써 자신의 논리적 근거를 보완하여 내용을 알차고도 견고하게 하였을 뿐이다. 다시 말하면 用事를 통해서도 얼마든지 新意를 드러 낼 수 있다. 한시에서 인용한 邵平瓜 故事를 〈성산별곡〉에서는 靑門 故事로 인용하고 있다. 邵平瓜와 靑門 故事는 같은 내용의 故事이다. 秦 나라 東陵侯 邵平이 漢 나라의 침입으로 인하여 靑門〔장안성 동남 문〕에 낙향하여 오이를 가꾸며 지낸 일로, 오색의 아름다운 오이가 열 려 세상 사람들이 '靑門瓜' 또는 '邵平瓜'라 일컬었다는 故事이다. 이처 럼 〈星山別曲〉이나 한시 〈陽坡種瓜〉는 모두 '靑門' 故事를 用事하고 있다. 다시 말하면 松江의 한시 〈陽坡種瓜〉는 '靑門' 故事를 인용한 것 이며, 〈성산별곡〉은 송강이 지은 한시 〈陽坡種瓜〉를 또 用事한 것이 다.

이와 같이 〈성산별곡〉에서 '靑門' 故事를 쓴 것은, 황철이 『공계시 화』에서 소개한 바와 같이 자기가 예전에 지었던 다른 시를 인용한 경 우로, 보편적으로 알고 있는 用事의 방법과는 차이점이 있다. 用事라 하면 '前代에 있었던 일' 또는 '前人의 말이나 글'을 이끌어다 씀으로써 자신의 논리적 근거를 보완하는 방법인데, 황철이 『공계시화』에서 소 개한 내용이나 송강의 〈성산별곡〉 구절은 자기 작품 속에서 자기가 전에 창작한 시를 인용한 경우로, 여기서 用事의 대상이 前人들의 말 이나 글에 한정되는 것이 아님을 알 수 있다. 용사의 대상으로는 古人 名·官名·古人事·經史의 구절·古語나 故事·자기의 시를 고사로 삼아서 쓰는 것 등이 있다.

환골탈태의 대상으로는 前人의 시구에 나타난 말이나 뜻 또는 옛 사람의 시에 한 두 글자를 바꾸거나 아니면, 한 두 字만을 보태는 것 과 그리고 옛 사람의 시를 모방하되 어는 지점으로부터 변화를 시켜 발전적으로 자신의 시 작품에 쓰는 것 등 前人의 시구를 환골탈태의 대상으로 삼았다.12) 이제 〈성산별곡〉 중 前人의 시에 나타난 뜻을 쓰

---

12) 尹寅鉉, 『한국한시 비평론』, 아세아문화사, 2001, P.88.

되 그 뜻의 어느 지점으로부터 변화를 가하여 자기의 작품에 쓴 '換骨
奪胎'의 실례를 들어 고찰해 보고자 한다.

〈성산별곡〉 序詞 중 "天孫 雲錦을 뉘라서 버혀내여"라는 구절은,
소동파의 시 〈潮州韓文公墓碑〉에 "天孫爲織雲錦裳, 飄然乘風來旁旁."
(직녀가 아침 안개로 짠 치마는, 표연히도 바람을 쉬지 않고 보내온다.)에서
모방은 하였지만, 그 뜻이 발전적으로 사용되어 〈성산별곡〉의 내용이
더욱 돋보이게 하였다. 다시 말하자면, 松江은 서하당 식영정 앞을 흐
르는 시냇물을 묘사하는 과정에서 소동파가 "직녀가 아침 안개로 짠
치마" 같다고 노래한 것처럼 아름다운 星山 蒼溪의 흰 물결이 마치 직
녀가 짠 비단 같다.'고 표현함으로써 정자 앞의 시냇물의 아름다움을
한껏 표현했다고 할 수 있다. 이것이 바로, 宋 나라 惠弘이 『冷齋夜
話』에서 "規摹其意而形容之, 謂之奪胎法."(그 뜻을 본받아서 형용하는 것
을 일러 탈태법이라 한다.)이라고 소개한 것과 같이, 탈태법을 쓴 경우이
다.

〈성산별곡〉에서 환골탈태가 잘된 경우를 예로 들자면,

> "山中의 冊曆 업서 四時롤 모르더니
> 눈아래 헤틴 景이 철철이 절노 나니."

라는 구절이 바로 그것이다. 이 구절은 陶淵明의 〈桃花源詩〉의 "草
榮識節和, 木衰知風廬. 雖無紀曆誌, 四時自成歲"(풀이 번성하여 절기의
화창함을 알 수 있고, 나무가 쇠락해서 바람의 매서움을 안다. 비록 역서의 기록
은 없어도, 사계절 절로 해를 이루네.)13)를 모방한 것이다. 그런데 이는
단순히 모방에 그친 것이 아니라 뜻을 발전적으로 표현한 것이다. 도
연명의 〈桃花源詩〉에서는, 책력은 없지만 草木의 榮衰에 따라 사계절
이 스스로 세월을 이룬다고 하였다. 이 내용을 松江은 〈성산별곡〉에
서 사계절의 풍물을 예찬하면서, 달력이 없어서 사계절 구분은 정확

---

13) 『淵明·王維全詩集』(日本圖書, 1979) p.290.

히 알 수 없지만 눈 아래 펼쳐진 경치를 통해 사계절을 짐작하게 한다
고 하여, 그 의미를 더욱 풍류적으로 나타내고 있다. 작가의 체험에서
우러난 전원 생활의 흥취가 잘 드러난 부분이다. 〈도화원시〉의 내용
곧 책력은 없지만 초목의 성쇠에 따라 사계절의 변화를 알 수 있다는
것을, 송강은 〈성산별곡〉에서 "산 속에 달력이 없어서 사계절을 모르
더니, 눈 아래 펼쳐진 경치가 철을 따라 절로 생겨나니."로 탈태하고
있다. 따라서 식영정 주인의 전원심취와 식영정 주변의 아름다움을 〈桃
花源詩〉의 환골탈태를 통해서 신선적 풍물을 더욱더 잘 드러내고 있
다.
　　또 松江의 〈星山別曲〉에는

"桃花 핀 시내길히 芳草洲의 니어셰라.
닷 봇근 明鏡中 절로 그린 石屛風
그림애롤 버들 사마 西河로 홈끠 가니
桃源은 어드매오 武陵이 여긔로다."

　　라는 구절이 있는데, 이는 식영정 앞 성산 西河의 뛰어난 경치를
무릉도원에 비유한 것이다. 그런데 식영정 앞의 아름다움을 묘사한
이 부분도 역시 도연명의 〈桃花源記〉를 由來處로 삼고 있다. 그 由來
處가 도연명의 〈桃花源記〉 "晉太元中, 武陵人捕魚爲業〔漁人姓黃名道
眞〕, 緣溪行, 忘路之遠近, 忽逢桃花林."(晉 나라 太元 연간에 고기잡이를 직
업으로 하는 무릉인이 이었다. 계곡물을 따라 가다가 길을 잃었는데, 문득 복사
꽃 수풀을 만났다.)14)임을 알 수 있다. 성산의 봄 경치를 노래한 부분으
로 도연명에 무릉도원 내용에 나오는 〈도화원시〉를 모방함으로써 성
산 서하가 무릉도원임을 강조하고 있다. 복숭아 꽃이 핀 시내길이 꽃
다운 풀이 우거진 물가에 이어져 있고 잘 닦은 거울(시냇물) 속에 저절

---

14) 『陶淵明集』, 卷六, 〈桃花源記〉 참조.
　　　『淵明·王維全詩集』(日本圖書, 1979) p.287.

로 그린 돌병풍이 비치고 그 그림자를 벗삼아 서하로 함께 가니 그곳이 곧 무릉도원이라는 것이다. 곧 <星山別曲>은 도연명의 <桃花源記>의 내용을 換骨奪胎한 경우이다. 서거정의 『東人詩話』(上)에는 "句句皆有來處, 粧點自妙, 格律自然森嚴."(句마다 모두 유래처가 있으되 粧點한〔어느 지점을 치장하듯 곱게 꾸며 점화한〕것이 절로 묘하고, <점화하되 잘하여> 격률이 자연스럽고도 삼엄하다.)라는 구절이 있다. 이는 換骨奪胎에도 由來處가 있어야 함을 밝힌 것이다. 그리고 換骨奪胎의 대상으로는 前人의 시구나 문장이 될 수 있음을 밝혀 준 것이다.

〈성산별곡〉에서 환골탈태의 由來處로 삼은 〈桃花源記〉의 내용을 요약적으로 소개하면 다음과 같다. 晉 나라 태원 년 간에 무릉 땅 漁夫인 黃道眞이 계곡물을 따라 가다가 길을 잃고 문득 복사꽃 수풀을 만나 암벽〔골짜기〕사이로 수백 보 걸어 들어가니, 수풀과 물줄기가 다한 곳에 겨우 사람도 지날 수 없는 산 구멍이 있어 들어가 보니, 안은 탁 트여 기름진 토지가 평평하고 넓었으며, 아름다운 연못과 뽕나무, 대나무 등이 즐비하게 있었다. 다시 천 보쯤 들어가니 닭과 개 짓는 소리가 들리고, 그 중 왕래하는 사람과 씨를 뿌리는 사람이 있고, 남녀의 옷을 만드는 사람도 있었다. 그들은 어부를 보고 크게 놀라 묻기를 "우리는 진 시황 때 난리를 피하여 처자와 고을 사람들을 거느리고 이 절경으로 왔으며 다시 나가지 않았다. 마침내 외부인과 격리되었다."라고 하였다. 그 사람들은 漢 나라와 魏·晉 시대 흥망 성쇠의 역사를 몰랐다. 그들은 어부의 말을 듣고 모두 감탄하였다. 어부는 수일을 머문 뒤 말미를 빌어 그곳을 하직하고 돌아와 원님〔태수〕한테 보고하니, 원님이 사람을 시켜 딸려 보냈으나, 끝내 길을 잃어 찾지 못하였다.

이 〈도화원기〉의 내용은 동양에서 理想鄕을 이를 때 주로 사용되는 것이다. 그런데 松江은 星山의 아름다움을 무릉도원과 비견할 수 있다고 묘사하고 있다.

다음은 작자가 스스로 지은 시를 모방하였지만 다만 모방에 그치지 않고 환골탈태가 된 부분이다. 왜냐하면 자기 한시의 구절을 그대로 인용한 것이 아니라 한 두 글자를 바꾸어 어느 지점으로부터 변화를 시켜 발전적으로 자신의 작품에 쓴 경우이기 때문이다. 松江의 한시 〈仙遊洞〉15)에는

"어느 해에 바다 위 신선이   何年海上仙,
구름 서린 이 산 속에 깃들었던고.   棲此雲山裏.
遺跡을 어루만지며 슬퍼하노라.   怊悵撫遺蹤,
머리 하얀 문하의 선비가"   白頭門下士.

라는 구절이 있다. 이 시구의 내용과 〈星山別曲〉 結詞의 마지막 부분

"長空의 썻는 鶴이 이 골의 眞仙이라.
瑤帶 月下의 힝혀 아니 만나신가.
손이셔 主人드려 닐오디 그디 귄가 ᄒ노라."

라는 구절이 의미와 이미지가 부합된다. 漢詩 起句인 '어느 해에 바다 위 신선이'라는 구절은 〈성산별곡〉의 '長空의 썻는 鶴이 이 골의 眞仙이라'와 그 내용이 유사하다. 그리고 한시 '구름 서린 이 산 속에 깃들었던고.'와 〈성산별곡〉 '瑤帶 月下의 힝혀 아니 만나신가.'도 이미지가 비슷하다. 한시에서의 海上仙이 河西 金麟厚라면, 가사 〈성산별곡〉의 眞仙은 霞堂 金成遠이다. 이는 주위 친분이 있는 사람을 신선에 비유한 것이며, 시적 배경 또한 아름다운 星山이다. 그리고 위의 한시는 〈息影亭雜詠〉의 마지막 首로서 〈성산별곡〉 결사의 마지막 부분과 일치한다.16) 이는 〈성산별곡〉이 작가 자신의 한시〈仙遊洞〉을 模倣하

---

15) 『松江集原集』, 卷一, 息影亭雜詠 十首, 〈仙遊洞〉 참조.
16) 金善子, 前揭 論文, p.74 참조.

였음을 보여 준 것이다. 그런데 단지 자기 시의 내용을 그대로 인용만한 것이 아니라, 전원 생활의 멋과 풍류로 승화시키고 있다. 만약 이구절이 用事로 파악되려면, 그 뜻을 크게 바꾸지 않고 변화를 加다하면서 본받는 '탈태법'과는 달리 인용의 기법으로 나타났어야 할 것이다. 그런데 〈성산별곡〉에서는 한시를 그대로 인용하고자 한 것이 아니므로, 그것을 용사로 볼 수 없다. 〈仙遊洞〉의 신선은 하서 김인후를가리킨다. 하서 김인후는 일찍이 中宗의 두터운 신임을 받았다. 그리고 仁宗이 즉위하자(1545년), 김인후는 『朱子大全』을 仁宗에게서 內賜하였는데, 이를 讀破하기도 전에 인종이 승하하고, 이로 인하여 乙巳士禍가 일어나자 고향인 長城으로 낙향하였다. 그런 김인후의 애통한 심정이 한시의 轉句와 結句에 잘 나타난 있다. 그런데 〈성산별곡〉의 眞仙은 하당 김성원으로, 송강과 각별한 사이이다. 〈성산별곡〉은,김성원이 서하당과 식영정을 지었을 때, 사계절에 따른 그 곳의 풍경과 김성원에 대한 흠모의 정을 노래한 작품이다. 따라서 〈星山別曲〉결사의 마지막 부분은 서하당 주인인 김성원의 멋과 풍류를 신선에비유하면서 또 자신의 풍류까지 읊조린 것이다. 다시 말하면, 높고 먼공중에 떠 있는 학이, 곧 이 고을에 사는 김성원을 가리킨다. 신선이사는 요대의 달 아래에서 서로 만난 적이 있는, 주인과 나를 모두 신선에 비유함으로써, 松江의 도교적 풍류가 잘 형상화되어 있다. 그러므로 한시를 模倣하였지만, 단순히 인용하는데 그치지 않고 그 뜻을발전적으로 사용하여 자연 친화적인 삶의 형태를 보여 준 것이라 하겠다. 따라서 〈성산별곡〉의 結詞는, 한시를 모방은 하였지만 도습이나 표절에 그치지 않고 한시의 시구에 나타난 뜻을 쓰되 그 뜻의 어느지점으로부터 변화를 加하여 뜻을 발전적으로 사용하였으므로 환골탈태된 것이다. 이처럼 〈성산별곡〉은 前人의 친숙한 시 구절과 작자 스스로가 지은 한시의 뜻을 이용하여 작품의 내용이 발전적으로 형상화되어 더욱 문학적 가치를 발하고 있다.

〈성산별곡〉에서 작자는 예전에 자신이 창작한 한시를 30여 편을 用事하고 있다. 用事를 통하여 뜻이 발전적으로 표현될 수 있으므로, 用事 그 자체를 부정적으로 볼 필요는 없다. 왜냐하면 용사를 통해서도 얼마든지 새로운 뜻을 표현할 수도 있기 때문이다. 그리고 자기가 지은 한시 구절을 그대로 인용하지 않고 그 뜻을 크게 바꾸지 않고 변화를 加하는 탈태법으로, 새로운 의미를 더함으로써 환골탈태도 될 수 있음을 확인할 수 있었다. 곧 〈성산별곡〉에는 자기가 지은 한시를 내용적 의미와 이미지를 모방은 하였지만, 단순한 모방에 그친 것이 아니라 그 뜻을 본받아 작자 자신을 신선에 비유함으로써 작자의 도교적 풍류가 한층 더 돋보이게 되었다.

東西古今을 막론하고 문학 작품의 창작에서 모방과 표절 그리고 新意의 창조는 문인뿐만 아니라 비평가들에게도 주요 관심사였다. 前人의 작품으로부터 어떤 영향을 받지 않고 온전히 자기 생각만으로는 좋은 작품을 짓기가 쉽지 않았다. 따라서 송강은 前人의 작품을 모방은 했으되 단순히 도습이나 표절로 전락하지는 않았다. 換骨奪胎가 前人의 시구에 나타난 뜻을 사용한다는 점에서는 도습하는 일로부터 출발하는 것이므로, 도습했다는 말을 완전히 모면하기는 어려운 일종의 '도습'이다. 그러기에 환골탈태의 방법이 서툰 경우, 그러한 시구를 단순히 前人의 시구에 나타난 뜻을 변화 없이 그저 '되밟아 따르는' 도습에 그치고 마는 것으로 논의되곤 하였다. 하지만 前人의 시구를 도습한 시인들도 누구나 자기 자신의 시를 도습한 것이라고 하지 않고 환골탈태한 것이라고 하였을 것이다. 그처럼 도습은 역대의 시인들이 자기의 시구에 대해서 스스로 인정하려 하지 않은 것이었으며, 또 꺼려하는 것이었다. 도습은 곧 역대의 비평가들이 환골탈태가 제대로 되지 못한 경우를 혹평하는 데 사용한 평어류 용어이다. 따라서 前人의 시구에 나타난 뜻을 발전적으로 변화시키는 작법을 일컫는 데 사용된 '환골탈태'와 그 수준에 미치지 못하는 것을 혹평하는 데 사용된

'蹈襲'은, 그 출발점은 같아도 결과는 다른 것이라는 점에서, 분명히 구별된다고 하겠다. 조선 전기 서거정의 『동인시화』에는 환골탈태〔점화〕가 잘된 경우와 잘못된 경우를 평한 비평문이 곳곳에 散在해 있다. 환골탈태가 잘된 경우를 '無斧鑿痕'(무부착흔)과 '竊狐白裘手'(절호백구수) 등의 평어로 평한 자료가 있다.

員外 金克己의 〈醉時歌〉에,

> 낚시줄을 드리우면 반드시 바다의 여섯 자라를 꿰고
> 활을 쏘면 반드시 해 속의 아홉 까마귀를 떨어뜨리네.
> 여섯 자라가 움직이니 어룡이 요동치고
> 아홉 까마귀가 나타나니 초목이 타버리네.
> 남아는 모름지기 뛰어난 기상을 스스로 세워야 하노니
> 섬약한 짐승들을 죽일 수 있으리요?

라고 하였다. 말이 매우 호장하여 빼어나다. 그 뜻은 少陵〔杜甫의 字〕 시의,

> 사람을 쏘려면 먼저 말을 쏘아야 하고
> 적을 사로잡으려면 먼저 그 왕을 사로잡아야 하리.

를 본뜬 것이며, 그 詞語는 涪翁〔黃庭堅의 號〕 시의,

> 그대에게 蒲城〔중국 성서성에 있는 지명〕의 桑洛酒를 따라주고
> 그대에게 泛菊會〔중양절의 놀이〕에는 湘纍〔굴원이 죽은 곳〕의 가을 국화 꽃잎 띄워 준다네.
> 술로 가슴 속 불만을 씻어내고
> 국화로 짧은 세상의 노쇠한 인생을 다스리는구려.

라고 한 것을 본뜬 것이다. 비록 두 사람의 시에서 詞語와 뜻을 따와 사용한 것이지만, 혼연히 도끼로 찍고 끌로 찍은 흔적이 없으니〔無斧鑿

痕), 참으로 竊狐白裘手〔여우의 겨드랑이에나 있는 털로 만든 갖옷을 훔
쳐낸 감쪽같은 솜씨〕로다!

> (金員外克己醉時誦, 釣必連海上之六鰲, 射必落日中之九烏, 六鰲動兮
> 魚龍震盪, 九烏出兮草木蕉枯. 男兒要自立奇節, 弱羽纖鱗安足誅, 語
> 甚豪壯挺傑. 其意本少陵, 射人先射馬, 擒賊先擒王, 其詞本涪翁, 酌君
> 以蒲城桑洛之酒, 泛君以湘纍秋菊之英. 酒洗胸中之磊塊, 菊制短世之
> 頹齡. 雖用二家詞意, 渾然無斧鑿痕, 眞竊狐白裘手!)
>
> ■ ※ ■ ■ ■ 〈徐居正,『東人詩話』卷上, 第八.〉

위의 자료는, 換骨奪胎가 잘된 경우로, 도끼로 찍고 끌로 찍은 흔
적이 없으니 참으로 '狐白裘'를 훔쳐낸 감쪽같은 솜씨라고 할 만하다
고 하여, 換骨奪胎〔點化〕가 잘된 것을 評한 경우이다.

員外郞 金克己가 그의 시에, 少陵〔杜甫〕의 "사람을 쏘려면 먼저 말
을 쏘아야 하고, 적을 사로잡으려면 먼저 그 왕을 사로잡아야 한다."
는 시구를, "낚시줄을 드리우면 반드시 바다의 여섯 자라를 꿰고, 활
을 쏘면 반드시 해 속의 아홉 까마귀를 떨어뜨리네." 라는 시구로 그
뜻을 모방하였으며, 또 涪翁〔黃庭堅의 號〕의 시를 金克己가 그 詞語를
모방하여 '無斧鑿痕'의 솜씨로 참으로 감쪽같이 狐白裘를 훔쳐낸 것처
럼 換骨奪胎〔點化〕를 잘했다는 것이다.

또 換骨奪胎가 잘못된 경우를 '蹈襲'·'屋下架屋'·'剽竊' 등으로 평
한 자료도 있다.

> 시에서는 蹈襲을 꺼린다. 古人이 이르기를, 문장에서는 마땅히 자기
> 나름의 틀과 북에서 지어내어 一家의 風骨을 이룬다고 하였으니, 어찌
> 능히 〈문장 속에서〉 남과 더불어 생활할 수 있겠는가? 唐·宋 人 중에
> 이와 같은 병통이 많았다. 근래 中令 洪子藩의 시에,
>
> 부끄러워라. 林下에서 經書만 뒤치던 손으로
> 석양볕을 가리고 서울로 향하누나.
>
> 라고 하였고, 復齋 韓宗愈의 시에,

　　殷 나라 솥에 국을 끓이던 손으로
　　다시 낚싯대 잡고 해질녘 모랫벌로 내려가네.

라고 하였고, 문충공 陽村 權近의 시에,

　　임금님의 조칙을 아름답게 꾸미던 손으로
　　산촌의 보릿술잔 기울일 만하네.

라고 하였으며, 陶隱 李崇仁의 시에,

　　어쩌길래 내 일상 낚시질하던 손으로
　　말에다 채찍질하며 서울로 향하는고.

라 하였는데, 이는 다 서로 蹈襲한 병을 면치 못하는 것들이다. 杜牧
의 시에,

　　서글퍼라! 강호에서 낚시하던 손으로,
　　도리어 지는 해 가리며 장안으로 향하네.

라고 하였는데, 후인들이 그 말을 본받아 여기에 이르렀으니, 여기에
이르면 집 아래 집을 더하는 것〔屋下架屋〕에 지나지 않는 것이다.
　　(詩忌蹈襲. 古人曰, 文章, 當出機杼, 成一家風骨, 何能共人生活耶. 唐
　　宋人, 多有此病. 近代洪中令子藩詩 愧將林下轉經, 遮却斜陽向帝京.
　　韓復齋宗愈詩, 却將殷鼎調羹手, 還把漁竿下晚沙. 陽村權文忠公詩,
　　却將潤色絲綸手, 能倒山村麥酒盃, 李陶隱詩 如何釣竿手, 策馬向京
　　都. 皆不免相襲之病. 杜牧詩曰, 惆悵江湖釣竿手, 却遮西日向長安, 後
　　人祖其語, 致此屋下架屋也.)
　　　　　　　　　　　　　　　　　　　　■ ■ ■ ■ ■ ■ 〈徐居正,『東人詩話』上.〉

　　위의 자료는 蹈襲한 경우를 부정적으로 평한 것이다. 옛 시인들이
발전적인 換骨奪胎〔點化〕에 이르지 못하고 蹈襲에 머문 경우를 꺼려한
것을 논한 것이다. 杜牧〔唐 나라 시인〕의 "서글퍼라! 강호에서 낚시하

던 손으로, 도리어 지는 해 가리며 장안으로 향하네."(杜牧 〈途中一絶〉: 鏡中絲髮悲來慣, 衣上塵痕拂漸難. 江湖釣竿手, 却遮西日向長安.)를, 洪子藩〔고려 문신〕은 "부끄럽도다! 숲 아래에서 경을 읽던 손으로 비낀 석양을 가리며 서울로 향하니."(洪子藩 〈朝天上馬〉: 百歲人生石火光, 高官異寵足於良. 愧將林下轉經手, 遮却斜陽向帝京.)로, 韓宗愈〔고려 문신〕는 "殷 나라 솥에 국을 끓이던 손으로(殷 나라 高宗이 傳說(부열)을 정승에 임명하자 부열이 국을 끓인다면 경을 소금과 매실로 삼아 맛을 내겠다고 한말로 곧 정승이 되어 나라를 잘 다스린다는 뜻이다.)다시 낚싯대 잡고 해질녘 모랫벌로 내려가네."(韓宗愈 〈漢陽村莊〉: 十里平湖細雨過, 一聲長笛隔蘆花. 却將殷鼎調羹手, 還把漁竿下晩沙.)로, 權近은 "임금님의 조칙을 아름답게 꾸미던 손으로, 산촌의 보릿술잔 기울일 만하네."(權近 〈到陽村〉: 十載趨朝得一廻, 隣翁慰余來. 直將潤色絲綸手, 能到山村麥酒盃.)로, 李崇仁은 "어찌하여 낚시하던 손으로, 말을 채찍질하여 서울로 향하는가?"(李崇仁 〈驪江樓 留別金若齋〉: 樓閣臨江次, 登攀遠世情. 波江朝日上, 樹密暑風淸. 早世湖山樂, 浮雲組綬榮. 如何釣竿手, 策馬向都京.)로 蹈襲하였다. 徐居正은, 洪子藩·韓宗愈·權近·李崇仁 등의 예를 통해서, 後人들이 그 말을 換骨奪胎〔點化〕하였으나 도습에 그쳐 前人의 시구보다도 퇴보했다는 의미에서 '屋下架屋'이라는 말로 評하고 있다. 그리고 宋代 宋祁의 『宋子京筆記』에도 "古人은 屋下架屋이라 비난했다.(古人譏屋下架屋)라는 구절이 있다.

이런 점으로 보아, 옛 시인들은 換骨奪胎〔點化〕의 방법을 추구하였으나 蹈襲에 그치는 경우에는 비판의 대상이 되었으며, 蹈襲에 머무는 그 자체는 몹시 꺼려했다는 것을 알 수 있다. 松江의 시대 보다 앞서는 조선 전기에 『東人詩話』에서만이 아니라 曺伸의 『謏聞鎖錄』 魚叔權의 『稗官雜記』 등에서도 환골탈태가 잘된 경우와 잘못된 경우를 평한 것이 발견되는 것으로 보더라도, 松江의 시대에는 이미 그 환골탈태법이 작품 창작에서 널리 사용되었음을 짐작할 수 있으며, 그 작법에 대한 시평이 고려 후기의 시화집 곧 『破閑集』·『補閑集』에서도 발견된다는 점에서 그와 같은 사실을 미루어 짐작할 만하다.

이제 〈성산별곡〉에서 행한 모방이 단순히 蹈襲의 단계에 그친 것이 아니라 환골탈태가 잘된 것임을 확인하였다 따라서 필자는 〈성산별곡〉에서 사용된 환골탈태의 방법을 통해서 松江의 문학적 역량이 탁월하였음을 다시 한 번 확인하게 되었다.

3. 〈關東別曲〉에 나타난 換骨奪胎의 分析

〈關東別曲〉은 松江이 45세 되던 해(1580) 正月 江原道 觀察使로 부임하여 금강산과 관동 팔경을 두루 유람한 후 그 여정의 아름다운 경치와 故事·風俗 그리고 여정에서 느낀 자신의 다양한 정서를 화려한 4·4조의 운문체로 노래한 기행 가사이다. 松江은 금강산과 관동 8경이라는 아름다운 자연 풍경에 대한 화려한 주관적 묘사와, 때로는 신하로서 때로는 목민관으로서의 戀君의 情과 愛民 정신을 드러내기도 하였다. 〈關東別曲〉은 자연인으로서 느끼는 다양하고 다채로운 정서와 신선과 같은 경지에서 느끼는 환상적 분위기가 완벽한 조화를 이루는 가사 문학의 대표작이다.

가사 문학의 白眉라 할 수 있는 〈관동별곡〉을 金萬重은 『西浦漫筆』에서 〈思美人曲〉·〈續美人曲〉과 함께 "左海眞文章, 只此三篇."이라 극찬하였다. 그리고 또한 洪萬宗은 『旬五志』에서 악보의 절조로 평하고 있다.17)

鄭澈의 〈關東別曲〉은 백광홍이 지은 〈關西別曲〉(1555)의 구성을 많이 모방하고 있다.18) 그런데 그 모방이 단순한 모방에 그친 것이

---

17) 洪萬宗, 『旬五志』, "關東別曲, 松江鄭澈所製, 歷擧關東山水之美, 說盡幽遐詭怪之觀, 狀物之妙, 造語之奇, 信樂譜之絶調也."(〈관동별곡〉은 송강 정철이 지은 것인데, 관동 산수의 아름다움을 낱낱이 들어, 그윽하고 기괴한 경관을 이루다 설파하였으니, 사물을 형상하고 말을 만듦의 기묘함은 진실로 악보의 절조라 하겠다.)
18) 李丙疇, 『韓國 文學上의 杜詩 硏究』(이우출판사, 1979) pp.130~137.

아니라 문학적 技巧와 語句의 표현 면에서 〈관서별곡〉보다 월등히 뛰어나다. 따라서 필자는 본 章에서 〈관동별곡〉에 나타나는 환골탈태를 분석해 보고자 한다.

〈관동별곡〉에서도 아랫 구절은 금강산 유람 중 금강대에서 신선적 풍모를 노래한 것으로, 학을 의인화한 부분이다.

> "縞衣玄裳이 半空의 소소 쓰니,
> 西湖녯 主人을 반겨서 넘노는 듯."

위의 '縞衣玄裳'은 蘇東坡 〈後赤壁賦〉가 그 由來處이다. 말하자면 소동파의 〈後赤壁賦〉에 나타난 뜻을 환골탈태한 것이며, 아울러 '西湖 옛 주인' 곧 林逋의 故事를 用事한 것이다.

> "마침 외로운 학 한 마리가 　　　　(適有孤鶴
> 강을 건너 동쪽에서 오는데, 　　　　橫江東來
> 날개는 마치 수레바퀴 같고 　　　　翅如車輪
> 검은 치마 흰 저고리를 입고 　　　　玄裳縞衣
> 끼룩끼룩 길게 울며 　　　　　　　　戛然長鳴
> 내가 탄 배를 스쳐 서쪽으로 가더라." 　掠予舟而西也.)

위의 소동파 〈後赤壁賦〉에서의 '玄裳縞衣'를 〈관동별곡〉에서는 '縞衣玄裳'으로 바꾸어 그 뜻을 모방하고 있다. 환골탈태의 대상으로는 前人의 시구에 한 두 글자를 바꾸어 前人의 시를 모방하는 것이다. 그런데 〈관동별곡〉은 글자의 순서를 바꾸어 환골탈태의 대상으로 삼은 경우라 하겠다. 소동파 〈후적벽부〉의 '玄裳縞衣'는 강 건너편 동쪽에서 서쪽으로 날아가는 외로운 학의 날개 치는 모습을 수레바퀴에 비유하면서 그 겉모습이 검은 치마와 흰 저고리를 입은 모양이라고 표

이병주 교수는 〈관동별곡〉의 전체적인 구성과 전개가 杜甫의 〈北征〉을 의양했다고 소개하고 있다.

현한 것이다. 그런데 〈관동별곡〉에서는 그 〈후적벽부〉의 내용을 모방은 했으나 단지 모방에만 그치지 않고 있다. 작자 자신이 금강대를 오르고 있는데, 금강대 맨 위층에서 새끼를 기르던 학이 자신을 반김을 의인화하여 표현하고 있다. 그러니까 정철이 〈관동별곡〉에서 묘사한 학은 〈후적벽부〉에서 소개된 외로운 학이 아니라, 임포의 고사에서 알 수 있듯이, 신선에 비유된 정철을 자식으로 의인화된 학이 반가워서 마중 나간다는 뜻으로 활용되어, 문맥적 의미가 달라지고 있다. 단지 내용적으로만 다른 점이 있는 것이 아니라, 학이 정철 자신의 자식에 비유됨으로써 정철 자신이 신선에 비유되어 그 의미가 훨씬 더 아름답게 형상화되었다. '西湖 녯 主人'은 林逋의 고사를 인용한 것으로, 곧 用事의 예에 해당된다. 임포는 六朝 시대 宋 나라의 시인으로, 절강성에 있는 西湖에 은거하여 梅花를 아내로 삼고 학을 자식으로 삼아〔梅妻鶴子〕 살았다는 인물이다.19)

〈관동별곡〉의 진헐대 조망 부분에는

"正陽寺 眞歇臺 고텨 올나 안존마리
盧山眞面目이 여긔야 다 뵈느다."

라는 구절이 있다. 이 구절 중 '盧山眞面目'은 소동파의 西林寺 壁에 붙인 시구 중의 한 구절을 모방하고 있다.

"비스듬히 보면 고갯마루가 되고 모로 보면 봉우리도 되니,
(橫看成嶺側成峯
멀리서 가까이서, 높은 데서 낮은 데서, 볼 때마다 다르다.
遠近高低各不同
알지 못하겠구나, 여산의 참 모습을
不識盧山眞面目

---

19) 阮閱,『詩話總龜』, "林逋隱于武林之西湖不娶無子, 所居多植梅蓄鶴, 泛舟湖中, 客之則放鶴致之, 因謂梅妻鶴子."

다만 그것은 내가 이 산 속[여산]에 있기 때문이라네."

只緣身在此山中.)

소동파가 위의 시에서 노래한 것은, 여산이 보는 장소에 따라 달리 보이므로 참모습을 알기가 어렵다는 것이다. 그런데 松江이 〈관동별곡〉에서 모방한 '廬山眞面目'은 금강산의 아름다운 모습을 비유한 표현이다. 진헐대에 올라 금강산의 크고 작은 봉우리를 보니까 마치 소동파가 서림사 벽에서 노래한 여산의 아름다움과 같다고 표현한 것이다. 단지 모방에 그친 것이 아니라 그것이 금강산의 참 모습의 아름다움으로 표현됨으로써 松江 자신이 창조한 시적 어구로 받아들여지고 있다. 〈관동별곡〉의 다음 구절인 "어와, 造化翁이 헌ᄉ도 헌ᄉ홀샤. 눌거든 쮜디마나, 셧거든 솟디마나. 芙蓉을 고잣ᄂᆞᆫ 듯, 백옥을 뭇것ᄂᆞᆫ 듯"과 같이 금강산의 변화무쌍한 아름다운 모습과 잘 어울려, '廬山眞面目'은 마치 '無斧鑿痕(무부착흔)'처럼 모방한 것이 더욱 공교로워 마치 '무부착흔'의 경지 곧 도끼로 찍고 끌로 찍은 흔적이 없이 환골탈태가 잘된 어구이다.

다음 자료는 〈관동별곡〉 관동 8경 중 의상대에서 본 일출의 광경이다.

> "日出을 보리라 밤듕만 니러ᄒᆞ니, 祥雲이 집픠는 동,
> 六龍이 바틔는 동, 바다히 ᄯᅥ날 제는 萬國이 일위더니,
> 天中의 티ᄯᅳ니 毫髮을 혜리로다. 아마도 녈구름 근쳐의 머믈셰라.
> 詩仙은 어디가고 咳唾만 나맛ᄂᆞ니 天地間 壯ᄒᆞᆫ 긔별 ᄌᆞ셔히도 ᄒᆞᆯ셔
> 이고."

위의 자료는 낙산사 동쪽 언덕에 있는 의상대에서의 일출장면을 묘사한 것이다. 「관동별곡」의 '아마도 녈구름 근쳐의 머믈셰라.'는 李白의 〈登金陵鳳凰臺〉에 나타난 뜻을 쓰되 그 뜻의 어느 지점으로부터 변화를 加하여 활용한 것이다.

李白의 〈登金陵鳳凰臺〉 시를 소개하자면 다음과 같다.

"옛날 봉황대 위에 봉황이 놀았더니,

（鳳凰臺上鳳凰遊,

봉황은 가고 대는 비었는데 강물만 절로 흐른다.

鳳去臺空江自流.

吳 나라 궁터의 화초는 쓸쓸한 오솔길을 뒤덮고

吳宮花草埋幽徑,

晋 나라 때의 의관〔貴人〕은 묵은 언덕을 이루었구나.

晋代衣冠成古丘.

세 산봉우리는 반쯤〔저만치〕 푸른 하늘 밖에 솟았고,

三山半落靑天外,

秦 · 淮 두 줄기 물은 백로주를 끼고 흐른다.

二水中分白鷺洲.

이 모두 뜬구름〔간신〕이 능히 햇빛을 가린 탓이니,

總爲浮雲能蔽日,

장안마저 볼 수 없어 사람으로 하여금 시름겹게 하는구나"

長安不見使人愁.）

위의 시는 이백이 唐 나라의 조정에 高力士 같은 간신들이 들끓어 황제〔玄宗〕의 총명을 가린다는 뜻으로 노래된 것이다. 松江의 '아마도 녈구름 근처의 머믈셰라.'는 이백의 〈등금릉봉황대〉 '總爲浮雲能蔽日'을 변화시켜 모방한 구절이다. 뜻을 발전적으로 변화시키지 못하면 '蹈襲'(도습) 곧 前人의 시구에 나타난 뜻을 그대로 되밟아 쓰고 따르는 것에 그치게 되고, 발전적으로 변화시키면 '換骨奪胎'가 된다. 여기서는 송강이 의상대에서 해돋이를 보며, 행여 구름이 해를 가리지나 않을까 염려하면서 李白의 시구를 연상하고, 조정에 간신이 있을까를 근심한 것이다. 李白은, 역대의 흥망성쇠가 단지 그 모두 구름이 햇빛을 가린 탓이니, 장안마저 볼 수 없음을 안타까워 한 것이다. 松江은 이백의 시구를 由來處로 삼고는 있으나, 그 의미를 배가시키고 있다. 다시 말하면 임금 주위에 간신의 무리가 머물까 두려워함을 해와 구름으로 잘 드러내고 있다. 송강은 45세 되던 1580년 정월에 강원도 관찰사로 부임하게 되는데, 그 부임하기 전까지 東人들의 彈劾을 받아 出仕와 退歸를 거듭했다. 따라서 해 주변에 머무는 구름은 자신이 속한 西人을 논척하는 東人으로 생각될 수도 있다.

松江이 43세 되던 1578년 大司諫의 職任을 맡았다. 그 해 11월 珍島 郡守 李銖의 獄事가 있었는데, 이 때 송강은 三尹〔尹睍·尹斗壽·尹根壽〕을 옹호하다가 東人들로부터 일제히 탄핵을 받아 大司諫에서 물러나게 된다. 이런 일련의 사건으로 보아, 松江의 조정에 대한 염려가 '아마도 널구름 근쳐의 머믈세라.'라는 憂國之情의 표현으로 형상화된 것이 아닌가 짐작된다. 따라서 '아마도 널구름 근쳐의 머믈세라.'라는 구절은 이백의 시구를 모방은 했으나, 단순한 모방에 그치지 않고 이백의 시구에 나타난 뜻을 발전적으로 변화시켜 松江 자신의 작품에 쓴 경우이다. 그러므로 이 부분도 換骨奪胎〔點化〕가 잘된 부분이라 할 수 있겠다.

다음의 자료는 〈관동별곡〉 중 마지막 장면으로, 夢中仙緣에 해당하는 부분이다. 여기서도 換骨奪胎가 된 것이 있다.

> "和風이 習習ᄒ야 兩腋을 추혀드니
> 九萬里 長空애 져기면 늘리로다."

위의 「關東別曲」 구절은 蘇東坡의 〈赤壁賦〉 내용을 由來處로 삼고 있다.

> "한 척의 작은 배가 가는 대로 맡겨 넓은 수면의 아득한 데를 능질러 가노니, 하도 넓고 넓어서 허공을 타고 바람을 탄 것만 같아 그치는 데를 알지 못하는 듯하며, 바람에 나부겨 속세를 잊고 자유로운 몸이 되어 날개가 돋쳐서 하늘로 신선되어 오르는 것과 같다."(縱一葦之所如, 凌萬

頃之茫然, 浩浩乎如憑虛風而不知其所止, 飄飄乎如遺世獨立, 羽化而登
仙.)

　위의 자료는, 한 척의 작은 배를 타고 바람에 의해 넓은 수면을 마
음껏 내달림을, 자유로운 몸으로 마치 신선이 되어 하늘을 날아 오를
것만 같음에 비유한 구절이다. 그런데 松江은 蘇東坡의 '羽化而登仙'
을 모방하였으나 蹈襲에 그치지는 않았다. 오히려 그 시적 의미가 더
욱 증폭되어 신선된 기분을 사실적으로 묘사하고 있다. 꿈속에서 만
난 신선과의 대화에서 松江 자신도 예전에 신선이었음을 알게 되었
고, 더군다나 꿈 속 신선이 따라준 '뉴하주'를 마시니 더욱 신바람이
난 것이다. 그 때 마침 불어온 봄바람이 양쪽 겨드랑이를 추켜드니,
자신이 곧 신선이 되어 넓고 넓은 하늘을 날아 오를 것만 같다는 표현
으로, 蘇東坡의 〈赤壁賦〉에서는 속세의 번뇌에서 벗어나고픈 마음을
노래한 것인데 반하여, 송강의 〈관동별곡〉에서 묘사된 내용은 송강
자신이 지금까지 지향하던 신선의 세계가 실현됨을 형상화한 것이다.
　蘇東坡 〈赤壁賦〉의 '羽化而登仙'은 뱃놀이의 흥겨움을 노래한 것이
다. 그런데 송강은 이 「적벽부」 구절에 나타난 뜻을 발전적으로 변화
시켜 신선적 풍모와 자기의 이상이 모두 실현됨으로 표현하고 있다.
따라서 前人의 시구를 발전적으로 활용한 '換骨奪胎'의 예라 하겠다.
　이상으로 〈關東別曲〉에서 換骨奪胎가 된 부분을 분석해 보았다.
換骨奪胎는 前人의 시구를 由來處로 삼으면서도 前人의 시구에 나타
난 뜻을 발전적으로 변화를 加하여 자기의 시구에 쓰는 것을 일컫은
말이다.

4. 결　론

　본고는, 松江 문학 중 〈星山別曲〉과 〈關東別曲〉에 나타난 換骨奪

胎의 기법을 살펴 松江의 문학적 역량을 재평가하고자 한 것이다.

환골탈태는, 古人의 작품에 나타난 뜻을 쓰되 그 뜻의 어느 지점으로부터 변화를 加하여 자기의 작품에 다시 발전적으로 빌려 쓰는 것이다. 그런데 이 환골탈태가 기존 연구 논저에서는 用事와 그 개념이 종종 혼동되어 왔다. 用事는 '故事를 인용한다'는 뜻을 지닌 말로, 詩·文에 관한 作法類 用語에 해당하는 말이다. 用事는 곧 詩文을 지을 때 역사적인 사실과 같은 前代에 있었던 일이나 聖經 구절과 같은 前人의 말 또는 역대의 詩文과 같은 前人의 글을 이끌어다 씀으로써 자신의 논리를 보완하는 작법이다.

중국 전국시대 楚 나라 屈原이 頃襄王 때 令尹 子蘭의 모함으로 소상강 가로 추방당하여 漁父(어보)20)와 문답한 노래로 漁父辭(어보사)가 있다. 이 노래 중에 "滄浪之水 淸兮, 可以濯吾纓, 滄浪之水 濁兮, 可以濯吾足"(창랑의 물이 맑거든 가히 나의 갓끈을 씻을 수 있고, 창랑의 물이 흐리거든 가히 내 발을 씻을 수 있도다)라는 구절이 있다. 이 구절은 『孟子』「離婁」章에도 "滄浪之水, 淸兮, 可以濯我纓, 滄浪之水, 濁兮, 可以濯我足."이라고 인용되고 있으며, 그 모두 예로부터 강가에서 불리워지는 童謠를 用事한 것으로, 다만 '我'字와 '吾'字만 다를 뿐이다. 이는 前代의 말이나 시가 또는 글을 이끌어다 씀으로써 자신의 논리를 보완한 작법 곧 用事의 한 예라고 하겠다.

---

20) 漁父(어보) : 고기잡이〔낚시질〕 하기를 좋아하여 취미로 삼는 노인.
  漁夫(어부) : 직업적으로 고기잡이하는 사내.
  漁父(어보)의 父(보)는 노인 '보'로 훈과 음을 읽어야 한다. '먹보' '놀보'와 같이 접미사 역할을 하는 '보'(父)이다. '보'(父)로 음을 읽는 예를 들어보면 다음과 같다. 周文王의 할아버지인 '古公亶父(고공단보)'와 唐 나라 6代 玄宗이 공자님의 諡號를 '文宣王'이라 지어 올려 제사를 지냈다. 그 후 시인들이 시 작품에서 孔子를 '선보'(宣父) 또는 '니보'(尼父)라 하였다. 이런 예로 보아 윤선도의 〈어부사시사〉도 〈어보사시사(漁父四時詞)〉로 읽어야 한다. 뿐만 아니라 屈原의 〈어부사〉도 〈漁父辭(어보사)〉로 읽어야 한다. 왜냐하면 〈어보사시사〉에 나오는 漁父(어보)나 〈어보사〉의 漁父(어보)는 모두 직업적으로 고기잡이하는 사내가 아니기 때문이다.

尹東柱의 시 〈序詩〉에는 "죽는 날까지 하늘을 우러러/ 한 점 부끄럼이 없기를,/ 잎새에 이는 바람에도/ 나는 괴로워했다.//"라는 구절이 있다. 이는 『孟子』「盡心」章 上의 "仰不愧於天, 俯不怍於人, 二樂也."(우러러 하늘에 부끄럽지 않으며, 굽어보아 이 세상 사람들에게 부끄럽지 않는 것이 두 번째 즐거움이요)를 換骨奪胎〔點化〕한 경우이다. 『孟子』에서는 君子의 세 가지 즐거움 중 그 한 가지를 말한 것이라면, 〈序詩〉는 자신의 결백한 삶을 노래한 것으로, 『孟子』의 구절에 나타난 뜻을 모방하기는 했으나, 그 뜻을 발전적으로 변화시켜 자기의 詩句에 사용하고자 한 것이다. 『孟子』의 이 구절은 君子三樂 중 두 번째로, 공명정대한 마음으로 참되게 살면서 자기의 私私로운 욕심을 이기면 하늘을 우러러 부끄럽지 않고 땅을 굽어보아도 부끄럽지 않다는 君子의 떳떳한 삶의 태도를 말한 것인데, 윤동주는 〈序詩〉에서 부끄러움이 없는 삶을 살기를 바라는 마음으로 그 뜻을 點化〔換骨奪胎〕하여 표현한 것이다. 다시 말하자면, 평생 동안 절대적 존재인 하늘에 대해서도 한 점 부끄럼도 없이 살기를 소망하는 내용의 고백체로, 일제 강점기를 산 작가의 도덕적 충실성을 잘 드러낸 시 구절이다. 일제 강점이라는 부정적 현실에서도 양심에 어긋나지 않게 자기에게 주어진 삶을 살아갈 것을 다짐한 것이다. 이는 자기의 詩 작품에 前人의 글에 나타난 뜻을 쓰되 그 뜻의 어느 지점으로부터 변화를 加하여 쓴 換骨奪胎의 한 예라 하겠다.

〈성산별곡〉과 〈관동별곡〉에는 용사를 한 경우와 환골탈태를 한 경우가 모두 나타나 보인다. 그러나 본고에서는 그 중 환골탈태를 한 경우만을 중심으로 그 두 작품을 살펴보았다. 前人의 작품에 나타난 뜻을 모방하기는 하되 발전적으로 그 뜻을 변화시키지 못하고서 그저 '되밟아 따르는' 수준에 머문다면 그것은 蹈襲(도습)이 되고, 또 그 도습이 지나치면 剽竊(표절)이 된다. 고려 후기의 비평문에서 換骨奪胎〔點化〕가 잘된 경우를 평하는 용어들로는 '無斧鑿痕'과 '靑出於藍' 등

의 평어들이 있었다. 그리고 조선 전기의 點化〔換骨奪胎〕評에서는 ‘靑
出於藍’·‘無斧鑿痕’·‘竊狐白裘手’ 등의 用語가 보인다. ‘靑出於藍’과
‘無斧鑿痕’은 고려 후기에 李仁老가 『破閑集』에서 點化〔換骨奪胎〕가 잘
된 경우를 평한 용어로 사용된 바 있다. 그런데 李仁老가 『破閑集』에
서 그와 같이 평한 것으로 미루어 보자면, 李仁老가 點化〔換骨奪胎〕 자
체를 근본적으로는 바람직한 시법으로 인정하지는 않았으면서도 그
시법을 일체 배격하고자 한 것은 아니며 다만 표절이나 도습을 우려
하여 꺼려한 것임을 알 수 있다.

　　조선 전기에 서거정은 『東人詩話』에서 정윤의의 시를 평하면서 點
化〔換骨奪胎〕가 잘되어서 가히 ‘靑出於藍’으로 평할 만하다 했으며, 또
金克己 〈醉時歌〉를 평하면서, 그 뜻은 杜甫의 시를 모방하였으며 그
詞語는 黃庭堅의 시를 모방하였으나 그 뜻과 詞語를 사용한 것이 혼
연히 ‘도끼로 찍고 끌로 찍은 흔적이 없다’는 뜻으로 ‘무부착흔’이라고
하였으며, 참으로 여우의 겨드랑이에 나 있는 흰 털로 만든 갓옷을 훔
쳐낸 감쪽같은 솜씨라는 뜻에서 ‘절호백구수’라고 하였다. 이런 사실
로 보아, 고려 후기와 조선 전기에 이미 점화〔환골탈태〕평에 대한 비평
이 보편화되었음을 알 수 있다. 松江이 문학 활동을 한 시대는 이미
환골탈태에 대한 인식이 모든 문인들 사이에 보편화된 시대로 볼 수
있다. 그것은 환골탈태의 한시 작법 또한 보편화된 시대임을 말해 주
는 것이다 그런데도 松江의 〈성산별곡〉과 〈관동별곡〉 두 작품에서는
어디에서도 도습과 표절이라 평할 만한 곳을 찾아볼 수 없다. 따라서
필자는 본고를 통해서 다시 한 번 松江의 뛰어난 작가적 역량을 높이
평가하지 않을 수 없는 것이다.

‖ 참고문헌 ‖

1. 基本 資料

『歷代歌辭文學全集』, 亞細亞文化社, 1999.
『松江集原集』

魏慶之, 『詩人玉屑』, 臺灣 商務印書館, 民國 61.
阮閱, 『詩話總龜』

徐居正, 『東人詩話』
金得臣, 『終南叢志』
金萬重, 『西浦漫筆』
洪萬宗, 『旬五志』

成百曉 譯註, 『小學集註』·『孟子集註』, 傳統文化研究會, 1994.
淸潭 譯註, 『淵明·王維全詩集』, 日本圖書, 1979

2. 論著

姜銓燮, 「星山別曲의 作者에 대한 存疑」, 『韓國古典文學研究』, 大旺社, 1982.
국어국문학회 편, 『歌辭文學研究』, 정음문화사, 1990.
金善子, 「松江 鄭澈의 詩歌研究」(漢詩와의 關係를 中心으로) 圓光大學校 大學院, 博士論文, 1993.
董達, 「朝鮮詩歌에 나타난 中國詩文學의 受容樣相 研究」(松江·蘆溪·孤山을 中心으로) 韓南大學校, 大學院, 博士論文, 1994.
朴魯春, 「松江歌辭와 中國文學」, 『慶熙文選』 제1호, 경희대, 1962.
徐首生, 「松江의 前後美人曲研究」, 『論文集』 제6집, 경북대, 1967.
兪睿根, 「松江鄭澈文學研究」(漢詩文을 中心으로) 慶熙大學校, 大學院, 博士論文, 1985.

尹寅鉉, 『한국 한시 비평론』, 아세아 문화사, 2001.

    〃 , 「韓國 漢詩 理論으로서의 用事論과 點化論 研究」, 西江大學校 大學院, 博士論文, 2001.

李丙疇, 『韓國文學上의 杜詩研究』 이우출판사, 1979.

丁益燮, 「星山別曲의 作者攷」, 『素石 李奇雨 先生 華甲紀念論叢』, 1986.

鄭堯一, 『漢文學批評論』, 集文堂, 1994.

    〃 , 『고전비평 용어 연구』, 태학사, 1998.

崔惜子, 「松江歌辭와 李白詩에 對한 比較文學的 考察」 慶熙大學校, 大學院, 碩士論文, 1963.

崔台鎬, 「鄭松江 文學 研究」, 仁荷大學校, 大學院, 博士論文, 1987.

찾아보기

ㅊ

저 · 자 · 소 · 개

윤인현(尹寅鉉)

慶南 山淸 出生.

仁荷大學校 國語國文學科 卒業.
仁荷大學校 大學院 卒業. 文學碩士.
西江大學校 大學院 卒業. 文學博士.
현재 西江大 · 仁荷大 강사.

【 저서 】

『한국 한시 비평론』, 아세아문화사, 2001.

【 논문 】

「用事와 點化의 差異」(1998)
「韓國 漢詩 理論으로서의 用事論과 點化論 研究」(2000)
「松江의 〈星山別曲〉과 〈關東別曲〉에 나타난 換骨奪胎」(2002)
「〈答全履之論文書〉에 나타난 李奎報의 문학관」(2002)
「『東人詩話』로 살펴본 徐居正의 道德論的 批評」(2003) 外 다수.

韓國 古典批評과 古典詩歌의 산책

인 쇄	2004년 6월 25일
발 행	2004년 6월 30일
저 자	윤 인 현
펴낸이	이 대 현
편 집	이태곤 안현진 권분옥 박윤정
펴낸곳	도서출판 **역락** / 서울 성동구 성수2가 3동 301-80
	(주)지시코 별관 3층(우133-835)
전 화	3409-2058(대표) 3409-2060(편집부) FAX 3409-2059
이메일	yk3888@kornet.net / youkrack@hanmail.net
등 록	1999년 4월 19일 제2-2803호
정 가	13,000원

ISBN 89-5556-319-1-93810
* 잘못된 책은 교환해 드립니다.